# 疯狂——揭秘日本发动气球大战飘炸美国始末

田闻一◎著

蒋介石

赫尔利

天皇裕仁

宋美龄

罗斯福

小矶国昭

东条英机

胡宗南

戴笠

梅乐斯

台海出版社

图书在版编目(CIP)数据

落日疯狂:揭秘日本发动气球大战飘炸美国始末 / 田闻一著.
--北京:台海出版社,2011.9

ISBN 978-7-80141-849-4

Ⅰ.①落… Ⅱ.①田… Ⅲ.①长篇小说-中国-当代
Ⅳ.①I247.5

中国版本图书馆 CIP 数据核字(2011)第 143691 号

落日疯狂:揭秘日本发动气球大战飘炸美国始末

著　　者:田闻一

责任编辑:王　品

装帧设计:天下书装　　版式设计:通联图文

责任校对:罗　金　　责任印制:蔡　旭

出版发行:台海出版社

地　址:北京市景山东街 20 号，邮政编码：100009

电　话:010-64041652(发行,邮购)

传　真:010-84045799(总编室)

网　址:www.taimeng.org.cn/thcbs/defauit.htm

E-mail:th-cbs@163.com

经　销:全国各地新华书店

印　刷:北京高岭印刷有限公司

本书如有破损、缺页、装订错误,请与本社联系调换

开　本:760×1040　1/16

字　数:220 千字　　印　张:18

版　次:2011 年 9 月第 1 版　　印　次:2011 年 9 月第 1 次印刷

书　号:ISBN 978-7-80141-849-4

定　价:36.00 元

# CONTENTS
# 目　录

# 第一章
# 东京，一片风雨凄迷

## 日本首相下令，研制秘密武器——气球炸弹

1944年7月15日这一天，东京从午后开始下起了豪雨。入夜以后，烟雨迷蒙，整个东京似乎在朝什么地方神秘地蹒行。雨声哗哗，雷声隆隆。在这样的天气里，号称空中堡垒，威力强大无比的美国B-29战略轰炸机不会再来轰炸了。但是，这座国际著名的大都市这会儿委实显得瑟缩不安。鳞次栉比的华厦大都一片漆黑。战前，每当这个时候，东京宽阔如砥的街道上，各种各样的华灯早燃成了珠串：玉兰灯捧出洁白的花瓣，荷花灯熠熠闪光……特别是象征日本的樱花更是造型别致，晶莹剔透。如果从高处鸟瞰整个东京，天上的星和地上的灯简直融为了一体，无边无际，不夜的东京是日本的骄傲。

今非昔比。

今天这个时候，整个东京似乎都披着丧服，连最繁华的银座等地也只有少许的灯光从楼房里泻出来，曳在街檐上，怯怯地。零星街灯亮着，因为电压不足，晕黄，恹恹地，像生了重病。影影绰绰中，不时有一辆辆全副武装的大卡车顶着箭簇一般的雨点，披着夜幕快速驶过，也不按喇叭，像做贼一样……数百万人口的东京静得可怕。显然，不可一世的大日本帝国已经濒临彻底灭亡的命运。

新任首相小矶国昭站在他宽大的书房里那扇阔大的落地长窗前,动也不动,像戳在地板上一根铁钉。他头上那盏枝子形吊灯很暗。首相的个子矮而墩实,身着和服,光着头,戴一副黑色宽边玳瑁眼镜。整体看去,大和民族的某种特征和谋略家的气质在他身上兼而有之。看得出,他的思绪陷得很深。他是那样专注地看着窗外。窗帘开着,狂风抽打着雨鞭扑在长窗上,急速地划出道道蚯蚓似的水流。窗外是偌大的一座花园。此刻已看不见花园中的茂林修竹和色彩斑斓的亭台楼阁,唯见一盏孤灯吐着一缕幽微的光,隐隐传来风铃的鸣响。

静夜多思。

此刻,小矶国昭表面平静,内心却像这东京狂风骤雨的天气,很不平静。海洋纵然辽阔,起伏不定。然而,比海洋更大的是天空,比天空更大的是人的心。这话是谁说的?德国大文学家歌德。首相战前对文学有种偏爱,如果不是第二次世界大战爆发,如果不是那些该死的少壮派去惹美国佬,今天的战局决不会是这样不可收拾,自己很可能成为一名作家。凭自己的资质,得诺贝尔文学奖也不是没有可能……恨只恨东条英机这样的鹰派!在这种自怨自艾中,新任首相不由得想到了1941年的那场震惊世界的珍珠港事件,大和民族表面上取得的空前胜利却隐含了空前的灾难。当时,日本帝国的太阳旗不仅席卷了大半个中国,而且横扫了整个东南亚。美国人不仅丢失了在华利益,而且丢失了整个亚洲。尽管蒋介石一再向世界上最强大的美国求援,而美国人却从自身利益出发,隔岸观火;对咄咄逼人的日本一让再让,采取绥靖政策,甚至一面口头上表示对中国支持,而暗中却将战争物资卖给日本。这是多么好的局势啊!可恨左右了日本国命运而又目光短视的陆军鹰派将领们利令智昏,妄想吞并全球,要向美国开战。御前会议上,海军大将山本五十六挺身而出,力排众议。洞悉全球战略力量的他转动着地球仪说,向美国开战,谈何容易?这是必败之道!日本不过是一个区区岛国,战略物资极其匮乏。现在不要奢谈对美国开战,就是在中国的战争,现在看起来一帆风顺,但随着战线拉长,帝国也有脚陷深泥之忧。如果这时候再对美国开战,那就无异于是有臆想症的堂吉诃德……山本五十六说到这里,引起了陆军将领们的愤怒。吵吵嚷嚷中,山本大将说:“将军们,假如你们乘飞机从辽阔的美国本土上空飞过,看看他们有多少根烟囱，就知道这仗能不能打……”尽管山本大将论之有据，持之有理，苦口婆心，希望力挽狂澜，然而，还是失败了。这也难怪，日本的历史太短了，缺少历史悠久的中国大地上出现过的孙膑、诸葛亮那样伟大的军事家、战略家！结果，对美国的战争拉开，日军在战场上节节失利，目光短浅的陆军少壮派们却又没有了主张。还是山本五十六大将，为了民族的利益，忍辱负重，制定了神出鬼没的奇袭珍珠港方案，并亲临前线指挥，先发制人，集中优势兵力，将隔着一个太平洋的强大的美国太平洋舰队全歼，创造了中外战争史上的奇观。

尽管如此，战争的结局还是没有逃过山本五十六的预料，皇军在太平洋上同号称世界宪兵的美国鏖战四年，在大小岛屿上进行反复酷烈的拉锯战，帝国军队虽然顽强，但美国却像一个强大的战争机器不断辗压过来。帝国军队最终在太平洋上伏尸累累，付出了惨重的代价，失去了绝对防御力，现在的帝国就像被美国佬扼住了咽喉，而在中国大陆更是双脚泥陷……局势异常严峻。

时至今日，具有真知灼见的山本大将义无反顾地以身殉国，不可一世、目光短浅的东条英机引咎辞职让贤。拯救日本的历史责任已落到我小矶国昭身上！身任首相，除了下令要全国军民遵从天皇旨意，宁为玉碎、不为瓦全之外，还有什么妙策呢？他冥思苦想了许久，实无妙策，唯有合双手祈求上天保佑。长叹一声，转过身来，走到屋中的办公桌前，颓然坐下。“啪”地一声，随手扭开了桌上那盏蘑菇似的富士山台灯。一缕牛乳般的灯光，被浅蓝色的灯罩映罩着洒在桌上，像是在桌上洒下了一层寒霜。摆在桌面当中的一份呈文被照亮了，那是下午大本营转呈上来的海军部呈文。内容很滑稽，说是一个中央气象台一个什么叫荒川俊彦的博士，想制造一种气球炸弹去轰炸美国！

他知道，此报告两年前就上书请求了一次，被古板的首相东条英机搁置了……新任首相瘪了瘪嘴，暗想东条这个书生报国之心可嘉，可惜太不实际，太异想天开，真是天方夜谭！这倒罢了，令人不能容忍的是，国势到了如此严峻的地步，堂堂大本营竟再次向首相提出如此荒谬的报告，请求首相批准，这简直是形同儿戏了。

疯了，这些人简直疯了！这样怎能不打败仗，怎能不亡国？首相想到这里，很气愤地用他那只胖乎乎的手拍打着这份荒谬的呈文,顺手从笔筒里抽出一枝粗大的红绿铅笔,就要批文。他要用严厉的语气将这份呈文驳回。举起笔来,怒目圆睁,再次细细打量这份将要被他彻底否定的报告。牛乳色的灯光下,报告上一行打印的黑体字赫然在目:“关于研制气球炸弹飘炸美国的报告”,在大本营简短的几句带倾向性的意见之后,是中央气象台荒川俊彦博士的报告原文:“首相阁下:当前帝国国运日蹙,国民忧甚,极望忠心报国。两年前,我曾有一份详细报告呈上,拟制造气球炸弹远袭美国本土,不期石沉大海。今特再次举议,切望首相能予关注。若能实施,定能挽我国运,扬我大日本帝国军威。(详细技术举措附后),中央气象台气象博士荒川俊彦上。”

新任首相一连将这份报告看了几遍,突然间改变了主意。他想,中国有句俗话说得好,没有斩龙剑,岂敢下东海。这位荒川,既然是位博士,又反复提出这样的看似滑稽的报告,说不定也还真有点名堂。在没有弄清这位博士的详细考虑之前就一而再、再而三地否定他的报告,是不是太武断了些？如此一想,怦然心动。从古至今的大发明家,一开始提出设想时,不多是被人讥讽打击的吗？哥白尼发明天体运行说后,甚至被教皇活生生地绑在十字架上烧死。对,凡事应该慎重,作为一国首脑,更当如此。中国一句民间谚语,叫“死马当作活马医”。大日本帝国局势到了这个地步,不妨试试。何况,大和民族不乏能人。既然威力无比的原子弹在其友邦日尔曼人手里几近完成,那么,有什么理由怀疑奇迹不能在这个名叫荒川俊彦的日本气象学家手里发生呢？于是,首相不再犹豫,握着手中粗大的红铅笔,在大本营的报告上龙飞凤舞地写了如下一段批示:“着草场将军即速研究荒川俊彦博士拟制气球炸弹的可行性。”草场将军是负责整个日本帝国军事科技研究、生产的最高长官。

写完掷笔。小矶国昭伸出一根香肠似的手指,按了按桌下的暗铃。随即,门轻轻开了,一个秘书模样的人走上前来,向首相敬了个礼,站得端端正正的等候吩咐。小矶国昭抬起头来,扬起浓眉,眼镜后面目光闪烁,他指着面前自己批示的呈文,吩咐道:“即刻送大本营办理。”

“是。”秘书趋步上前,双手接过首相批文,放进夹子。然后敬礼,转身,轻步退了出去,随手带上了门。

“轰！”长窗上忽地划过一道金蛇似的闪电,随即响起一声惊天动地的炸雷。雷声过后，墙上的壁钟“当”地敲响一下。外面的淫雨还在一个劲地下着，此时此刻，是东京最黑暗的子夜时分。首相凝想了一下，这才缓缓站起身来，离了座，沉思着，皱着浓眉，慢慢向里间的卧室走去。心事太重，竟一下子走错了方向。他苦笑了一下，摇摇头，顺着地毯，转一个弯，刚走近卧室，推拉门无声地开了。柔和的灯光和着温馨的气息扑面而来。尚未安睡一直在等他的夫人，身着和服，踏着木屐，碎步迎上，向他深鞠一躬，道一声：“你辛苦啦……”说着，轻轻掩上了门。

偌大的首相府内，最后一盏灯光熄灭了。万籁俱寂。只听到淅沥沥的雨声和风声穿过檐前传来隐隐的风铃声。

## 下目町艺馆里的艺妓和气象博士

荒川博士喜欢下雨，他觉得下起雨躲在这位他心爱的艺妓身边特别温馨。尽管夜已深，但雨越下越大，他也越有精神。

灯光幽微。

这是一间标准的艺妓馆。房间不大，但布置有序。推拉门，雪白的墙壁正中钉有一把硕大的张开的金色的纸扇。扇面中间画着富士山。山上晶莹的白雪和一轮冉冉升起的红日交相辉映。扇面的下方是飘洒的樱花。

荒川博士身着宽松的和服，坐在榻榻米上，一边饮着清酒，一边欣赏着枝子姑娘的扇舞，一只手下意识地在髹漆短几上打着拍子，很沉醉。时年35岁的荒川博士是出生于富士山下甲州的一户农家子弟，凭着他的天赋和努力，最终毕业于明治大学气象学院，因成绩优异，一毕业就被中央气象台录用。他身材适中，五官端正，戴一副赛璐珞眼镜，各方面条件都不错，无疑被许多女孩子追逐，可是他至今未婚。他性格内向，之所以至今不肯结婚，原因是他认为家庭是埋葬一个男人的坟墓，但他喜爱漂亮而温情的女人。因此，他虽然未婚，可有不少的女人从他生命里经过。然而，自从他结识枝子以后，恋情不再别移。这倒并不是因为她是他的同乡，而是她着实对他有真情实意，这让他感动，也感到慰藉，同时枝子也让他满意。虽然枝子至今仍是下目町里的艺妓，但其实是他包了的。他已答应了她，如果能活到战后，他就同她结婚。他没有别的开销，父母已被美国飞机炸死，一个弟弟在中国大陆当兵，至今死活不知。他每月的薪金都抛在了这里。

枝子正在为他表演樱花舞。

荒川已有了些酒意。只见自己心爱的女人载歌载舞。幽微的灯光下，她身着鲜艳的和服，身姿挺拔高挑，丰满合度。鹅蛋形的脸上，一双眼睛又大又亮。她刚20岁，肤色白里透红，鼻子端庄，嘴唇丰满，嗓音甜润，舞姿婀娜。举手投足间，眉目传情。特别迷人的是，她一笑起来，双颊上现出两个甜甜的酒窝……

荒川博士感到有些不能自持，呼吸急促起来。“枝子小姐，我要看你的玉体。你的歌好，舞美，但都美不过你的玉体。”枝子听后嫣然一笑。在这雨声罩着一切声响的夜里，她轻轻一个旋转，像是电影里的慢镜头，身上色彩鲜艳的和服，蝉翼般地轻轻从削肩上滑了下去，渐次露出了羊脂般光滑圆润的肩背、高耸的乳峰、细细的腰肢和雪白丰腴的大腿……然后她像是踏着祥云，微笑着，缓缓向他走去。

他虽然熟读了枝子小姐的身体，此时他仍像被雷击，心跳如鼓，情不自禁站了起来，迎上去，伸出双臂，一把将枝子搂紧，尽情地观赏着她，抚摸着她。室内的气温是这样合适，她的体温是这样宜人有吸引力。他细心地观赏着、享受着她。她的皮肤真好，质地像光滑的绸缎……他将自己的头贴在她深深地乳壕里，简直像婴儿依恋母亲一样。日本女人一般都没有枝子这样丰满。他很奇怪，穿上和服的她清俊、典雅，甚至显得有些清瘦，可是一旦脱去衣服，她的身肢却是如此地富有沟壑，如此诱人！善解人意的枝子替他脱了衣服，率先躺到榻榻米上，痛痛快快地将自己展开。在窗外如泣如诉的雨声中，枝子向自己崇拜的男人作出真诚的奉献。

“啪”地一声，灯光熄灭了。枝子在榻榻米上莺娇燕喘，他们颠鸾倒凤，荒川博士一而再，再而三地品尝神仙梦。

天亮前，他们精疲力竭，盖一床薄毯，相偎相依，刚刚睡着，一阵猛烈的爆炸声将他们震醒。窗外雨声已经停息。美国轰炸机又开始进行集团式猛烈轰炸了。他们一骨碌翻身坐起，透过薄明的窗纸看去，只见美国飞机扔下的照明弹挂在空中，冷灿灿的亮光透进窗棂，将室内的一切照得通明。高射炮急促地响了起来。显然，帝国的空中力量已没有能力对如此庞大的美国机群进行拦截。一串串的炮弹，犁开漆黑的夜幕，在空中划出—道通红的弹道，纵横交错，带着巨响爆炸开来，像朵朵绽开的银花。偶尔有空中堡垒被击中，那巨大的飞机先是在空中划出—道通红的弹道，纵横交错；带着巨响爆炸开来，像疯狂的流星迅速掠过天空，随着一声惊天动地的轰响在天边爆炸，连荒川身下的榻榻米都在抖颤。

然而，这一切抵抗完全无济于事。美国的打击力量委实太强大了，美国轰炸机群铺天盖地狂轰滥炸，一旦发现地上的火力点和可疑物，便立即给予肆无忌惮的致命打击。庞大的美军机群开始对位于东京西区的兵工厂集中进行地毯式轰炸了。阵阵闷雷般地轰响过后，窗前不时闪过耀眼的亮光、烛天的火焰，荒川身下的榻榻米都感到强烈震动。枝子是个坚强的姑娘，但如此猛烈的轰炸和可怕的景象还是吓着了她。她情不自禁地向荒川的怀中扑去。气象博士紧紧抱紧她，没有说话，一动不动；一边凝望着窗外遭受惨酷轰炸的情景，一边搂着她，轻声安慰“不要怕，不要怕。”借着窗上的闪光，在榻榻米的抖动中，枝子看见荒川把自己的嘴唇都咬得出了血。因为愤怒，面孔扭曲得有些可怕。

“该死的美国人！”荒川咬牙切齿地说，“以牙还牙，以血还血！等着吧，过不了多久，我要让你们美国佬也尝尝我荒川博士制造的气球炸弹的滋味！”

枝子依偎在荒川的臂弯里，感到头有些发晕。当她清醒过来时，轰炸已经过去了。自己又睡在榻榻米上，荒川睡在自己身边，在抽烟。黑暗中，只见一个红点一闪一闪的，他平时是不抽烟的。她知道他抽烟是因为愤怒，情绪很糟。她开始安慰他，伸出纤纤细手，轻轻在他身上抚摸起来，先是抚摸他那结实的胸肌，接着抚摸下去。以往，她只要一抚摸他，他立刻就会激动起来。可是此刻，他却无动于衷，不声不吭，冷得像一块冰。她知道他还沉浸在自己的思绪中，便柔声问：“荒川君，刚才你说要用你的气球炸弹报复美国人吗？”她是爱身边这个男人的。此刻，她顺着他的话说这些，是希望他吐出心中的一口恶气，高兴起来。她知道，这样的话题是他乐意提起的，至于话的实质，她并不在意。果然，荒川立刻来了兴趣，滔滔不绝说开来。“是的，枝子！”他说，“两年前，我就向首相上书了制造气球炸弹，飘过太平洋去轰炸美国……日前，我又向新首相上书。”沉默多时的气象学家像是被拧开的水龙头，就此滔滔不绝地讲了将近一个小时。枝子为了表示在听，听的很有兴趣，不时报以“嗯”、“哦”表示支持。其实，气象学家讲的那些深奥的原理，她哪能听懂，而且她的兴趣也不在这里。她真正关心的是他的情绪。只要他高兴，就够了。

“辛苦你了，荒川君！”等到气象学家宣泄够后，善解人意的枝子温驯地对他恭维道：“你的天才见解会引起新任首相的重视的。你将成为我们日本民族的英雄。”说着偎在他身边呢喃道：“睡吧，荒川君！天还没有亮，再睡一会儿吧。”莺声燕语中混合着些梦呓的韵味。气象学家今晚过于孟浪了些，又是极度的惊骇、气愤。此刻，神经一旦松弛下来，他立刻感到极度的疲乏。于是，他翻了一个身，很快睡着了。

有人敲门。荒川睡觉向来警觉，猛然惊醒。睁开眼，只见天已不早，挂着窗帘的室内已透进缕缕清亮的晨曦。他不禁皱起了眉头，真讨厌。正是好睡的时候，是哪个捣蛋？客人拿钱到妓院买欢，图的是尽兴。晚睡晚起，是妓院里不成文的规矩。像这样一早就来敲客人门的事，可是从来没有听过，没有遇到过的啊！他怀疑自己是不是听错了。

“笃、笃、笃！”敲门声又起，很轻，敲门的人初似很犹豫。荒川侧耳倾听时，敲门声急促起来，显得很坚决，一副不将睡在里面人敲起来誓不会罢休的架势。

“谁呀……？”荒川很不耐烦地吆喝了一声。

“实在对不起，荒川先生，打搅你了。”窗外响起的竟是鸨母的声音，听得出来，鸨母的声音里充满了一种无奈和歉意，仔细辩别，还带有一丝敬意。“刚才接到大本营草场将军亲自打来的电话，询问荒川先生你在不在这里？我不敢隐瞒，说在。将军说，他奉首相的命令要接你去大本营急商要事。派来接你的车马上到。”

“啊，有这样的事？”荒川是个思维敏捷的人，听鸨母一说，知道是怎么一回事情，心中一喜，翻身一骨碌坐起，“请告诉来人，我马上起来。”

“哟西！”虽然看不到鸨母的样子，但可以想像得出鸨母这时在窗外对他鞠躬致敬的样子,随即窗外响过一阵轻轻的木屐声。

猫似的依偎在他身边的枝子早醒了,赶紧给他穿衣。

心急的荒川三两下洗漱完毕,就要跟着来人上车。鸨母和枝子坚持让他吃了早饭再去。“荒川博士,请吃了早饭再走吧,时间来得及!”来接他的中佐人很年轻,神情精明。一见到他,立刻“啪”地一声,碰响皮靴,挺起胸给他敬了个军礼,表现得很尊敬。

“好吧,好吧。”战争物资相当紧缺,既然如此,荒川博士就却之不恭了。饭间,鸨母倾其所有招待他,也只能是一碗米饭,一个鸡蛋,一盘生鱼,一碗带丝汤。鸨母和枝子一直伺奉在侧。饭后,当他由中佐陪着出去时,鸨母和枝子一直将他送上车。

“请走好,欢迎再来。”汽车开动时,鸨母和枝子又向他行了九十度鞠躬礼。

## 气象博士的奇技淫巧让草场将军拍案惊奇

“荒川君,祝贺你!”执掌大本营军事科技的最高长官草场少将见到气象博士后,从堆积如山的卷宗后面缓缓地站起来,伸出手,同气象博士轻轻地握了握,礼节性地表示欢迎。然后让他坐在自己那张硕大锃亮的办公桌对面,字斟句酌地说:“首相对你研制气球炸弹的报告甚为关注……为了帝国的命运,让我们共同努力吧!”边说边用他那双极具洞察力、深邃的眼睛,透过近视眼镜,仔细打量面前这个大言不惭的人。老实说,对眼前这个博士提出的研制出气球炸弹飘过浩淼无际的太平洋去轰炸美国人的设想,他感到不可思议。因此,他一开始并没有抱多大的信心,出言谨慎。尽管军人的大职是服从命令,而且还是一桩首相特别交待的任务。

草场将军不是一般的军人,更不是一介莽夫。他是一个卓有建树的物理学家。同荒川一样,他也毕业于明治大学,不过荒川入学时,他已经毕业,算是学长,今年四十岁。像大多数日本知识男性一样,他的身材也是矮笃笃的,有棱有角的脸上戴着一副宽边黑色玳瑁眼镜,流露出一种学者风度。他没有戴军帽,一头粗硬的短发,穿黄呢将军服,正襟危坐,身姿笔挺,这又从一个方面展示出他的职业军人特征。他那双藏在眼镜后的眼睛,看人时神情深邃严峻,枪弹似的有力,这又显出他不凡的阅历和性格的深沉。

性格内向而敏锐的荒川博士一眼就看出了将军对自己的态度:外表热情内在冷漠,相当审慎,甚至有些警惕。他明白草场将军对自己的报告心存疑虑。不过,既然自己坐在了这位帝国最高军事科技长官面前,他就有折服他的信心,这一天,他等得太久了。

草场将军异常冷峻仔细地审视着坐在自己面前的这位气象博士。他想弄清,这位脸色有些病态,罕言寡语的气象学家不会得了什么臆想病吧?

这个时候,荒川站了起来,向帝国最高军事科技长官鞠了一躬,说了一句话,只有四个字:"不胜荣幸!"说完又坐下来,怔怔地看着将军。细细看去,荒川有一副黑黑的浓眉,一双近视眼透过镜片看着自己,态度不卑不亢。气象学家衣着整洁,身着藏青色西服,脸色显得有些苍白。将军当然不知道原因是眼前这位气象学家昨晚宿在一位相好的艺妓那里,行为又过于孟浪,之后又因为美国飞机的轰炸而激动而显出病态。不过,这点是可以判断清楚的,眼前这个气象学家是一个正常人,可以对话。于是,将军开始正式同荒川交谈。

"首相批转给我们的关于你研制气球炸弹飘炸美国的报告,还有有关的技术性的说明,我都看了。"草场将军用右手的五指轻轻叩打着摆放在桌面上的那份厚厚卷宗。显然,那是荒川所呈交上去的有关文字材料,"研制气球炸弹的基本的原理一看就懂。但是,我有几个关键的地方不明白,得弄清楚才行!"

"是的。"荒川心中有些激动,他思维也很敏捷说:"请将军垂询!"

"从荒川君你设计的图案来看,"草场将军的语气亲切了些,"所谓气球炸弹,其实并不复杂,就是在气球下吊个篮子,里面装着威力强大的炸弹。让它们绵延不绝地飞离日本,飞过太平洋,去轰炸美国本土,是这样吧?"

"是的。"荒川点了点头。

"日本远离美国。长空万里,太平洋上气象复杂,波诡云谲。何以保证让这些气球炸弹能飞到美国,而不会飞往其他地方,甚至顺着气流倒回日本呢?"

“啊,是这样!”荒川轻轻咳了一声,开始回答,用语专业:“这些气球炸弹都要飞一万米高空甚至以上高度。而在这样的高度,有一层恒定的终年四季不断的东去的气流。这就是说,只要我的气球能保证飞上这个高度,只要能进入这股恒定气流,就能保证飞到美国,不会飞偏,更不会倒回我们日本。假如美国也要放气球炸弹回击我们,只能顺着气流飞到他们自己国内或是飞到英国去了。这是气流决定的。”

“啊,是这样!”草场将军释然地吐了一口气,铁板一块似的方脸上有了些暖色,继续问询:“那么这里还有最后一个连带的问题。你怎么控制这些气球炸弹的升降呢?就是说,既要让它们先飞上恒定的一万米高空,又要让它们乖乖地在美国降落爆炸呢?”

“我有两个连带的法宝可以控制它们:定时器和沙袋。”荒川博士成竹在胸,侃侃而谈,“这些气球炸弹只要一进入恒定气流,装置其上的计时器就开始计时。从日本飞到美国西海岸,我精确地计算过,是两天的时间。到时,不管白天或者黑夜,它们都会缓缓落地,触物爆炸。如果要它们飞进美国本土深入一些的地方,就可以通过调整计时器达到目的。”

“那么,看来最要紧的是气球炸弹的控制装置了?”这会儿,先前态度有些傲慢的将军从中受到鼓舞,看到了事情的可行性,说出的话很客气,并有些讨教的意味:“荒川君,对这个最重要的制控部位,你是怎样考虑的呢?请说细些,好吗?”帝国兵器工业最高长官显然已被眼前这个气象学家的奇技淫巧所吸引,他看出气球炸弹一旦制造成功,在战略意义上的重要性,也许是摆脱目前在美国人打击下束手无策的最好回应。因此,素来遇事沉着的他,此时呼吸也显得有些急促,说时还将身躯往前倾了一些,表现出他内心极度的不平静。

“我要在这些气球炸弹的吊篮里,装上三十个二至七公斤的沙袋。当气球升至九千米高空时,由于气压作用,固定沙袋的螺栓就会自动解脱一些。这时,沙袋就会被抛掉一些。这些气球就会因为减压而升高,当它们升到一万零五十米高度时,气囊的一个阀门因受气压的压力,又会自动打开,排出一些氢气……当这些气球到达美国后,因计时器作用,随着氢气慢慢排出,气球炸弹便会慢慢落地爆炸!”

他们两人,一问一答,像两个高明的棋手在下盲棋。草场将军的提问,事无巨细,如水银泻地;气象博士的对答丝丝入扣,无懈可击。草场将军完全释疑了,这才轻轻嘘出一口长气,好像经过艰苦的长途跋涉,到达了目的地。他那对藏在深度近视眼镜镜片后的眼睛里,闪出一种佩服夹杂着感激的神情。他搓着手,由衷地赞叹:“荒川君,你的设计真是奇妙极了。我要立即报告首相。你准备一下,画出详细的图纸,作即刻投入生产的准备。”说着,他冲动地站了起来,手握拳头在桌上“砰”地一击,激动地说:“有了这种气球炸弹,帝国便如有神助。毫无疑问,这样便会使帝国由目前困难的消极的空中防御变为主动出击。我们就能狠狠地教训自以为是的美国人。这种新式武器的出现,或许会整个地改变目前帝国的命运。我代表大本营对你的杰出贡献表示感谢!”

“谢谢!”荒川博士再次起立,向执掌帝国军事科技的最高长官深鞠一躬,感激而泣。他说:“作为大日本国的一个国民,荒川愿为天皇陛下献出一切,直至玉碎!”草场将军略为沉吟,说:“博士,你将调离中央气象台,秘密地为帝国最高机密服务,你有什么要求吗?”

“希望能让下目町艺妓馆的枝子小姐到我身边。”

“好吧。”草场将军答应下来,“像你这样对帝国有卓越贡献的科学家,提出任何要求都是不过分的。”接着,他们握手。将军吩咐刚才接荒川来的那个精明的中佐再用小车将他送回下目町艺妓馆去。

接着,将军作了特别的嘱咐和布置。

两个月后。在四国东部一个日本海军秘密基地,晨曦轻轻拉开了纱幕。看得分明,这是一个突出海面的孤岛,面积约两三平方公里。远看岛上怪石嶙峋,蔓生着一片片的丛林,表面上看不出有任何特殊之处,无非荒岛一处而已。即使世界上最先进的美国侦察机在它上空反复盘旋侦察,也绝对发现不了什么问题。因为,除了海边泊有两艘快艇外,什么也没有了。其实,这座孤岛是挖空了的,下面暗藏机关,别有天地,有重要的科研机构建在这里,戒备非常严密。可以说,岛上的每一块石头后,每一棵树下,都隐藏着一双恶狠狠的眼睛。

这天天气很好,一早就出了太阳。放眼望去,无边无际的大海,像一匹硕大的质地很好的蔚蓝色绸缎,微微起伏着铺向天际,有细浪轻轻拍打着岸边的礁石，溅起朵朵银白的水花。海风轻轻地吹，几乎看不到一个人，真是安静极了，美丽极了。岛正对太平洋，岛边是绵长、宽阔的沙滩。

八点整。一群身穿海魂衫的海军跑步来到海滩上。他们像消防队员救火那样紧急，一个个抢步而上，动作麻利地将一条条乳白色的胶带等距离地量放在沙滩上。然后，迅速撤离。接着，快步跑出另一队海军。他们手提冲氧机，两人一组给躺在沙滩上软塌塌长蛇般的胶条冲好气后，一个个庞大的、锚在沙滩上的白色气球便升了起来。当这批人离去后，一辆辆平板车开了过来。这些站在平板车上的军人也是两人一组，他们将一个个巨大的吊篮抬起来挂在气球上。这些吊篮里装置着经过精心计算的沙袋、控制器，当然还有一颗威力巨大的炸弹。

一辆辆平板车开走了，金色的沙滩上飘起了密密麻麻的乳白色的气球炸弹。这批秘密武器，日军制造它们，除原材料外，几乎没有花什么钱。因为许多原件都是在日本海军技术人员的监督下，由日本一些中学生和群众完全出于自愿，按照图纸，争分夺秒，不分昼夜干出来的。他们这样拼命，不为别的，是为了效忠天皇，是为了帝国的命运。

九点过一刻。草场将军和荒川博士在海军部代表矾谷介少将陪同下，沿着长长的沙滩走了过来。对这第一批三百个气球炸弹逐一进行检查后，确信全部进入起发状态，良好无误。十点整，草场将军向列队待放气球炸弹的海军们下达了“放出”的命令。三百个气球炸弹冉冉升起来了。草场将军和矾谷介少将带领基地全体官兵，科研人员列队，仰起头来，遥望长天，唱着军歌，向渐渐远去的秘密武器祈祷。荒川博士更是泪流满面，双手合十，口中念念有词。他相信，这会儿大本营许多决策人，包括首相都一定关注着这次行动。昨天，就是昨天，首相亲自责成大本营，要他们对在美特工和沿太平洋一线的特工发去密电，让所有潜伏在这一线的特工密切监视、收集这批秘密武器发出后，美国的反应并及时向大本营报告。

于是，第二次世界大战中，日本对美国发起的，历史上绝无仅有的气球炸弹袭击战，就这样悄无声息地开始了。

# 第二章 从天而降的“白色魔鬼”

## 往事不堪回首

金珠岛是美国西海岸一个美丽的半岛。它的前面濒临浩瀚的西太平洋，后面是内华达和落基山脉夹峙着的广阔的原始森林带。

沿绵长的海岸线，内华达州起伏的山峦到了这里，突然顿了一下，于是，这里便形成了一个怀抱着的优良军港。港内，战舰林立。

军港的右侧，茂密耸峙的绿色植被从岛下方逐渐向上延伸而去，由浅至深，由淡至浓。半山腰上，丛生着西部特有的棕榈、矮杉……整个看去，金珠岛像是一只俯视军港展翅欲飞、周身翠羽闪闪的的鹦鹉。在鹦鹉的头顶上，矗立着一幢西式别墅。它一楼一底，尖顶阔窗，红瓦粉墙，色彩柔和而典雅——这是美国西部地区最高军事长官、防卫总司令乔治将军的宅邸。它的周围还散落着几幢别墅，那是军港司令、参谋长等高级军官的宅邸。一条平坦如砥，光滑如镜的柏油山道，从乔治将军别墅前那道带有原始古味的木栅栏门外，逶迤飘向茫茫的原始森林深处，像是系在内华达山脉和落基山脉间的一条闪光的飘带。

这是一个夏天的黎明，惊涛拍岸，晨光熹微。

刚六点钟，乔治将军准时醒了，这是他在二十五年军旅生涯中养成的严格的生活习惯。按说,他该多躺一会儿的,此行的巡视工作已经完成。昨天晚上,他已嘱军港司令霍根等高级军官不必给他送行。再过三个小时,他就要乘专机直飞他设在旧金山的总部去了。这段时间是将军最享受的时间,况且,今天是礼拜日。

然而,将军起来了,走上前去掀开了窗子。立刻,一股凉丝丝的带着咸味的晨风吹了进来,灌满了整间屋子。时年46岁、体格魁梧匀称的将军,随手披上一件蓝色条纹睡衣,去里间的盥洗室洗漱完毕后,换上一套雪白合身的卡其军便服走了出来,这就越发显得肩宽腰细,精神勃勃,身姿笔挺。六点零五分,将军迈着军人的步伐,准时出现在阳台上。将军别墅的阳台,四四方方的,周围有镀铬栏杆,宽阔雅致,简直就是个良好的小型观光台。

日前,他听取军港司令、参谋长等人的工作汇报就是在这里进行的。阳台正中,插着一顶红色遮阳伞。伞下,摆放一张雪白的沙滩椅和一张精致的椭圆形的桌子。将军先是站在栏杆前,极目眺望军港的黎明,真是美极了。天光越来越亮,无边无际的太平洋在淡淡的如丝如缕的晨雾中泛着粼粼青光。一丛丛云雾浪花轻柔袅娜地绽开在海滨礁石的四周。视线调向左方,在逐渐亮起来的港湾里,依次显现出停泊在军港里的约一二十艘各类军舰。一艘艘庞大的军舰上见不到一个人,只见那昂首的巨炮和在海风中猎猎飘扬的军旗……他不禁看了看腕上金表,还有一个多小时,七点半钟,舰队将举行升旗仪式。他转过身来,像往常那样,独自坐到了沙发椅上,等着看舰队庄严的升旗仪式。

乔治将军现在是西海岸的最高军事长官,海、陆、空都归他管。但是,他对海军最有感情。因为,他是海军出身。顷刻间,天光大亮。整个军港沉浸在一种神秘、苍茫的气氛中,眼前的大海像一匹硕大的蓝色绸缎铺向天边。调过头去,郁郁葱葱的森林将一抹宏大的温柔的蔚蓝展向天边。眼前的大地、军港是如此地平和、静谧、美好、温柔。对遥远的古老的中国有些研究的乔治,真觉得此时此刻有些中国古诗中“蝉鸣林愈静”的意味。

“早安,将军!”这时,勤务兵波特推着一辆镀铬小推车向他轻步而来,波特是一个年轻的黑人水兵,身姿矫健修长,声音富有磁性。

“早安,波特!”将军说时,波特已经动作麻利地将早餐摆在将军面前的桌上:一杯热气腾腾的咖啡,一份烤牛排,再端出一个扁锅,两只手灵巧地一翻,一盖,一个足有五个蛋做的蛋糕便翻在了一个雪白的瓷盘里……最后,他再从镀铬车的下格拿出一张刚出的、带有油墨香的《旧金山晨报》放在桌子的一侧,然后,推上小车,无声无息地走了。

将军拿起晨报,一边喝咖啡,一边开始浏览报纸标题。头版上有一条标题很醒目:“日本新任首相小矶国昭发表施政演说”。乔治很为吸引,开始阅读新闻导语:“小矶国昭坚持东条既定国策,希望与美早日缔结和平……”一丝幽默的笑不由得浮现在将军脸上。现在日本帝国已朝不保夕,美军已拿下了硫磺岛,可以说,已经快打进日本的家门,还有什么和平可谈?突然,似有什么轻轻地撞击了一下将军的心扉,将军紧紧地盯着这条新闻,似乎从中看到了什么严重的问题。和平?事实证明,日本人对美国口口声声高喊和平之时,就是发动猛烈攻击之日。将军警惕起来了,但是,转念一想,此刻,德、日、意法西斯阵营已面临彻底灭亡的命运。激烈的战争正在欧亚大陆进行,连招架之功都快没有了的日本人,还有力量对相隔万里之遥的西太平彼岸的强大的美国进行攻击吗?回答是否定的。但是,日本人是不可用常规思维来考虑的,是无法理喻甚至是极其野蛮的。最近报上连篇累牍的报道,再次证明了这一点。日本人在同强大的美国争夺一些岛屿时,失败前夕,在浓烟烈火中,往往是岛上男人全部同守军一起战死,妇女儿童全部蹈海。而且,为了效忠天皇,他们这种自杀竟全都是出于自觉自愿。

在强大的美国舰队攻击面前,一些狂热的日本青年,竟自发地组织起什么“神风突击队”,舍身轰炸美国军舰,行为极其惨烈。他们驾驶的飞机形似马蜂,装满了炸药。一旦飞起来,飞机脚架自动脱落。这就意味着,飞机上天就不可能再度返回,驾驶员以死报效天皇,武士道精神十足。日本人这种奇怪的战法,一开始美国空军简直搞不清是怎么回事,驾驶员赶紧起飞迎战。可是,那小黄蜂似的日本战机却直端端地朝军舰上庞大的的烟囱撞去。“轰隆!”一声,神风突击队员用机毁人亡的代价换得同军舰一起同归于尽。开始,美军军舰没少吃亏。日本朝野为了鼓励日本青年参加神风突击队,特作了规定,突击队员参战前,有三天是为所欲为的日子。对女性,除了皇家,要谁是谁,任何人不得拒绝……

既然如此，领教过日本人厉害的乔治将军想，现在被逼急了的日本人，会不会对美国人来个什么意想不到的报复呢？而今天的军港之晨与四年前的珍珠港真是太像了。蓦然间，四年前那一幕极为惨烈的画面浮现眼前。

1941年12月7日，是个星期天。当时，乔治是海军情报署的一个上校，正奉命在珍珠港太平洋舰队执行公务。像今天一样，习惯早起的他，在军港一座三层的楼上观赏风景。七点半钟，珍珠港内，太平洋舰队开始举行升旗式。值星舰上的军乐队首先奏起了雄壮、嘹亮、激动人心的《美丽的阿美利加》乐曲。军港内，排列得密密麻麻的军舰共九十艘，各类轻、重巡洋舰、驱逐舰列成整齐的队形。最引人注目的是，在港湾中央福特岛与海军工厂之间被称为“战舰大街”的主航道上，双双并排停泊着舰队的八艘主力战舰，它们是：加里福尼亚、内华达、马里兰、克拉荷马、田纳西、西弗吉尼亚、亚利桑那。

战列舰宾夕法尼亚因临时调到工厂进行小修，在它原先的宝座上，新泊了一艘轻型巡洋舰海伦娜。因为它在八艘巨型军舰中显得太小，被水兵们讥为“小肋骨”。

在夏威夷冬日特有的温馨晨光中，突然，远处隐隐传来阵阵闷雷般的声响。乔治上校抬起头，诧异地发现，空中一缕白云飘过之后，出现了飞机群；密密麻麻，像秋天常见的成群结队铺天盖地扑向某块稻田的麻雀。飞在前面的一架飞机尾巴一点，一颗炸弹从天而降，闪着眩目的光彩，“咚”地一声砸进海水中，“轰”地冲起一片银亮的水花。

“该给这个冒失的家伙记大过处分！”乔治上校怒不可遏地挥着手。他虽然觉得这个阵容庞大的机群情况不对，但万万没有想到这是从万里之遥来偷袭的日本人的机群，还以为是美军战机中哪个冒失的飞行员惹的事。而就在这个时候，漫天的炸弹从天而下，珍珠港顿时陷入一片火海中。

由51架俯冲轰炸机、46架鱼雷飞机、49架水平轰炸机和43架零式战斗机组成的日本海军第一攻击队，在指挥官渊田美津雄中佐指挥下，对珍珠港刮起了第一冲击波。只见原先平静的珍珠港内霎时火光冲天，爆炸声不绝于耳。军港上空凝聚成了一片只有夏天才有的那种黑中带红的火烧云奇观。这时，只有到了这时，美军太平洋舰队才清醒了过来，意识到遭到了日军的袭击。猝不及防中，岸上的高射炮和舰上防空炮响了。然而，令人吃惊的是，也是对太平洋舰队给予了最终毁灭性打击的是，日机竟然开始施放鱼雷——这让美军目瞪口呆。因为按常规，这是根本不可能的事。珍珠港水深处只有22.9米，最浅处只有十二三米……这样的水深，鱼雷投入后，就会直坠海底。太平洋舰队司令金梅尔上将曾作过珍珠港应急作战计划，可是，无论如何也没有想到日本人有这一手。日本人太不一般了！他们针对珍珠港的水深，赶制出了浅水鱼雷，并且轰炸机冒着极大的危险进行超低空投放。

瞬时间，只见密集的鱼雷在水中像一条条水蛇纵横交错，带着森然的死亡气息，嗤嗤乱窜而来。随着一道道利剑般的白色鱼雷冲过来，轰隆隆——顷刻间，"战舰大街"上，八条主战舰几乎同时被击中，纷纷猛烈爆炸起火，粼粼碧波变成了一片黑红色的火海。

八点四十分，日本海军的第一冲击波刚刚过去，威力更大的第二冲击波接踵而至。日军171架各式飞机对已经全部陷入劫难中的太平洋舰队进行补炸……乔治上校气愤至极，冲到屋里抱出一挺机枪，站在楼顶上，咬紧牙，举起机枪对空猛烈射击。一架大肚子轰炸机被击中了，冒着黑烟一头栽进了大海里。

"哒哒哒！"一架日军战斗机发现了他，翅膀一偏，超低空向他刮来，"轰"地一声，一颗炸弹在楼上爆炸之时，身手矫健的乔治往楼下一跳。上帝保佑，只受了点轻伤，捡回了一条命。以为天下第一的美国太平洋舰队，就这样，在日本海军迅雷不及掩耳般的打击下了。然而，与此同时，美国首都华盛顿白宫国务院里，美国外交部长赫尔还懵然不知，满怀希望地接见日本派来的和平特使——身穿黑色燕尾服的野村和来栖。日本和平特使面带微笑，从红地毯上走来，风度优雅地向赫尔递上了一份冠冕堂皇的"日美和平协议"……

熟悉的、雄壮嘹亮、激动人心的《美丽的阿美利加》乐曲在耳边响了起来。乔治将军抬头一看，金珠港内的舰队正在举行升旗仪式。他霍地站起，走到栏杆前，挺直身躯，举起手来，向着冉冉升起的星条旗敬礼。

一架草绿色的直升飞机从上方一朵白云里钻出，迎面翩翩飞来。它是将军的"橡山"号专机，像一只姿势优美的蜻蜓，飞到离自己不远的阳台前方时，在空中划出一道优美的弧线，缓缓降落在了别墅前的菌苗草坪上。将军转过身来时，阳台上出现了波特。

“将军！”皮肤黑黑的波特趋步向前，挺胸给他敬了个军礼，朗声报告，“将军，您的专机来了，请上专机吧。”将军还了礼，抬起腕上金表一看，时间正好九点整。

将军甩开大步往楼下走去。

“将军，请！”

“橡山”号专机驾驶员詹姆像往常那样，没有下飞机。坐在驾驶台前的他，看到乔治走近时，替将军掀开了驾驶舱门，探出头来，微笑着，动作非常洒脱。

乔治将军在这样的行程中，从不带警卫人员，总是独来独往。将军向送行的波特挥了挥手，随即两条长腿迈上了飞机。将军刚刚在驾驶台前的另一个座位上坐稳，一只手将舱门一关，熟悉将军性格的詹姆立即将飞机拉了起来。专机很快进入正常高度，开始向旧金山方向飞行。

阳光朗照。“橡山”号专机飞得不高，大概三四千公尺。从高空俯览大地，真是太惬意了。无边无际的大海，像一块闪光的蔚蓝色的明镜，那茫茫的原始森林则像是一块不断伸展的质地很好的绿色毛毯……年轻的专机驾驶员知道，遇到这样的好天气，性格飒爽的将军马上就要将他身边的一扇耳窗推开，让浩浩的海风吹进来。在愉快的空中旅途中，将军不是同他开开玩笑，就是唱起他喜爱的《美丽的阿美利加》歌曲。将军的男中音是很不错的，以往将军都是这样的。可是，这次飞机已飞了好一会，将军却坐得端端正正的，神态很严肃，似在思索着什么。詹姆不禁注意打量了一下坐在身边的最高上司。美国西部防卫总司令乔治将军正用他那双紧张的天蓝色的眼睛，打量着机窗外的情景，好像想把头探出去，在努力搜索着什么，目光犀利，神态陷得很深。这是过去从没有过的样子。作为很了解将军的下属，年轻的专机驾驶员詹姆不禁深深诧异。

## 疲于奔命的美国西部防卫总司令

金珠岛离旧金山大约有半个小时的空间距离。

"橡山"号专机沿浩瀚无垠的西太平洋飞了大约一刻钟后，忽然，从飞机背后升过来一片火光，形似火烧云，带着"噼噼"、"啪啪"的可怕声响，迅速在前方弥漫开来，把整个天空都染红了。

"山火！"乔治将军不禁失声，"快！"他命令詹姆，"将飞机往回飞。"于是，这架绿色的专机在空中划出一个优美的孤线，调头往回飞去。很快，金珠港遥遥在望。将军这下看得很清楚，在离金珠岛有段距离的橡山上，正在爆发一场特大的山火，情景极为可怕。

乔治将军不禁大大惊异了。按常理，这火灾是决不应该发生的。早知道这片茂密的森林容易发生火灾，所以他一直防患于未然，就任以来，对防火极为重视，采取了多种措施。前年初春偶尔发生过火灾，一开始就被海岸警卫队和森林防火队扑灭了，去年根本就没有发生过火灾。

按常理，火灾多半发生在干旱的初春季节，而现在已进入了夏季，昨天晚上就下过大雨。美国西部地区，地广人稀，很少有人进入这片密林，防卫又极严，这场山火骤然间是怎么发生的呢？乔治将军怀着这种疑惑、惊异的心情，观察着前面脚下正在熊熊燃烧的山火。

该死的海风从西太平洋上绵绵刮来，这就像给正在燃烧的橡山送上了一架鼓风机。大面积的苍翠的树木，无不整枝摇曳，好像是一群死到临头、无路可逃的可怜人，在逼近的大火面前惊慌失措地胡乱挥舞着胳膊……一团团卷着漆黑浓烟的烈火，发出可怕的声响，迅速舔了过去，很快就将那些簌簌发抖的林木卷入火海中，简直像猛虎冲入羊群，蟒蛇鲸吞小兔。

火借风势，风助火威。呼呼的烈火舔倒大片大片的森林后，火势更猛，沿着橡山残存的密林和深谷奔跑呼啸，肆无忌惮，如颠如狂。

乔治将军身边的无线电呼叫机响了。将军将无线电呼叫机拿在手里，打开。呼叫机里，军港司令霍根上校在紧急呼叫将军的代号：

"鹞鹰、鹞鹰，我是海狸。"

"我是鹞鹰、我是鹞鹰。"将军沉着应对："海狸，橡山发生山火是怎么回事？"

"报告总司令，我们刚才遭到了不明飞行物的攻击！"从军港司令的口气中，听得出霍根上校的紧张和对事件的诧异。

“你报告具体些。”乔治将军的一颗心猛然揪紧。

“九时整，橡山左前方飞来一顶雪白的降落伞。降落伞落在橡山，随着一声炸弹的爆烈声响，橡山上立即燃起了大火，我已命令海岸警卫队前去扑火……”

“很好！”将军命令，“你让参谋长迪伯斯留少量部队在军港驻守，你立即组织军港所有力量并亲自带队，迅速前去灭火！我命令附近的海岸警卫队、森林防火队赶来增援，一并听从你的命令，尽快扑灭橡山大火。”

“是。”无线电呼叫机里，传来霍根刀截斧砍的声音。

“随时向我报告灭火情况。”乔治将军嘱咐，“我立刻返降军港。”下达完命令，将军让詹姆将专机降下去。

专机降落在军港码头。当乔治将军从小巧的专机里跨出来时，参谋长迪伯斯跑步上前，向他报告。“将军！”军港参谋长是个矮胖子，不到四十岁已发福，红红的脸红头发，整个看去，简直像个熟透了的西红柿。

迪伯斯“啪”地一声在将军面前立正，竭力挺起胸来，为了使自己显得高一些，他将脚尖垫起。

将军不屑地看了看军港参谋长，还了个礼。他知道，这个人庸碌无为。

“军港情况怎样？”将军问询。

“平安无事。”迪伯斯竟这样报告。

“可你们的司令向我报告，你们正在遭到不明飞行物的袭击。”

乔治将军眯起那双犀利的天蓝色的眼睛，很不满意地打量着这个庸碌的参谋长诘问：“橡山已经出了事，燃起漫天大火，你们的司令正带着部队在橡山扑救大火，你凭什么说军港平安无事？”

“报告将军，凭我的眼睛。”矮胖子参谋长脾气也倔，在个子高高、满脸怒容的将军面前毫不退让，像一只好斗的公鸡。

“凭你的眼睛？你看，那是什么？”将军说时，指着迪伯斯的身后的什么，厉声喝问。军港参谋长旋即转身望去，不由得张大了眼睛。只见一顶硕大、雪白的降落伞正从一缕白云中钻出来，斜斜地向军港飞来，就在离军港不远处，缓缓往海面降落。

“这一定是附近村庄里，哪个讨厌的家伙造的土降落伞。”军港参谋长如此解释，说要将军放心，他立刻就可以去查出是哪个讨厌的家伙，然后，按照美国的法律，定他一个妨碍军事防务罪。

"那不是一般的降落伞，橡山的大火就是它引燃的！"乔治将军怒不可遏，指着那顶正在下降的白色不祥之物，大声喝道："我命令你立即履行军人职责。否则，我将撤你的职，并以渎职罪，将你送上军事法庭！"

庸碌而又刚愎自用的军港参谋长听将军这一喝斥，这才意识到了问题的严重性。他赶紧跑开去，下达了几个命令：让比尔副官陪同将军，自己则率领一艘近海巡逻艇，离开军港，尖尖的船头划开碧蓝的海水，泼刺刺向那顶正在下降的白色降落伞驶过去。

乔治将军在观察所里，从高倍望远镜里望出去，看得分明：那顶正在下降的白色降落伞的下端，悬吊着一个吊篮。吊篮里蹲着一个黑黝黝的东西，是一颗威力巨大的炸弹——富有作战经验的将军一眼就看出来了。就在迪伯斯率领的那艘巡逻艇靠近时，那顶白色降落伞已经"咚"地掉进了海水中，白色的伞面浮在海上。迪伯斯指挥着几个水兵站在甲板上，拿着铁钩开始打捞。

"见鬼！"乔治将军急得挥拳大骂，"蠢猪，你不要靠近……"可是，这一切着急都是无用的，因为"蠢猪"听不到自己的骂声。将军正想命令候在自己跟前的比尔副官再带一艘巡逻艇前去阻挡迪伯斯的轻举妄动时，"蠢猪"可能打捞失败，放弃了那种危险之至的努力。他让一个士兵挥刀割断了伞绳，捞起了白色的伞面，乔治将军这才长长地舒了一口气。

"对不起，将军，我只捞起了伞面，其余的都沉了海里。"迪伯斯站在了乔治面前，他一身原先整洁雪白笔挺的海军薄呢制服完全弄湿弄脏，不知怎么搞的，身后还粘着几根海草，腆着肚子，腰上却扎根宽皮带，看去像个两头小中间大的陀螺，很滑稽。迪伯斯低头看着放在地上的湿漉漉的半截伞面，一脸的沮丧和狼狈。

将军告诉军港参谋长，降落伞的吊篮里吊着威力巨大的炸弹，幸好是掉在海里，你们没有将下面部分捞起。若去捞，必爆炸无疑。说时又考试似的问军港参谋长，准备如何处理沉进海里的炸弹？

派潜水员下去慢慢捞。

不行时，可以海底引爆。

然后，将军仔细打量起迪伯斯打捞上来的半截“不明飞行物”，从伞边上的日文假名，可以确定它来自日本。

“气球炸弹！”——蓦然，乔治将军明白了，他怒喝起来，“该死的日本人，果然是日本人。”这时，将军才发现，从早晨起就一直困扰着自己的预感得到了证实。但是，他旋即又想，这些该死的气球炸弹，日本人是从哪里放过来的呢？是怎么放过来的呢？日机飞过太平洋，飞到美国本土空投？这不可能，决不可能。他对自己国家的防空力量，对自己负责的西部的防空力量都相当自信。不管是任何一国的飞机，进入美国领空，就会被雷达发现……况且，不要说现在，就是在日军的鼎盛时期，他们的空军也没有越过西太平洋，飞到美国本空的能力！

将军思索着，蹲下身去，他伸手触摸雪白的伞面，觉得这伞面质地特殊，粗糙生硬，完全没有一般降落伞的柔韧性。

“将军！”蹲在对面的军港参谋长突发异想，他说：“这些日本人的气球炸弹，会不会是他们从万里之遥的日本本土放飞过来的呢？”

“这不是天方夜谭吗？”将军最初觉得不以为然，不可思议，反问迪伯斯：“如果是这样，日本人怎么能保证他们施放的这些轻飘飘的气球炸弹能飞过太平洋，专炸美国，而不会被强大的、变幻无常的气流吹回日本本土或其他地方去呢？你觉得诡诈无比的日本人会干这种蠢事？”

看着无语以对的军港参谋长，乔治将军就差没再训他一句：“你要好好动动脑子”。

将军要军港参谋长派人将这伞片剪下一块，立即用专机送到华盛顿海军研究所去检验。检验结果一出来，立即报告将军。

“是！”迪伯斯话未落音，在橡山现场担任扑火总指挥的霍根上校打来电话向乔治将军报告：山火已经得到控制，大约再过两个小时，山火可以完全扑灭……

“好的。”乔治将军无限欣慰。他告诉霍根，自己立即赶到现场。说完转身大步向停在军港码头上的“橡山”号专机走去。

将军上了专机，一步也没敢离开专机的詹姆立刻将直升机拉了起来。很快，专机飞到橡山上空，鸟瞰橡山，只见大火已经扑灭。偌大的密林里，留下浩劫后的惨状:烧焦了但是还未倒下的树木,像一只只直指苍天的黑黑的炭笔……焚烧过的森林同苍翠的密林划出一道明显的界限,像一个长满了秀发的美人头,突然裸露出那么一大块秃顶,看来令人触目惊心。还有不少一团一团的余火在燃烧,冒烟。地上的军人们三个一伙、五个一簇,还在努力扑灭余火,像一群群卖力的蚂蚁,有些提着灭火器或用救火车上的水管朝余火猛喷,更多的官兵干脆就冲近余火,顶着烟熏火燎,冒着危险,用枝条尽力抽打……

专机降落在山顶上一块烧焦的土坪上,乔治将军刚下飞机,军港司令兼灭火总指挥霍根上校便跑步迎上。

"报告将军!"霍根上校"啪"地举手敬了一个军礼,嗓音有些沙哑,"橡山大火基本已经扑灭。"乔治将军注意到霍根和站在他身后,一群向他敬礼的官兵,一个个的军装上都烧得大洞小洞的,一张张年青英俊的脸上也是黑乎乎的,还有树枝划出的一道道血痕。

"感谢你们!"将军大为感动,还了个军礼,随即问霍根:"对不明飞行物可能的连续不断的袭击,你采取了怎样的应对措施?"

"我已命令一队舰载空军和队轻型巡逻艇立即起飞、起航,沿海岸线往来巡逻,密切注意东方。一旦发现不明飞行物飞来,立即在高空击落,务必不让它们靠近海岸,同时命令森林防火队和海岸警卫队进入二十四小时戒备状态,注意巡视和扑灭山火的准备。"将军点了点头。本来还想问,"一旦不明飞行物晚上袭来又该怎样应对?"但想了想,没有再问。

"很好。"将军想了想说,"我立即再向整个西部防务部队下一道命令。从现在起,沿岸所有的监视机器打开。对来自东方的不明飞行物进行二十四小时的严密监视……金珠岛地区的防务由你全权负责!"

"是!"毕业于西点军校的高材生,年仅三十岁的金珠港司令霍根上校接受任务斩钉截铁。

命令下达完毕。乔治将军说:"好,现在让我们一起来扑灭余火吧!"将军寻了一根柔韧的枝条,大步走向旁边一堆还在冒烟的废墟,高高扬起手臂,抡圆枝条,狠劲抽下去。西部防卫总司令身先士卒的行动,让官兵们大受鼓舞,一些官兵竟对将军勇敢的行动欢呼起来。

"孩子们,跟我来!"将军很激动,他已经将那堆废墟的残火彻底扑灭。他换上一根更粗大的树枝，迈着大步朝森林深处的另一堆余火走去，他的后边簇拥着官兵们。

“将军，你看！”正在往前走的乔治将军，听出跟在他身边的霍根上校的声音有些异样，转过头来，顺着霍根上校手指的方向看去。他们站在橡山顶上，这是一个制高点。俯览下去，一个异常的、令人骇目的景象清晰地显现在视线中：就在军港前方二百米处的海面上，一顶硕大、雪白的气球炸弹正从一缕白云间钻出，冉冉往下降落。海上有风，气球炸弹斜斜地往岸上飘。显然，如果气球炸弹飘上岸爆炸，后果不堪想象。乔治将军正在着急，“蠢猪”迪伯斯这次不蠢，他的指挥这次很果断很及时。只见一架舰载战斗机像一只银燕，从半空迅速掠下，对准气球炸弹的吊篮开炮——“咚咚咚！”只见一串通红的火球在空中急速闪过之后，“砰！”天崩地裂一声巨响，被击中的吊篮变成一个巨大的火球落在海上。

“好险，上帝保佑！”橡山顶上的官兵们目睹这一切后，都欢呼起来。然而，作为西部防卫总司令的乔治将军却连连在胸前划着十字，暗暗祈祷。他想到了这些白色怪物的厉害，看来，它们白天来倒还好办，晚上来就麻烦了。虽然自己作好了布置，如果它们一旦晚上大量闯入，就很难保证不再出事。怎么办呢？乔治将军正在设想万全之策时，“橡山”专机的驾驶员詹姆跑步来到了他面前，“报告！”詹姆将脚上皮靴“啪”地一叩，举手敬礼。

“什么事？”将军应声抬头，知道事情来了，神情警惕。

“旧金山防卫总司令部布鲁参谋长有要事从‘橡山’呼叫机上紧急呼叫将军！”

乔治将军情知不妙，赶紧三步并作两步来到专机前，抢步上了飞机，拿起呼叫器，“我是鹞鹰。”他应道，随即问自己的参谋长发生了什么事吗？

呼叫机里传出布鲁参谋长紧急的声音：“旧金山上空突然窜出一个白色的不明飞行物，形似一顶降落伞，正在朝城中下降。”

“你是怎么处理的？”将军心中清楚了，竭力沉着气问。

“我已命令王牌飞行员、少校中队长尼尔率一小队飞机前去截击。”

“千万不能开火！”将军不无着急地告诉参谋长，那是日本人投掷过来的气球炸弹，威力巨大。军港这边已经发现，并且引发了特大山火，目前山火已经控制。将军又询问了气球炸弹的高度、风向后，再三嘱咐，如果这家伙最终出现在城外，可以轰击，但千万不要让它落在市内，并说他立即乘专机赶回，有什么事情随时报告。

命令下达后，将军对霍根上校又特意叮嘱几句，这才上了专机。随即“橡山”号专机立刻起飞，进入预定的高度后，以最快的速度向旧金山总部飞去。风光迷人的金珠岛被山火烧成了光头的橡山、浩瀚的西太平洋、莽莽苍苍的原始森林……在机翼下快速闪过，就像一页页快速翻过的五彩的画页。但是，这会儿，素来爱从高空欣赏他的防卫领地的西部防卫总司令再也没有了往日的兴致。

从早晨起就疲于奔命的将军突然感到饿，感到身体极度的疲惫，他不禁抬起腕上金表看了看，时针已指向下午二时。从早晨到现在，不知不觉间，时间已过去了约六个小时。这个时候，旧金山已遥遥在望了，想着城市上空那顶正在下降的气球炸弹，乔治将军的神经绷得紧紧的。

## 旧金山在千钧一发之际

旧金山已经出现在乔治将军的专机下面。

旧金山是美国西海岸的一座名城，是美国西部的金融中心、最大的海港和重要的海军基地。从高空看，城市濒临大海。城内，宽阔的通衢大街纵横交错，四通八达，在阳光的照耀下，像漫卷开来的一条条飘带，呈幡射状，舒卷自如地伸向遥遥的天际。有一座造型别致的拱形大桥，从一角湛蓝色的海面上跨出去，将城区同对岸的卫星城连在一起。城郊蛛网般的铁路，个个优良港内停泊的星罗棋布的船舶，同岸边一幢幢造形颇有特色的别墅交相辉映。

整座城市绿化很好。市内，幢幢华美的楼群大都不高，或一楼一底，或两楼一底，四周都围着一道爬满青藤的木栅栏，这些建筑物尖顶阔窗，色彩绚丽，无不掩映在绿树丛中。通衢大街两侧，间或有一幢巨人般的高楼矗立，点缀其中，于一种柔和、安谧、繁忙、富足的气氛中，显示出一种西部海岸现代化大都市特有的韵味。

因为这天是星期天，上街的人、车都比平常多许多。从高空看下去，街上的人像是蠕动的蚁群。高速公路上，车辆川流不息……

“报告将军！”这时，无线电呼叫机里，传来了布鲁参谋长关于气球炸弹的最新情况报告：“气球炸弹已进入市区。目标正前方，高度八千米。”

将军循着地上的报告，目光透过机窗朝前望去，果然看见了，阳光下一个白色的光点正在诡秘地飘过来。越来越近，越来越看得清，自己的前面就是那个正在缓缓下降的“白色魔鬼”，而在它的下面就是市区！

尼尔少校率领的三架战斗机只能绕着那个“白色魔鬼”，周而复始地盘旋而毫无办法，干着急。只要一开炮，这个“白色魔鬼”就会立即变成一个大火球掉在市区，后果不堪设想。

“注意，听从我的指挥！”乔治将军对尼尔少校发布命令，他在专机上指挥战斗。将军让詹姆驾驶战斗机小心翼翼地向“白色魔鬼”靠过去，注意监视。也只能是如此，监视而已。究竟最终如何处理这个将危险一步步随着它的降落高度带给旧金山的“白色魔鬼”，实在是一道无解的难题。

“白色魔鬼”降到了六千米。

五千米……

情况是如此危急，怎么办？在中外战争史上从来没有遇到过这样的先例，足智多谋的乔治将军感到束手无策了。将军只能让自己的专机随着气球炸弹缓缓下降。那个可怕、可恶的的东西就在自己眼前，看得清清楚楚。吊篮里蹲着的那颗黑黝黝的大炸弹，像个面目狰狞的魔鬼，以挑衅的神情看着将军。气球炸弹已经降到离市区还有四千米高了。怎么办呢？要尼尔少校击落它，易如反掌。但是，这岂不正中了狡猾的日本人之计！

“该死的日本人！该死的‘白色魔鬼’！”无计可施，紧张到了极点的将军情不自禁地捏紧了拳头，手心里满是汗。一双天蓝色的眼睛紧紧盯着正在下降的“白色魔鬼”，像要喷出火来。

三千五百米！

显然，街上的人们发现了天上的异样，高速公路上，一簇簇甲壳虫似的车辆停止了行驶。大街上，蚁群似的人也都抬起了头来。目睹着天上的一幅景况,人们的脸上满是骇异。

“拉响防空汽笛！”乔治将军紧张得浑身冷汗淋漓,不得已对地上防卫司令部的布鲁参谋长下达了这道命令。

“呜……！”凄厉的防空警报长长地响起来了。随着声声凄厉的此起彼伏的的警报声,大街上车辆、人群像山洪崩裂了似的向四方逃遁。那份混乱,那份惊惶,好似到了世界末日。

“白色魔鬼”降到了三千米！

一场看来不可避免的惨祸就要发生了。这时,没有得到自己命令和允许的尼尔少校,竟驾着他那架战斗机“呼”地朝那个“白色魔鬼”冲了过去。

“尼尔！”乔治将军睁大了惊恐的眼睛,在机舱里挥起拳头对无线电呼叫机大声呼叫:“你这是蛮干！你这是找死！”一场机毁人亡的惨剧眼看就要发生。就在尼尔少校的战机就要碰到“白色摩鬼”的瞬间,飞机却擦着“白色摩鬼”的伞面而去。就在这时,奇迹发生了——飞机擦过时产生的强大气流,竟改变了气球炸弹的降落方向,推动着它一摇一摇地向西南方向飘去。

“尼尔,好样的,你是上帝派来拯救旧金山的孩子！”乔治将军大喜,一边在胸前划着十字, 一边情不自禁对着无线电呼叫机呼叫道:“就这样干,尼尔！”将军同时下达命令,让其他飞行员不要靠近,注意监视,保持适当的距离。让尼尔少校一个人驾机将“白色魔鬼”继续赶,将它赶出市区。

“是！将军！”无线电呼叫机里传来尼尔少校信心十足的声音。

“白色魔鬼”随着王牌驾驶员、尼尔少校驾驶着战斗机翻出的一个接一个极端危险的高难度动作,一扇一扇的、极不情愿地随着“上帝派来的孩子”的驱赶,渐渐远离了市区,飞到城郊西南一片人迹全无的荒野上空。

“将军！”无线电呼叫机里传来尼尔少校的请战声,“让我现在揍掉这个家伙吧！”

“不用了。”乔抬将军命令“让它自己降落到荒地上去。”这时,遵照将军的命令,地面上也作好了准备。

“白色魔鬼”缓缓降落下去了,触了地,半晌毫无动静。乔治将军判断这个触地即爆的“白色魔鬼”之所以没有爆炸,是炸弹上的引信出了问题。他命令尼尔少校率领他的飞行战斗小队归队, 让专机驾驶员詹姆将专机降落在离

“白色魔鬼”五百米处的一块荒地。

“报告总司令！”乔治将军刚下飞机，防卫总司令部布鲁参谋长大步迎上，向将军敬了军礼，报告说是按照将军的命令，现场已经戒严，并作好了应急准备。

乔治将军察看戒严现场。头戴钢盔的特种兵部队约有一连人，布置在现场四周。稍远处，停泊着救火车、医护车……一切井井有序。

乔治将军深感满意。略为沉吟，对副手说：“布鲁，现在按你的布置办吧！”

在布鲁的指挥下，所有参战人员、车辆都退到了五百米外，人员全部卧倒。接着，工兵连长戴比尔全副武装走近“白色魔鬼”，他头戴防护罩身穿防护服，身上带了必备的工具，先是娴熟沉着地摘除掉炸弹上的引信，双手高高地举了起来。危险解除了，官兵呼喊着拥上前去，将勇敢的工兵连长抬了起来。乔治将军和现场指挥布鲁脸上露出了笑容，向官兵们招着手，大步走进场中，走到这第一个被俘获的“白色魔鬼”跟前仔细看，那个蹲在吊篮中被摘除了引信的是一颗威力巨大的重磅燃烧弹……

就在这时，一辆摩托车快速驶到乔治将军身边。车未停稳，车斗里跳出司令部的一个传信官。他跑步来在乔治将军面前，举手敬了个军礼，报告：“将军，华盛顿海军研究所的检验报告出来了。”说着，双手呈上了检验报告单。乔治将军赶紧接过，看了两遍，递给布鲁参谋长时幽默地一笑说，“看来，你的同学、军港参谋长迪伯斯中校还真是聪明过人。他刚才对我说，这‘白色魔鬼’是日本人隔海飘过来的，我还不信，看来确实是。你看这检验报告单上说，这伞片是日本人用精制羊皮纸加涂植物性胶质制成的……”

“用这样材料制的降落伞，可以经受万米高空的大气压强。”布鲁参谋长沉思着说，“但是，日本人怎么会保证让这些东西就一定能飞到美国呢？”看来，他心中充满了疑惑。

“是，这个问题我目前也还无解。”瘦高的将军习惯地在吊篮边踱来踱去，沉声道：“看来，我们得将这个重要的情况立即报告海军部。”

总司令部参谋长布鲁准将请示将军，任务已经完成，是不是将部队全数撤回营？

将军同意。

顷刻间,这一连训练有素的特种兵部队动作麻利地上了一辆辆军车。美国西部防务军总司令乔治将军因为高兴,他让驾驶员将自己的专机飞回机场,他要同布鲁参谋长等一起,乘敞篷军用吉普车回城。

华灯初上,惊险之余,大获全胜的乔治将军率领特种部队,分批乘多辆军车浩浩荡荡,首尾衔接回营。车队通过旧金山市区,沿着海边大道疾驰。将军不禁注意往外望去。整个市区这时已是一片华灯璀璨,同海里灯花灿灿的船舶、灯标交相辉映,倒映到海里,像无数条金蛇晃动。整个城市排山倒海的灯,一直铺向天际。一时,天上的繁星,地上的华灯连在了一起,简直分不清是天上的星,还是地上海里的灯。

一路上,通衢大街两侧,各种造型别致的路灯燃成了闪闪的珠串,非常好看。玉兰灯,捧出洁白的花瓣,栀子花灯,晶莹剔透,花枝乱颤……白天这座城市所受到的惊吓,这会儿已经无影无踪,无迹可寻。仲夏之夜的旧金山风光特别旖旎。

之后,有关天外飞来的不明飞行物——“白色魔鬼”的有关资料送到国防部,美国国防部也一筹莫展。鉴于战时盟国——中国国民党的军统局破译日军密码如有神助,美国防部将寻求帮助的目光转向了重庆。

# 第三章
# 西望重庆

## 畸形繁荣的陪都

中午时分,雾都重庆的雾才渐渐散尽。

春阳朗照。

在抗战中熬过了七个年头的陪都，亮出了她的某种亮丽和畸形的繁荣。天,少有的高和蓝,偶尔有朵朵鸭绒似的薄云飘过。环绕山城的长江、嘉陵江上,百舸争流的船帆,像蓝天上不慎跌落的云,倏然间缓缓而去。

万瓦鳞鳞、回旋起伏的街市,进入了一天中的繁华时分。朝天门、民国路这些热闹地段,汽车、人力车如梭,杂声盈耳,行人摩肩接踵。大街上鳞次栉比的店铺,大都是明清骑楼式的木质建筑,其间夹杂着有少许灰朴朴的小洋楼。

“嗨,快买快买,换季大甩卖！”

“嗨,快买快买,亏本大甩卖！”

不少的店铺店员们将衣物拿在手上,或披在身上大声吆喝,竭力招徕顾主。有的手段高明一些,放起了留声机吸引顾主,放的大都是“何日君再来”或“桃花窝美人多”类软绵绵的歌曲。那些上些档次的店铺,卖的大都是外国的舶来品“美孚”、“双枪”……花花绿绿的招贴广告到处都是。

在山城不多的几家电影院前人头涌动。巨大的海报是正在上映的美国影片《出水芙蓉》、《人猿泰山》剧照,购票的人趋之若骛,与那些生意清淡的店铺形成鲜明的对照。

有时,街上不时“轰”地一声,正在行走的路人惊叫着,拼命地往两边躲。不用问,每当这时,准会窜出一辆美国军人驾驶的敞篷吉普车辗得街上鸡飞狗跳。车上坐着美国大兵,大都喝得醉醺醺的。开车的歪戴着船形帽,坐在敞篷吉普车上的美国大兵,往往是一手拿着洋酒往嘴里灌,一手抱着打扮得花里胡哨的摩登女郎……一副目中无人、无法无天的架势。愤怒喝骂声随着飞驶的吉普车绝尘而去。

“砰砰砰!”——这是食品店里在卖“三大炮”,这是四川的一种传统工艺,不仅好吃,而且好看。店中,师傅将袖子挽高,一手端起捏着条的雪白的糍粑,另一只手将这些糍粑捏成块状,从手里扔石子似地扔到对面装满黄豆面的簸箕里去。只听“砰砰砰”连跳三下,这些已然粘满了喷香炒黄豆面的三砣糍粑,接连三跳,跳进了景德镇产的细瓷薄胎红花小碗中,师傅再往其中撒上红糖,一碗可口的具有川中特色的小吃就完成了。而与此同时,幺师站在铺外招徕顾客:“快来,快来吃,吃一碗炮打东京!”

那些红锅馆子更有发挥,他们将川菜的“锅巴肉片”叫作“轰炸东京”,将现剐现炒鳝鱼叫“活捉东条”……

好聪明的四川商贩们,他们迎合人们的心理,在这即将全面取得战胜日寇的时候,在日常生活中将人们闻之怦然心动的人名等等有关的热门术语用上去,很能吸引买主。

战时的陪都重庆,光怪陆离,畸形繁荣。

重庆两路口检查站——这是山城最重要的一个检查站。那些达官贵人去郊外他们的别墅时,要驱车经过这里,去蒋介石官邸、去国府、去冠盖如云的上清寺也都要经过……想来,站在这个街心蘑菇似岗亭上,挥着那根黑白相间的指挥棒,指挥来去车辆、过往行人的岗警一定是个眼观四方、耳听八面非同一般的岗警。

然而,事情往往出乎预料。很滑稽,今天这个时候,站在重庆最重要岗亭上表演着“街心体操”的岗警,却是一个跛子。他四十多岁,其貌不扬,显得很有些苍老,穿身黑警服,打着白绑腿,看上去,像只苍老的黑乌鸦。但如果仔细看,会发现他那顶大盖帽下隐藏着的一双凹眼睛,频频扫射四周,目光犀利。

黑乌鸦站在这里,是大特务头子、军统局长戴笠亲自指定的。其中有个缘由。

抗战期间,军统局局长戴笠的权势发展到了登峰造极,身兼数职,权倾一时。他是最高领袖蒋委员长手中反共的一把利剑、"打心锤锤"。他同何应钦等中枢要员结为朋党,尤其是同"校长"最看重的学生、手中握有一只中国军队人数最多、装备最精良的集团军司令、派驻陕北监视延安的胡宗南上将更是关系非比一般,又受到代表美国军方的中美合作所副所长(戴笠任所长)梅乐斯将军的支持。在权势熏天的戴笠面前,委员长视为"打心"的爱将陈诚,对他也不能不让三分。

山城陪都重庆简直就是军统的天下,这是任人尽知的事。且不说军统设在枣子岚垭的局本部是何等威势——办公室、宿舍连成一气,占地达两百余亩。人数也是达到了最多时期。公开在册的特务,加上不在册但领薪金的"外勤",达四五万人。像红岩村、曾家岩、周公馆这些公开的共产党机构,受到军统的严密监视。任何人,不管你有通天的本领,也不论是从天上、陆路或水上进入陪都的一十三县,立即就会受到监视——电话有人监听,出入信件有人暗中检查。市中区会仙桥最大最堂皇的皇后饭店,老板许忠五就是个军统特务。为了搜集情报,他在市中心打铜街开了家园园舞厅,舞厅里美丽的舞女们不仅要按月向他交钱,还要为他搜集各种情报。

珊瑚坝机场路边有间颇有名气的飞虹照相馆以技术好、态度殷勤出名,实则也是军统开的。摄影师王文钊和助手侯飞鹏在替人照相之后,肖像往往悄悄留在了军统的档案室……

军统在陪都无孔不入,党、政、军、外交部门,好多有实权,身份很高的官员都秘密加入了军统。无论是在后方、在沦陷区,甚至在世界各地都有军统设立的秘密组织。到了抗战即将胜利之时,军统已成一个全部人马有十万之众的庞大特务组织,可谓全球第一。

任何人到了重庆,假如发现身后长了根尾巴,想甩掉它,公共汽车来了,跳上车去,看车下的特务气得干瞪眼的,正在庆幸,不想背后的售票员、查票员也是军统的。察觉不对，赶紧跳下车去，可车上的特务这时已悄悄对车站上正排队候车的人使了眼色，那之中也有“组织”中人……总之，只要被跟上，想逃脱，简直就不可能。军统特务神通广大，手段歹毒，所以即便是良民百姓，平时也都尽量少出门，少沾惹是非。

军统在陪都既然这么让人毛骨悚然，作为“大老板”的军统局局长戴笠的热焰可想而知。也几乎没有一个人不知道，兼任了全国交通统一检查署署长的戴笠爱女人，爱手枪，爱汽车的嗜好，特别是爱汽车，他有各式各样的汽车，大都是从美国买来的好车，而且都是一式两部。他的好车数不胜数，每一辆都控制在他手里，非常吝啬，平常连毛人凤、郑介民这样的军统局二、三号人物，他的亲信要用用都不行。但一听说逮共产党就毫不吝啬，要多少给多少。他为人极为机警诡秘，行踪飘忽。乘车出门，不管在什么地方停车，他都不准司机离开一步。一旦他办完事走向汽车，司机一俟他上车，立刻就得将车开走，风一般离去。他的车不准和别人的车停在一起，也不准司机同别人讲话。长官坐车，为了安全，总爱坐在后面，而戴笠却总是坐在司机旁边。因为这样一旦有事好紧急处置，只有在带着女人坐车时例外。

上车时一般是他先上，警卫后上；下车则让警卫先下，他后下。

戴笠如此爱车，却始终不会开车。他对下属异常严酷，惟对司机和修理工例外，经常对这些人施以小恩小惠。

汽车同时是戴笠的道具。蒋介石崇俭戒奢，提倡新生活运动，戴笠为投其所好，每次去黄山别墅见“校长”时，先乘新式的美国防弹型轿车过江，在他设在南岸两公里处的特务站换车——乘上预先放在那里的一辆破旧得不成样子、美国三十年代出的凯迪拉克车去见“校长”。怕“校长”见不到他的朴素，他总是事先从委员长身边随侍警卫组的特务们口中得知委员长夫妇的行踪——这大都是委员长夫妇在黄山路上散步的时候。

当他去见委员长夫妇，从那辆破旧得不成样子的汽车里钻出来时，连素常对下属严厉的蒋介石都过意不去，不止一次对他说：“雨农，你这辆车也太破旧了，买辆新的吧。”而每当这时，身着藏青色中山服，脚蹬一双黑皮鞋，显得很精神的戴笠都把胸口一挺，“啪”地给“校长”敬一个标准的军礼，抖擞精神说：“报告校长，学生这辆车还可以用。现在是抗战时期，学生记着校长的教导，一切从简，一切为了抗战！”每当这时，蒋介石那张平时异常清癯严厉的脸上就会浮起一丝嘉许的笑容。

这正是戴笠希望看到的，越是会当奴才的人，越是会当主子。在重庆市区，戴笠却摆足了架子。在两路口岗亭，岗警将国府主席林森的车子都拦下来过。当时，岗警弄清原委后，吓得要死。可唇上蓄绺黑胡子，为人随和的国府主席却毫不在意，哈哈一笑，上车了事。

有次一个年轻岗警见一辆没有挂牌照的崭新的雪佛兰轿车，便拦下来上前去，准备责骂处分，可一看清车里坐的人便吓傻了，里面端坐的正是自己的大老板戴笠。戴笠这次破例没有生气，咧嘴一笑表扬了一句："你这样做是对的"。不想戴笠却是口是心非，回去后将管重庆交通的下属找来大骂一顿，管陪都交通的下属想来想去，看来只得找个能不管什么时候都认得出戴笠车的人才行。最后从中挑了个最有眼色的岗警到戴笠出入最多的两路口岗亭去。这岗警是个小队长，脚有些跛，曾经是个司机，而且给戴笠开过多年车，即使戴笠的车不挂牌照，他也能认出来。

有次戴笠乘了一辆与上次过两路口站不同的车，也没有挂牌照。经过两路口站时，一心以为会遇到岗警阻拦，不想这位跛脚岗警远远见到大老板的车来了，赶紧挥起指挥棒示意放行。戴笠向来疑心很重，从车上探出头来看是怎么回事，直到弄清情况后才放了心。

但是，能认识大老板戴笠车的岗警不可能天天时时都在两路口岗亭站岗，换成其他人就不能不提心吊胆。这天，站岗的是跛脚岗警，上午九时，两辆美国最新产流线型克拉克轿车朝自己这个方向疾驰而来。他一眼瞥见，两辆车挂的都是军统局的牌照，他哪敢怠慢，手臂一挥，示意通行。倏然间，两辆豪华轿车从他岗亭前一闪，向左一拐，驶向了郊外的公路。这跛脚"黑老鸦"不禁有些发怔，这两辆车是谁的呢？在军统局如果不是戴老板，谁配有这样的车？但戴笠坐车向来诡祟，不会像这样招摇过市。那这两辆军统局牌车上坐的人是谁呢？站在岗亭上的"黑老鸦"，一直望着两辆车消逝在青翠的山岚后绝尘而去。

## 摆不完戴笠的龙门阵

“黑老鸦”的疑惑是对的。

两辆挂着军统局牌照的豪华型防弹克拉克轿车首尾衔接，驶离两路口检查站后，快速行驶在往神仙洞方向的山路上。坐在后面一辆轿车里的并非戴笠，而是时年48岁的国民党34集团军总司令兼西安行署主任胡宗南上将。坐在他右侧的是年轻的太太叶霞弟，他的贴心副官坐在司机旁边，前面一辆轿车内坐的是他的几名警卫。

这天重庆天气很好，斑斓的春阳透过蔚蓝色的浅网窗帘洒进车来，金色的斑点在车内跳跃闪烁，在平添了一种舒适温馨的同时，编织出一个个梦幻般的图案，发人想象。

胡宗南保持着一种职业军人的坐姿。尽管坐在松软的沙发上，又是这样一种时候，他仍然是正襟危坐，只不过他今天着的是便装。人本来就矮，发了些福，再一着便装，就没有了平日的威风，像是一个商人。胡宗南惟一有军人气的是他那副大刀似的又黑又浓的眉毛，像戏台上的武生的眉。因为这副眉，一双眼睛也显得很有精神。胡宗南平时几乎都是穿军服，只有在两个场合着便服，这就是一去见“校长”蒋介石，二是去会朋友。戴笠是他的老朋友，所以他着便服，他认为，这样显得亲切。

这会儿，胡宗南表面平静，实则脑子转得走马灯似的。

抗战即将胜利结束，准备全歼中共军队的又一次“剿共”国内战争即将全面开始。他是急先锋。他手中有一支由李文、李振、裴昌会三个兵团的集团军组成的国民党军队中人数最多、装备最好的集团军，抗战中一直在后方，在陕北监视延安共产党总部，即使在抗战最艰苦的时候，“校长”也没有动过他的军队。养兵千日，用兵一时，现在一鼓作气捣毁共产党老巢就看他胡宗南的了！这是“校长”对他的信任，这是巨大的荣誉，也是巨大的责任、压力。他知道，作为共产党首脑机关所在地的延安不是那样好整的，虽然他在“校长”面前，说在短期内捣毁共产党老巢不成问题。他想到日前奉召从西安连夜赶到重庆委员长官邸上清寺面见“校长”的情景。一见面,委员长就问:“唔,寿山,进攻延安的事,准备得怎样?”

“报告校长!”他一个立正,给蒋介石敬了一个标准的军礼:“学生手中的四十万大军早就弹上膛,刀出鞘,等得不耐烦了。只等校长一声令下,学生保证一个月内挥师直捣延安,活捉朱(德)、毛(泽东),端掉共产党的老窝子!”

“唔?”听了这话,蒋介石清癯的脸上闪过一丝笑容,也闪过一丝阴翳和担心。蒋介石背着手,在地上踱了两步,牙痛似地说:“寿山,你可不要轻敌。共产党今非昔比。八年抗战,他们在后方游而不击,千方百计扩充实力,现在已从抗战初期的二三万人,平均只有五颗子弹的军队发展到近百万人的军队,装备也大大改善。尤其是进入东北的共军林彪部,不仅从日本人手上缴获了大批武器,而且得到了苏联的接济援助,现在不管哪个方面都是第一流的。”说着猛地转过身来,看着胡宗南目光霍霍:“打延安,你有把握?”

“校长放心!”胡宗南一惊,却又挺挺胸,大声保证:“学生保证在一个月内端掉共产党的老窝子——延安!”本来他还想说活捉朱、毛的,话到嘴边缩了回去,他不敢提这个劲。

“唔?你说一个月内打掉延安,陈辞修(陈诚字辞修)向我保证三个月内彻底消灭共军,你们两个都是我最得意的学生,你们的话我相信。”随即,委员长要他报告了进攻延安的准备,委员长对他的报告表示满意。

刚刚回到驻地,接到戴笠打来的电话,邀请他到郊区新近修建的一幢别墅——神仙洞去,说是介绍胡蝶同他认识。电话中,戴笠压低声音:“还有一件十分重要的军机大事,要同你老兄商议。”他当即就答应下来,戴笠这就派车来接。胡蝶是电影皇后。他不知道在银幕上光彩照人的电影皇后,在生活中是不是也象电影上那样光彩。让他不解,也私心羡慕的是,戴笠是用什么方法将胡蝶这样的绝色佳人弄到身边的。戴笠确实是不一般的,不仅在搞特工上有一套,在搞女人方面也有一套。他一天换一个女人,而且这些女人还大都不是一般意义上的女人,他曾好奇地问过一次好友戴笠,是用什么法子将这些女人搞到手的,是用特工手段吗?戴笠不以为然地一笑说,那倒不是。他今天之所以急于要去神仙洞,更主要的是戴笠说有重要的军机大事相商。是什么军机大事呢?戴笠利用在“天子”脚下的便利,消息灵通,得到不少好处,就是对于他胡宗南的政敌在委员长面前的攻击,也是能挡就挡,能帮就帮,实在不行,也要将事情及时相告。想到刚才电话中戴笠显得有些诡祟的语气,去神仙洞见戴笠的心情就越发急切了。

“霞弟！”他不由问坐在身边的太太,“重庆你是熟悉的,到戴老板的神仙洞还有多远？”

“远,还要走一会儿。”叶霞弟说时,从随手带在身上的一个小小的鲨鱼皮坤包里拿出一个进口化妆盒,对着一面小镜子,在聚精会神地化妆,她用一支口红往嘴唇上抹匀。她随口应答,没有抬头,一心欣赏镜子里的自己。

胡宗南不由得打量了一下坐在身边的太太。叶霞弟三十来岁,皮肤白皙细嫩,嘴的右下方有颗小黑痣,五官清秀。今天她穿一件进口面料的玫瑰红软缎旗袍,苗条的腰肢裹得紧紧的。外罩一件固领藕荷色套衫。一头丰茂的黑发烫成波浪式,一条细细的黄澄澄的金项链从长长凝脂似的颈上垂到高耸的胸上,随着呼吸微微起伏。旗袍的叉开得很高,露出一截丰腴雪白的大腿。从侧面看过去,她身材的曲线淋漓尽致;她高挑挺拔,丰满性感。她的脸是鹅蛋形的,五官俊俏,一副黑黑细细的剑眉向两边斜上去,直插鬓角,一双眼睛春波盈盈。恍然一看,中国传统淑女的形象和只有西洋女人才有的一种特殊韵味,在她身上兼而有之。但如果从她一副钳子似的眉毛和不时显露出来的有些阴狠神情上,也还是可以看出她从事过特务工作的职业特色。总而言之,胡宗南对戴笠送给他的这个女人很满意。

叶霞弟原是杭州警官学校毕业的军统特务,她同另一个叫赵霭兰的特务,是戴笠最喜爱的两个女弟子。后来,叶霞弟被戴笠送去美国深造——进的不是美国中央情报局的有关特务部门,而是哥伦比亚大学,学习政治经济学。她之后就彻底改行了,由原先的特务变成了学者,回国后,先后在两所著名大学——南京金陵大学和成都华西协合大学当过一段时间的客座教授,算是成了文化人。然后,经戴老板介绍,其实她也就是被戴笠当作一份丰厚的礼物送给了胡宗南。赵霭兰也是由戴笠出面,给军统局电讯处处长魏大铭作了妻子。

叶霞弟注意到丈夫长时间地在打量她,便“啪”地一声随手关上了梳妆盒,对他回眸嫣然一笑。

“宗南！”她说,“你这次到重庆,发现有没有什么变化？”

“你指的是什么？”胡宗南对这个问题有些丈二和尚摸不着头脑。

“我指的是我曾经服务过的军统局。”

“感觉戴老板的实力越来越雄厚了，军统的势力在陪都，无处无刻不在。”

“我也是这个感觉。”胡宗南的话让叶霞弟高兴起来，尤其听到丈夫将戴笠称为戴老板，这话更让她感到愉悦。“戴老板”这个称呼不仅让她感到亲切，也让她的思绪一下跳了回去，对过去的事有了生动的回忆，主要是对戴老板的回忆。

那时的军统可不像现在这样风光，还是初创时期。她和赵霭兰常常跟着戴笠乘汽车出外执行任务，白天夜晚长途奔袭。戴笠时届中年，虽然精力旺盛，但白天忙工作，晚上无休无止地轮流在她们两人身上发泄，因而，不时坐在车上打瞌睡。瞌睡时，不是将头靠在自己身上，就是靠在赵霭兰身上……

胡宗南这时却在想戴笠这位难兄难弟的发迹史，不禁心中感叹：真是三十年河东、三十年河西，风水轮流转啊！他的思绪飞回了有六朝烟水气的南京和号称冒险家乐园的上海滩。

戴笠和他是老乡，浙江人，同岁。戴笠是江山人。那是一个山区，比较贫瘠。他从小死了爹，母亲节衣缩食，好不容易把他拉扯到中学毕业。他不安心终老山乡，赤手空拳，到外面打天下，混饭吃。

那时他们都很年轻，认识纯系偶然。

当时，他是南京一个小学的教员。那是一个夏天的午后，他带一班图画班的高年级学生到灵隐寺旁的湖边写生，风景很美。对面，雄峙的紫金山遥遥在望，眼前，是一派明镜般的湖泊，岸上是一片茵茵草地。沿湖垂柳依依，轻风徐来，雀鸟啁啾，繁花似锦。金箔似的金阳在碧绿的湖水上闪烁跳跃。

他让学生们将画架支在地上，提笔写生。一个男生画好了一张素描，放在身边，怕风吹走，抬起头来，四处寻找一个可以压在素描的东西。见湖边一堆衣物上压有一个方方正正的石块，便走上去，捡起石块，准备压到自己的那张素描上。

“哎——不准动我的石块！”只听水中有人大喊，声音十分着急。循声望去，只见一个人正快速游来，踩着水，挥着一只手，露出一张白皙的马脸，鼻子呼哧呼哧的，看得出来，水中的年轻人有鼻窦炎，性子也急。胡宗南一边批评自己的学生不该这样做，一边走上前去，从学生手中要过石块，重新给他放到衣物上压好。马脸泳者这才放了心，一个猛子扎进水里。

当他带着学生们转移到湖的另一边写生时，那位马脸的青年前来向他致谢。这就认识了，一谈十分投机，还是老乡。戴笠也不讳言，他平时只有这一身衣服，看这一身洗得发白，但也还清洁的麻格格的学生服，也就明白了戴笠刚才何以见到有人动他的衣服就那样大惊大喊。戴笠字雨农，原名春风，年纪与自己一般大。一番谈吐中，他觉得这个戴笠颇有抱负，虽然自己也不富裕，却动了英雄识英雄，惺惺相惜的恻隐之心。虽然自己也穷，还是慷慨解囊，中午请戴笠到附近的小饭馆里撮了一顿。知道戴笠还要回上海闯世界，又送了他一笔盘缠。

戴笠回上海后，偶尔有封来信，知道他混得不好。在上海流浪的戴笠，最苦的是没有栖身之所，只得暂住在表弟张冠夫的亭子间。表弟在商务印书馆当职员，人还算憨厚。但表弟不久结婚后，情况就有变化。一间小亭子，表弟刚结婚，晚上，人家夫妇睡床上，戴笠赖着不走，在床前打地铺。俗话说，卧榻之旁，岂容他人酣睡。时间一长，表弟媳看戴笠不自觉，毫无搬走的意思，便开始指桑骂槐，如果再不走，就要赶了。实在没有办法了。在赌场上屡有斩获的戴笠这就大起胆子，进了堂堂的杜月笙的徒弟顾嘉棠开的一家大赌场，准备狠捞一笔，租一间房子，去单独租一间亭子。因为做手脚，在自己的骰子里灌了水银，被老油子顾嘉棠当场抓着，说是要么让人拿钱来取人，要么按规矩打断一条腿或一只手……戴笠急中生智，他对顾嘉棠说，自己同杜先生有点交情，请把他送到杜先生那里去，由杜先生处理。杜月笙听了这事，并详细询问了戴笠作案的手段，暗暗称奇，便要顾嘉棠将他押到他的公馆——华格臬路216号。

站在杜公馆华贵的大客厅里，管账先生杨渔笙用生硬的语气，告诫戴笠不准乱动，自己撩起袍裾上楼向杜先生秉报去了。戴笠抬起他那张青白的马脸，好奇地打量着上海滩上大名鼎鼎杜先生家豪华无比的客厅。他不明白，当初那个比自己还要可怜的，也是从乡下到上海滩混事的靠替人削水果混饭吃的“阿笙”，怎么就能混到这步田地？地上铺着华贵的波斯地毯，头上是一盏进口的满天星顶灯。大白天也亮着，像是夏夜的天幕上从这一端流到那一端的明亮的星辰。客厅的布置中西合璧,暗香浮动。特别引起他注意的是正中墙壁上,竟挂着一幅当过民国大总统黎元洪秘书长的饶汉祥亲笔书赠杜月笙的一副对联,字体洒脱有力:

春申门下三千客 小杜城南尺五天

意思是很清楚的。饶秘书长赞扬杜月笙网罗人才的气度比得上战国时代的春申君……正在呆呆默想间,管账先生下来了,将他带上了楼,穿一件闪光缎面长衫的杜月笙正坐在沙发上看报。管账先生报告人已带到后,杜月笙将报纸从眼前缓缓拿开,用一双犀利的眼睛打量站在面前的戴笠。戴笠这也就看清了上海滩上鼎鼎有名的青洪帮头领人物杜月笙。杜月笙的形象,还是美国作家斯林·西格雷夫描绘得最为逼真传神:他突出的特点是,有一个剃得光亮的大脑袋和两只如树上的蘑菇那样支棱着的耳朵。他的脸坑坑洼洼很不规则,宛如装满土豆的袋子,这是小时候挨揍的结果。他的嘴唇在突起的牙齿外面绷得很紧,总是显现出一副假笑模样。他的左眼皮耷拉着,好似老在眨眼睛,有一种挑逗的味道。当时,有些人叫他大耳朵杜。

戴笠诚惶诚恐,毕恭毕敬地向坐在沙发上的杜月笙行了一个九十度的大躬,连声问好,就在准备将事情的原委向杜月笙进行解释时,杜月笙从蓝绸长袍中伸出一只手来示意他打住,然后要他坐。这让戴笠受宠若惊,以为是自己听错了,待弄清楚,杜先生确实是让自己坐后,他这才怯怯地坐下,用半边屁股坐在杜月笙示意让他坐的斜对面的一个小沙发上。

杜月笙仍不说话,只是用一双眼睛很有力地细细打量着自己,戴笠心虚,采取了主动。他对杜月笙解释:“杜先生,明说吧,我这是穷慌了,做了错事……”又把事情的前因后果简略地说了一个大概。他口才不错,话不算多,但简略得当,容量很大。他的抱负、困顿,迫使他铤而走险的原因都在其中。说完了,他低下头,脸红筋涨的样子,神情竟有几分羞涩。

“勿怕!”不料杜月笙听完了他的话,这样说,“我今天找你来,不是要怪罪你。这点小事算什么?我向来爱护年轻人,想同你交个朋友……”听到这里,戴笠抬起头注意看杜月笙的神情,不像其中有诈,心里高兴得发昏,却竭力沉着气,不让自己的情绪流露出来。杜月笙挽起袖子,伸出手,揭开摆在茶几上的一只进口烟罐的盖子。戴笠注意到,杜月笙的手指很长很细,指头圆润。杜月笙从烟罐里取出一支三五牌香烟叼在自己嘴上,顺手递了一根给他。乖巧的戴笠赶紧站起,一手接过烟,一手拿起摆在茶几上一只镀金进口打火机,"啪"地打燃,弓下腰去,替杜月笙点上火,然后坐下,将杜月笙给他的那只烟,又轻轻放回烟罐里去,他是不抽烟的。

"好好好,年轻人不抽烟好!"杜月笙用劲抽了一口烟,简直是将烟吞进了他单薄的胸腔里去了,不用说,杜月笙是抽大烟的,而且有瘾。杜月笙抽出拿烟的手,在面前的烟缸里抖抖烟灰,似乎不经意地对戴笠说:"我听说你掷骰子的手段到了出神入化的地步,如果不是碰到顾嘉棠这样的油子,没有人看得出破绽,我很感兴趣,想请你表演给我看看。"

"我哪敢在杜先生面前班门弄斧?"戴笠说时一边观察着杜月笙的神情,一边揣摸着他的意思。他知道,杜月笙也会赌,赌技很高,在上海滩上有"赌王"之称。

"勿客气,勿客气"杜月笙坚持要看戴笠掷骰子的水平。看杜先生如此坚持,戴笠神情涩然地说:"我的骰子没有了……"

"这还不好办!"杜月笙说着,便唤已经下楼去了的杨管事上来,要管事立即让下人送一副上等的骰子上来。下人很快将赌具取来了,放在茶几上。这是一只三寸见方的描金镶红木盒。

看杜月笙示意让他开始,戴笠伸出手去"啪"地打开盖子。只见红丝绒垫上,嵌着三副白骨红黑点子的骰子。戴笠取出一副在手上摩挲掂量时,杜月笙站了起来,目光灼灼地看着他说:"我这骰子里可没有灌水银,你估计掷出去有几成把握?"

"八成有吧!"戴笠听了杜月笙这话,脸都不红,说时,取出一粒放在右手掌心里,用食指与大拇指捻了几捻,说:"就请杜先生要个点吧。"

"就来个八仙过海吧!"

"杜先生见笑了。"戴笠说时,将先在手中拿捏摩挲掂量的那粒骨骰放下,将另两粒骨骰握在手中,捏成虚拳,在空中几晃,"唰"地一声,在杜月笙面前的银质茶几上一放,张开手来,只见两粒骨骰骨碌碌旋转开来。瞬时,一粒骨骰朝天倒下,显出红点梅花五,另一粒还在骨碌碌转。戴笠弯下腰,拍一下手,发一声喊:“嗨”那骨碌碌旋转的骨骰通人性似地停了下来,亮出个黑三点。杜月笙拍手哈哈大笑,“戴老弟果然是个人才。”这才让在旁边伺候的小厮收起赌具,并吩咐:“你下楼去,要厨房备一桌精致的酒菜,摆在小饭厅里,我要同戴老弟喝几杯。”语气很是亲切,而且一下子称戴笠为老弟。小厮唯唯诺诺遵命去后,杜月笙和戴笠重新坐下,他又点上一支烟,思索着对戴笠说:“我看出来了,老弟很有灵气。好好琢磨,必成大器。不知你对自己的前途有何考虑?”

“杜先生!” 戴笠厚起脸皮, 大着胆子请求:“让我到你的手下混碗饭吃吧。”

“瞎说!”杜月笙正颜道,“那有多大出息?”

戴笠是个机灵不过的人,听杜月笙这样说,赶紧说:“学生一切全听杜先生的。”一下子,他变成了杜月笙的学生。

“现在黄埔军校六期正在招生,你去报考黄埔军校吧,那才是一条正路。广州黄埔军校校长蒋中正,是孙中山先生面前的红人。当初他在上海滩时,和我很有一些交情。我替你给他写封信去,让他栽培你,估计不会有问题,而且你各方面条件也够。所需盘缠等等,我都给你,你不要担心……”戴笠听此说,大喜过望,对杜月笙感激涕零,视为再生父母。

戴笠依计而行,进了黄埔第六期,尚未毕业便参加了北伐战争。他先被北伐军总司令蒋介石选作副官, 在战争中很快表现出了做情报工作的过人才干。过后先是当国民党中央军委会下属的一个谍报科长,之后势力很快膨涨,谍报科发展到连陈果夫陈立夫兄弟的中统都要让三分、退三分的军统局,戴笠本人更是到了今天这种炙手可热的地步……

轿车“嘎”地一声,猛地停下,将胡宗南从回忆中惊醒。正要让坐在前排的副官去查问原因时,坐在前面那辆车上的卫队长,用手按着腰上别的手枪跑步上来报告,说是车被孔二小姐拦住了不让走。

“这,这是怎么回事?”向来说话做事刀切斧砍的胡宗南闻言大吃一惊,心中发虚,连话也说不清楚了。

“孔二小姐说是要见总司令。”

“孔二小姐要见我?这是怎么回事?”胡宗南心中打鼓,言不由衷。

卫队长报告原委："刚才我们见迎面来了一辆豪华型轿车。我们的司机鸣响喇叭，示意来车让道，不想来车就是不让。两车在路上顶牛。带车的军统局梁处长大发雷霆，下车走上前去大声吆喝说，谁敢挡路？看清楚，这是军统的车，何况，今天车上坐的是胡宗南将军。梁处长不说还好，梁处长这样一说，那辆轿车的流线型玻璃摇下，探出头来的竟是孔二小姐。她一听胡长官你在车上，无论如何要见你。"

"你简直就是个混账东西！"胡宗南不好骂军统局的梁处长，但骂自己的下属却随意得很。他一听孔二小姐的名字，就紧张起来，脸红筋涨地说："孔家的车都有醒目的标记，你们让她不就行了？何必去惹她？"在陪都，几乎所有人都知道，孔家无论人车，都有一个"X"型标记。

"这！"卫队长有些委屈，嗫嗫地。他不知为什么梁处长没有注意到这一点，而他却是不知道这一点，但他没有敢说出来。

"她带了多少人，有几辆车？"胡宗南想想问。

"就一辆车，孔二小姐自己驾车。车里除了她，就一只哈巴狗……"胡宗南听到这里，无可奈何地叹了口气，慢腾腾地下了车，同时胡宗南没有忘记嘱咐在车上的太太一句："霞弟，你就不要下车了吧。"

叶霞弟正懒得下车，说声好，这让胡宗南暗暗松了口气。

## 胡宗南路遇孔二小姐的尴尬

"啊，胡大将军，真是巧啊，我们真是冤家路窄！"胡宗南独自走近孔二小姐的车前时，孔二小姐并不下车，只是探出头来，手中把着方向盘。

胡宗南哈哈说："真是幸会，怎么谈得上冤家路窄，是幸会。"说着竟很世俗地双手握拳向孔二小姐作了一揖并道歉："真是对不起得很，我的属下们太粗疏，连孔府的车都认不出来，没有及时给你让路，回头我处分他们。"

"何必处分他们？我看要奖励他们才对。"孔二小姐的语气尖酸刻薄，"不是他们挡道，我还见不到胡大将军呢……"胡宗南不说话了，只是哼哼笑着，这对胡宗南可说是绝无仅有的。这当儿，他看清了，坐在轿车驾驶室内的孔二小姐还是那番穿着，着一身男式藏青色西服，头上戴一顶贝雷帽，戴一副墨镜，俨然一个阔少的装扮。难怪卫队长刚才报告说，决非存心去染孔二小姐，而是根本就没有认出车里坐的是个女人。和孔二小姐作伴的是身边一只纯种的德国哈巴狗。这狗全身雪白，绒绒的长毛下，有双很逗人的黑眼睛，它的两只脚趴在方向盘上，向外看，嘴里吐出一根红红的长舌头。

"想来，胡大将军定是娶了年轻貌美的娇妻，怎么样，胡大将军牵出来让我见识见识吧！"孔二小姐把胡宗南挖苦够了，亮出本意，话语中有明显的妒忌。

"没有、没有！"胡宗南故意语意含混，矢口否认。说时，退后一步，手一比："请——！"话未落音，孔二小姐的车已启动，"呼"地一声从他眼前一闪而过，绝尘而去。

胡宗南闷着头回到车上，两辆车首尾衔接，向神仙洞方向疾驶。

"宗南，出了什么事吗？"看着一会儿工夫就变得像霜打了的茄子似的丈夫，叶霞弟好生奇怪，关切地问。

"都是那帮混账东西不会办事。"胡宗南骂道，"成事不足，败事有余，惹着了孔二小姐。"这就把事情的经过简略地说了个大概，当然，说的都是表面的东西。叶霞弟听后，什么也没有说，只瘪了瘪嘴。

胡宗南将自己胖胖的身躯靠在松软的靠垫上，闭上了眼睛，好似在养神。车里，夫妻再也无话。车子很好，尽管在路况不太好的山间公路上奔驰，仍然平稳。胡宗南好像睡着了，其实，他这会儿头脑中正在过一场已逝的"电影"。

那个时期，孔祥熙的女公子孔二小姐有关数不清的劣迹轶闻，在偌大的中国，可谓是家喻户晓。日本人切断了滇缅公路，盟国对中国的援助物资全靠美国飞行员从印度加尔各答起飞，要飞越横亘在中印边境线上的八千多米的喜马拉雅山，经艰险万状的驼峰航线运至昆明，再辗转陆运到重庆。那时，运到大后方的物资十分不易贵如黄金，然而，从美国归来的孔二小姐竟能独自乘一架专机，专机上除了她，就只有一只抱在她怀里的狮子狗。

孔二小姐不时在重庆南泉家中招待美国人跳舞。晚上跳舞要用电，而山下镇上那个小水电站发的电不够用,在这样的晚上,孔二小姐很霸道地要周围所有单位、人家停电点灯点蜡烛。晚上,只有她家灯火辉煌,山下四周一片漆黑。特别是她性情乖戾,打扮奇特。孔二小姐身材小巧玲珑,爱女扮男装:穿西服,戴博士帽,腰别手枪,开起汽车,横冲直闯,独来独往。二十多岁了,却从不提婚嫁。她父母孔祥熙、宋霭玲夫妇着急却又管不了她,向蒋介石、宋美龄夫妇诉苦——只有他们才能管得了她。孔二小姐每见到姨妈宋美龄、姨爹蒋介石都规规矩矩,彬彬有礼。而委员长夫妇对二小姐也从来是疼爱有加。宋美龄见到自己的侄女二小姐,总是用英文亲亲热热地叫珍妮!委员长的称呼更别致,叫她"小妹"。

宋美龄对自己侄女的婚事也很上心,却千挑万拣都不合适,有次夫人在同丈夫偶然闲谈中,她忽地想起何不将珍妮许给丈夫的"好学生"胡宗南呢?胡宗南将军各方面条件都是不错的,从来没有结过婚,年龄也合适。之后天天在丈夫耳根前嘀咕此事,让委员长以公事为名,将胡宗南从西安召回陪都,并由她出面,正式向胡宗南提亲。夫人一言九鼎,胡宗南听后只是笑着,没有表态,夫人也不管胡宗南同不同意,立即安排了他们见面的时间和地点。胡宗南一听是孔二小姐,心里就不乐意,但又不敢公开抗婚。他口中唯唯诺诺时,心中自有主意。

按照约定的时间,胡宗南独自驾一辆美式敞篷吉普车去了南泉。进了孔家宽敞华丽的花园洋房,自有人接待。孔祥熙夫妇早已回避。孔家人领着未来的姑爷往深处走去。步花径,过假山……幽篁翠竹中,现出一幢一楼一底爬满青藤的小洋房,尖顶阔窗,绿瓦黄墙,很像童话世界里的建筑,楼上飘出一阵阵悠扬的钢琴声。引路的是位上了些年纪的妇人,看样子是孔家的资深仆人,她调头看着胡宗南,用手朝楼上一指,以夸耀的语气轻言道:"这是我们小姐在弹琴……"说时,停在楼下,手一比:"胡将军,请,我家小姐在等你!"

胡宗南怀着忐忑不安的心情进了小洋房,顺着琴声上楼,刚刚来在琴房门外时,孔二小姐转过头来,看着门外,琴声戛然而止。看得很清楚,孔二小姐这天虽然还是着一身男式西装,可头上没有戴帽子,让一头丰茂的黑发瀑布似地披到背上,还是很有女人味的,也洋气。她的脸色红润,五官精巧。一双大眼睛很有力,内中有几分傲慢,也不乏温情,还有一种掩饰不住的期盼和憧憬。整座楼上就他们两人。

“是胡将军？”她将他从上看到下，似乎有几分怀疑。一时，他对自己这天的恶作剧，竟有几分疚意。为了应付这桩婚姻，不让她看得起自己，他特意将自己打扮得又老又丑又脏，像个俗不堪耐的伙头军兵。在那春寒料峭的季节，他穿一身很不干净的油渣子棉衣。不用说，这一身油渣子棉衣上是没有佩带领章帽徽的。

“我是胡宗南。”他站在门边点点头，自报家门。孔令俊轻轻蹙了一下清秀的眉，还是从琴凳上直起身来，请他到客厅。她坐在正中的大沙发上，随手抱起沙发上的狮子狗，对他客气地说：“请坐吧！”他坐在她斜对面的一只沙发上，用军人敏锐的眼光迅速浏览了一下这间别致的小客厅。一扇落地式长窗，浅网窗帘向两边拉开，视线很好。从窗里望出去，可见花园里的一切。这天天气很好，有昏昏冬阳，竹梢风动，小花园中景色优美。另一面墙壁上挂一幅硕大的油画，画上是一个侧卧着的西洋美女，很丰满，只是在耻处有一层若隐若现柔曼的白色轻纱，近乎裸体。他觉得不忍卒看，赶紧调过了头。他是一个男人，当然对女人感兴趣，但毕竟从小到大受的传统的教育，礼义廉耻，在男女问题上心理很复杂。此时此刻，他觉得，姑且不要说其它，自己同这幅不伦不类的西洋裸画坐在一起，人格上就受了莫大的侮辱。于是，先前社会上有关她的传闻让他认定都是真的。

“这个不正经的女人万万沾不得！”他这样想时，刚才心中闪过的一丝歉疚完全没有了，他决定把自己的预谋进行到底，让面前这个对自己或许心存一丝希望的女人，彻底绝望，主动同自己了断。孔令珍对今天这个由“夫人”一手安排的相亲相当重视。她竟然亲自动手给他泡了一杯咖啡，空气中弥漫着起一股类似中药的香味。

“不敢当、不敢当。”咖啡对于喝惯了茶的胡宗南是相当陌生的，他做出一副受宠若惊的样子站起，谢了。坐下时双手捧起泡咖啡用的暗红色的德国玻晶耳杯，看了看里面又浓又黑的汤汁，皱皱眉，端起，仰起头咕咚咕咚一阵牛饮。饮完后，放下杯子，用肮脏的袖口擦了擦嘴，张大口喘气，一副苦不堪言的样子，连说，“好苦好苦。”还用手在嘴上摇了摇，他这是故意的。孔二小姐明显吃惊。这样的举动、言辞，委实与一个上将之尊应有的身份、教养差之十万八千里。孔二小姐明显失望了。她毫不掩饰地皱皱眉,将身子坐直了些,脸上流露出明显的不满、不屑和傲慢,也不再主动同他说话,场面骤冷。胡宗南心中暗暗发笑,他要的就是这个效果。

"孔小姐!"对这一切,胡宗南佯装不知,他对她发出邀请:"我刚才开车来时,见你家附近风景不错。今天天气很好,不知孔小姐有没有心情乘车出去转转?"

"你会开车?"孔二小姐听说他开车,似乎找到了一点共同的爱好,又来了点兴趣。

"会。"

"那好,我就去坐坐你的车。"孔二小姐说时站起来,抱起了沙发上的狮子狗,随手从旁边衣架上取下一件国际流行式的黑色貂皮大衣,洒洒脱脱往外走。身穿一身油渣子棉衣的胡宗南同她一起来到了门外,门外停着胡宗南的吉普车。这是一辆什么样的车啊!又脏又破又旧,看着都让人恶心,且毫无安全感。至此,孔二小姐失望至极,愤怒至极,她杏眼圆睁看着胡宗南,说:"你坐你的破车去游山玩水吧!本小姐可没有这样的兴致!"说着,抱着小洋狗扬长而去。

这桩由委员长夫人宋美龄亲自出面撮合的婚事,就这样很滑稽地完结了。这样明显带有捉弄人的滑稽剧,胡宗南明白,或许以后孔二小姐会明白其中的原委,不过,但愿她不要明白。体味刚才孔二小姐拦路拦自己的车其间的种种言行,胡宗南心中像打翻了五味瓶。

"宗南,你看,那就是神仙洞。"叶霞弟快乐的声音传进耳鼓,将他从往事的回忆中唤醒。顺着她手指的方向望过去,车子行驶在一条路况好多了的私家车道上。前面那座林木葱郁的山岚,遥遥可望间,一道围墙围出好大一片天地。蓊郁的林木隐掩中,亮出一幢中西合壁、美轮美奂的华厦。那就是戴笠在陪都郊区的陪宫神仙洞。房屋建筑宏大漂亮,周围幽静,风景很好,看来,这地方叫神仙洞,真是名不虚传。

# 第四章
# 神仙洞里住"神仙"

## 苦心筑金屋,为的是电影皇后胡蝶

罗家山19号的军统局主子戴笠让人一提起就心惊胆寒,此时,正同他不好容易诓上手的电影皇后胡蝶,在神仙洞的花园别墅里聊天,专候胡宗南夫妇。戴笠爱房子、爱车子、爱票子、爱美女,尽人皆知。仅房子一项,他在全国各地就有多处别墅。略略数来,在兰州风景区的九间楼、贵州黔灵山的麒麟洞、四川凉山西昌的邛海观景楼……在陪都重庆更多,有十几处。

戴笠之所以爱房子,除了满足他的占有欲之外,更同他神秘、飘忽、糜烂的生活习性密切相关,其中很重要的一点是便于他搞女人。他搞女人,至少一天一换,到了陪都重庆,生活安定时,往往一天要换几个,这就需要他的贴身亲信秘书王汉光精心安排在不同的地点。

然而,自去年他利用手中职权好不容易将电影皇后胡蝶诓到手后,就一改以往。但是,戴笠心知肚明,胡蝶毕竟是个万众瞩目的公众人物,要最终攫取电影皇后芳心,最终心悦诚服地嫁给他,不那么简单,而当前最要紧的是造一幢让她满意的别墅,为此他绞尽了脑汁。别墅要豪华、舒适、雅致,更要秘密。

地址是他精心选定的。地皮终于搞到手,但他还不满意,面积小了些,并且旁边还有号称“四川王”王陵基买下的一块地皮,约四五亩的面积。同这样的人物为邻,是戴笠不愿意的。王陵基的脾气像四川人爱吃的辣椒——燥辣,绰号“灵官”。戴笠既不愿与王为邻,又垂涎王陵基买下的地皮,想拿过来,却又不敢硬惹。幸好这时王陵基任三十集军总司令,率部在前线抗日。他心生一计,给王陵基去了一封电报,言辞恳切。说是因为需犒劳为中国抗日立下大功的在华美军人员,拟在神仙洞一带征地修建一处高规格的别墅。不料,拟议中的地皮正是王陵基将军已经买下,至今闲置的地皮,很谦虚地问,王将军能不能将这块地皮转让出来,为抗日作贡献?王陵基这个人吃软不吃硬。他也不明就里,一心以为军统戴局长的一番假话是真,况且自己的地皮也是闲置,就答应转让,回电只有两个字,很干脆:可以。

戴笠大喜过望,却并没有就此而止。他又开始打起已在旁边修起了花园洋房的李傥的主意。李傥是财务部国库署署长,官不大,钱攒得不少,他年纪大、人缘多、交际广。戴笠起先是向李傥表示高价收,李傥坚决不同意。无论戴笠出何高价,好话说尽,抑或是手枪威胁……李傥都不同意,他不睬戴笠。戴笠耐着性子多次去缠,找李傥谈判。李傥要么找借口不见,要么见了也是坐在那里,闭着眼睛,摸着颔下一把花白胡子,理都不理,像四川人说的:四季豆,油盐不进。

军统局长有的是办法,戴笠发现了李傥的软肋,也是最容易攻破的环节——李傥是个老色鬼,年纪一大把了,娇妻美妾娶了一大群。这些美妾在年龄上都和李傥的几个女儿差不离。而在李傥这座别墅里,家中除了他一个老男人,几个背枪看院的弁兵,其他的都是女人,典型的阴盛阳衰!戴笠发现,每次他去李傥家,那些莺莺燕燕的女人们,看到他都露出一副馋相。主意打定,他使出了美男计。他挑选了几个年轻英俊,身体强壮,浑身雄性荷尔蒙四射,又会勾引女人种马似的特务每天借机去李傥家窜来窜去。

李傥吓坏了,他怕自己被戴上一顶绿帽子,更怕招特务女婿。没有办法,只好老着脸上门求戴笠来了。既然如此,那就却之不恭了。戴笠说天要下雨,娘要嫁人,看来也没有更多好的办法,当今之计最好的办法,我看李老你最好还是学古人,来个孟母三迁。话到这里,李傥一切都明白了,他知道斗不过戴笠,只好将他那幢花园洋房卖给了戴笠。

神仙洞的别墅戴笠极为重视,事必躬亲,不仅请了高明的设计师,花园、洋房一应建筑都是参照洋人设计的图纸又自己修改过的。外表乍看起来,也不过就比一般的洋房大些,一楼一底,尖顶阔窗,穿西装戴瓜皮帽,绿瓦乳黄色的墙壁,中西合璧,并无多大出彩外,其实,舒适当然是其中应有之义,在房子内部更是暗设机关,回廊曲折。总之,豪华、舒适、隐蔽,戴笠的神仙洞别墅非一般大员藏娇金屋,特务头子的密室毕竟是不一样的。

别墅原有一条土路同山下的公路相通,为了胡蝶乘上轿车舒舒服服直达别墅而脚不粘地,戴笠利用权势,要当地出动了两百人的民工队伍,为他改造这条土路。在近五百米的土路两边,用石条砌成宝坎,路面加宽、填平,再铺上水泥。工程十万火急,民工们连轴转,夜以继日。这样大的一个工程,不到一个月的时间就保质保量完成了,有两个民工为此付出了生命。那天晚上正在下雨,这两个工人担石板上山时,失脚从泥泞的山道上滑了下去……

就在胡宗南夫妇乘车往神仙洞赶的时候,戴笠为讨好胡蝶正坐在楼上小客厅里和她逗着玩。他拿出军统广东站孝敬他的一副巧夺天工的用象牙做就的金鼓银锤,在胡蝶面前一个劲地鼓捣,胡蝶也看得兴致勃勃的。这是一间西式客厅,小巧别致,在正对落地长窗的墙壁上,挂有两个条幅,很是引人注目,是戴季陶、吴稚晖写给戴笠的,带有对戴笠的评价和勉励意味。戴季陶撰写的是孙中山先生有名的遗言:"革命尚未成功,同志仍需努力。"字是他变革过的柳体,很为洒脱有力。吴稚晖写的是:"秉承领袖意志,体念领袖苦心。"字如其人,吴稚晖用的是孩儿体,怪怪的,胖胖的,一如其人。

戴笠极为看重这两个条幅,不仅因为戴季陶和吴稚晖是民国名人,而且这两个条幅很对他的心思。他甚至把吴稚晖写给他的"秉承领袖意志,体念领袖苦心。"条幅推而广之,用作军统全体人员的座右铭。戴季陶、吴稚晖这两个大员送给他的墨宝,不仅为他这间客厅增加了书卷气,美化了他,更让他私心窃喜的是,戴季陶在条幅尾录名处,附有一行小字,称他为"雨农法家贤弟",而吴稚晖则称他为"雨农书家"。一节比一节高,一个称他为"法家贤弟";一个称他为"书家",语气是多么亲切,评价多么高。其实他自己知道,他那笔字哪能算得上书家?吴稚晖这样一个因为当初选中精卫留学日本而被称为目光过人,才学渊博,在国民党内地位很高,脾气也大,连蒋介石、胡汉民这样的大佬都敢指着鼻子骂的人，戴季陶也是，这样的大人物，不仅为他亲笔题写条幅，还赞赏有加，语气亲切，这是多大的面子！

这会儿，他和胡蝶对坐在沙发上，饶有兴致地手拈起一根小小的、银灿灿的鼓锤，轻轻敲击在一面同样小小的、造型精巧雅致的金鼓上，发出一阵阵清脆悦耳的“当当”声，声音激越铿锵。小小的金鼓用一根细细的金丝吊起，挂在一件用象牙雕成的两根春笋上，春笋长在泥土上，如此复杂的造型全部在一根象牙上完成，实在是巧夺天工。春笋透露出勃勃春意，别在春笋上面的银锤又可敲鼓取乐。作为权大势重的军统局，讨好他的人很多，送他的珍奇宝物不可胜数，而戴笠最爱这玩意儿。并不是这金鼓银锤就有多么出众，而是爱屋及乌，胡蝶独爱这玩意儿，因而，他也爱。

戴笠和胡蝶一人手中拿一根银锤，颇有兴致地敲着金鼓，听那音韵别致的声音，戴笠的样子显得很沉醉。

“蝶！”浓眉大眼的戴笠这样肉麻地叫了电影皇后一声，故作深沉地问：“你知道我为什么特别喜欢这副象牙雕刻的金鼓银锤吗？”

“我还能不知道吗？”胡蝶笑微微的，“这既可以作为你单独的艺术品欣赏，又象征着你事业的兴旺发达。”

“为什么这样说？”

“春笋象征你的军统局春机勃发，迅速成长。银锤敲击金鼓发出的激越之声，不是像你和你的军统局声名远播吗？”

“聪明！”胡蝶的话说到戴笠心里去了，他用手猛拍了一下自己的腿，激动起来，痴痴地望着胡蝶，青白的马脸上开始充血。他想站起来，伸出双臂去搂抱胡蝶。虽然电影皇后不是一个随便的女人，但是高兴了，让他搂抱搂抱也是可以的。他曾在哪本翻译的外国书上看到一则科学趣闻，说是女人喜欢让人拥抱，拥抱的次数一天可以达到八次。他试了试，每遇这样的场合，又没有外人在场，他去搂抱胡蝶，电影皇后也还是半推半就答应了的。可惜，就在他要动手时，门外响起了讨厌的脚步声，听声音就知道是王汉光来了。王汉光是他的贴身副官，没有什么要事，决不会随便来打扰他的。王汉光穿了一双皮鞋，走进来时故意发出些声响，以免不巧碰见什么不该看到的事情。

戴笠轻轻咳了一声。声音刚落，王汉光来到门前，隔帘轻轻报告：“局长，胡长官到了。"

"胡长官的车到了?"

"已经上了别墅的便道。"

"那好,我们这就去迎接胡长官。"说着看了看胡蝶,率先站起身来,整了整自己素常穿的一身藏民青色美国呢料中山装。

## 戴笠和胡宗南私心窃喜

戴笠美滋滋地携胡蝶走到别墅门外,只见两辆挂着军统牌照的豪华型克拉克轿车披着冬阳而来,倏忽间来到门前,"嘎"地一声,两辆车停稳。

戴笠示意,让身边的王汉光亲自上前,替胡宗南夫妇轻轻拉开车门。脚尖点处,现出一只女人的高跟鞋,接着是红丝绒旗袍一闪——胡宗南夫妇先后下了车。

"胡兄,想死我了!"戴笠大步迎上去伸出手。

"久违了,久违了!"胡宗南握着戴笠的手,一阵紧摇:"两年不见了吧?我每到陪都,你都到下面视察工作去了……"

"是呀,真是不巧得很。"戴笠作出思索状,"还是纬国兄结婚时,我们在西安见面的。"他说的是一桩风光事。当年,委员长二公子蒋纬国从德国学习军事回来,"校长"要蒋纬国去胡宗南部队"当兵"锻炼,从基层做起。胡宗南不敢怠慢,心领神会,着意将蒋家二公子安排在自己的爱将——第一师师长盛文部当一个战车连的连长。不久,蒋纬国同西安大华纱厂老板、西北最大的资本家石凤翔的女儿石静宜在西安结婚,与蒋纬国要好的戴笠特意赶去西安,同胡宗南一起为他主婚。

寒暄了几句,戴笠将身边的电影皇后胡蝶介绍给胡宗南。"这位是……"戴笠刚刚要介绍胡蝶,胡宗南立刻打着哈哈凑趣:"幸会、幸会。这还有什么可介绍的,电影皇后,全国有哪个不认识的。当面看,人比电影上更美。"胡蝶礼仪性地浅浅一笑,戴笠这又赶紧给胡蝶介绍胡宗南身边的夫人叶霞弟。

“胡长官的夫人叶霞弟——她曾经是我们团体引为骄傲的才貌双全的女战士……”谙熟女人心理的戴笠在为她们介绍时，自认为拿捏得很有分寸，可还是发现，两个女人虽然面子上都笑吟吟的，但其实心态迥然有别，且都保持着一种警觉与戒备。

“胡长官夫妇驾到，蓬荜增辉，不胜荣幸！”戴笠调侃一句，手一比：“请、请，请！”弯着腰，做了一个请的姿势。

主客相跟、礼让着、谈笑着进门，沿着五彩石子精心镶嵌而就的一条花径，往庭院深处的那幢中西合璧的洋房走去。

作为职业军人的胡宗南一眼就看出来，这座表面上没有设防的神仙洞，暗中的防范异常严密。那些穿短打的在假山后林木间偶尔露一下面，鬼影似的人，其实都是训练有素的特务。

主客上楼，在沙发上落座。胡蝶是个仪态高雅、善解人意的女人，尽管她现在还是身在曹营心在汉，摄于军统局的权势，不得不在这里敷衍，但还是显出女主人般的热情周到。她用指甲上涂着红蔻丹的手，指着面前玻晶茶几上早就摆满了的新鲜美国水果，请胡长官夫妇品尝。只见叶霞弟纤指拈起一颗绿莹莹的足有杏子般大小的美国葡萄，送进嘴里，嚼了嚼，眯起眼睛，似在回味，然后啧啧赞叹，“美国的水果终究不同，是好！”而胡宗南却转了转头，胡蝶明白，胡长官是喜欢喝茶的，轻言细语地问：“胡长官喜欢喝什么茶？”

胡宗南感激地一笑：“我们浙江老家龙井。”

胡蝶起身，亲自给胡长官泡了一壶西湖龙井。

戴笠一边同胡宗南亲亲热热说着闲话，随手揭开一听摆在茶几上的美国进口烟罐盖——这是一听女式香烟，包装精美。他从烟罐拈出根细长的可尔香烟，递给叶霞弟，显得相当熟悉地说：“霞弟，我记得你是抽要烟的。这美国烟不错，你抽一根吧！”叶霞弟挥挥手，看了看正端起茶碗喝茶的丈夫，笑笑说，“宗南不抽烟，我也就不抽烟了，连要烟也不抽了。”

“真是近朱者赤，近墨者黑。霞弟已变成了贤妻良母、贤妻良母。”戴笠笑着将从烟罐中抽出的女式可尔烟插回罐中时，胡宗南看他还要张罗，就摇了摇手，抬起头看了看叶霞弟。叶霞弟会意，看着对面淡妆天然样的胡蝶说，“我今天来，可是来看电影皇后的。听宗南说，戴老板家有很不错的家庭放映室，想来有很多电影皇后拍的片子，怎么样，那就让我赏赏光吧！”

“那是，那是。”戴笠连连点头，胡蝶听叶霞弟说想看自己演的电影，也高兴起来，她站起来，手一比：“请！”

随着一阵高跟皮鞋的橐橐声和两个女人身上特有的香水味飘了开去，待叶霞弟和胡蝶的倩影消失后，胡宗南立即问戴笠：“雨农兄，你刚才在电话中对我说，有什么要紧的军机大事？”

“是，很要紧。”尽管在家中，也许是职业养成的习惯，戴笠还是用一双敏锐的眼睛，四下注意打量了一番，才将头向胡宗南凑过去了些，样子很诡秘，声音压得不能再低地说：“寿山兄最近可听说美国人遇到什么麻烦没有？”

“没有呀。”胡宗南注意打量着身边这个在国际上有“中国希姆莱”之称的好朋友的神情，心怦怦地跳，现在美国人哪怕就是打个喷嚏，国民党都要感冒，他听这一说，不能不担心，希望戴笠来个竹筒倒豆子，一股作气，不要这样藏头露尾的，让他心里干着急！

“最近日本人放气球炸弹，飞过万里太平洋去飘炸美国西部地区，把美国人炸得摸不着头脑，于是美国军方就通过梅乐斯的关系，向我军统通报询问，问我军统知不知晓究竟。”

“这究竟是怎么回事，我咋觉得你在讲天方夜谭？”胡宗南丈二和尚摸不着头脑，问戴笠，“我怎么就听不明白，什么气球炸弹？这么神神鬼鬼的！”

戴笠这就把事情的来由讲了一个大概。说是事情千真万确，军统局黑室最近破译了日本海军发给他们沿太平洋一线的特工组织的绝密电报足以证明，但具体情况，包括若干细节，一时还弄不清。

胡宗南听后一阵沉默，戴笠的特工能力，他是相信的。日本人轰炸美国珍珠港前夕，规模还很小装备也差的军委领导下的谍报科，竟截听了日军即将轰炸美国太平洋舰队的秘密。中国方面将这一极为重要的军事机密向美方通报，美方竟然不信，以为是中国调拨美日关系，拉美国参战打击日本，到吃了大亏后这才相信中国的戴笠不可小视。美国三军都想拉戴笠，可美国海军捷足先登，同戴笠在重庆搞了个中美合作所，商定由美国海军提供先进设备，中方将侦察得到的情报同美方共享。

抗战一开始时，日机经常耀武扬威地对首都南京一带进行肆无忌惮的空袭。翅膀上尾巴上有着一面红膏药旗的日本飞机猖狂得很,轰炸时飞得很低,呼啸而去,有时在地面上连日本飞行员张牙舞爪的样子都看得一清二楚。戴笠对破译密码有一种与生俱来的感应,电讯处长魏大铭亦是一个鬼聪明。他们很快就破译了日本空军的密电码。以后在每次日机来轰炸前,戴笠对这些日机要来的架次、飞行高度等等都了如指掌。虽然中国的飞机技术等方面不如日本,但因事前作好了充分准备——我方战机先行出动、爬高,躲在云层深处,以逸待劳。日机来时,我军战机突然钻出云头,鹞鹰一般直冲而下,打得日机纷纷坠地,哭爹叫娘,狼狈而逃。

胡宗南问戴笠:"此事,校长知不知悉?"

"知悉。"看来戴笠在电话中所谓的机密就是这个,胡宗南这就没有再问此事,他关心的是即将开打的国内剿共战争。

"雨农。"胡宗南不忘对戴笠提醒,"共产党才是我们的心腹大患,战争就要打响。作为天子手中的一把利剑,不知兄有何动作?"

"寿山兄说得对,共产党确实是我们的心腹大患。"戴笠一番话说得咬牙切齿,"校长高瞻远瞩,说是红祸不除,我中华将沦为万劫不复之地。如同寿山兄一样,我军统早就准备好了。届时只要校长批准,我拟从三个方面向共产党发起攻击,置共党于死地。"

"啊,好得很!"胡宗南来了兴趣,搓着手说,"雨农兄就是不凡,快说来听听。"

"一,这个工作已经开始做了。我们起用了被毛泽东排挤出来的共党首脑人物张国焘,帮助他成立了'政治问题研究室',已培养了两批学员,将这些人渗透回去,可以起到我们起不了的作用。因为堡垒是最容易从内部攻破的。"

"好!"胡宗南击掌赞叹,"请接着说。"

"第二步就是暗杀,暗杀中共领袖人物。寿山兄,你还记不记得,新四军的头号人物在皖南事变后,我们遍寻不得,可他却是死在他亲信的警卫员手上?"看胡宗南点头,戴笠来了劲,越说越来精神:"我借美国第一流的武器设备,现在训练出了一支准备突击共产党首脑机关的特种部队。"

"啊……?"胡宗南扬起浓眉,瞪大眼睛,欲知详情。

"我在浙江瑞安、贵州息烽、江西修水、福建漳州等地区办起了特训班,由我亲兼主任。从中训练出了别动、爆破等特种部队,人数上已达五万余人。他们一律美式装备,卡宾枪、各式特工手枪等等一应俱全。到时,只要校长一声令下,这些部队就会迅速开进上海、南京、武汉等要地,从日本人手中接过政权,决不会让共产党染指。

"现在各地司令长官对我手中这批特种部队都极为重视,第三战区司令长官顾祝同、驻修水的第九战区司令长官王陵基、驻安徽临泉的司令长官汤恩伯都曾到这些训练班讲课,多加勉励。"

"第三个方面呢?"胡宗南问。

"第三个方面就是我这些训练班学员里,有不少武艺高超的杀手。不是要请中共领袖毛泽东到陪都重庆谈判吗?周恩来、董必武不是在重庆吗?届时,只要校长一点头,我就……"说时,戴笠做了个杀的手势,"擒贼先擒王,这些共党党魁都杀掉了,岂不是不战而胜?"

"真是好极了!"胡宗南对戴笠这番话,这些计划赞赏备至,"到时,就是戏台上演戏!"胡宗南兴奋道,"雨农兄来暗的,我来明的,我看共产党往哪里躲哪里藏,只能是死无葬身之地。"说到这里,两人都畅声枭笑起来。

"好了,寿山兄,我们不谈这些了,轻松一下吧,如何?是去电影厅里看电影,还是参观一下我这神仙洞?"

"就去参观你这藏了神仙的神仙洞吧!"胡宗南说时率先站了起来,随即看了看手表,下午四时,他还得回城里去上清寺委员长官邸。

就在他们准备下楼时,戴笠却领着胡宗南一拐,向一堵墙壁走去。胡宗南一怔,尚未开口问,只见戴笠上前用手一推,面前的墙壁轻轻向两边滑去,出现一条地下通道。胡宗南心想,毕竟是搞特务工作的,戴笠家中到处都是机关,他跟着戴笠顺着豁然显现的一道楼梯往下走去,手刚触及楼梯把手,后面的两道门便无声地阖上了。与此同时,楼梯上亮起了一盏盏的小电灯,一直旋转而下,像是闪动着多双诡诈无比的眼睛。

## 送给“胡长官”的礼物——手枪

“雨农兄！”胡宗南跟在戴笠后面，颇有兴致地问：“你要把我带到哪里去？”

“你猜呢？”戴笠故意卖关子。

“你不会把我带到你审讯共产党人的刑讯室去吧？”

“不会，我带你去你一个你最喜欢的地方。”说时眼前一亮，他们走进了一间修建得很堂皇的地下室，顺墙摆着一溜美国出产的保险柜。

戴笠走到一个保险柜前，一边拨动着密码锁，一边说：“这里面有你最喜欢的东西。”说时，锁开了，胡宗南的眼睛顿时大了，躺在里面红丝绒上的都是世界上的好枪！

“好枪，真是好枪，都是些世界名牌。”胡宗南喜得合不拢嘴，下意识地搓着手。胡宗南同戴笠一样，对枪，尤其是手枪到了酷爱的程度。这些手枪，非常精美，一把把地摆在柜中。有一对马牌手枪用纯金制成，外壳镶着象牙柄。有一只勃朗宁手枪，纯系手工制成，嵌有金丝盘花纹；有用不锈钢精制的强力式手枪，有长管无声手枪，还有专供特务用的钢笔枪，打火机枪，女人用的特制小手枪……绝大多数是美国造的，足有上百支，五花八门，琳琅满目，看得胡宗南眼花缭乱，赞不绝口。

“好极了，真是好极了！’胡宗南将这些名枪一一拿在手中把玩。他问戴笠：“雨农兄，你舍得送我一支吗？”

“那是当然。”

“让我选吗？”

“选吧。”

“那我就选这支了。”胡宗南选中的是那支人工精制，嵌有金丝盘花纹的勃朗宁手枪。

“有眼力，真是有眼力。”戴笠笑笑，“这枪虽说不一定最漂亮，却最实惠。”

说时，自己取了那支纯金制造的、外壳镶着象牙柄的马牌手枪。戴笠选取这枪，是因为他形象似马，因而对马情有独钟，平时也不避讳人家说他长相似马。他常对下属和朋友说：“马好，马忠诚。我对校长就是要效犬马之劳。”戴笠迷信，信风水、命相一类东西，他因为命中五行缺水，用的化名也都是水凌凌的，如：水汪汪，汪汉清，汪涛、沈沛霖、洪淼等。因为对马酷爱，也曾用过一段时间马行健这个化名。

爱屋及乌。他拿起马牌手枪，关上保险箱时对胡宗南说：“我这些枪可不是中看不中用，都可以实战。”

胡宗南反复比划着手中闪闪发光的手枪说：“是吗？”

“不信的话，我们就到试枪室去试枪吧！”

胡宗南说：“那就太好了。”

他们相跟着到了隔壁试枪室。

这是一间高标准高质量的小型地下试枪室。开灯后室内光线如同白昼，全套自动化控制，一个半身头像靶自动弹了出来。

“寿山兄，你先打吧！”戴笠说。

“你先打。”胡宗南客气，“我室内打靶还是第一次。”边说边将一只有五颗黄澄澄子弹的弹夹插进了枪把。

“好吧！”戴笠说时眼一眯，手一甩，随着轻微的枪声连续脆响，五粒子弹打完了，可一颗都没有打到靶上，不知打到了哪里去了。作为黄埔军校毕业的军统局局长打枪如此没有准头，这可是胡宗南没有想到的。戴笠枪声刚落，胡宗南把手中流金溢彩的手枪一甩，只听“啪啪啪”一阵响，小巧精贵的勃朗宁手枪还真不是吃素的，五粒子弹布满了人靶上的头和胸四周。戴笠的脸唰地一下红了。

胡宗南知趣，赶紧说：“这不奇怪，我也常常这样，自己熟悉的靶子往往打不好。”说着要戴笠走近一些再打。戴笠上前两步，离靶子都快抵拢了，举枪瞄了又瞄，轻扣扳机，又是一排快击。五粒子弹只有两颗打在靶上，一颗在胸，另一弹很滑稽，打在了人靶的肚脐眼上。

“我们该出去透透气了。”胡宗南怕戴笠难堪，提出了建议，他知道，自己这位难兄难弟，可是个处处都要强的人。

“好吧！”戴笠收了枪。胡宗南跟在戴笠后面，在迷宫似的地道里东绕西拐，眼前突然大亮——他们来到了后花园。

胡宗南不由得眯了一下眼睛。

“寿山兄，你看我这花园可还要得？”这时，戴笠的一丝赧然早已过去，听得出来，他很得意。胡宗南注意一看，偌大的一片花花草草扑进眼帘，很阔气。他们相跟着走在花径上，走在前面的戴笠指东指西的介绍着。胡宗南是个花盲，对这些尽管在冬天也开得姹紫嫣红的花儿完全叫不出名，说，“这些花，有些是从外地运来的吧？”

“是。”戴笠喜滋滋地说，“好些是从沿海运过来的，还有些是外国运来的。那——”他指着右前方的一株开得很艳的花说，“那是陈质平从印度加尔各答给我空运过来的。”原先生活上不讲享受的戴雨农什么时候变得这样奢侈了，胡宗南不由得有些惊讶了，不由驻脚细看。那花没有主干，蓬蓬的，叶片特别宽大，层层叠叠，向四方幅射出去，富有质感，苍翠欲滴。当中一朵开得足有蓝球大的绒绒黄花，吐着金蕊，散放着幽香。这株奇花，极为铺张，空间占地约有一平米。

“这些国外来的奇花异卉，在重庆这地方能活？”胡宗南边走边看边问。

“这些国外来的奇花异卉，过夏天没有问题，但一到冬天就容易死。”

“死了怎么办呢？”

“死了，明年到时候再买。”戴笠笑了。

“你就这么舍得？”

“没有办法，人家电影皇后喜欢。”胡宗南点点头，他明白戴笠这是在讨好胡蝶，又问戴笠：“这个大花园花了多少钱？”

“光是这些花，就花了我五万块银洋。”

“雨农，你哪来的这么多钱？”胡宗南感叹开来，“国家财政这么紧！据我所知，校长只拨了两万人的人头费给你。你现在的家当，不算那些杂七杂八的什么别动队、特种队什么的，光正规人马就有十万之众。你的人马吃香喝辣，比我手中这支中央军的待遇还要好！莫非你在造钱？”

“你说对了。”戴笠笑笑供认不讳，“如果光靠校长拨的那点钱，塞牙缝都不够。兄弟面前不说假话，我身兼中央缉私处处长，可以利用职权走点私赚点钱,但这还不是我生财的主要手段。我主要是在沦陷区造假币——从美国人那里买来造钞机器,请来美国专家,造出来的沦陷区假币,就连日本造币专家都认不出来。这样一来乱了敌人的金融,二来我也有了钱。”

“啊,原来如此,雨农你真是神通广大啊。”胡宗南不得不佩服戴笠手段高明,可想想这样做总是不地道,问:“这事,校长他知道吗?”

“知道,当然知道。这样一举两得的好事,校长很支持,何乐而不为?我这样得到的钱,还不时交一大笔给校长,作为校长的特别活动费。”胡宗南想了想,点点头,似乎有什么难言之隐不好开口。戴笠看着胡宗南,不无关切地说:“怎么样,寿山兄,你现在手头有没有困难?缺钱,我立刻可以给你一笔。”

“承校长关照。”胡宗南想要又不好开口地说:“我的部队比所有国军的配给都要好,虽然穷一些,也可以过。”

“这样不行!”戴笠显得很慷慨,他说:“别人也就算了,我们是几十年的兄弟。俗话说,长袖善舞,有钱好办事。马上就要对共产党开战了,你是攻坚,哪能没有钱。我一会叫人立马拨五十万元到你的账头。以后,你随时要我随时拨,你我兄弟没有什么不好开口的。怎么样,五十万够不够?”

“够了,够了。”胡宗南打着哈哈,“那就却之不恭了。”说着,率先往别墅后面走去。神仙洞别墅花草蓊茂,地势回环。其间,出于职业习惯,对地形特别有兴趣的胡宗南不由得从整体上打量起戴笠这座别墅。庭院深深处,花团锦簇,但人造痕迹太过了一些。本来,庭院中地势起伏,很有沟壑,但被一律填平补齐,这就缺少了野趣。更可笑的是,前院中用水泥铺就的花径小路,纵横交错组成了一个大大的“喜”字,在后院组成了一个“寿”字,而那些繁花异草就种在这“喜”和“寿”字组成的栏格里,这就让整座神仙洞在雍容华贵中显出了一种掩盖不住的俗气。

当戴笠领着胡宗南看完了他的神仙洞,上楼时,见胡蝶和叶霞弟已经看完电影,坐在沙发上聊山海经,比先前亲热了许多。

“霞弟!”胡宗南看了看两个粉面含笑的女人,在落座到沙发上时问,“怎么样,电影看得过瘾吧?”

“真是好极了!”叶霞弟拍着手,夸张地说,“我连着看了《火烧红莲寺》、《绝代佳人》都是电影皇后的代表作!加上戴局长家的电影放映室好,机器好,音响也好,都是从美国进口的,我真是大饱眼福、耳福了。”

“我说胡长官。”胡蝶打着银玲似的脆哈哈 打趣道:“霞弟这样一个多才多艺的美人,我看你还是不要一个人享受,困在家里,还是贡献出来,让她演电影。我敢保证,一炮打红!”

“对呀!”戴笠凑趣,“寿山,你可不要埋没人才哟,电影皇后看人的眼光是不会错的。”

“好好好。”胡宗南高兴得一副浓眉一扇一扇的,“只要霞弟愿意,我有什么说的!”

“真的?”戴笠和胡蝶齐声问,似乎只要胡宗南同意,叶霞弟马上就要成电影明星。

“我同意。”胡宗南调侃一句,“现在是委员长提倡的——新生活——各管各。”

“哄”地一声,围坐玻晶茶几边沙发上的四个男女都大笑起来。

这时,“当”地一声,墙上的自鸣钟响了一下。钟声刚落,戴笠的副官王汉光轻步来在门前。

“局长!”他轻声问询,“是不是现在请胡长官夫妇赴宴?”

“好!”戴笠看了一下表,同胡宗南交换了一下目光,吩咐:“宴席是摆在小餐厅吧?”

“是。”

“都准备好了?”

“都准备好了。”

“那就请!”戴笠率先站起来,四个人说说笑笑往楼下小餐厅走去。

胡宗南这天真是领会了戴笠的阔气——这是一间大客厅旁边的雅致备极的小餐厅。进门迎面是一道红豆木大屏风,屏风上镌刻着蜀中山水——夔门的险,青城的幽,剑门的雄,四塞之中,肥沃的川西平原上,小桥流水人家极有神韵。

转过屏风,只觉一阵华贵气息扑面而来,一眼看去:正对面是落地式长窗,长窗上垂着薄如蝉翼的洁白暗花浅网窗帘。地上铺着一色的厚重的猩红色波斯地毯。淡蓝色的正面墙壁正中,挂着一幅硕大的油画。油画镶着梨树框,框上雕着精美的无花果图案。油画的画面很简练——几个精美的各式各样的西洋瓷盘里装满食物。一个盘里装的是通红透明的龙虾,一个盘里盛着炸得焦黄如金的牛排……似乎正散发着诱人的香味,让人平添食欲。

摆在屋子正中的是一张椭圆形的西式餐桌,不分主次。主客四人各踞一方随意坐下。只见桌上铺着雪白的台布,正中摆一个莹白如玉的鼓肚花瓶。这花瓶一看就知非寻常之物,价值连城。瓶颈里插着一束雪白的马蹄莲和一束开了花、吐着一缕黄灿灿的星星似的水仙,散发着淡淡的幽香,显得很幽雅。

刚刚落座,四个相貌俊俏,年纪约在十七八岁身穿大红旗袍的姑娘袅袅婷婷轻步而上,将摆放在金色筷墩上的乌木红头筷子拿起来,褪去筷纸,再摆放在筷墩上。然后将束在酒杯里的雪白的餐巾依次放在他们面前,再陆续在筷墩上放好牙骨筷子,然后将雪白的餐巾抖开,围放在他们膝上。在两个男人面前放了大耳西式酒杯,在两个女人面前放了高脚玻璃杯。这一切都按部就班进行,显然,早就安排好了这一切。她们为两个男人斟的是白兰地,为两个女人斟上的是通红如血的法国陈年葡萄酒。

四个姑娘做完这些后,轻步退后。这时,随着一阵轻渺的《何日君再来》的音乐响起, 又是四个身穿白色衣服的姑娘手里端着髹漆托盘快步而来上菜,原来,这些姑娘上菜的是上菜的,服侍的是服侍的。胡宗南作为集团军总司令,也是见过世面的,但像这样被招待却是第一次。心想,人说三十年河东,四十年河西,这话真是一点不假,现在的戴雨农同当年乞丐似的戴春风简直就是两个人。

先上的是下酒菜,分别是浙江、四川风味。有川味缠丝兔、建昌板鸭,羊尾酥和江浙味的薰鳗鱼、炸带鱼等等。

戴笠习惯性地先端起酒杯喝了一口——做特务的, 常在酒里做手脚,为了让朋友相信这酒不会有什么问题,就先喝一口。当然,作为军统局的戴笠与胡宗南间断不会有这个问题,但已经成了习惯。

“来来来! ”举杯在手的戴笠猛然醒悟,一笑道:“为胡长官夫妇先干了这一杯! ”

“咣”四只玻杯相碰,发出清脆的声响,四人都一饮而尽,亮了杯底。

服侍他们的的四个姑娘将他们酒杯再次斟上。

“我们这就借花献佛了！”胡宗南举起酒杯，看着其他三人道：“为神仙洞里的两个神仙祝福。”他们干下第二杯。接下来他们又“为校长领导的即将开始的第三次剿共胜利干杯！”

“为宗南兄直捣共军老巢成功干杯！”

“为雨农兄事业蒸蒸日上干杯！”……

胡宗南的酒量可以，戴笠的酒量更大。戴笠原先是不饮酒的，可惜他肠胃不争气，每顿都要饮点开胃酒，时间一长，酒量也就养成。

戴笠是个很有心机的人。他知道胡宗南在这里呆不了多长时间，一会还得去上清寺委员长官邸，更不能带有酒气。看差不多了，作为主人的他，吩咐上热菜。顷刻间，珍馐美味摆满了桌子。其中，有道胡宗南最为钟爱的清蒸阳澄湖大螃蟹。在这样的季节，桌上竟上了二十只肥大的阳澄湖大螃蟹，让胡宗南惊讶不已。

“雨农，你哪来的这么大本事，从哪里弄来了这样的好东西？”要知道，阳澄湖还是敌占区。

“当然是从阳澄湖弄来的。”戴笠既得意又讨好地说，“知道你们夫妇要来，我让下属从千里外的敌占区弄来的。”

“了不起，雨农真是了不起。”戴笠这样一番盛情，这样一番热烙烙的话，让胡宗南心中大为感动，可说出来的话，就那么两句。

“我们戴老板的神通广大岂止是这些？”叶霞弟乘机赞扬戴笠，“当初，戴老板的事业才开张，几个人设备那么简陋都把日本人要偷袭美国珍珠港的惊天大事破译出来了，还有什么事办不到?!”

“那是，那是。”胡宗南附和着老婆对戴笠的赞扬，他言简意赅，口手不停，快速剥着蟹壳，一会儿工夫，二十只阳澄湖螃蟹被扫荡尽净。

当胡宗南吃舒服后，像是算好了时间，墙上的自鸣钟“当、当”敲响四下。

胡宗南放下筷子，伸手接过姑娘递上的热白毛巾揩着油光光的脸和手时，戴笠、胡蝶、叶霞弟也纷纷放下了筷子。

“吃好了？”戴笠问胡宗南。

“吃好了，吃得太好了。”

“霞弟呢？”

“我是沾光了。”叶霞弟善于言辞,她这样说是为了让丈夫心中高兴。

“哟!”胡宗南看了一下手表,霍地站了起来,“我得走了。”

“好。”戴笠也站了起来,“那就不留你们了,校长召见胡长官谈军机大事,可耽误不起。”

戴笠携胡蝶把胡宗南夫妇送到大门外,一直看他们夫妇上了汽车。汽车开动了,他们互相挥手致意。看到两辆挂军统牌号的克拉克高级轿车消逝在公路尽头,戴笠和胡蝶才返身回去。

这时,贴身秘书王汉光影子似地来在戴笠跟前,小声报告:“局长——”戴笠一看王汉光那副鬼鬼祟祟的模样,就知没有什么好事。

“蝶!”他回头不无肉麻地笑着,对胡蝶说:“你先上楼休息休息吧,我有点事要处理。”

看着胡蝶消失的倩影,戴笠没有好气地回过头来,问王汉光:“什么事?”

“余志英又来找局长纠缠了。”

“什么?”戴笠一听,马脸顿时拉长:“我不是让你们把她关到息烽集中营去了吗?她怎么出来的,怎么寻到这里来了?”

“她两年的关押期满了,出来了,回到重庆。”王汉光嗫嚅地,“也不知她怎么会寻到这里来,打扮得花里胡哨的,死纠活缠,任我们怎么劝,她都不肯走,说是一定要见局长。还说——”王汉光欲言又止。

“这个婊子她说什么?”

“她说,局长搞她时,她还是个黄花闺女。”王汉光看戴笠那副样子,不敢隐瞒,照实说:“她说她起初无论如何都不肯答应,说是局长答应同她结婚。”看王汉光还要说下去,“够了!”戴笠恼怒地将手一挥,“这个婊子现在哪里?”

“我暂时把她安置在后院那个小客厅里。”

“没有其他的人知道吧?”

“没有。”

“好,那就会她一会儿。”戴笠一声狞笑,同王汉光一起往后院去了。

# 第五章
# 蒋委员长玩“柔术”

## 领袖急召，戴笠却寸步难行

当戴笠带着王汉光推开门进去时，痴痴呆呆坐在沙发上的余志英应声而起。她用一双忧怨的大眼睛打量着站在门边像不认识自己似了的“他”——寡情的军统局局长。一双还好看的双眼皮的眼睛里慢慢噙满了泪水。

戴笠却是满脸的不屑，站在门口，似乎在考虑着进不进来，一张拉长的马脸上，神情冷得像冰。由自己下令，在息烽集中营里关了两年的余志英，虽瘦损不少，但风韵依稀犹存。她显然是着意打扮过的，至今也才二十余岁的她，穿一件灰扑扑的暗花镶边旗袍，剪短发，发端别一个蝴蝶图案夹。椭圆形的脸上有些病态的苍白，但当初让他大动欲念的丰腴、鲜润却已是昨日黄花，荡然无存。

“志英，你怎么知道我住在这里？”戴笠略为沉吟终于说话了，尽量装出一副和蔼的样子。

“若要人不知，除非己莫为。怎么，你怕我来搅了你的好事？”过去的情妇余志英见戴笠这副样子，怒火中烧，顶上一句，话中有话。气焰嚣张的戴笠一听顿时气冲脑门，本想将她呵斥一顿，撵走完事，转念一想，余志英怕是有备而来，闹起来让胡蝶听见，岂不是前功尽弃？他在电影皇后面前百般讨好，最希望让胡蝶知道的是他对她的忠贞爱情。目前已大有进展,如果让余志英这样一闹,还了得吗?他决计出点"血"也无所谓——出点钱了事,将前来惹事闹事的余志英哄走了事。他知道,余志英年轻,空有一副好皮囊,有些脾气,却没有什么头脑。

"好好好,请坐,站客不好打整,你是什么时候回重庆的?"戴笠换上一副笑脸,招呼余志英坐下,说时,他坐到了沙发上,让王汉光给余志英上了一杯茶。

看余志英接过茶,喝了一口,戴笠开始哄:"当初,我之所以同意把你送到息烽去休养一段时间,实在是迫不得已,也是对你的爱惜!"戴笠甜言蜜语,"那时是一种什么情况?你却逼我同你立即结婚。我有难处,没有答应,你便大吵大闹,闹得实在不成样子了,有些报社也来凑热闹,作为花边新闻大登特登。我的一些仇人也趁机拿这事做文章,惟恐天下不乱,连委员长也知道了,很生气。这就到了影响工作的地步,没有办法,我只好同意,让你暂时到息烽去休养一段时期。我又特别下过指令,让他们关照你,对你优待,让你住在那里,像住疗养院一样舒适。怎么样,他们没有亏待你吧?"

"你是优待我?"余志英用一双泪花花的恨眼看着戴笠,忿忿地说:"虽说他们对我没有像对共产党一样上刑,可那是人过的日子吗?在里面暗无天日,甚至还有个别家伙竟对我动手动脚的!我整整失去了两年自由的日子,失去了两年的青春。"说着,掏出手绢揩眼泪时,破涕一笑,哼起了小调:"好花不常开,好景不常在……"戴笠一惊,看着余志英想,糟糕,莫非她成了一个花疯子?却低头连连叹气,做出一副很心痛、追悔莫及的样子,回头对王汉光说:"有这样违反纪律的事?你记下来,回头让人查一查,若真有其事,一定严惩!"

他注意到余志英听了他这番话,眼睛中的火渐渐熄灭。他劝慰她:"过去的事就让它过去吧,也怪我这两年手头的事太忙太多太杂,委员长又把我抓得很紧。我忙得整天头昏脑涨的,对你关心不够。我在这里向你道歉,对你的损失,一定加倍补偿。"

"你怎么补偿我呢?我倒想听听。"余志英听了这话,对戴笠甜甜地一笑。戴笠对余志英这一笑,却感到浑身发麻。

"你若想要脱离组织,可以。"戴笠大包大揽,"你要多少钱,我给多少钱,你要出国留学也可以……”在军统,有条残酷的规定,只要当了军统特务,那就是只有进的,没有出的,除非死去。在戴笠看来,他今天可以说是网开一面,对余志英开了天大的恩,然而余志英却都不肯。

“那你今天来找我的意思?你究竟要怎么样?”戴笠看着余志英问,问得很小心,态度却显出相当的生硬、暴躁。

“我只要嫁给你,给你当姨太太,当外室都可以。”

“不行,志英。其他你提什么要求我都满足你,就是这一条不行。我的情况你是清楚的。”戴笠顷刻间又换了一副面孔,态度显得坦诚,甚至还有一种可怜兮兮的样子:“你知道,我在浙江老家是有妻室的,我是孝子,这房乡下妻室是我的母亲给我娶的,我不能违逆,还生有一个儿子,我不能同你结婚。”

“戴局长,你哄哪个?”余志英火了,高声质问戴笠:“当初你是怎样把我哄到手的?等你把我像揉面团一样揉够了,玩够了,现在就像甩烂耗子一样甩。你说你老家有了妻室,不能在外面结婚?哄鬼吗?那么你把电影皇后弄到身边又是咋回事情!”

戴笠一下火了,现出凶相,对余志英咆哮开来:“你不要敬酒不吃吃罚酒?”

余志英不吃他这一套,脾气也倔犟,旧话重提,咬死要戴笠对她负责,说她出生于一个传统的知识分子家庭,可不是一个乱来的女子,说是戴笠那个时候,为了得到她,讨好她,连化名都取成余龙。“你对我说,你改这个名,就是表示要做我们余家的乘龙快婿!”

戴笠听了这话,又羞又恼,相当粗野地吼了一句,“这又有什么,啥子贞操不贞操,女人嘛,扯了萝卜,眼眼在!”

看余志英一怔,杏眼圆睁,在门外望风的王汉光赶紧救驾,他大喊一声:“报告局长!”

“快进来!”戴笠应声调头,求之不得。

王汉光闪身站在门口,挺胸收腹,站得端端正正。

“什么事?”

“委员长侍从室侍卫长陈希曾刚才来电话,说是委员长让局长立即去有要事相商。”

“那好！”戴笠心领神会，吩咐王汉光，“你立刻去准备汽车，我马上走。”

王汉光去了，走廊上响起渐渐远去的橐橐皮鞋声。

“志英，我很忙，军国大事，耽误不起，我得走了，我们的话就到这里，我叫人把你送回罗家湾局本部招待所去。”

“不行！”余志英知道戴笠要花招，想溜，急了，一下给他跪下去，并一把抱着他的双腿，珠泪长淌：“我要嫁给你，我不放你走。”

戴笠的忍耐到了极限。“你这个不知好歹的婊子！”他不由得怒由心头起，恶从胆边生，一下子露出了残忍的本性。他先是一记耳光打过去，只听“啪”地一声，在余志英白皙的脸上留下五根血红的手指印。可是，余志英仍然抱着他的腿不放。

“来人——！”戴笠咬着牙，唤了一声。王汉光和贾金南闪身而入。

“把这个婊子重新给我送回息烽集中营去！”戴笠暴怒不已，吩咐贾金南将披头散发，跪在地上紧紧抱着他的双腿的余志英重新关起，一直关到死。“哪个敢把她放出来，我就要他的命！”

王汉光和贾金南上来拉余志英。可怜这个年轻的军统女人可能有轻微的神经官能症，一双手仍然将戴笠的腿抱得紧紧的，像是箍在桶上的一道铁丝。无奈戴笠的副官贾金南力比周仓，他同王汉光两个大男人，终于扳开了余志英的手，将他往外拖去。

“戴笠，你这个伪君子！”余志英迸出泣血的哭喊。她刚哭骂出半句，声音便戛然而止，因为贾金南用一条大毛巾严严实实捂住了她的嘴。

时近黄昏。当戴笠乘上他那辆流线型防弹凯迪拉克轿车，飞快地行驶在进城的山间公路上时，在他身后不远，跟着一辆黑色轿车，黑色的窗帘拉得紧紧，行动诡秘——车里装着被五花大绑的余志英。五大三粗，横眉暴眼的贾金南坐在旁边，一边抽着烟，一边看着在车里被捆绑得粽子似的、口里塞了毛巾痛苦地翻来覆去的余志英无动于衷，麻木不仁。

贾金南奉命，将余志英秘密绑架押回位于城里的罗家湾军统局。那里，已有人在等着将她再押回息烽集中营——这一回，余志英在戴笠手上死定了。

## 几多欢乐几多愁

林园沐浴在春阳中。

像卫兵一样拱卫着林园，镂刻着西方蔷薇花图案，爬满了青藤的铁栅栏，从大门两边分开，呈圆孤形向纵深伸展开去。园中建筑中外合璧，美轮美奂、楼台掩映，占地宏广。林园前后，茂密得海涛般铺向远方的树林，渐次呈现出浓绿、浅绿……

轻风徐来，雀鸟啁啾。林园内，那浓密树荫掩映中的红墙黄瓦宫观式建筑、飞翘的檐角上悬挂的风铃鸣响。一群白鸽响着鸽哨，在极有沟壑的林园上空辗转飞翔，散发着一种幽远幽静的气息。

林园，不愧是名园。整个看去，简直像是一个高明的油画师笔下的一幅油画，悦目动人。

这林园本是蒋介石在陪都的官邸。建成之时，国民政府主席林森应委员长邀请来作客，他流连忘返，抚着颔下一把浓黑的胡须，赞叹不已。

蒋介石正想笼络林森，当即说："既是林主席看得起，中正就送给林主席吧。"

林森一听，喜得心头乱跳，却连连摇手，说一口福建味很浓的官话："不可，不可。君子不夺人所好。委员长的情领了，美宅不敢领受！"看蒋介石执意要送，林森就接受了。

"恭敬不如从命。"林森说，"那就却之不恭了。不过，我是暂时借住委员长的官邸。这一条，委员长一定要同意，不然，林森万万不能接受！"蒋介石知道林森的意思，就笑着同意了。之后，委员长没有要，林主席也没有还，这座美丽的庄园因林森而得名——林园。

蒋介石把林园送给了林森，在市郊黄山另建一别墅，从规模上，从外观精美程度上同林园比，当然就差了。1943年8月1日，林森因病故世，林园理所当然地为蒋介石收回，之后蒋介石长期住在"林园"。

这天上午十时，天气很好。

委员长处理完了公务，出了后门，沿着林中一条小径往前走去。他心中如同鹿撞——他要到溪边去找正在钓鱼的陈小姐。56岁的委员长今天气色很好，穿一身玄色长袍，脚蹬一双直贡呢布鞋，手中拿着一根象征身份的司的克，脚步轻捷，腰肢笔挺，似乎一下子年轻了好多岁。那份少有的洒脱、欣喜，是自抗战以来所没有的。这让跟在他后面的侍卫组长杨中良心中感慨莫名。

人逢喜事精神爽！委员长今天可说是双喜临门。年前，日本人长驱直入，一直打到了贵州独山。那时局势异常严峻。抗战期间，四面有崇山峻岭环绕的天府之国是国府最后的大后方，抗战堡垒。日本人多次挥师欲从夔门而入，都折戟沉沙，让国民政府喘了口气。如果日本人打下了贵州独山，再朝前进攻，一旦迂回进入了四川，局势就危险了，陪都也就无险可守。那么，委员长和他的国民政府也就别想再偏安西蜀，再退，就只能退到十万大山彝人聚居的大凉山西昌去了，再一步就只得考虑退到印度组织流亡政府了，那也就是亡国了！

天保佑！这时的日本人已成了强弩之末，国际同盟国空前强大。在国际同盟的支援下，被日军占领的独山，经国军连日苦战，昨日克服。国内国外的媒体迅速报道了这个大好消息。此时此刻，重庆市内数十民众正自发地组织游行庆祝。作为最高领袖，他已经看出了日本败局已定。从此以后，他就可以从日本人的重压下缓过气来，一边准备摘取胜利果实，一边可以腾出手来打共产党了。另外让他私心窍喜的是，夫人宋美龄到美国治皮肤病去了，他也就可以放心地同陈小姐在一起，过一段无忧无虑的日子了。在陪都，他同陈小姐的罗曼蒂克可说是公开的秘密。可是，先前因为有宋美龄在身边，作为一个堂堂的国家元首，他也只能同他所钟爱的陈小姐悄悄偷情。他和宋美龄一般都住城内上清寺委员长官邸，被夫人看得很紧。只有在极个别的情形下，他借故去黄山别墅召集大员们开什么重要的会议，或去那里同美国人谈什么问题，才能得到夫人的允许，在黄山别墅住一两夜。而只有在这个时候，他才能让亲信侍卫去将陈小姐悄悄接来住上一晚两晚的。尽管如此，还要备夫人不时突袭。有一次，他同陈小姐已经睡下，侍卫突然来向他报告：夫人来了！吓得他赶紧叫侍卫长将陈小姐从后门送到黄山小学内藏起来。真是可怜极了！有什么办法呢？当初自己向宋美龄求婚时，人家就要求自己笃信基督教，在婚姻上也要对她绝对忠诚。当时，他很犹豫，觉得宋美龄的要求太过份，是密友张静江一句话将他点醒：“你这不只是同宋美龄结婚，你这是在同财神爷结婚，在同美国人结婚。”婚就这样结了。凭心而论，他同宋美龄结婚后，获益匪浅。宋美龄风姿绰约，仪表出众，比他年轻许多，精通六国语言。在1936年12月12日张学良、杨虎城发动的“西安事变”中，暗中对他不满的何应钦想派出部队借机攻打张、杨，害他的命。关键时刻，是夫人站出来制止，并冒着极大的危险，在顾问端纳的陪同下，乘飞机去西安救他。下飞机时，夫人将一支小手枪给端纳，并且对端纳说，如有不测，你就用这支手枪将我打死。更让他感念在心的是，抗战中，夫人代表他去美国请求增加援助，在美国朝野大获成功。1943年的美国权威杂志《时代》上，曾以显著版面报道夫人在国会山的演说风采：“……这位身着黑色旗袍的苗条文雅的妇人，由副总统华莱士领着步上讲坛。她十分沉着地站在那里，先以那双大黑眼睛巡视四方，继而以动人的微笑，向她面前的听众表示感谢。她讲话缓慢，发音清晰，她绘声绘色地描述种种事件……她的演讲引起全场掌声雷动。”

“她的演说不长，但她面面俱到地讲到她那在受苦受难的人民和他们的理想，她的丈夫及其献身精神……”

抗战期间，在重庆的美国作家布克如此描绘宋美龄：“她比我们以前所见到的更美。身穿兰色软缎中式旗袍，雅致、动人。她唯一的装饰品，是镶有宝石的空军徽章大扣花，这是总司令为感谢她从事‘航空部长’的工作而送给她的。她那又大又黑的眼睛，像熠熠生光的玉髓，白白的瓜子脸像木兰花瓣那样白皙。卷曲的黑发，松柔地从前额梳向后颈，在那儿打成一个光滑的发髻。

“在一间陈设简单的屋子里，我们在长桌的一端坐下，服务员用红花细瓷杯沏茶时，我觉得蒋夫人焕发着夺人的魅力，在那罕见的美貌后面，蕴藏着魄力、才能和力量。”

确实，他自己也多次公开、私下说过：“宋美龄的作用比得上二十个精锐师。”

然而，这是一方面的，人的天性是喜新厌旧的，特别是作为一个男人。委员长是一国之首，自己也提出了新生活运动，但是，他毕竟是个男人，有男人的欲求和希望。

委员长就是抱着这样自怨自艾的心情走到了溪边，一眼就看到了正在溪边专心致志钓鱼的陈小姐。

这是林中一条丈宽的小溪。溪这边有茂密的垂柳依依,沟那边是茵茵草地。草地和小溪这个时分一边罩在阳光下,一边因为茂密的垂柳遮挡着阳光,清彻的溪水中,一边呈现出暗蓝色,一边浮光跃金。

天气已有些热了。陈小姐穿一身合体的白绸衬衫蓝绸长裤,坐在一棵婆娑的柳树下,头上戴一顶巴拿马草帽。她的面前,摆一根进口的美国钓杆,略呈孤形的钓杆顶端,有一根莹白如玉的细丝线,斜斜地垂进水中。

委员长脚步轻轻地来在陈小姐身后,住了步,不声不响地、细细打量心上人。陈小姐只有二十三四岁,很是青春洋气。在她剪短了的黑发上,箍一根鹅黄色软缎带。于是,暗光中间的一道浅色,恰好和露出一截凝脂似的颈子,粉面上一点通红的嘴唇形成了对照, 姑且不说她的体形和五官是如何完美,虽然这时她是坐着的,穿的又是一身休闲的宽松式服装,但那诱人的身材仍然展现得淋漓尽致。从侧面看,她那一双绒绒的长睫毛下的美目,还有那细细的腰身、丰乳、肥大的臀部,无不显示出女姓的成熟——这就是西方人所说的性感吧?可以想见,她全身匀称可人肌肤线条在宽松衣服的包裹中是如何在游动。她的个子有一米六七,亭亭玉立,非常迷人。

委员长就这样身心愉悦地想象着,轻轻蹑起脚,悄悄走到陈小姐身后,突然伸出双手,蒙着了她的双眼。正专心致志钓鱼的陈小姐吓得尖叫一声,伸出一双莲藕似的玉手去扳委员长的手,就要挣扎。可她的手刚触到委员长的手时,就立刻弄清是谁了。

"呀,吓死我了!"陈小姐将蒙在自己的眼睛上的双手扳开,调过头来看着笑吟吟的蒋介石,娇嗔地说:"我还以为遇着强盗了呢。"

"委员长住的地方有强盗?那还得了吗?"蒋介石笑着说时,唇上那绺短髭像平时那样,有些神经质地颤动。但陈小姐感到今天委员长的每一根胡髭,都洋溢着欢愉和笑意。

"这么高兴?"陈小姐看委员长高兴,也就适时逗趣:"老太婆在美国又给你争取到美援了?"在陈小姐嘴中,无比尊贵的夫人宋美龄竟被她说成了老太婆,说着还瘪了瘪嘴,语气中满含醋意。

委员长也不生气,反倒乐得哈哈的,他说:"唔,不是的。我是因为同你在一起高兴!"委员长说着坐下来,坐在她身边。

知趣地、若隐若现地跟在委员长后面一段距离的侍卫组长杨中良见委员长坐在地上,也不吭声,赶紧上前,将早就准备好提在手上的两个尼龙垫垫在草地上,请委员长和陈小姐坐在尼龙垫上,又给委员长递上一根美国进口鱼杆,鱼钩上已上了饵食。

蒋介石接杆在手,笑嘻嘻地看了看坐在旁边的陈小姐说:“我们来比赛钓鱼,看谁钓的鱼大、鱼多。”说时,将手中的钓杆一扬,钓线进了水中,聚精会神看着自己的浮子。

“看我的!”陈小姐高兴地叫了一声,身子往后一仰,手中的钓杆将银线绷紧。她站了起来,将浮子慢慢拉到岸边,用劲一提,阳光闪烁中,一条四五寸长的泥鳅在银线底端蹦蹦跳跳。

蒋介石见状大笑。

“看你的呀!”陈小姐示意委员长钓杆顶端正在下沉的浮子,笑道:“鱼咬钩了!”委员长用双手将鱼杆往上一提,却提不起来。

“好!”委员长高兴地说,“我钓着大鱼了!”说着起身,用劲往上一提,只听“啪”地一声,钓上来的竟是一只大乌龟。

“岂有此理,真是岂有此理!”委员长脸气得通红。

陈小姐笑得弯下腰去。一边掏出手绢揩笑出来的眼泪,一边笑着说,“我钓的虽是泥鳅,但还同鱼沾点关系,你钓的乌龟同鱼类没有一点关系。”

“谁说没有关系?”委员长强词夺理,“钓鱼容易,钓乌龟还真不容易。乌龟大补。我在日本留学时,日本人特别爱吃乌龟,连好些日本人的名字都带龟字。”

“啊,还真是的。”陈小姐不知是被委员长说服了,还是迎合他,在杨忠良替她取下泥鳅后,将手中鱼杆一甩,说,“我今天也争取钓一只乌龟。”

蒋介石问了候在旁边的杨忠良时间后,说:“我们回去吧!我今天要开一个重要的会,张群、陈诚、何应钦、陈布雷肯定已经来了。午饭后,我们还得回城。”

“那走吧。”陈小姐说时收了鱼杆。侍卫组长杨中良又替委员长收起鱼杆,看蒋介石同陈小姐手挽手走在了前面,快步上去,将另一只手中的拐杖递给委员长。

“谁叫你递这玩意给我？”不料蒋介石调头一声怒喝。侍卫组长愣了一下，都知道委员长走路并不是需要拐杖，而是为一种派头。今天这是怎么了？侍卫组长猛然恍然大悟，用手狠狠捶了捶自己的头。对了，委员长同陈小姐在一起，恨不得自己年轻许多，变成一个小伙子让陈小姐爱！而自己这个时候给委员长递拐杖，不是把委员长显老了吗？自己真是昏了头！

向来遵守时间的蒋介石身着一身国粹——深着长袍，脚蹬朝元布鞋，轻步走进林园小客厅时，围坐在一张长条桌两边等待多时的张群、陈诚、何应钦、陈布雷赶紧站了起来向委员长致意，身子挺得笔直。

“唔，都坐、坐。”委员长今天气色很好，挥了挥手，随即坐到铺着雪白桌布的长条桌上首。委员长面前照例摆着一杯白开水，下属们面前摆着一杯清茶。

委员长正了正身姿，倏然间，先前脸上的随和荡然无存，讲话前，先用眼挨个审视了一番下属。前驻华美军司令官、中国战区参谋长史迪威将军曾对蒋介石有过一番相当精彩、入木三分的描述：“他身材修长，言谈简洁，脸上毫无表情，但一双眼睛很机敏，以其犀利的目光可以洞察一切。他的卓越才干不在军事上，而在政治方面，他这种才干是在各个派系和各种阴谋之间玩弄奥妙的平衡术而锻炼出来的。”

“唔，独山已经收复。”顿了下，蒋介石说话了：“日本人已经快完蛋了，接着是共产党同我们争天下。现在的共党共军力量强大，且非常猖獗。”说到这里，他环视左右，旧话重提：“抗战期间，他们趁我与日寇血战，无暇东顾，他们将势力伸入敌后，发展迅猛。现在，他们不仅摆出一副要同我们争天下的架势，而且目前在东南沿海线十分嚣张的新四军，对我上海、南京、武汉等大城市虎视眈眈。在东北，共党林彪部更是装备一流，堪称精锐。”说到这里，他喝了一口水，表情痛苦忧虑，似乎他饮下的不是水，而是苦药。

“我们的主力，国军精锐，抗战期间，为顾全整个大局，好大一部赴缅甸作战。现在急需用兵之时，却陷在滇缅、云南，一时运不到前线，可谓鞭长莫及。一句话，在这抢时如抢宝的紧急关头，该怎样对付心腹大患共产党，我想听听诸位意见。”

“报告委座！”蒋介石的话刚落音，新任军政部长陈诚“啪”地一声站了起来，挺胸收腹，他人虽不高，却很精神，说话也冲。“请委座放心！”陈诚提劲，“辞修正在三条线上同时向共军出击，彻底消灭共党共军指日可待。”

“唔？”蒋介石似乎来了劲，用欣赏的目光看了看陈诚。谁都知道，这个戴了浙江老乡、黄埔学生两顶金帽子的新任军政部长是委员长的爱将。

“辞修，你的哪三条线？”委员长说，“说来听听。”

“一、我正同美国人通力合作，夜以继日向沿海一线战略要点上海、南京、武汉等大城市空运作战部队。这方面进展顺利。”陈诚说得振振有词，“二、我去西安作过巡视，胡宗南不仅已按布置，将共党巢穴延安围得铁桶一般，而且已经枕戈待旦。只等委座一声令下，就可端掉共产党的窝子；三、华北方面，有常胜将军傅作义坐镇。在东北，我已空运去了中央军范汉杰部……”陈诚报告完大好形势后，喊操似地用一句话结尾，“总之，日本人投降之日，就是共产党在中国灭亡之时，他们不要想钻我们的空子。”陈诚这番话说得可谓漂亮极了。坐下时，特别看了看坐在对面的“冤家”——陆军总司令何应钦。

何应钦的军帽放在面前，头发梳得溜光。他听了陈诚的话，一张有些虚胖的白皙的脸上露出一丝不屑的笑，一手下意识地摩娑着放在面前的那顶大盖帽上的军徽。

“敬之！”蒋介石注意到了何应钦不以为然的表情，点名问道：“你的看法呢？”

“敬之以为！”被蒋介石点着名的何应钦站了起来，“局势并不那样乐观，我们目前要做的工作很多……”在场的大员都知道，两个“生冤家死对头”这会儿又较上了劲。论资格，何应钦比陈诚老得多，原来职务也高得多，甚至一度连委员长也不得不让他三分，可何应钦就是同蒋介石搞不到一块去，最典型的例子是1936年在“西安事变”中，何应钦的表现让蒋介石伤了心，也记在了心。当时，南京分成了主战主和两派。以宋美龄、宋子文兄妹为首的主和派，主张同张学良、杨虎城谈判，一切以保全老蒋的生命安全为出发点和落足点。主战派的首领是何应钦，何应钦主张用武力立刻讨伐张、杨。这在蒋介石、宋家兄妹看来，何应钦冠冕堂皇的外表下，实则包藏祸心——希图在对西安张、杨的讨伐中，一举夺去老蒋的命，国家最高大权，自己取而代之。

当时，身在南京的宋美龄在写给蒋介石的信中，称：“南京局势，戏中有戏……"

"西安事变"以蒋介石最终同意停止内战,组成包括共产党在内的所有党派团体,形成最广泛的全民抗日而和平解决了。在抗战中,委员长佯作不知,继续让何应钦担任军政部长兼总参谋长。可是,年前,日本人刚刚现出彻底失败的迹象,委员长便开始"医治"何应钦。有天,委员长从何应钦处调看全国部队序列。蒋介石翻了翻何应钦送上的记载全国部队序列的厚厚册子,皱起眉头说:"怎么搞的?我早对你说过,要借抗战的机会,将地方部队逐渐淘汰,削弱共产党!然而,现在地方部队在你手中却越来越多,共产党的力量越来越大!"借这个茬,委员长将军政部长这个军中要职从何应钦手中夺了过去,给了一直眼红此军职的爱将陈诚。

何应钦滔滔不绝说下去,委员长也是一副虚心听取意见的样子。

"卑职以为!"何应钦不管不顾地说下去:"目前,最要紧的是保证沿海重要城市、国内重要战略要点不被共军夺去。要做到这一点,凭我们目前的力量,部队调动的情况布置,谈何容易,更谈不上有把握必胜!"

陈诚一脸通红。蒋介石却说:"唔,敬之说得对。"说时连连点头,做出一副很赞赏何应钦,鼓励何应钦继续说下去的样子。

"我看,要保证沿海所有城市不落入共党之手,还得打日本人这张牌。"何应钦此话一出,全场肃然。

"当初,中日大打,其中很重要一个原因是共产党在里面捣鬼。"何应钦旧话重提,"结果,鹬蚌相争,渔人得利。为什么这样说呢?毛泽东在他的《星星之火为什么可以燎原》一文中供认:共产党是钻了这场大战的空子。八年中,日本人不止一次提出和平协议,其中关键的一条就是中日提携,共同反共。可见,日本人的心腹之患也是在共产党,而不在我!"看委员长沉思着点了点头,何应钦越发来了劲,继续说下去:"因此,在日本人即将战败之时,我们可以秘密地同日本人联系,还要同在南京的汪精卫伪中央政权联系。让他们同我们合作,共同对付共产党,将沿海大城市交到我们手中,这是完全可能的!"他的话说完了,坐下时,挑衅地看了看坐在对面的陈诚。

"敬之的发言很好。"蒋介石咳了一声,"敬之的发言很有见地!"今天,他对何应钦的发言确实满意,虽然刚才何应钦的发言有翻案之处——抗战前夕，在最高国是会议上，何应钦就不主张对日开战，是个有名的亲日派。但是，八年抗战的结果，证明何应钦的看法也有许多地方有高明之处。比如因为抗战，让共产党成了气候，就是他蒋介石深切痛之的。他在何应钦落座时，很客气地说："那就烦敬之会后对所设想的作一个详细的考虑，拟一个书面计划出来！"

"是！"何应钦身子往上一蹭，朗声答应。

"诸位还有没有什么话要说？"蒋介石这会儿的脸色缓和了许多。

"我看东北方面，文武两手并用为好！"发言的是委员长在日本留学时的同学密友，号称"智多星"的张群。

"政治还得要强过军事！"看委员长含笑频频点头，张群说得具体了些："我看，拟让同共产党人关系较好，在国际上也有声望的孙科院长，以行政院的名义发表一个声明，说东北共军受苏俄武装指使，目无法纪，我们表示抗议。这样一来，势必引起国际上，首先是美国人的重视。夫人正好在美国治病，这样，我们得到一些美援是毫无问题的。"

"唔，好极了、好极了。"张群这番话说到蒋介石心里去了，他一边连连赞叹，一边对坐在身边的心腹文豪，侍从室副主任陈布雷吩咐："布雷！请你散会后，立即用你的生花妙笔写一篇关于东北问题的声明。"

"好的、好的。"周年四季穿一身麻灰色中山服，脸色黄恹恹，行止严谨的陈布雷点头答应时，提了一个建议，"我们正暗中同南京汪精卫伪中央政府联系，步骤极为重要、火急。这事是不是交给戴雨农负责进行？"

"好的，非常好。"委员长环视左右后，看没有人再发言，高兴地说："那么，今天的会议就到此为止吧。已经是中午了，我请诸位吃顿便饭！有话我们还可以边吃边谈。"说完，按了一下桌下的暗铃。

侍卫长陈希曾进来，委员长吩咐他去叫厨下将饭都送上来。一会儿，几个身穿白色衣服的年轻侍者手中端着髹漆托盘快步进来。他们像要杂技一样，将托在盘中一个个亮晃晃银盘挨次放在委员长和与会者们面前——这是中餐西吃。每人盘中和格子中分别装着西饼、三明治、蛋炒饭，外加一杯清茶。

委员长的饭食与大家完全一样，不同的是，他喝白开水。

吃完饭，大员们纷纷向委员长告辞，坐上自己的专车走了。自然，陈诚、何应钦这两个冤家是分开走的。

下午四时,委员长带着陈小姐进了城,住进了上清寺的委员长官邸。蒋介石在他的小客厅里等军统局局长戴笠。

## 计已定:还美国人颜色

上清寺委员长官邸坐落在嘉陵江畔。高墙环绕中,是一座一楼一底的西式洋楼。周围点缀着几丛阔叶巴蕉、几棵海棠、几棵翠竹,花径两边,排列着修剪整齐的油绿绿的冬青……

官邸规模当然不能同林园相比,但占地也相当广宏,很是清幽,相当雅致。这会儿,委员长站在窗前,背着手,眺望陪都的景致。视线所及,一轮金阳缓缓西垂,奔腾的嘉陵江上,有一艘巨大的木帆船正在逆水而行。拉纤的船夫,像是栓在线上的蚂蚱,齐声喊着号子。他们全都赤裸着上身,挽着裤腿,腰弯得像要贴在地上。赤脚在江边拉着船缓缓上行。虽然看不清这些川江船工的样子,但完全感受得到他们肉体和心里的沉重。

喟然一声长叹,委员长将视线提高了些。泛着金波的大江两边,就是陪都重庆市区:层层叠叠、破破烂烂的木质结构吊脚房,在夕阳照耀下,格外的朽败。而那些在其中鹤立鸡群般的洋楼却已经性急地亮起了灯。有一片霓虹灯闪闪烁烁,勾勒出的商标都是"美孚"等外国名字……

"当当!"这时,他身后的自鸣钟敲响了五下。钟声刚落,受过相当专业军事训练的他,虽然没有转身看,也没有听到报告声,但已感觉出戴笠准时来了,就在门外,虽然戴笠的脚步轻得像一片树叶。

"是戴科长来了吗?"委员长始终改不了口——那是戴笠的军统才开张时的官职。

"报告校长,戴笠奉命来见!"只听背后戴笠声音宏亮,双脚相碰,发出"啪"地一声。委员长这才转过身来,只见戴笠站在门口,挺胸收腹,一张马脸神情俨然。军统局长平时不着军服,而这天却是军容严整,腰系军皮带,背一副希勒式刀带,佩中正剑。一手垂直,一手端着军帽,头发马鬃似地又粗又硬,脚上一双黑皮鞋擦得很亮。

“唔,坐吧!”委员长今天少有的客气,他在让军统局长坐时,自己将袍裙一撩,率先坐在当中一把长沙发上。

戴笠硬着腰肢,坐到了委员长斜对面的单人沙发上。坐得怯怯地,他是正襟危坐,半边屁股在沙发上,半边屁股吊起,目不转睛地看着最高领袖——他的校长,似乎随时都要跳起来接受命令。平时,蒋介石很少有像今天这样客气过,对戴笠,就像对下人对一条狗一样,想骂就骂,想吼就吼,无所顾忌。不过,戴笠对此毫不在意,甚至心中窃喜。因为他知道,这是校长心中对他毫无介蒂。对待心存介蒂的政客,委员长反而表面上客客气气的,如四川乡下一句俗话:“口里说得蜜蜜甜,心中揣把锯锯镰。”

委员长一时没有说话,对眼前的军统局长视而不见,只是端起白开水抿了一口。暮色朦胧,房里没有开灯,光线越发暗淡起来。贴墙那一长溜装着线装书的书柜玻璃在暮色中闪着微光,正面墙壁上,挂的那幅张静江写的“寓里帅气”的条幅,字迹已快看不清了。

戴笠心中有些忐忑不安起来,这时,高深莫测的委员长放下了手中的杯子,直直问了一句:

“你准备如何对付共产党?”这话虽有些让人丈二和尚摸不着头脑,但戴笠毕竟是戴笠,他立刻站起来,胸一挺,大声报告校长,将上午对胡宗南说过的话又说了一遍。

“唔唔!”蒋介石对戴笠的工作是满意的,特别是谈到汪伪政权保证将所占沿海城市如上海、南京交出来十分感兴趣。

委员长又站了起来,在屋子里踱起步来,“唔,好,就这么办。”说到这里,委员长突然止步,问:“你的黑室破译了日本人向美国飘气球炸弹的秘密一事,你没有告诉梅乐斯吧?”

“没有!”戴笠肯定地回答,“这么大的机密,在没有得到校长的同意之前,雨农决不会告诉任何人。”

“美国人娘希匹的!”委员长突然发怒,用他的浙江宁波话骂起美国人来,声音也变得尖锐了:“他们自高自大。当初,我们告诉他们日本要轰炸珍珠港,他们竟讽刺我们在挑拨他们同日本人的关系。过后,看到了我们的实力,又千方百计来买好我们。唔，成立中美合作所？无非是想分享我们破获日本人的情报而已。美国人是功利的、实际的很。梅乐斯最近来见我，有段话说得极其好听……”时年56岁，记忆力仍然好得惊人的委员长，竟将梅乐斯绕口令般的话，一字不漏地背了出来：“对日本帝国主义这个敌人，由于中美特务人员的亲密合作而取得战胜它的许多条件，造成了不可磨灭的巨大成绩。这一成功的合作，虽然随着对日作战的胜利，可能暂时结束。但看目前的情况，恐怕不是很远的将来，而是很快的明天，美国还将尽一切力量帮助中国战胜另一个更为厉害的敌人……”

虽然戴笠跟了蒋介石多年，又是军统局长，对他的校长脾气的乖戾可谓稔熟于心，可是对于蒋介石今天这番出乎其然地表现还是感到惊讶，口中却说：“校长好记性！”戴笠一边给校长拍马屁，一边解释，“梅乐斯虽然同我朝夕相处，关系也不错，但事情涉及到国家利益，我决不会泄露一点给他。梅乐斯刚才的话，在我耳边说过不止一次，我可就万万不如校长，怎么也记不清。”

可是，蒋介石自顾说他的，在戴笠面前发泄着心中的不满：“梅乐斯说话也算不了什么，他代表不了美国朝野。夫人这次去美国治病，代表我向罗斯福提出增加美援，以对付力量日渐强大的共党共军。可是，罗斯福这个软脚蟹理都不理！”听到这里，戴笠才明白委员长突然暴怒的原因。

蒋介石又坐到了沙发上，喝了一口水，情绪安静下来，开始说正事。

“政治就是秘密，秘密就是政治！”暮色朦胧中，蒋介石看着戴笠交待，“我了解日本人。这是一个令人难以理解难以想像的民族，他们的手段常常神出鬼没。日本人飘炸美国的秘密，你的黑室破译了，这是抓在我们手中的本钱。一定要保守秘密。等到美国人吃够日本人的苦头来求我们时，我们再来同他们敲价钱，嗯！”

戴笠赶紧一个立正，大声答应：“是。”

屋里的灯亮了。看来正事也谈完了，戴笠以为委员长会挥挥手，让他离去。然而，这天委员长似乎很有闲心，对他们军统局的事感兴趣，坐下来，又挥挥手，让戴笠也坐下来。

“我听说，你们中美合作所的参谋长贝乐利用金项链拴在腰上的包都给人家偷了？唔，有这回事吗？”蒋介石问。戴笠又是一惊，想不到这样的小事委员长都知道了,还问起来。

“美国人的事没有小事。状都告到我这里来了。”戴笠注意到,委员长说这话时,语气中很有些对美国人不屑的意味。

“报告校长。”戴笠的身板挺得笔直汇报,“是有此事,不过已经破案了,雨农亲自破的。案子虽然离奇,但要怪不能怪别人,只能怪贝乐利好色!”

“唔?!”委员长看定戴笠,眼中先是闪出一分惊讶,然后滑过一丝笑意。看来委员长对此案也有兴趣。是的,桃色事件,人人都有兴趣,不管是国家元首,还是平民百姓,这是出自人的本性。于是,戴笠顺其所好,绘声绘色地讲述开来。

身为中美合作所参谋长的贝乐利,像很多美国军官那样,在非公开场合常常放荡不羁。这个身高一米八几,年届五十的少将,常常身穿没有徽记的美式黄卡其军便服一个人在重庆的大街小巷转来转去,领略风土人情。

有天此公东转西转,转到枇杷山下,正在流连往返时,一辆黑色轿车嘎的一声停在他面前。

“哈喽!”随着一声娇滴滴的声音在耳边响起,车窗里探出一个少妇的头,少妇极美艳。好色的贝乐利一见如此美艳的少妇,身子顿时就酥了。贝乐利会说北平官话,可是令他吃惊的是,那个美艳的少妇能说一口流利的英语。她用一口流利的英语问他,你是个来华助战的老兵吧?

贝乐利说,你的眼力不错。

美艳少妇说,我对不远万里来华助战的你表示敬意。怎么样,有没有兴趣到我的家里坐坐?

“Ok!”这正中贝乐利的心意,他乐不可支。他应邀上了她的汽车。司机驾着汽车在山城中一阵东绕西拐,好一会车才停下了。那是离储奇门不远的一幢大理石砌的很气魄的楼房。少妇领着贝乐利下了车,上了五楼,再领着客人进了屋子。客厅很大很堂皇。地上铺着华贵的波斯地毯,一色的意大利家俱,落地长窗上玫瑰色的窗帘低垂。女主人说,我丈夫是个旅美华侨,在洛杉矶有很大的产业,最近回美国工作去了,要等一段时间才能回来。我在美国住惯了,一个人住在这雾气沉沉的重庆实在无聊得很……说着用讲究的德国杯具给他上了道地的巴西咖啡。

贝乐利觉得,在这地方能遇上这个会讲一口流利英语的美艳少妇,简直就是上帝见自己太辛苦、太寂寞，给他送上的尤物。他边喝咖啡边色迷迷地上下细细打量少妇。她有一张鹅蛋形的脸，五官很端正，肤色黑红，很健康。一头浓浓的黑发，烫得像黄果树飞泻的瀑布。她身材很高很丰满，穿一件暗绿白花的紧身旗袍，这便将她身体动人的性感勾勒得淋漓尽致。旗袍开叉又高，露出一截令任何人看见都会浮想联翩的丰腴的大腿……这是一个标准的东方美人脸，西方女性感身材的尤物！贝乐利不禁心神荡漾起来。

咖啡喝完了。贝乐利说，美丽的小姐，我能同你跳一曲舞吗？

当然可以。美艳少妇说着，款款走到蹲在那边的真资格美国高级音箱旁拧了一下开关，屋内响起了快节奏的探戈舞曲。贝乐利上前搂着大大方方美艳的少妇跳了起来。她跳得很好，快捷的步子，令人想起林中欢快的梅花鹿。贝乐利的舞是跳得不错的，但是太胖，又欲火烧身，步伐越来越乱，不是合不上拍子，就是踩着了她的脚……

贝乐利情不自禁，一把将她搂紧，喘喘地说，亲爱的，我想同你睡……

美艳少妇既不答应也不拒绝，只是笑得咯咯的。于是，身高力大的贝乐利将她一把抱起，朝里间的席梦思床上走去……贝乐利同那个性感美艳的少妇一睡就睡到天黑，这才爬起来，脚酸手软地回到中美合作所。

贝乐利回去后发现自己一件珍爱的东西掉了，那是一根由纯金项链拴着的腰包。项链掉了无所谓，他心疼的是那个腰包。腰包里有不少的美金，美金掉了也无所谓。问题是包里装着他离开美国时同妻子儿女的合影。贝乐利虽然在外经常拈花惹草，但这在美国根本算不了一回事。他本质上是一个珍惜与妻儿之间感情，有强烈责任感的丈夫和父亲。他决心第二天到那个美艳少妇家去把皮包要回来。

贝乐利第二天带着一个卫兵，亲自开一辆美式吉普车去到储奇门，寻到那幢黑色大理石砌的洋房。上到美艳少妇居家的五楼，却怎么也敲不开门。对面的门开了，出来一个白俄老妇。问及住在对面的美艳少妇，白俄老妇告诉贝乐利，这幢房子是她的，房子出租，里面根本没有住过一个什么从美国洛杉矶来的华侨夫妇。对面是住过一个美艳少妇，不过据说是一个舞女。昨天，她租的房子满期，今天一早走了……说着白俄老妇打开了五楼的那个房间。人去楼空。贝乐利傻了眼，原来这屋里的一切东西都是女人向房主租的。

贝乐利来了牛脾气，找到中美合作所主任戴笠，要求一定要找到那个欺骗了自己的女人。

“唔！”显然委员长来了兴趣，抿了一口白开水，问：“那你最后是怎样找到那个女人的呢？”这会儿，委员长脸上素常的严厉不见了，漾起好奇的微笑，竟有一种孩子般的天真神情。

“别的人遇着这种事，我可以不管。但贝乐利我不能不管。”戴笠说，“我问了贝乐利，知道那女人身上有个特征——右边耳背后有个黑痣。

“我通知重庆侦缉队。可是寻遍了重庆所有舞厅妓院，那个女人却似上了天、入了地，找不到。我判断那个女人是个下江来的‘白拆党’，而且没有离开重庆。突然间想起，‘白拆党’女人一般都信菩萨，重庆南岸有座庙宇，内供菩萨，据说很灵，香火很盛，想必是那女人也要去烧香还愿的地方。我那天化了装，身边带两个人，等在庙宇旁一个不引人注目的地方监视。从早晨等到午后，来了不少烧香拜佛的女人，但那女人没有出现。我都快失望了，正准备离去时，来了一辆黑色汽车，就是贝乐利说的福特车。车停，下来一个女人。穿得很朴素，体形与贝乐利说的很像。我假意也去烧香，走到她身边一看，她的右耳后确有一个黑痣。我示了一个意，随从一拥而上，逮着了她……”

“啊！”听完戴笠的叙述，委员长好像是听完了一个精彩的故事，舒了一口气，想了想，又似不放心地问：“你是怎么处理这个女人的？她究竟是干什么的？”

“她确实是个从上海来的舞女，不时作些皮肉生意，别的倒没有什么。我征求贝乐利的处理意见。他已经收回了他的宝贝皮包。大大咧咧地说，算了算了……于是，我便把她放了。”戴笠在委员长面前当然隐瞒了一点，那就是他宽待美艳少妇，人家也是付出了代价的，同他睡了觉，并且向他保证：随叫随到。

“你这样做是对的。”委员长说时竟有一种怜香惜玉的表情。然后抬头看钟。戴笠会意，赶紧站起说，“如果校长没有什么再吩咐的，雨农告辞了？”

“唔，好的、好的！”委员长今晚特别客气，也站了起来，并再次嘱咐，“雨农切记，在当前你要特别处理好同美国人的关系。尤其在日本人的气球炸弹问题上，要稳得住，要让美国人找上门来求我们，唔？”

“是！”戴笠胸脯一挺，皮鞋一叩，“啪”地一个立正，给蒋介石行了一个标准的军礼。然后，转过身去，迈着军人的步伐，大步走了出去。

# 第六章
# 东西方不同的谋略家

## 白宫,罗斯福总统不得已而为之

上午九时。

美军总参谋长,五星上将马歇尔在白宫门前下了车,候在门前的总统秘书哈西特赶紧上前接待。

“将军,早安！”西装革履,又矮又胖的哈西特向马歇尔问好。

时年64岁,身穿黄卡克军便服的五星上将马歇尔并不停步。他脸上浮起一丝礼貌的微笑,左手挟着一个黄色的硕大的牛皮公文包,右手将戴在头上的军帽揭起,举了举,算是打了招呼。哈西特像是受了影响,像被催着似的,赶紧领着总参谋长往里走。

马歇尔又瘦又高,动作很快。走起路来,挺直腰肢,划动长腿,又有些朝前窜,像只踩水的仙鹤。他们相跟着,踩着绿绒毯似的茵茵草地,急步进入了白宫主楼。再沿着红地毯,上到二楼,风一般进了楼西端的总统办公室。

“马,你不愧为美军总参谋长。”时年62岁,坐在正中那张锃亮硕大的办公桌后皮转椅上的总统应声抬起了头。他看了壁钟,时间是九点过两分。罗斯福笑笑说:“我算过,你从下车走到我的办公室来仅用了两分钟,标准的军人步伐。请坐！”说着,指了指办公桌对面那张皮转椅。总统因为下肢瘫痪,不能站起来对这位参加过第一次世界大战的功勋卓著的五星上将让坐。显然,对面那张皮转椅是总统特意给马歇尔安置的。

“谢谢!”总参谋长隔着办公桌坐在了总统对面。

“将军,请问你是喝咖啡,还是喝冰镇啤酒?”上前询问的是专门服侍总统的、年老的胖胖的黑人女仆麦克达菲。

“我和总统一样,喝冰镇啤酒。”总参谋长调过头,对麦克达菲礼貌地笑了笑。马歇尔清楚,从1913年至1920年间,当过美军海军部次长的总统,同自己一样,在戎马生涯中养成了一年四季都爱冰镇啤酒的习惯。

麦克达菲从外间冰箱里拿出两罐冰镇啤酒,动作很麻利地拉开,放在乳白色瓷盘里端进来,因为胖,走起来有些蹒跚。她走了过来,将盘子分别放在总统和总参谋长面前后便和哈西特一起轻步走了出去,并随手带上了门。

“马,你抽烟吗?”总统这又伸出手来,拈起桌上烟罐的盖子,抽出一支过滤嘴“三五”牌香烟递了过去。

“谢谢。”五星上将礼貌地摇了摇手。

“好,不吸烟好,吸烟有害健康。”总统话说得有些幽默,“可惜我意志力薄弱,总是不能戒烟,能让我在您面前吸支烟吗?”

“总统,您请便。”总参谋长马歇尔上将礼貌地点了点头,说时,注意打量了一下这位唯一一位打破美国历史纪录,连续四届当选总统的罗斯福。总统的头发往后梳得整整齐齐,有棱有角的大脸上,五官端正,天庭饱满,地阔方圆。大耳几乎垂肩,一双睿智的眼睛神情执著而坚定。

马歇尔在一瞥之间,已将总统这间简洁、宽敞的办公室的种种一切尽收眼底。总统的办公桌左上角摆有两面很精致的星条旗,它们对称地插在一个镀金的底座上。右面是拉开窗帘的落地长窗,一缕明丽的阳光从窗外碧绿的藤罗间穿过洒进来,在红地毯上闪烁游移。与落地长窗相对,靠墙是一长溜无花果树木做的书橱,宽大的木棂上精雕着橄榄枝等图案。总统身后的墙壁上,一个硕大的长方形木框内镶着用金字镌刻的《华盛顿宣言》。

而在自己坐的皮转椅的后面,靠墙摆着一长溜真皮沙发。显然,总统让自己与他在办公桌前对坐,是高看自己。

总统面前桌上并排摊着两张报纸。一张是亚特兰大出的《宪法报》。总统曾当过律师，直至现在，他仍对法律有着浓厚的兴趣。一张是《洛杉矶早报》，这张早报，洛杉矶一天出两次。上面一篇新闻报道被总统用粗大的红笔勾过。

罗斯福用烟斗吸上了烟，见总参谋长在注意看自己面前这张散发着油墨清香的早报，便把报纸递了过来，用烟斗指点着红笔划处说："大概你还不知道吧？俄勒冈州昨天下午发生的一桩惨案。"马歇尔一惊，赶紧接过报纸看下去。这则新闻报道的是昨日下午，俄勒冈州一个山区小学组织一批学生出游，发现挂在一棵树梢上的白色气球和吊篮。有的孩子们出于好奇，爬上树去，拉动了牵引绳，炸弹爆炸，六名学生和一名青年女教师当场身亡……

"这又是一则日本人造成的惨剧！"总参谋长读完这篇新闻，心情沉重地将报纸放到一边，说，"总统，这正是我要向您报告的……"报告了在美国西部发现的连续不断的"白色魔鬼"造成的惨剧后，美国总参谋长这样说，"西部防卫总司令乔治将军已尽了全力……然而，那些'白色魔鬼'像一个个来无踪去无影的幽灵。各地居民甚至自发地建立起了对空瞭望哨。然而，惨祸还是不断发生。现在，西部居民惶惶不可终日。一些人行路坐车都不得不朝天张望，常常误把一只鸟、一架飞机也当成'白色魔鬼'，引起恐慌。看来是到了非彻底解决不可的时候了！"

"这也正是我请你来的目的！"总统吸了一口烟，一双神情执著的眼睛透过袅袅升腾的一串烟圈，看着总参谋长，说，"你以为如何才能彻底除治'白色魔鬼'？"

"我有两个判断。"总参谋长沉思着说，"一、这些'白色魔鬼'来自日本无疑。二、它们是日本海军放的无疑。"看总统点头，他接着说："现在，得首先弄清这些'白色魔鬼'来自日本什么地方？它们的基地在哪里？……一句话，破译出日本海军的密码最为要紧！"

"Ok！"总统看来很赞成总参谋长的分析，他抽烟的手在空中画了一个圈，随即将烟斗在烟缸里抖抖灰："你们为什么不去找找中国的希姆莱呢？"他看着马歇尔，一双意志执著的天蓝色眼睛里，神情似乎沉得很深。

"中国的希姆莱？总统指的是中国的军统局长戴笠？"

"Yes！"总统很肯定地点了点头。

美军资深的总参谋长不由得大大惊异了。他不明白，这位足不出户、日理万机领导全球性事务的总统竟会那么了解遥远中国的一切！而且，总统把中国一个小小的中将军统局长戴笠比喻成世界上赫赫有名的纳粹德国党卫军头目希姆莱。当然这个喻意是完全不同的，总统对中国军统局局长的赞赏之情也是显而易见的。

“这其中有个原因。”

“什么原因？”

“总统比我更明白！”总参谋长把总统打过来的球又打了回去。

罗斯福笑了，因为马歇尔这句话回答得很聪明。

“是的。”总统看着马歇尔，意味深长地说：“在中国，一切都是蒋介石先生一个人说了算，戴笠当然要听他的。而在目前，蒋先生是不会向我们提供有关‘白色魔鬼’秘密的。”总统开始旧事重提，侃侃而谈，思绪周密，“四年前，太平洋战争爆发前夕，他们曾几次友好地告诫我们，日本人有偷袭珍珠港的可能。可是，我们没有听他们的，我们低估了中国军统局破译日本人密码的能力。这就极大地伤害了蒋先生的自尊心。事后，虽然我们很快就认识到了中国军统破译日本军方密码的特殊能力，并且海军捷足先登，同中国的军统局合作，组建了中美合作所，戴笠任主任，我们的梅乐斯少将任副主任。过后，我们给他们运去了大量武器弹药和先进的电讯设施。目的是分享中国军统破译的大量日本军方密码。中国人回报了我们。大量中国沿海以及东南亚地区的水文、气象等等都是他们给我们提供的。这对我们非常有用。如果不是他们，我们花更多的人力、物力都无法达到那种水平。但是，这一切都不过是我们同蒋先生之间的一场交易。他对我们当初对他的伤害仍耿耿于怀。因为，他不是个宽宏大量的人。”

“特别是最近，蒋夫人宋美龄借治皮肤病为名来到我国，她专门到白宫看望我，带来了她的丈夫对我的问候。同时，向我提出大规模增加军事援助的建议。在这个时候大规模向他们增加军事援助，其针对共产党的目的是显而易见的。我担心刺激共产国际，没有同意，并引用了一句他们中国的哲语对她说，‘天助自助者’。看得出来，她很生气，很快向我告辞，不用说，她的丈夫立即就知道了。我想，”罗斯福说到这里，仰起了头，“这个时候，蒋先生一定站在高高的他的重庆陪都的山上，注视着发生在我们西部的灾难，等着我们去求他！”

“是的，但我们现在别无选择。”五星上将马歇尔点了点头，他同意总统的分析，也表明了自己的态度。

“要解决这个问题既简单又不简单。”总统继续说下去，“蒋的态度很明了。我们现在只能答应他们的要求——增加对华军援，换取他们向我们提供‘白色魔鬼’的所有秘密。你认为应该是这样吗，马？”罗斯福总统说到这里，戛然而止，注视着坐在自己对面的总参谋长。总统流露出征询的神情。

“总统的分析、判断和准备采取的措施，与我的设想是完全一样的。”

“那么说，你已经带来了我们同蒋先生妥协的清单？”罗斯福的思维就是这样敏捷。

“是的，总统，我带来了，请您批准。”马歇尔说着，顺手从皮包里拿出了一份用洁白的道林精纸打印的清单，站了起来，双手递给总统。罗斯福接过，用手中拿着的那枝粗大的红铅笔逐项指着细看下去。看了一遍后，再看时，口中念着总参谋长拟就的军援数目：“各种子弹一亿五千万发、大小军车两百辆、可装备两个野战医院的成套设施……”

“可以。”总统看着参谋长，说，“若蒋先生嫌少，到时，在谈判桌上还可以再给他增加一些。”

“是！”马歇尔回答得很干脆，看来他对总统的意图已完全心领神会。

“那么，我们接着讨论下一个问题。”罗斯福说，“看派谁去同蒋先生谈判合适？”

“赫尔利先生不是在中国吗？”马歇尔惊异了，看着总统，“赫尔利先生是以总统私人代表的身份去中国，现在又是正式的驻华大使，由他出面同蒋先生谈，难道不合适吗？”确实，赫尔利是够身份的人物。这位时年61岁的共和党人，曾任美陆军部长职，后又但任过美国驻新西兰公使等职。是个有资历有多方面经验的人。

“赫尔利的身份低。”总统断然说道，“在中国，办一切事情都讲究办事人的身份。蒋先生认为中国是大国，他与我、英国的丘吉尔、苏联的斯大林并列，是世界的四巨头之一。”总统用他那双蓝色海洋般的眼睛看着自己的总参谋长，说“你不是当过美国驻华武官吗？”

“是的。”马歇尔说,“我于1924年至1927年间担任驻华大使馆武官,连中国话我都会一些。”至此,不用总统特别点明,五星上将马歇尔已经完全明白了总统之所以召他来的原因。

“你以总统特使的身份代表我去中国!”罗斯福看着坐在对面的总参谋长说,语气斩钉截铁:“只有你去同蒋介石谈判才最合适!你的总参谋长一职,我准备交给你的朋友,五星上将、欧洲同盟军总司令艾森豪威尔将军接任。你看?”

“遵从总统的命令!”马歇尔朗声回应,态度坚定。从内心来说,他是不想去遥远的战火纷飞的中国,同难缠的蒋介石打交道。但是,军人以服从命令为天职。他是一个很有素养的职业军人,为了祖国的利益,他还是欣然应命。

“另外。”罗斯福在这时才长长地吐了一口气,“你带一个军事情报代表团去中国。你同蒋介石谈你的,让这个代表团去同戴笠打交道。一旦蒋介石发话,让这个代表团去戴笠手上取情报。你看这样行吗?”

“很好!”马歇尔点点头。他着实佩服总统卓越的运筹帷幄的能力、对事情准确全面的把握和了解考虑,处理问题细致周密。

“我看,”马歇尔想想说,“我带一个以海军情报署名义的代表团去就行了。”

“至于代表团人选等等细节,由你决定。”总统说到这里,想想,问:“你准备率代表团什么时候动身?”马歇尔略为沉吟,“尽快,一个星期后动身。”

“Ok!”总统高兴起来,动作幽默地将摆在他面前的那个椭圆形的精致的烟斗拿在手中,夸张地做出一个举起拍卖槌的姿势,高高举起,轻轻拍在他那张硕大锃亮的办公桌上。烟斗发出“啪”的一声脆响,表示事情敲定。

于是,临危受命的瘦高精干的五星上将、美军总参谋长马歇尔霍地站了起来,给总统敬了个标准的军礼,提起皮包快步出了罗斯福的办公室。

## 重庆,蒋介石摆出一副姜太公钓鱼的架势

委员长夜里睡眠不好。

在夫人催促下,快十二点钟蒋介石才睡下,但心中有事,尽管闭上眼睛,想尽种种办法竭力进入睡眠状态,然而都不行。好容易进入半睡眠状态,似睡非睡中,不到四点钟又醒了。这下就再也不能入睡。睡在身边的夫人虽然向来睡眠好,但自己翻来覆去也容易把她弄醒,便两眼看着漆黑的夜幕想心事。

明天,马歇尔特使就要来了。

昨天下午,戴笠从罗家湾军统局赶来,送上了一份有关马歇尔特使此次率团访问中国的秘密报告。报告中的主要内容是军统局美国站站长兼驻美大使馆副武官肖勃在中午秘密传递过来的。情况在意料之中。美国人是很实际的,一切事情的出发点和落脚点都以美国自身利益为本。

月前,宋美龄代表自己去美,向美国朝野提出增加军援,可是与前年那次去美受到隆重热烈的欢迎接待迥然有异,受到了冷遇。没有办法,宋美龄只好去白宫,直接向美国总统罗斯福提出增加军援。原想罗斯福是个国际政治家,向来反共,该有希望。不料那个"软脚蟹"更为可恶,不仅不同意,甚至以一句中国哲语"天助自助者"相讥!现在,美国人被日本的气球炸弹炸得丧魂落魄,求到我的头上来了,要我向他们提供其间的秘密。这在出了一口心头之气的同时,再次印证了一个道理——无论是一个人还是一个国家都得要有实力!

日前,戴笠向自己报告了军统"黑室"破译了日本人用气球炸弹飘炸美国的秘密,自己立即看到了这个事件特殊的价值,当即对戴笠指示,务必对美国人保密,美国人会找上门来的。怎么样,现在傲慢的美国人不就找上门来了?"软脚蟹"罗斯福极为重视,让名高位重的五星上将马歇尔作为他的特使。这次马歇尔来,口袋里一定带来了东西!既然美国人自己找上门来,当然就要敲美国佬一棒子!这是不言而喻的事。因此,昨天自己就告诫戴笠:马歇尔只要他出得起价,我们就给。讨价还价,这里面大有学问。别看那个只有钢笔大的密电码译本,价值连城!唔,明天,我亲自去白驿机场接马歇尔特使

时,你去九龙坡机场接特使带来的情报代表团。唔,那个团长听说是个女的,叫什么名字?

戴笠是个一踩九头跷的精细人,他说叫玛丽。

戴笠,他是放心的。不过,事关重大,想想,他还是如此叮嘱戴笠:什么时候将那玩意儿交给那个代表团团长玛丽,得听我的。嗯?想来那个什么玛丽一定是长得挺不错的。你这个身负重责的军统局长可不能中了人家的美人计。勿庸讳言,委员长知道自己的学生戴笠是个好色之徒,种马似的,见到美人往往就要冲上去。委员长的担心不是多余的。

"校长放心!雨农一切言行完全以校长意志为是。"穿一身笔挺藏青呢中山服,被罗斯福称为"中国希姆莱"的戴笠又是向他保证,身姿站得笔挺。这会儿,委员长完全放心了,但脸面上仍是冷冷的。其实,他表面上的冷热,并不代表他的真心。对好些政客,委员长从来是笑嘻嘻的,实则心中恨得牙痒痒,欲置之于死地。反之,对待他真心喜欢的人,例如戴笠,就很少给好脸色看。戴笠对此也从来是心领神会,没有半点怨言。

"当当当!"就在委员长躺在床上静思默想时,外屋的自鸣钟敲响了五下。钟声悠悠,声音很轻,但夜静如水,委员长听得很清。

"我该怎样来接待马歇尔呢?"钟声一停,蒋介石的思绪转到了马上就要开始的现实问题上。明日一早去陪都重庆白市驿机场迎接马歇尔当如何,接下来又当如何,种种细节在脑海里迅速演绎,就像一条铁打的链环,一环扣一环,环环紧扣,很快便顺序推到了结尾。委员长在脑海里再演绎了一遍,无懈可击,稳操胜券,前瞻后瞩,委员长对套牢马歇尔信心百倍——"外柔内刚,绵里藏针,热情接待,携精通英文在美国长大的夫人出面,不见兔子不撒鹰。"这就是原则!

昨晚在谈起如何接待美国总统特使马歇尔时,夫人说,马歇尔特使到重庆之时,正是特使64岁生日之际。夫人说,为了给特使一个惊喜,有宾至如归之感,造成一个会谈前良好的气氛,届时让严肃的讨价还价于祝贺生日喜庆的气氛中不经意间完成,她已命人在著名的上清寺冠生元点心铺订做了一个50磅重的生日蛋糕……这就不能不让自己对夫人另眼相看。夫人宋美龄能做到的,自己不一定能做到。从小在美国长大的她,在打点美国人方面,确有独到之处。特别是她那份精细！连马歇尔的生日是什么时候都弄得清清楚楚！大处着眼，小处着手，善解人意，谙熟人的心理，这便是夫人的高明之处。想到这里，他不禁想到了一句西方哲语：女人的智慧是蛇的智慧！

"当当当！"在委员长思绪悠悠中，隔壁的钟声响了六下。放眼看去，虽然室内窗帘拉得紧紧的，但熹微的天光映在窗帘上还是愈来愈看清了。委员长再也躺不住了，他轻身起床穿衣趿鞋，到隔壁做祈祷去了。自同宋美龄结婚，他就信了基督教，表现得很虔诚——周年四季都是这个时候起床去做祈祷。委员长去做祈祷，并不表示他对基督多么笃信，在更多的程度上是生活习惯使然。他是职业军人出身，习惯早起，在去家中教堂做祈祷时，也就顺便理了思绪。而这时尚在睡眠中的夫人，养成了西方人晚睡晚起的习惯，则常常免了基督徒早起功课。

当委员长做了早间功课过来时，宋美龄已经起床。室内落地式玻璃窗上的玫瑰色窗帘拉开，夫人的贴身女佣王妈显然已做过清洁了，室内一片整洁光明。猩红色的地毯上一尘不染。大席梦思床上，两床鹅黄色美国绒毯折叠得四棱四角。一溜靠墙刻着西式无花果图案的中式书柜、橱柜擦得亮锃锃的。夫人坐在窗前那个从美国进口的、淡蓝色的上下几格摆满了各式各样的化妆瓶、盒的梳妆台前抹着口红。从镜子里看委员长进来了，夫人微笑着，转过身来看着委员长说，"大令，你看我穿这一身去接马歇尔特使合不合适？"

委员长看着夫人，不由眼睛一亮。夫人今天打扮得真是漂亮极了！她穿的是一身黑色的宫缎旗袍，襟头绣有一只白色的凤凰。左手无名指上的钻石戒指光芒四射，白胖的手臂上，戴着一只碧绿的翡翠镯子，这就和戴在耳朵上滴滴答答的翡翠耳环交相辉映。她的左鬓插有一朵红花，身上洒了不少美国香水，两三丈外就可以闻到一股浓郁的香味。

"合体、很合体。"委员长说时，却又从身上掏出手绢扇了扇鼻子。看来，他是嫌夫人身上的香水味太浓了。

"大令！"夫人从镜子里看着他说，"你也该换衣服了吧？"

"等一会，用了早餐后再换吧！"身姿颀长，着一身玄色长袍的蒋介石说时，将抱在手中的那本厚厚的《圣经》放在桌上。这时，宋美龄已经化好了妆，他们夫妇便到隔壁小餐厅用餐去了。

他们回到卧室后,夫人亲自给委员长换了衣服——按素常接待要人的打扮,委员长这天着装是民国大礼服——蓝袍黑马褂,倒也显出几分儒雅。离出发还有一段时间,他们来到卧房外小客厅,坐到沙发上时,夫人的近佣王妈托着一个髹漆盘进来,给他们上茶。王妈从盘子里给夫人端出来是一杯飘着清香味的茉莉花茶,给委员长上的是一杯白开水。看委员长夫妇都没有吩咐,王妈这就去了,轻步而退。

"大令!"待王妈走后,蒋介石端起玻璃杯,喝了一口白开水,突然想起什么似地问:"子文给马歇尔特使挪出的那幢公馆,你昨天最后去看过吧?怎么样,可还满意吧?"

"昨天下午,是我过去最后检查。就在牛角沱,离你的委员长官邸很近。子文那个公馆你是去过的,德国式的花园洋房,很不错的。我又让人添加了冰箱、落地式电唱机、越洋电话……都是美国产的,马歇尔特使会满意的。"

"唔。"蒋介石放心地点了点头,"只要夫人满意,我就没有什么不放心的。马歇尔这次是代表罗斯福总统来中国,级别很高,谈的事情也很重要,我们不能不在礼节上多加注意!"

"是的。"宋美龄说,"除了庆贺他的生日,我还特别给他准备了一份厚重的礼物。庆贺他生日的时候,我们送给他,他一定会十分高兴。"

"唔?"蒋介石来了兴趣,"什么样的礼物?"

"一对雪白的羊脂美玉宝塔,有九层,足可盈尺。每层布满小小的银铃,敲响一个,便一气响到顶。而且,每个塔上,都有一条蛟龙盘塔而上,似要腾云驾雾而去。专家鉴定是清代宝物,价值连城。"

"唔?那么宝贵?可是件国宝了。"宋美龄看蒋介石那副样子,似乎有些舍不得,笑笑说,"大令,这些都是些琐碎事情。这些琐碎事情,你就不要操心了,交给我好了。你是国家元首,只考虑如何同马歇尔特使谈判好了。啊,时间还早。"夫人说时看了看墙上壁钟,预定是八点钟去机场,还有足足一个小时,便提议,"大令,我们来下盘外国象棋如何?"

"好吧。"蒋介石说时,宋美龄已从茶几下取出了一副外国象棋一一摆好。

蒋介石业余时间素好下棋,但他下的是中国象棋,这外国象棋刚刚学会,手生,第一盘输给了夫人。

“重来、重来！”蒋介石最怕输棋，尽管是输给了夫人，他也是抓耳挠腮，很不服气。这就接着下了第二盘、第三盘。不知是因为委员长这两盘棋下好了，还是夫人故意让他，两盘他都赢了。他大为得意，端起玻璃杯喝水时，说：“大令，不知你发现没有？一个人下棋的水平如何，可以看出这个人是否有军事天才。我刚才第一盘输给你，就像我在抗战初期采取的焦土抗战策略，牺牲大而成就小。但不这样又是不行的。第二、第三盘我改进了抗战策略，就大有所获，大有长进。”

“哪里！”夫人笑着驳他，“我之所以后面两盘连输给你，是因为我精神不够集中。”

“那么，我们再来。”蒋介石有些不高兴了，说着伸出手就要重新摆棋。

“不下了，我认输还不行？”夫人又笑了，“我承认你说的话很对。下棋确实可以启发一个人的思维，看出一个人的军事思想水平，我知道，外国的军事家们都喜欢下棋，我听说马歇尔特使的棋就下得好。”

“那是肯定的。”蒋介石说，“他是美国三军的总参谋长，指挥全球军事，棋还能下得不好？”

“我想马歇尔的棋一定没有你下得好。”宋美龄笑着看了看听了她这话稍显惊愕的丈夫说，“因为中国的事情比美国要复杂得多，而你的军事思想是把外国先进的军事理论同中国的实践联系在了一起。”

夫人这话让委员长的虚荣心得到了极大满足，委员长这也就回敬夫人：“你真是有眼光。难怪你领导航空委员会时工作那么出色。这叫什么，这叫慧眼识英雄！”被夫人捧得精神大振的委员长这时容光焕发，恰在这时，侍卫长陈希曾走来报告说是时间到了，请委员长和夫人上车。

“唔，好的好的。”蒋介石笑着站起来，同夫人宋美龄手挽着手，出门上了车。委员长夫妇乘坐的美国最新产流线型防弹克拉克轿车，由护卫车队前呼后拥，首尾衔接，出了上清寺委员长官邸，浩浩荡荡出了市区，向白市驿机场方向风驰电掣而去。

重庆白市驿机场周围三步一岗，五步一哨，戒备森严。而偌大的机场上，似乎阒无一人。初夏的阳光下，停机坪上，整整齐齐一字排放着好多架大肚子美国运输机。一条长长的飞机跑道在明亮的阳光下泛着白光。微风过处，跑道两边的茵茵绿草起伏着，像是漾起的清澈涟漪。间或有一两个宪兵和机场地勤人员在停机坪两边溜过，很快又不见了人影。很静。这个场面猛一看，看不出有很多中央大员和外国驻华大使都到场迎接要人，也感觉不出美国总统罗斯福的特使马歇尔就要来了的痕迹。但若细看，仅从那停在远远的停车坪上，一长溜在阳光下闪光的高级小轿车，就会想象得出等一会儿要出现的盛况。

再过一刻钟，马歇尔特使的五星专机就要出现在白市驿机场上空，突然间机场里热闹起来，那间等候机室的大门洞开，大员们鱼贯而出，来到停机坪边的茵茵草地上。当行政院长宋子文、军政部长陈诚、陆军总司令何应钦等头面人物率外交部长吴国桢等要员，还有美国驻华大使赫尔利率一应外国驻华大使自觉地分班站好队时，西边天上响起了隐隐的飞机马达声。

就在大员们手搭凉棚向天上看时，委员长夫妇到了——一队高级小轿车首尾衔接，来往人们回避，戒严了的候机楼前，嘎嘎声中一一停下来。从前头几辆小车里抢步下来的是委员长的侍卫们。他们一律年轻力壮，身材魁梧匀称，目光锐利，身手矫捷，都着藏青色中山服，官阶一律少校，顷刻之间作好了警卫。官阶少将的侍卫长陈希曾跑步来到中间那辆流线型防弹克拉克轿车前，一手轻轻拉开车门，一手护着头顶。

蒋介石、宋美龄夫妇下了车。

已经站好了队的军政大员和外国使节鼓起掌来。委员长左手执一根拐杖，用右手揭下戴在头上的一顶博士帽，向欢迎的人群满面含笑，频频点头，连声说好。挽在委员长身边的夫人宋美龄也向大家招手致意。正在这时，一阵飞机“嗡嗡”声响来在头上。

“来了，马歇尔特使来了！”委员长夫妇站在大员们前面，抬起头来，注意打量飞机声音日渐响亮的西边天际。

倏然间，一架银灰色的四引擎的美国大飞机从西边云层里迅速钻了出来——这是马歇尔特使的五星座机。它出现在白市驿机场上空，很平稳地降落在跑道上，滑了起来。夫人赶紧从身上拿出一个小小巧巧的化妆盒来，用手弹开，在脸上补妆。蒋介石看了她一眼，没有说话。

特使的专机停稳了，自动舷梯伸出来触了地。舱门开处，身穿一身笔挺将军服,佩五星上将军衔,头戴大盖帽的罗斯福总统特使——马歇尔,出现在机舱门口,向欢迎的人群挥手致意,又威风又精神。

身穿民国大礼服——蓝袍黑马褂的委员长挽着身着宫缎旗袍的夫人双双迎上前去,笑容可掬。

军乐队奏起了热烈、欢快的迎宾曲。马歇尔快步走下舷梯。宋子文一双刚从美国回来度假的儿女,大概只有十四五岁,手执鲜花,像小鸟一样快步跑上去,向特使献上鲜花,还说了几句什么英语。又瘦又高的特使满脸漾笑,弯下腰去,从他们手中接过鲜花,吻了他们一下。在镁光灯闪烁中,特使快步上前,同前来迎接他的委员长夫妇一一握手,相互问好。

列队迎接特使的国民党军政大员、各国驻华使节热烈鼓起掌。就在特使向欢迎的人们举手致意之时,一辆车头上插着中美两国国旗的崭新黑色克拉克轿车轻快地滑到特使面前。委员长夫妇作了一个请的姿势。马歇尔客气了一下,便带着他的两个随从上了轿车。其他的三个随从上了后面两辆凯迪拉克轿车。

待委员长夫妇上了车后,委员长的侍卫们和宋子文、陈诚、何应钦等一应人也纷纷上了车。警车在前面开道,一溜长长的车队离开了白市驿机场,沿着逶迤的山路,向着重庆市内风驰电掣而去,整个过程很短。

## 功夫在场外

美国人办事真是讲究效率。马歇尔特使到委员长夫妇特意为他在牛角沱安排的住所象征性地休息了一下,便马不停蹄,驱车来到委员长官邸拜会蒋介石夫妇。

马歇尔特使一下车,委员长便同夫人笑容可掬地迎上去,同特使握手。

“马,你好!”宋美龄同特使握手时,英雄有了用武之地。从小在美国长大,在美国名牌大学毕业的她,说一口流利的英语,还带点纽约的地方发音。这让特使感到特别亲切。

“夫人真漂亮！”见多识广的特使是一个中国通。他操一口蹩脚的北平官话。他一只带毛的大手握着夫人白嫩的手紧摇，一双蓝眼睛微微眯缝，锐利的眼光将她从上看到下，再从下看到上，夸张地啧啧赞叹不已。这会儿，夫人身上又换了装，她身着一件玫瑰紫色的丝绒旗袍，一直垂到脚面……显得既国粹，又是雍容华贵，落落大方的。夫人又用英语同特使说了几句什么，蒋介石当然是听不懂的。只见特使哈哈大笑，委员长也演戏似地装得兴趣盎然，频频点头。

“请！”委员长伸出右手，做了一个邀客的姿势。

“委员长、夫人请！”懂得中国礼节的特使逊步不肯先行，执意让委员长夫妇先行。

委员长很高兴，这就同特使并排进了官邸大门，谈笑着相跟穿廊过檐，越假山，在官邸的走马转角楼间走了一会，来到庭院深处一间富丽堂皇的小客厅。

马歇尔一进门，一阵掌声扑面而来。迎接特使的是宋子文、孔祥熙、张群、陈布雷，外交部长吴国桢等大员。其中董显光例外。他不过是一个外交部下属的新闻处长。董显光毕业于美国哥伦比亚新闻学院，中英文都好。鉴于委员长军人出身，不太清楚宣传舆论的重要性，以往很是吃了些亏。夫人专门将董显光调来，负责对西方进行宣传。

参加迎接美国特使的人不多，整个场面带有一种家庭的氛围。特使走上前来，一边同宋子文、孔祥熙等一一握手，一边注意打量委员长这间宽敞、华丽、中西合璧的大客厅。作为一个职业军人，特使在这一瞬间，客厅里的人和物已了然于胸。迎面壁上挂着用中文写着欢迎字样的横幅，地上铺着红地毯——一反以往，今天用的不是波斯地毯而是康定产的有一种藏家古朴意味的地毯。屋子正中一张铺着雪白桌布的硕大的椭圆形桌上，鲜花和闪亮的小水晶组成了一个欢迎特使的图案。头顶上，一排排红红绿绿的小电灯闪烁着，一嘟噜、一嘟噜的，像是一双双快乐着眨动着的小眼睛。不用说，今天这个中西合璧颇有韵味的布置肯定出自夫人之手，夫人是对美国特使的个人性格了如指掌的，既有西方的舒适，又有东方特有的韵味。

作为主人的委员长笑吟吟地让特使上坐。谙熟中国人情世故的马歇尔逊步，示意委员长夫妇上坐。好在坐这种椭圆形大圆桌不分主次。这样，马歇尔落座在委员长夫妇中间，宋子文、孔祥熙等人依次坐下。

主客落座，委员长夫妇同美国特使稍事寒暄间，一群面容姣好，身姿袅娜，身穿旗袍的年轻姑娘，手托髹漆盘像荷叶仙子一样飘然而来，给主客上了茶点。

很快，委员长面前摆了一杯清花亮色的白开水，美国特使面前摆的是西湖龙井，夫人用的是铁观音……让在座的大员们惊异的是，平时自己爱喝什么，这会儿不仅都摆上了自己喜好的茶，连茶具也是平时自己喜好的。比如张群这个四川人，走到哪里都喜欢喝四川茉莉花茶，茶具呢，喜欢用三件头。这会儿，在他的面前摆就是一碗四川盖碗茶。由此可见夫人心细如丝。马歇尔在中国生活过几年，他喜欢中国传统的东西，这会儿，给他盛茶的就是一把宜兴紫砂壶。

正襟危坐的委员长端起茶杯抿了抿，说："马歇尔元帅作为罗斯福总统的特使，不远万里来到中国，这是中美两国友谊的象征，也是中美两国在战胜日本帝军国主义的前夜新的合作开始。让我们对马特使的到来表示欢迎！"说着率先鼓掌欢迎，宋子文、张群等随即响应。

"我对伟大的中国向来有一种美好的感情。" 委员长简洁的致词完结以后，马歇尔特使致答词。他说，"我到中国一点也不感到陌生。因为在座都知道，我在中国当过整整四年的武官，因而，我现在有一种回家的感觉。"马特使这话说得让人感到温暖，显然比委员长善于遣词造句。马特使用那双天蓝色的眼睛迅速掠了一下在座大员们的神情，诙谐地说，"此刻，我坐在委员长这间客厅里，感受到一种家庭的温馨气氛。我想，无论是在欧洲，还是在亚洲，明年这个时候，饱受战争磨难的亿万人民都会享受到和平，享受到家庭的温馨。对此，我很有信心。"看在座的委员长和大员们对他这话非常注意，马特使适时将话题一转，转入了正题："如同委员长刚才所说'美中间新的合作'，这一点至关重要。我正是带着这样一种愿望来到中国的。"马歇尔的话说到这里戛然而止。

蒋介石带头鼓掌。

过场走完了。接下来的事会稍后接着进行，委员长面带微笑，对马特使手一比,“特使旅途劳顿,今天,我先和我的夫人、同事在小范围内欢迎特使,公开的欢迎大会稍后进行。来来来,请特使尝尝重庆冠生园的点心!”说罢,竟亲自用点心夹子夹了一块龙眼酥放进特使面前的白瓷盘里。

作为军人,作为西方的外交礼节,马歇尔显然没有东方人那么多过场,比较随意。他说了声谢谢便去尝委员长夹在他盘子中的点心。特使先用筷子夹,夹不起,这就动用叉子。

“OK!”马歇尔吃了一口龙眼酥,夸张地耸了耸肩,比比手说,“中国的点心真好吃。”

看特使高兴且随意,宋美龄吩咐站在身后服侍的姑娘们给特使上了银耳羹,特使看着摆在自己面前那小巧雪白带着胎青的景德镇小碗中亮晶晶的银耳羹不知所以,手中拿着勺子笑着看着夫人,显得好奇。

“特使乘飞机长途奔波,一路而来,这时喝这银耳羹最好,又解渴又营养。”

“啊?夫人这么说那肯定不会错的。”马特使用勺子舀了一勺银耳羹试着放进嘴里。刚放进嘴里啧了啧,就惊讶地睁大了眼睛,“啊,真好吃。甜甜的,粘粘的,香香的。”他天真地调头问宋美龄,“这银耳根(羹)是用什么做的?”

“不是做的。”夫人笑嘻嘻地说,“这是树上长的。你吃到的这银耳羹是四川青川大山里的青杠树上长的,质地最好,产量很少,很珍贵。”

“了不起,你们中国真是地大物博。”

委员长和在座的大员们听到美国特使这样的赞美,都有种扬眉吐气的意味。

特使喝完了碗中银耳羹时,陪坐在侧的委员长夫妇和大员们也都放下了碗。

时年57岁的蒋介石耳聪目明,调头看了看夫人,这样的场合,实际上都由夫人主持。

“大令!”夫人微笑着看了看委员长,“特使旅途劳顿,我们现在是不是就先送特使回去休息!”

“好吧!”委员长说,“特使先去休息,晚上请特使参加正式的欢迎大会!”

“恭敬不如从命。”马歇尔看来对中国有相当的研究,能说出这样的话,使在座的大员们感到惊异。委员长夫妇这就同大员们站起来,陪着马歇尔将军走出客厅时,前后几辆华丽的凯迪拉克轿车轻轻地驶到面前。

委员长夫妇将特使送上轿车,举起手来,一直看着特使那辆轿车在前后车辆的护卫下消失。

下午四时,委员长夫妇乘车去到牛角沱特使临时公馆回拜。这算是一次破例。一般而言,一个国家即便是美国的总统特使来华公干,委员长最多出面接见接见而已,具体事务都由委员长指派人去谈。像这样,特使上午一来,委员长夫妇亲自到机场迎接,并立即请特使去委员长官邸在富有家庭意味的小场合表示慰问,接下来委员长夫妇又前去特使下榻地拜访,这在历史上都是绝无仅有的。从中也可以看见,委员长对马歇尔特使这次来华相当重视。

宋子文的公馆很华丽,完全是中国的宫观式建筑。

休整过几个小时的马歇尔将军这会儿精神焕发,当特使迎上来同委员长握手时,夫人不禁眼睛一亮,心中感慨良多。身姿笔挺,着民国大礼服的委员长将头上的博士帽拿下,握在左手中,伸出右手同特使握手,那根油光光的拐杖挽在手臂上。时年64岁的美国特使马歇尔,虽然满脸皱纹深刻,但气色极好,童颜鹤发,虽然着一身美军卡克便装,越发显得轻松洒脱,职业军人和职业外交家的风度在他身上兼而有之。东方人的特征和西方人的特征,可说在委员长和马歇尔身上表现得淋漓尽致。谙熟中西文化的夫人宋美龄对此感受尤深。

双方落座后，委员长笑吟吟地对特使说:“知悉特使对中国文化认识很深,我们给特使带来了一件小礼物。”说时手一挥,一个身穿藏青色制服的侍卫不声不响进来，将手中一个古色古香的礼品盒放在特使面前的玻晶茶几上。夫人看了看不知所以的马歇尔特使笑问,“特使可记得今天是什么日子?”

“不就是我来中国的第一天吗?”马歇尔眨着一双天蓝的眼睛,看着宋美龄夫人,一副不明就里的样子。

“是。是特使带着美国人民对中国人民友好感情来华的第一天,这一天也是特使的生日。我们是专门来为特使庆贺生日的。”夫人代委员长说明了来意。

“谢谢,谢谢你们记得我的生日!”马歇尔十分激动。

“特使今天来渝，连天气也来凑趣，重庆称为雾都，很难得有今天这样万里无云的晴朗日子，这真是一个值得庆贺的日子，因为今天恰好是特使的64岁华诞。”夫人宋美龄很会说话，说着看了看坐在身边的委员长，语气亲切地说，“怎么样，大令，我们现在是不是就将送特使的礼物揭开？”

“唔，好的，好的！”蒋介石点头示意。

随侍在侧的一个身穿红色旗袍的姑娘轻步上前，弯下细柳似的腰肢，伸出一双莲藕似的纤纤素手，轻轻揭起礼品盒盖。

“哇——太美了！”素好中国古物的马歇尔特使不禁惊喜失声。摆在面前的礼品简直是绝品——一只由羊脂美玉精雕而成的塔。塔高九层，极为玲珑精致，栩栩如生，每层都有飞檐高翘，檐上挂满金铃。只要敲响下面一个金铃，串串金铃就发出清脆悦耳的声响，一路发出欢快叮当声响到塔顶。更为令人叫绝的是，每层都有一条用翡翠精雕而成的蛟龙，盘柱翘头，口吐祥云，似要腾云驾雾而去。不用说，这是国宝，价值连城。

见马歇尔惊喜得眼睛都不够用了，夫人笑着解释，说这是明代的产物，是明成祖朱棣当政时，那也是明朝全盛时期，三宝太监郑和下西洋时，海外藩国作为重礼送明成祖的。

“太珍贵了，太珍贵了！中国，真是了不起！”喜得抓耳搔腮不知所以的特使，用两根多毛的手指，打了一个响指。似乎只有这样，才能表达他心中的喜悦。

委员长很是高兴，连连点头道：“只要特使满意就好。”

夫人宋美龄无疑是这幕大戏的前台指挥，她对红旗袍姑娘轻轻吩咐一声，庆祝特使的生日蛋糕立刻送上来。

蛋糕足有五十磅重，塔似的，下大上小盘绕而上。蛋糕上插了64根红红绿绿的小蜡烛，象征特使64岁生日。

“这是我们专门在重庆冠生园给特使定做的生日蛋糕。”夫人介绍，重庆冠生园的点心很有名。

细看这个足有五十磅重的大蛋糕上，镌一幅图案，可谓寓意深刻：乳白色的奶油堆出了一幅中国地图，一幅美国地图。有两只手，分别从两张地图上伸出来，紧紧地握在一起。

等红旗袍姑娘将64根蜡烛点燃时，夫人说："让我们现在来为特使祝寿吧！"说着带头鼓着掌用英语唱起"祝你生日快乐……"特使和蒋介石也跟着鼓掌唱了起来。蒋介石不会英语，唱得一哼一哼的，也不知唱的是中文还是英文。不过，这不要紧，因为夫人声音宏亮，其他人的声音都淹没在她的声音里。

唱完祝福歌，在委员长夫妇的掌声中，兴致盎然的马歇尔特使弯下腰，一口气将64根小蜡烛全部吹灭。接着吃蛋糕。看得出来，这时的特使，对他们夫妇有了一种个人的感激之情——要的就是这个效果！世界上的事都是人办的，什么原则，国家利益等等，如果加上了经办人个人的喜好，其结果，往往会事半功倍。

礼物送过了，生日蛋糕吃过了，特使心中固有的原则已经被委员长夫妇稀释。委员长开始同特使谈正事了，但他们都不再说话，只是笑吟吟地看着马歇尔特使，等特使先开口。

中国有句俗话叫："拿人家的手软，吃人家的口软。"看来，这话中的道理放之四海而皆准。马歇尔特使当然知道委员长夫妇这出戏唱到最后要的是什么。

"委员长、夫人！"马歇尔特使善于言辞，他的话说得由浅入深，由表及里，面面俱到。

"我的生日能在中国这样美好地度过，我深感荣幸，内心充满感激。我把这一切不仅看成是委员长、夫人对我个人的情意，更看成是中国人民对美国人民深厚的情谊和良好的祝愿。

"来华之前，我受罗斯福总统嘱托，也给委员长、夫人，给中国人民带来了一份礼品，请稍等！"特使说着站起身来，划动他两只仙鹤似的长腿，进里间去了。委员长和夫人相视一笑。

马歇尔特使出来时，将一张用道林精纸打印的清单，递交给了蒋介石。蒋介石竭力忍着心中一阵狂喜，站起来，伸出双手，从特使手中接来清单。那份庄重，犹如在正规的外交场合接过外国特使递送的国书。

身穿民国大礼服的委员长请特使落座，忙不迭展开手中清单看下去——这是由罗斯福总统亲自批准增加给中国的军援，计：

各类子弹共一亿五千万发，各种军车二百辆，足可装备两个野战医院的成套设施。一页清单，寥寥几行，委员长看了足足有十分钟。当蒋介石将军援清单递给坐在身边的夫人时，马歇尔看着不动声色的蒋介石，小心翼翼地问："不知委员长对美国人民为中国人民提供的这份军援是否满意？"

在政治谈判上，马歇尔决非委员长的对手。这一句话便暴露了其间可以讨价的缝隙。

委员长轻轻咳嗽一声，神态变得庄重起来。

"援助，向来都是双向的！"委员长变相地给马歇尔特使上课了，"在这场进行到第七个年头的抗日战争中，作为世界反法西斯同盟国中流砥柱之一的我国，承受了巨大的民族灾难和牺牲，以血肉之躯英勇抗击日本，让日本深陷泥潭，无暇东顾，无法同德意形成整体上对世界的威胁。这就对远东的和平，对贵国的在华利益，对整个世界反法西斯战争作出了巨大贡献，我们的付出，我们的牺牲亦相当惨重。特使不会不知道，迄今为止，我国军民伤亡人数达三千万左右。日本向我投入的兵力达310万。如果不是我国军民以血肉之躯吸引了日本总兵力的绝大部分，承担了如此惨重的民族牺牲，如果不是我们牵制了陈兵中苏边境上对苏虎视眈眈的80万精锐的日本关东军，让日军去同德军夹击苏联，欧洲战场目前决不会出现如此美妙喜人的情景。那么，整个世界反法西斯战争一定会像你们西方人喜欢玩的多米诺骨牌一样，哗啦啦地倒下去，倒得一塌糊涂，倒得不可收拾！"

显然，委员长对马歇尔送来的美国增加的援华清单不满意，说到这里，委员长的情绪有些激动起来，并巧妙地将话题转上了反共——委员长知道，反共这个主题，是美国当前更为担心的。

"特使很清楚，如果不是这场抗日战争，我们肯定已经将我们的心腹大患——共产党消灭！"说到这里，委员长旧话重提，"当初，我们经过五次围剿，好不容易才在1936年将共产党赶出江西，压挤到了地瘠民贫的陕北延安。当时，他们人才三万多，人均五颗子弹，缺吃少穿……然而，因为抗战，我们失去了十年剿共中这次聚而歼之，牛刀杀鸡，一举消灭共产党的最好时机。

"因为抗战，面对武装到牙齿的日本人，在淞沪一战中，国军倾其一役，240个国军精锐师损失过半。过后，我们服从盟国整个东方战线需要，前后调动60万精锐远征军进入缅甸对日作战。我最精锐的第200师，在同古战役中，为掩护英军安全撤退，从师长戴安澜到下级官兵，全军两万余人，几近全部在异国的土地上捐躯。然而，共产党和他们领导的八路军、新四军却利用我无暇顾及的机会迅速发展壮大，从三五万人发展到了今天的一百多万人。其力量与以前不可同日而语！抗战胜利的曙光在即。我想，在今天，无论特使、罗斯福总统与我对共产党在中国的迅速壮大都不会高兴吧？”

向来言词简洁的委员长，今天这番话可谓说得少有的慷慨激昂，痛快淋漓。作为美军的总参谋长、五星上将马歇尔不能不承认蒋介石说的话句句属实，在委员长说这番话时，频频点头，表示同意。

“那么，委员长的意思是？”蒋介石的话说完了，特使小心翼翼地看着情绪激动的蒋介石问，好像自己做了什么亏心事。

“既然共产党在中国崛起也不符合贵国的利益！”委员长用手在油光光的拐杖上拍了拍，摊牌了：“我想，在特使拟就的对我军援中，还应增加这样一条，即：贵国派出顾问，按贵国军队的标准，在一年之内，给我们训练出五个军。自然，这五个军的全部美式装备也应由贵国无偿地供给！”说完这句，委员长的话便恰到好处地戛然而止。马歇尔不由得注意看了看在越渐浓重的暮色中显得神态俨然的蒋介石，心中暗暗吃惊。事情在他的意料之中，也在意料之外，蒋介石的要价委实太大了些。

“我想，特使既然代表罗斯福总统来处理中国的问题！”宋美龄看着踌躇的马歇尔，适时插话，“那么，特使完全有单独相机处理问题的权力！”夫人用的是外交辞令，话也说得娓娓动听。

“OK！”马歇尔略为沉吟，答应了。不过他抬起头来，看着蒋介石，也开始摊牌：“临行前，罗斯福总统特别嘱咐我转告委员长，要贵国军统局提供日本人用不明飞行物对我西部地区进行轰袭的秘密。我想，凭贵国军统局破译日本军方密码的特殊才能不会不知悉这其中的秘密！”

正襟危坐的蒋介石不置可否地笑了笑。

马歇尔看了看蒋介石的神情：“这也是我对委员长刚才向我提出要求的交换条件！”尽管是美国总统特使，但马歇尔毕竟是美国人，说话就是如此直接。

“唔，那好！”蒋介石将手中的那根油光光的手杖在地毯上一拄，口中蹦出如此一个字,像是木板上钉了根钉子。

事情进行得如此转弯抹角,解决起来却又是如此直截了当,这也是马歇尔万万没有想到的。作为对中国有相当的了解的他,来前思想上已作好了充分的准备。他知道,在中国,官僚机构重重叠叠,办成任何一件事情都很难,推不完的磨,扯不完的皮。特别是,当面对大名鼎鼎的蒋介石提出要求时,不会顺利。他知道,宋美龄月前去美国请求增加军援受挫,委员长夫妇恼羞成怒。自己这次来求中国人,不经过十天半月拉锯、艰苦的谈判,不付出重大的代价, 决不要想回美国去的, 他却是连一天也不愿在烟雾沉沉的重庆多呆的。可是,没有想到的是,就在自己到达重庆的当天,在委员长夫妇友好、热情地给自己庆贺生日之时,事情就这样圆满地解决了,压在心上的一块大石头“咚”地落了下去,虽然蒋介石的最终要价委实高了些,但也是在可以接受的范围内。

“Ok! ”马歇尔用手打了一个响亮的响指,表示成交。

“当当当! ”这时,墙上的壁钟敲响了六下,好像在庆祝蒋介石和马歇尔达成协议。

# 第七章
# 秘密战出现了转机

## 鸡尾酒会上，玛丽团长跳舞跳得目眩神移

下午五时，一长溜小轿车首尾衔接，从磁器口中美合作所方向而来，不久后进入罗家湾军统区。这片军统局占地足有两百余亩，房舍像重庆所有地方一样，鳞次栉比，依山而建，回旋起伏，重重叠叠。不过，大都不同于市区的吊脚楼，其中崛起不少一楼一底的西式洋房。

玛丽少校坐在车队中间那辆黑色凯迪拉克轿车上，她用手撩开浅网窗帘，用一双美丽的天蓝色大眼睛，好奇地打量着外面的一切。两面都是山岚，公路两边稀疏的路灯亮了。凭一双职业的眼睛，玛丽少校看得出来，这一大片建筑物所显出的特工氛围。那些木质砖瓦房，应该是特工们的宿舍，而那些点缀其中一楼一底或两楼一底的西式钢筋水泥建筑物上，都伸有一根根天线，这是特务工作所需。

虽然见不到站岗放哨的，但看得出来，罗家湾其实是外松内紧，路上不见一个闲人。公路两边也少有店铺。从这些窗户中流泻的灯光就可想见，里面的特工们正在如何紧张忙碌地工作。

暮色苍茫的公路上偶尔出现几个人，大都是特工。无论男女，一律身着美式便卡，头上戴着船形帽，腰间斜挎着子弹带，弹带上插着左轮手枪。这些人一律步履匆匆，手里拿着公文档案或腋下夹着皮包。在这段柏油马路上，偶尔

有一辆辆美式吉普车迎面驶来，急驰而去，这就显出一种战时特工紧张、秘密的气氛。

在这偌大一片的区域内，默默从事着秘密工作的军统特务有两三万。表面平静无波的罗家湾，其实是一个庞大、严密、戒备森严的特务城。而且，住在这里的军统特务训练有素，工作效率也高。她不禁想起这座特务城的主子戴笠。她第一次听到这个中国名字是在美国洛杉矶西部防卫司令部海军情报署服务时。她听说了中国国民党军统局局长戴笠如何破译日本人密码，如何高明，其他特工手段亦如何高明，甚至连美国民选四届总统罗斯福也知道戴笠，称他是“中国的希姆莱”……她很想有朝一日去到中国，会会中国的希姆莱，她心中对戴笠这个人充满了好奇。

以全优成绩毕业于西点军校的玛丽，美丽、机智，耽于幻想，崇拜东方文明，自幼对中国有种特别地亲近感，很想有朝一日去中国看看。但是中国太遥远，她觉得这是一个梦，可望而不可即。万万没有想到，在她服役十个年头上，已晋升为海军情报署少校之时，也许是上帝安排，月前，她的顶头上司，海军情报署署长威廉少将通知她，要她以海军情报署代表团团长的名义，跟着马歇尔特使去中国……

接到这个命令，她简直惊呆了。去遥远神奇有五千年文明的中国，当然是她梦寐以求的，尽管是在战争期间。她感到惊奇的是，竟让她以美国海军情报署代表团团长的名义去到中国，直接同“中国的希姆莱”打交道，从他手上拿回有关日本秘密飘炸美国的所有秘密。

美国标榜在性别上男女平等，实际上对女性的歧视也是很普遍的，美国同中国一样，实际上也是一个男性社会。尤其在军中，女性所受到的不公平待遇，特别是受到性侵害比比皆是。玛丽虽然因为战功卓著，升为美国海军情报署少校，但贸然让她当一个相当级别的代表团团长，虽然这个团人数很少，还是让她受宠若惊，不明就里。

因此，当她接到任命时，还以为听错了。

“让我作海军情报署代表团的团长？”23岁的她，睁着那一双梦幻般的蔚蓝色大眼睛，惊愕地看着坐在硕大锃亮的大办公桌后面神态威严的顶头上司威廉少将。

"对。"身穿一身雪白笔挺将军服,身材高大匀称的威廉少将站了起来,伸出手,将摆在他办公桌上的那个硕大的地球仪转了几乎一个圈,然后用手止住。指着那片与美国隔了一大片蓝色太平洋,状似鸡冠的大陆,调过头来,用一双天蓝色敏锐的眼睛看着她,像地理老师对学生说话似地说:"喏,这就是中国。陆地面积近一千万平方公里,比我国还要大。"

"这里!"将军用他多毛的手指顺着鸡冠状的地图向西南方向一滑,用手划了一个大圈:"这是中国最好的地方——四川——天府之国, 抗战大后方。四面都是崇山峻岭,中间是肥沃的成都平原。"这就用手指着一个黑点,"这是重庆,中国人的陪都,三条大江绕城而过,也是长江上游最重要的城市。蒋委员长住在这里。当然,你要与之打交道的'中国的希姆莱'也住在这里。"

"为什么要派我去?"她仍然不解。

"因为你懂英文,也懂中文。另外嘛!"将军用一双不无狡黠的眼睛看着玛丽一笑,"你可听说过人类社会有这样一个普遍的原理, 也可以说是普遍现象——女人同男人打交道比男人同男人打交道更容易些!其实,不仅是人类,即便是生物界也是如此——同性相斥, 异性相吸。即便是物理现象也是这样。"

"这与让我去有什么关系?"玛丽心中明白了一些上司的意思,但仍然这样问。她的思想上已闪过"中国希姆莱"的模糊想象,意识到自己此行,必然会同"中国的希姆莱"发生些什么联系。

"'中国的希姆莱'是个很感性的人。玛丽少校,你年轻,美丽,性感。'中国的希姆莱'看到你会高兴的,会乐意同你打交道。你去,比任何一个人去都能更好地完成任务。"

将军把话说得似明白又不明白。

"因为这个原因,'中国的希姆莱'就会把我们需要的情报给我吗?"玛丽少校看着上司,不放心地问。

"会的,你放心。马歇尔特使会同中国的蒋委员长将事情谈妥,你不过具体地办事——从'中国希姆莱'手中接过情报而已!"将军说到这里,耸了耸肩,表示谈话结束,玛丽少校若要问其间更多更具体的事,那就非他所能知道,只有天知道了。

玛丽少校是毕业于西点军校的军人,军人以服从命令为天职。带着一分好奇,一分惊讶,更多的是使命感,她就这样作为美国海军情报署代表团团长率团飞越了太平洋,来到战时遥远神秘的中国,来到了陪都重庆。她们是随特使到重庆的,不过,她们无缘享受美国总统特使的待遇,同特使乘坐的也不是同一架专机。特使的专机降落在白市驿机场上,她率的代表团乘的四引擎飞机降落在九龙坡机场。迎接特使的是蒋介石、宋美龄夫妇等国民党大员。迎接她们一行的是军统局局长戴笠派来的毛人凤、唐纵及中美合作所副所长——美国海军少将梅乐斯、参谋长贝乐利等。

她们下机后先是由毛人凤、唐纵、梅乐斯、贝乐利等陪同,先去参观了中美合作所,现在去罗家湾出席由戴笠主持的,以局本部名义欢迎她们的鸡尾酒会。想到马上就要见到心目中很是神秘的"中国的希姆莱"了,玛丽的目光注视着车窗外异国他乡的景致,想见"中国的希姆莱"心情很是迫切。

玛丽小姐一行的轿车首尾衔接,鱼贯进入了军统局本部。

这是一个深宅大院,林木幽深。从外面看,简直就是一幢占地广宏的有钱人的大公馆,高墙深院,粉墙绿瓦。幢幢考究的中西合璧的建物隐在葱茏林木里,堂皇而幽静。如果不是大门外一边矗立着一个大蘑菇似的岗亭。岗亭里站着身穿美式制服,头戴钢盔,手持卡宾枪的哨兵,完全看不出军事机关的性质。

车队进了大院,沿着一条两边花木夹道的柏油路向庭院纵深前行,车轮触地发出轻微的沙沙声,玛丽小姐的车队来到了主楼——在一幢檐角飞翘,画栋雕梁,极富中国特色的宫观式建筑物前停了下来。黯淡的灯光中,早就等候在外,身穿黄色美式卡克的军统局年轻男女军人趋步上前,轻轻为她们拉开车门。

"玛丽团长,请!"当玛丽团长的高跟鞋在地上一点,刚刚站起身来时,一个身穿美式军服,个子瘦瘦,不苟言笑的女兵站在她面前,腰一弯,手一比,做出一个请的姿势:"戴局长正在等候你们!"在一片欢迎声中,玛丽带着她的随从,向站在门外欢迎她们的人还了礼,抬起头来,这才注意到,九级台阶上铺了红地毯,门楣上拉着一条用中英文写就的欢迎美国海军情报署代表团的大幅标语。

大门是装饰过的,台阶上,门前的四根盘着金龙红柱,点缀着一串串的小小红绿电灯,闪闪烁烁,在洋溢的热情中带着一种东方古老神秘的韵味,这让玛丽一行感到很新奇。

玛丽刚上台阶,穿一身藏青色中山服的戴笠迎了上来,陪在玛丽身边的中美合作所参谋长贝乐利赶紧给他们作了介绍。

戴笠笑容可掬,他伸过手来,同玛丽一行一一握手,双方将身边的人员逐一作了介绍。出席今天这个欢迎酒会的军统局“阎王”们,除了戴笠身边的军统局巨头郑介民、毛人凤、唐纵,还有主任秘书潘其武、沈醉等八大处的处长也都到齐。戴笠以主人的身份,陪着玛丽一行进了大厅。

玛丽少校以她敏锐的职业眼光和女性特有的细腻,顷刻间便将“中国的希姆莱”一览无余。即将知天命之年的戴笠不高不矮的个子。头上留短发,头发又粗又硬。浓眉毛。眉毛下一双眼睛显得很有精神。这样的男人,在作为军人的西方女性玛丽少校看来,比想像中的差,他不够高大,也不够威猛。心想,原来大名鼎鼎的“中国的希姆莱”竟是这个样,不由得微微有点失望。

戴笠对前来欢迎的军统局下属,逐次给玛丽团长等挨次作了介绍。

“对不远万里前来帮助我们抗战的老大哥同行,再次表示热烈欢迎!”戴笠笑吟吟地说时,率先举起手来鼓掌。

噼噼啪啪声中,簇拥在戴笠身边的僚属们鼓掌响应,玛丽也率领她的属员们鼓掌回应。然后宾主入席。

这是一个根据美国客人喜好,精心设计的鸡尾酒会。迎面墙壁上,用金纸、银纸剪贴着中、英文欢迎字样。屋子中央摆一张硕大、铺着雪白桌布的椭圆形桌子。桌子中央放着一个富有中国清宫特色的蓝花白底花瓶,古色古香的花瓶里,插着好大一束姹紫嫣红的鲜花,象多彩的瀑布从花瓶上往下流溢,散发着沁人的幽香。桌上摆满了盛着各种珍馐美味的器皿。这些器皿里的食物大都是西式的,但有几道中国菜很令人吃惊,比如油炸鳗鱼、澄湖大蟹。这两味著名的特产只有阳澄湖和长江出水口的舟山群岛一带才有,况且现在不是产期。纵然在和平时期,纵然是达官贵人,要在这个时节吃到这样的的美味决非易事。而在这个时候,能将千里之外沦陷区的这些的美味摆上桌,由此也可见军统局的本事。月前,美国第七舰队司令柯克上将访华时,行政院院长宋子文准备设盛宴招待柯克上将，知道这位海军上将最爱吃鳗鱼，可是尽千方百计都搞不到，最后还是求戴笠，才如愿以偿。

餐桌上，琳琅满目的酒瓶点缀其中，这就更增添了一种喜庆随意的气氛。酒，大多是洋酒，比如白马牌威士忌、三星牌白兰地、酽红如血的法国陈年葡萄酒，应有尽有。玛丽不由得心中一喜，她看出来了，鸡尾酒会上有舞会，她喜欢跳舞。

戴笠在场中一站，故作潇洒地说："今晚，我们为欢迎老大哥代表团来访，举办这个鸡尾酒会和舞会，希望我们珍贵的客人能在这里度过一个美好的夜晚！"在玛丽团长发表了简短的答谢词后，就像一个事先早就设计好的戏剧开场，一个身穿美式黄哔叽卡克服，头戴船形军帽，体态轻盈的女兵微微含笑，手端托盘趋步而上。戴笠从托盘里取出一支高脚酒杯，里面漾着水晶一样的白兰地——他这是要向美国海军情报处代表团敬酒了。玛丽从盘中取一杯通红的法国陈年葡萄酒。

互相执杯在手，举了举"咣"地一声碰怀，一饮而尽，并亮了杯底。这好比是一声信号，早就准备好了的军乐队奏起了优美的乐曲。《美丽的阿美利加》，《何日君再来》、《桃花窝美人多》……气氛随着乐曲和头上旋转的灯光变得随意、温馨、舒适。

在忽明忽暗的灯光中，美国代表团的团员们和军统局的大员们，这时都像隐藏在梦幻的灯海中去了。

一听乐曲脚就痒痒的玛丽团长放下手中的托盘，她吃好了，正在探头寻找她的团员，想下舞池跳舞时，军统二号人物、大胖子郑介民手执酒杯，笑吟吟地向她迎面而来，玛丽只好上前应酬。一直暗中注意着异国俏丽的玛丽团长的戴笠正想投其所好，上前邀玛丽跳舞时迟了一步，被郑介民占了先机。这样，他就只好端着酒杯，心怀不满地站在一处不引人注目的地方，细细打量被郑胖子占了先机的异国佳丽和目前这个场面。

旋转、飘忽的五彩灯光下，美国海军情报代表团的团员们，除了玛丽团长外，男男女女加上随员翻译七八个，跳跃、旋转得就像翩跹的花蝴蝶似的。有趣的是，玛丽的随员翻译露丝小姐，这会儿由一个军统局的年轻军官陪着在跳，跳得发热了，脱了军服，穿一件黄哔几衬衣，在身上绷得紧紧的。她头发剪得很短，个子很高，可能练过健美，制服中显现出来的尽是男子身上才有的疙瘩肉。高鼻子上，一双凹陷的眼眶里转动着一双逗人爱的黄眼睛。而这时，也许她跳出了感情，身上在释放异性的情愫，看着伴舞的年轻英俊的中国军官，眼睛里竟是挑逗的意味。他不由想，如果是玛丽团长去跳，跳到这个份上，恰好身边伴舞的又是他戴笠，那么，他是不是就可以顺手牵羊地将玛丽团长占为己有了呢？一时，向来敢想敢干的军统局局长有点恍惚，沉于了耽想中。

上午，在磁器口中美合作所举办的接风宴上，跟自己关系不一般、什么话都可说的毛人凤就曾私下对他说："局长，你看这个玛丽团长这么年轻漂亮，一定是个风流人物。从来就是英雄美女，局长你是英雄，这个美女就该配你，尽管她是美国的。她们不远万里来找我们，就是希望我们与他们配合配合。我看这个配合该全方位配合才对。"

这个毛人凤真诡，说得也有趣，让他忍俊不禁。这时，被郑胖子粘住了的玛丽在飘忽的灯光下，显得比白天显得更加漂亮，更有魅力。高高的个子，脸庞显得有些瘦削，五官俊美，身材丰腴。她穿一套雪白的海军卡克军服，腰扎着宽皮带，这就越发显得腰细细，臀部圆圆，长身玉立，特别胸部那对鼓蓬蓬的乳房，简直就像山一样高高耸立。她那一头丰茂的头发，不像一般美国女郎一样是亚麻色的，而是像带雨的云彩一样漆黑。她同郑介民说着什么，咯咯地笑起来。于是，她齐耳的头发就像波浪一样摆动起来，柔软而滑腻。她那张灿若春花的笑脸微微仰起，露出一口珠贝似的细牙，与她手中端着的在灯光下通红透明的葡萄酒、头上不断闪烁旋转的彩灯交相辉映……那种迷人的神态，那种美，紧紧地慑着了戴笠的心。

"我一定要让这个即将从我手中拿走绝密情报的、美妙绝伦的异国美人——美国海军情报处代表团团长玛丽付出代价。这个代价就是她要让我占有一次！"就在戴笠下了这个决心之时，攫取她的办法同时油然而生。他要让一桩看似荒诞不经的事，在他手上变为现实。现为他是戴笠！是戴笠就可以把一般人视为不可能的事变为现实。

就在玛丽率领她的代表团还在从中美合作所到罗家湾军统局的路上时，早有预感的他，接到委员长侍卫长陈希曾亲自打来的电话，慎重地正式向他传达了委员长口谕："鉴于委员长和马歇尔特使双方达成了谅解，取得了令双方都满意的谈判结果。委员长的意思是,你可以在适当的时机,将你已破译的日本海军用气球炸弹袭击美国人的密码,提供给美海军情报署代表团团长玛丽小姐!”

“适当的时机?”想到这里戴笠心中暗暗一笑,“谢谢委员长给我这个机会。这个适当的时机我会很好掌握的!”从来都不知幽默为何物的军统局局长,在脑中闪过这个念头时,竟然也有了一分幽默。想到这里,他觉得近在咫尺的年轻、漂亮、性感的玛丽团长就是他的,浑身上下有了一种迫不及待的异样。主意已定,他不能再让口水滴答的郑介民再与她纠缠下去了,便决意前去。

他从黑暗中走出来,手执一只高脚酒杯,故作洒脱地向玛丽走去。郑介民见戴笠走了上来,犹如耗子见了猫,连连向戴笠点头:“局长来了?你们谈、你们谈!”说着端着酒杯讪讪而去。

“你好,玛丽小姐!”戴笠这会压着满身的欲火,显得文质彬彬:“这儿的气氛还好吧?”说时,那张马脸上,那双平时发怒时令人胆颤心惊的眼睛显得很多情。

“OK!”玛丽笑着,“哦,我简直没有异国他乡之感,像在洛杉矶度周末一样地自由快乐!”

“自由快乐就好。”戴笠说,“我也喜欢过无拘无束的生活”。说着,做了一个美国人的习惯动作,右手用两根手指夹着高脚酒杯,两手摊开,耸了耸肩。

“哦,是吗?”玛丽那双美丽的眼睛里流露出一丝讶然和欣喜,“我在国内听说你是‘中国的希姆莱’,我还以为你是个整天板着脸的半老头子呢,不想你竟这么年轻英俊!”

玛丽说时,用一双秋波盈盈的媚眼细看“中国的希姆莱”,目光中流露出一种美女对英雄的崇敬。时年48岁的戴笠平时爱整洁,搞女人更是有一套。一张白皙的马脸如果不细看,看不出皱纹,显得比实际年纪轻。他今晚更是着意修饰过。脸刮得很干净,头发往后梳着,打了发胶,溜溜光,如幽默的四川人形容的那样:“硬是蚂蚁爬上去都要拄拐棍。他的身材不算高,但绝不矮,很是结实。今天晚上,他着意穿了一件合体的笔挺的美国黄哔叽衬衣,显得很精神。听玛丽这样一说,戴笠心中更有了底,心想,中国女人比西方女人含蓄得多,保守得多,但只要我戴笠看上了都休想逃脱,如电影皇后胡蝶。那么,作为年轻漂亮,又有求于己的玛丽,自己要占有她,是绝对没有问题的。于是,他打算按照自己的计划进行下去。

“我们有缘。”戴笠回答玛丽的话很机智,“我记得你们西方有句哲语,叫‘第一印象是至关重要的’?”看玛丽频频点头,他举起酒杯,笑吟吟地看着玛丽,“为我们的结识、友谊,相互间的赏识,干杯!”

“咣!”酒杯轻轻相碰,溅起白的、红的两朵酒花。他们一饮而尽。

“玛丽小姐!”戴笠顺手将酒杯放在桌上时,说,“你看,你的随员们都开始在舞场中一展风姿了,怎么样,请吧!”随即做了个请的姿势。玛丽早就不耐了。这时,舞场中已经跳得天翻地覆。悠扬的乐曲中,美军代表团翻译露丝在被低她一头的军统局主任秘书潘其武搂着跳着慢四步。团中又高又大的黑人警卫随员波特,副官约翰逊,以及其他的军统大员们,都搂着陪舞的军统美人跳得正欢……

玛丽放下酒杯,将自己柔软的手臂搭在了戴笠肩上。在“桃花窝美人多”的缠绵乐曲中,玛丽发现戴笠跳得很好,带得也好,舞步轻捷而富有弹性。也许乐队知道戴笠的爱好,突然变调,奏起了热情欢快的探戈。急骤的鼓声敲起来,像擂响了动地的战鼓。戴笠搂着玛丽的细腰,突然加大了动作,送腰、搭手……他们配合得丝丝入扣。玛丽跳得好极了,犹如一只动作欢快轻盈的小鹿。慢慢地,她的眼睛闪亮,脸颊绯红。高挺的乳峰耸动,看着戴笠,呼吸变得有些急促……

她有些动情了。富有男女情事丰富经验的戴笠只觉得血往上涌,有些不能自持。这时,乐曲突然变得悠扬起来。闪烁游移的彩灯也一齐熄灭了。戴笠忽然觉得有一个硕大、柔软的胸脯向自己挤过来。他忍着狂喜,趁势将这个香软的玉体往怀中一搂。他们紧紧地抱在了一起,一动不动……就这样沉下去吧!戴笠头一阵发晕,暗暗祈祷,电灯不要再亮。

可是,天花板上的彩灯又旋转了起来。是时候了,戴笠搂着玛丽,在乐曲走着慢四步时,他适时向玛丽发出了邀请:“你能现在随我一起去我的卧室吗?”

“去你的卧室里干什么?”

“玛丽团长万里迢迢不是到中国来跳舞的吧？请你跟我去取你们急需的密码。”说着轻轻放开了玛丽，悄无声息地向场外走去。在灯红酒绿中，玛丽团长红红的俊脸上挂着一丝若有所思的淡淡的笑，像是戴笠手中的一个提线木偶，跟着戴笠向门外走去。

## “白色魔鬼”戛然而止

玛丽上校率领的美国海军情报署代表团，在重庆只呆了两天就飞回了美国。真可谓悄然而来，悄然而去。

1944年8月1日。

玛丽回去后一星期。晨曦轻轻拉开了夜幕。位于日本四国东部海滨的瓜儿岛渐渐揭开了神秘的面纱——有一条很窄很长的海堤让瓜儿岛同陆地相连。远看瓜儿岛，像是一条用若断若续的长长的丝线提着在海中飘荡的葫芦。整个岛的面积大约有两三平方公里。面向陆地一边，峭崖叠嶂，丛林茂密，天然洞穴毗连。面向大海的东边，像突然被刀截斧砍了似的，近大海约一百米处，突然凹了下去，形成一片金屑似的沙滩，斜斜地伸入大海，沿岛绕出一个大大的弧线，约占岛的三分之一。这样，岛的一边是山，一边是滩。战前，这是个很好的旅游地。现在，它是日本海军的一个秘密基地，表面上看不出什么来，其实岛上遍布机关，戒备森严。

一轮朝阳，拽着火红的裙裾，在大海的眠床上颤颤地、慢慢升起，倏忽间，一下便腾起在了空中，向着它俯瞅的大地、大海洒下满把金针。于是，在明亮的阳光下，在浩瀚的苍穹下，无边无际的大海，呈现出一种温柔的蔚蓝，像一匹硕大的、质地很好的闪光的蓝色绸缎，一直铺向天边。陆地上，林木隐映中的村庄似乎还在沉睡。远远的海上有几叶打鱼船，在蓝玻璃似的大海上漂来滑去，像天上不慎跌落进大海中的白云……呈现在眼前的是一幅和平景象。但与之相对的瓜儿岛，在今天却流露出浓浓的战争气息——通往陆地的那条海堤中段上，现出一个毒蘑菇似的岗亭。岗亭里，白天黑夜二十四小时都有卫兵警卫。岛上的五个制高点上,蹲着黑黝黝的高射炮,警惕地向天上伸着高高细长的炮管。然而,这还仅是外在的景观。其实,瓜儿岛包裹着的是一部战争机器,岛的内瓤是完全被掏空了。岛上毗连的天然洞穴,全部打通,里面又用钢筋混凝土浇注,形成了一个外表根本看不出来的铁打连环似的秘密世界。里面,藏有一个海军联队、一个战时科研机构,仓库里堆放着大量气球炸弹原料,还窖藏有近百辆汽车、搅拌机,存放着大量武器弹药……此处,还有一座海底发电厂,一座组装鱼雷的兵工厂。军人和科研人员等等加在一起足有上千人。

这个瓜儿岛,便是美国人惊恐地称为"白色魔鬼"的气球炸弹的秘密生产地和飘放地。

八时正。

瓜儿岛绵长的金屑似的沙滩上,突然开过来一溜五辆特制的无篷平板汽车。约有一个排身穿海魂衫、戴无檐军帽的日本海军官兵,"劈劈啪啪"下饺子似的从车上跳下。他们脚一着地,有部分便一边顺着沙滩往前跑,一边撒着伞页,后面紧跟上的官兵接着往里充气……那份紧张、一气呵成的动作简直就像救火队,环环紧扣,交叉作业,配合默契。很快,一个个乳白色的大气球便在沙滩上升了起来,拉开一定的距离,飘飘忽忽,蔚为壮观。那些身材粗壮,很有些蛮力的海军官兵三人一组,挥着汗,齐心合力、小心翼翼地将那些装着三十个沙袋和一颗颗威力巨大的炸弹、合起来足有两百多斤重的筐一一抬起,挂到伞上时,气球炸弹的制作便一一完成,从始至终,他们的动作干净利落。制作二百个气球炸弹,前后不过半个小时。

这一排海军官兵上了汽车,车队开动,首尾衔接,一溜烟开进了迷宫似的山洞。锚在沙滩上的气球炸弹层层叠叠,在晨风中竭力往上挣起,似乎想立即挣脱束缚,乘风飞向大洋彼岸的美国去大显神威。

八时半,草场将军和荒川博士在基地司令斋藤大佐陪同下走出隐蔽得很好的指挥部,沿着金屑似的漫长的沙滩一路巡视而来。日本男人都爱戴眼镜。他们三人均戴眼镜,身穿黄呢军服,戴一副宽边黑色玳瑁眼镜的草场将军和着一身蓝色便卡工作服,戴一副秀琅眼镜,满身文气的气象学家荒川博士并排走在前面。他们指点着前面那些一个个飘洒在半空中,将锚绳绷得紧紧的硕大的乳白色气球炸弹议论着,很是志得意满。紧跟其后的基地司令斋藤,身材矮笃粗壮,满脸横肉,戴一副墨镜,腰持东洋战刀,迈着匀称的步伐,挺直腰肢紧随其后,好像是陪着他们在检阅。

"博士!"草场将军对身边的荒川边走边说,"这是本月我们对美国佬放出的第一批气球炸弹吧?"看博士点头,草场将军接着说:"以我们每月放出一千五百只算,迄今两月,我们已对美国西部地区放了三千只气球炸弹……素称能干的美国西部防卫地区总司令乔治已经被我炸得张皇失措了。像这样放下去,整个美国都会引起恐慌的,博士,你居功至伟。"

"全靠首相、草场将军英明决断,才有今天让美国佬哭的日子。"荒川博士说时无限感慨,"如果两年前东条英机首相接受我的这个方案,我们早些用气球炸弹去飘炸美国该有多好。我看了这些天美国西部地区的报纸。"博士得意起来,"美国飞机对我们的轰炸是有形的,还好防备。而我们对他们发起的气球大战却是无形的,让他们防不胜防。那个西部防卫总司令乔治可说是心急如焚,整个美国都是惶惶不可终日。他们可说是,老虎吃天,无从下口。对美国人来说,这是一场不知所措的被动防御,只能挨打的战争。美国西部地区的居民现在每天都有人伤亡,似乎面临世界末日。首相对这些情况知悉吗?"

"知悉。"草场说,"首相对我们的工作很满意。他每天也都在注意看美国西部地区的报纸。"

说着他们走到了中心点。从这里看,冉冉上升的气球炸弹好似是在接受他们的检阅。密密簇簇的气球炸弹阵后是辽阔的大海。想着马上就要出现的壮观场面,他们不由得豪情满怀。草场将军低头看了看腕上手表,九点差一刻,离气球炸弹放飞的时间还有五分钟。

"报告草场将军!"突然,基地传令官川口少佐跑步前来,在草场将军面前站下,"啪"地一个立正,敬了个军礼。

"有急事?"草场应声调头,神情不无诧异。

"大本营急令!"川口少佐站得端端正正,用双手将刚来的东京大本营急电恭恭敬敬递给草场将军。

"啊,荒川君,真是一件令人扫兴的事情。"草场将军看完电报,神情语气不无惋惜,"大本营要我和你一起立即去四国机场,乘专机回东京,专机在等着我们呢。"草场说着又看了看腕上手表,差三分钟九点正,"我们还得赶快去机场呢!"说着将东京来的电话纪录递给了身边的气象学家。

"谁说不是呢?"荒川看完又递给旁边的斋藤大佐,不无惋惜地叹口气说,"斋藤大佐特意为我们准备了这样一次盛大的气球炸弹放飞。虽然我在这里目送气球炸弹放飞飘炸美国不是第一次,但我和草场将军的心情一样,每看一次心情都非常激动,实在不愿这时候离去。每看到一批我们研制出来的气球炸弹飞去,便有一种加倍还击了美国人的感觉……"说时,一队海军已从山洞里跑步而出,在海滩上一簇簇的气球炸弹前列队,各就各位,只等着斋藤大佐的信号枪一响便放飞。

"将军、博士,你们请放心上车去吧!"斋藤看了看自已腕上的表,"我立即下达命令,让这些气球炸弹一个个全飞到太平洋那边去,狠狠地加倍地还击美国人……"说时,吉普车开过来了。

"将军、博士,请上车吧!"川口鞠躬,做了一个请草场和荒川博士上车的手势,他负责送他们去四国机场。

"拜托了!"荒川听了基地司令斋藤大佐一番话,很感欣慰,随后上了车。军用吉普敞篷车沿着岛上柏油公路风驰电掣地过了海堤,上到陆地,刚刚驶过一个缓坡,忽听天际间传来了飞机的嗡嗡声。

这是美军的轰炸机群。

草场将军大声命令司机停车。抬起头来,他们不由得惊讶地瞪大了眼睛。天边,出现了黑压压的美国轰炸机群,足有二十架"空中堡垒"重型轰炸机,在上百架最新式的"野猫"战斗机掩护下,正向瓜儿岛黑压压地压来。

"该死的美国人,他们怎么知道了我们的这个秘密基地?"荒川一看就有大祸临头的末日感,急得在车上跺脚。

"该死的支那军统局!"草场将军一下意识到了事情的由来,"我们的密码肯定又是被支那军统局破译出来,转给了美国人。所以美国人对我瓜儿岛采取突然袭击!"话末落音,就在他们本能地从车上跳下来,隐身旁边草丛中时,岛上的五门高射炮向漫天而来的机群开火了。

一颗颗高射炮弹在空中爆炸开来,染黑了一朵朵飘浮的白云。与此同时,大约有二十架日本零式战斗机闪电似地穿云而来接战。

“我们的战机来得真快、来得真及时！”伏在他们身边的小个子司机，高兴得忘情地站起来欢呼。但是，最知道敌我力量悬殊的草场将军却紧张得捏紧了拳头。以二十架零式战斗机对付如此庞大的美国战斗机群，无异于杯水车薪，无异于一场悲壮的自杀！

作为大本营主管战时军事科研和生产主官的草场将军当然知道，此时此刻，面临灭顶之灾的帝国和它所剩无几的空军，能出动这二十架战机迎战，也确实竭尽所能了。

没有办法，他们只能远远地躲在草丛里，注视着这场实力悬殊、惊心动魄的毁灭性战斗。

庞大的美国机群不慌不忙，分出了一大半“猫式”战斗机迎敌，另一些战斗机保护着机体庞大的二十架“空中堡垒”，开始对瓜儿岛实施轮番轰炸打击。最初，一批重磅炸弹从天纷纷而降，在阳光的照耀下，这批重磅炸弹闪着眩目的光亮，落在岛上，发出惊天动地的巨响，灼热的强大冲击波，让躲在草丛里的草场将军等人都能明显感觉到。随着空中的猛烈打击，岛上的多门怒射的高射炮立刻全部哑了。显然，美国人是有备而来。他们扔下的好些炸弹是特制的，一触地并不立即爆炸，而是像陀螺一样急速旋转，一直深深地转进地去再猛烈爆炸开来，从里到外地炸翻开来……

在岛上连续猛烈的爆炸中，“空中堡垒”对瓜儿岛开始实施第二、第三次打击。在空中迎战的二十架零式战斗机犹如落进了虎口的羊群，很快就被一架架击落进了大海。而这时，岛上的油库燃烧起火了。黑色的火焰像一条巨大的火龙，呼啸着向天空飞去。弹药库的爆炸又引爆了许多附带物，冲腾的气浪将断肢残臂和各种碎片带到空中，再纷纷坠落下来……瓜儿岛上黑烟冲天。整座岛在剧烈地持续不断地爆炸、颤抖！

“我的瓜儿岛完了！可惜我的瓜儿岛！可惜大日本帝国海军的秘密基地！”草场将军悲痛欲绝，痛苦地闭上了眼睛，伏在旁边的荒川博士痛心不已的抽泣……

似乎还嫌折磨得他们不够，在他们的头上，两国空军还在天上进行殊死格斗。草场将军咬着牙，一直看着天上二十架零式战斗机被一架架打掉，损失过半仍然死战不退。应该说，以寡敌众的帝国空军打得相当勇敢。不时也有美国空军最新式的“野猫”战斗机被击中，拖着长长的黑烟，“咚”地一声，栽进大海。然而，“野猫”实在太多太野了，它们往往是两架、三架缠着一架“零式”打。“零式”顾得了前方，就顾不了后方，纵然是前后都兼顾了，却又被已爬到头上的“野猫”候个正着，一阵机关炮打来，将“零式”打得稀烂……这场惊心动魄的空战以日本二十架“零式”战斗机被彻底击落而完结。地上战斗和天上的战斗都结束了，庞大的美国机群飞走了。瓜儿岛基地被彻底毁灭了，包括马上就要放飞却还来不及放飞的二百个气球炸弹。

草场将军一应人从卧着的草丛里钻了出来，呆呆地站在吉普车旁，望着熊熊燃烧的瓜儿岛神情沮丧，默默无言。

“将军，请上车吧。”川口少佐站到草场身旁，神情悲戚地提醒，“大本营还等着你们回去。”

“上车！”草场将军瞪着一双仇恨的眼睛，手一扬，哑着嗓子对悲痛欲绝的荒川博士说，“走，荒川君，不要太悲伤，我们回东京。美国人炸了我们的瓜儿岛，我们要设法加倍还击他们。”说着强打精神上了车。川口少佐扶着意志力脆弱、痛哭不已的气象博士上了车。军用吉普这又才沿着海边公路，一溜烟地向四国机场方向而去。

日近黄昏。大本营的灰楼笼罩在沉沉的暮色里。这里位于东京西郊，高墙深院林木葱笼，幽静极了。若不是门外岗亭里站有持枪的军人，还以为是哪个达官贵人的别墅。

如血的残阳刚刚隐去，靶场的门被一把推开，天花板上的灯光霍地一下变得雪亮。站在靶场上的草场将军，像一个输光了本，要去拼命的赌徒，眼睛血红，手中握着一把手枪，钉子似地立在靶场中央。跟在他身边的一位年轻精瘦的海军下士怯怯地问：“将军，开始吗？”

“开始。”将军吩咐，每到神经紧张得就要迸裂时，他就要来打靶，从而达到缓冲精神的目的。因为手枪射击，除了使人想扣扳机，什么都不再去想。下士知道，草场将军现在的心情不好，很容易发脾气，因此，伺侯得格外小心。

“开始！”将军大声吩咐。说时将手中的那把绰号“王八”、闪着幽蓝的光的小手枪握紧，一双眼睛像狼一样注视着将要出现的目标。下士按了机关。立即,一个身穿美国海军将军服的半身像从左而来,摇摇晃晃地出现在草场将军前方五十米处——看得分明,这是美海军太平洋舰队司令尼米兹上将。这是草场将军切齿痛恨的人!年前,日本军方公认最有才干、也是最有魄力山本五十六大将就在与他的对抗中,死在尼米兹手上——在那场震惊世界的具有决定性意义的中途岛、瓜岛大海战中,山本大将死在他的手里。那场历时半年、实际上是日美两国在国力、人力、物力、运输力以及战略战术思想的一次综合较量中以日本惨败告终,由此,日本在太平洋战场上开始节节走下坡路……

就是眼前这个美国佬,对事物有种惊人的预见力。还是在三十年代中期,尼米兹同在海军军官学校读书的儿子有一次谈话,就显示了他的预见性。

儿子问尼米兹对几个海上大国已见端倪的斗争走向和未来可能产生的后果时,这个美国老儿说,"我确信我国将与日本和德国打一次大仗。战争将从残酷的袭击开始,而且美国军队将首先失利。到那时,华盛顿方面将会对所有在海上的美军指挥官反感,虽然那并不是指挥官们的过错,但他们将会全部被撤职。我希望能受到白宫的重视,把我委派到海上任职……"后来的事件果然完全没能逃脱尼米兹的估计,尼米兹也果然如愿以偿,尽折日军精锐。

"啪啪啪!"草场将军怒不可遏,对准木偶的头连续扣动扳机。"尼米兹"头上开花,栽倒下去。草场将军尚未尽兴,挥了挥手,换好弹夹时,"尼米兹"又被绳子牵着,快速滑了过来。就在"尼米兹"滑过中段时,"啪啪啪!"草场将军挥枪打了一个连发,木偶身中数弹,再次栽倒了下去。

"将军的枪法真是太好了!"下士鼓起掌来,但草场将军什么也没有说,只是满意地吹了吹枪管上冒出的一缕蓝烟,将枪插进枪套,阴沉着脸,独自出了靶场,上了他在二楼的办公室。

"啪"地一声,草场将军拧开了富士山台灯。一缕乳白色的灯光照在他那张硕大锃亮的办公桌上,犹如铺上了一层寒霜。草场将军坐在桌前,拔出一只粗大的钢笔,在他的作战日志上这样写道:"今天出席大本营会议,得知帝国局势日渐危急,而我惟一能反击美国战略包围的就只有气球炸弹。因此,永野军令部长要求我们加紧对美进行气球战,每月施放务必不能少于1500个气球炸弹。

“瓜儿岛今被美机夷为平地,我谨向效忠天皇、光荣殉国者敬至吊唁。

“最为严重的是,我们的密码又被中国军统局破译并告诉了美国人。如此,我们不能再集中一处制作气球炸弹,而只得从运输方便的海滨转移到隐蔽的山区,困难增大了。更为严重的是,中国军统局一次次破译我密码如有神助。以后,我施放气球炸弹之指挥、搜集情报反映等等环节,因密码被破译,只得完全停止使用。因而,对我在美国轰炸效果,只能从美国报纸的报道上进行分析取得。这是最为重要的一环,也是对我最重要的一环。但愿崇尚新闻自由的美国人在此问题上不要醒悟,对我作消息封锁,不然,我将无从得知气球炸弹飞美后的效果。此点,至为重要!”

# 第八章
# 樱花帝国的悲哀

## 罗斯福总统坐轮椅上国会山演说

美国佐治亚州温泉镇是一个极富美国乡村特色的小镇。这里,风景优美,环境幽静,地广人稀,通讯快捷,购物方便,居住舒适。一条光洁如镜的高速公路从镇中穿过,镇子两边散落着几十户人家,超级市场、随处可见的邮筒、公用电话亭……葱茂的树林中隐映着一幢幢相隔甚远的尖顶阔窗的一楼一底单元式别墅。每户人家都围着木栅栏,显得格外幽静。从外望进去,绿茵茵的草坪后的落地式大玻璃窗和底楼下敞开着的车库里,都停着两三辆轿车。每家门前都有一个专门的信箱,屋前屋后,不是鲜花就是茵茵草地,简直就看不到人,大多时候只见一群群鸽子在空中飞翔,时时有悠扬的乐曲从这些屋子里弥漫出来,在空中荡漾。

罗斯福总统的温泉别墅距镇子三公里。外观很像华盛顿的白宫,不过规模小得多,人称小白宫。

早上十时。在总统那间宽敞明亮的书房里,罗斯福正安安静静地坐在皮扶手椅上,准备让女画家珍玛托芙为自己画像。最近一段时间,罗斯福总统因操劳过度,心律不齐,便听从了医生的建议,到远离华盛顿的乡间别墅作短暂的休息治疗。

这时,他的表亲莎克蕾和戴斗诺小姐站在一边和他聊天。总统刚洗了温泉浴,红光满面。他穿着一套配上黑色闪光背心的深灰色便服,领上结着蝴蝶结。这样,年届花甲的总统看起来一下年轻了好多,端坐皮扶手椅上,看不出腿上的残疾,显得潇洒、端庄、睿智,标准的大国领袖风度。

身材高大、仪态端庄的女画家珍玛托芙已在窗口摆好了画架。然后替总统披上了一件藏青色斗篷,便开始潜心作画。明丽的阳光好容易从窗前浓密的藤萝间穿过,从百页窗帘中透进来,绿荫荫的,在地毯上闪烁游移。总统的书房古朴厚重简洁,洋溢着一种深沉的学者气息。罗斯福的前面是一长溜雕刻着无花果图案的书橱,里面一层层地整整齐齐地摆放着一本本厚厚的书。他的后面,有一点距离,是一张硕大锃亮的办公桌。桌上摆着一部载波电话和一面插在一个镀金墩子上的美国星条旗。办公桌旁边摆有一长溜沙发。总统的书房又很像一间临时办公室,仅此可见,罗斯福是个勤于国事的总统。

“请你给我一支烟,好吗?”总统对莎克蕾小姐说,并做了一个抽烟的姿式。

“好的。”其时,莎克蕾小姐坐在窗前一把圈椅上编织着什么。戴斗诺小姐在专心致志地插花。莎克诺小姐快步走到沙发前,从放在茶几上的烟筒里抽出一支三五牌香烟,送到总统手里,再用打火机打燃点上。

“你看我这样可以吗?”坐在皮扶手椅上的总统抽了一口烟,问面对着自己的画家。

“好极了!”女画家举起手中蘸满了颜料的画笔扬了扬……她的话刚落音,西装革履,戴着眼镜,个子不高的秘书哈西特出现在书房门口。他急步进来,俯下身去,附在罗斯福耳边轻声说,“总统,马歇尔特使有要事求见。”

“啊?”总统抬起头来,看着秘书问,“特使是怎么来的?”他脸上的神情严肃了。

“特使坐专机来的。”

“好的。”总统已经完全明白了马歇尔此行一定有什么特别重大的事情。他点点头,吩咐秘书,“请特使进来。”哈西特出去了。

“对不起。”罗斯福看着女画家,满含歉意,“我有点要紧的事情,作画能否暂停?”

“当然可以。”女画家放下画笔时,同情地看了总统,心中暗暗地叹了一口气。总统的身体才刚好一些,事情又找上门来了!刚从中国回来的马歇尔特使乘直升飞机径直来温泉别墅,看来事情还非总统解决不行。于是,她同莎克蕾、戴兰诺小姐都停下了手中的活计,向总统告了辞。只见裙裾飘拂,她们像一阵彩云般地飘出了总统的书房。

“总统!”又瘦又高的马歇尔同哈西特一起进来了。他弯下腰去,同总统握了握手,“很对不起,在你休假的时候来打扰你。”马歇尔脸上满含歉意。罗斯福做了个要特使请坐的手势,随即将自己坐着的皮扶手转椅摇到沙发边。当他很娴熟地从皮扶手椅上移坐到沙发上时,马歇尔已坐在了他的对面。知趣的哈西特刚刚出去,年老的黑人女仆麦克达菲托着一个银盘进来了。她给总统的客人送来了咖啡。她太胖了,走得颤巍巍的。她把银盘搁在茶几上,取出两杯浓黑喷香的咖啡,一杯摆在总统面前,一杯摆在特使面前。麦克达菲知道,总统同马歇尔谈话时,两个人都喜欢喝又浓又黑的正宗的巴西咖啡。

“谢谢!”同往常一样,特使客气地向她点了点头。

麦克达菲咧着宽大的嘴憨厚地笑笑,摇着颤颤的碎步出去了。

“亲爱的马!”总统抬起头看着特使,脸上浮起一丝嘉奖的笑,“你的中国之行很成功。从蒋介石手中取回了我们急需的密码,彻底摧毁了日本人的‘白色魔鬼’制作基地。怎么样,还有什么问题吗?”

“是的。”马歇尔说,“我们这次对瓜儿岛的打击完美极了,‘白色魔鬼’制作地被我们彻底摧毁,多亏了中国人提供的密码。现在,日本人对‘白色魔鬼’由集中改为分散制作。制作地从沿海转移到了山区,对我们的飘炸也稀疏了。但是,‘白色魔鬼’仍在不断飘过来,对我国西部地区仍有很大威胁!”马歇尔说到这里,神态转为严峻,下意识地端起杯子喝了一口咖啡说,“我特意赶来,要向总统报告的是,现在,日本人深为一次次破译了他们密码的中国军统局的特殊能力有所畏惧。‘白色魔鬼’的指挥、情报搜集等全部停止了使用原有的密码。这样,我们可能又掌握不了幽灵般的‘白色魔鬼’!”

“啊,这个消息确实非常重要。”总统看着马歇尔,面露深思:“那么,即将战败的日本,在人力、物力如此匮乏的情况下,他们凭什么继续向我施放‘白色魔鬼'呢？他们既然停止了使用原来的密码，在短期内，他们用什么办法来评估这些'白色魔鬼'对我国的飘炸效果呢？日本人是最精明不过的，他们总不至于浪费资源吧？况且，他们根本浪费不起！"

总统对日本情况的熟悉，思维逻辑的缜密，以及一下子就能抓住事物本质的能力都让马歇尔深为佩服。他说："这正是我急于要向总统报告的。据中国军统局提供的消息称，日本人目前惟一评估'白色魔鬼'继续飘炸我国效果的消息来源，完全是我们的报纸。他们搜集我们的报纸对'白色魔鬼'的种种报道，从而研究、判断，得出结论。"

"我明白了，是我们的报纸充当了日本人的间谍，这的确是必须我们自己马上就要解决的严重问题。"罗斯福说时举杯喝了口咖啡，看着马歇尔问："你看我们是不是需要战时新闻管理法？"

"是的，总统，这也正是我今天赶来找总统的目的。"

"今天下午正是国会议员们在国会山开会的日子，你真是一个有心人。你是要我上国会山演说，让国会批准我的提议？"总统脸上浮起一丝睿智的笑容，可是，很快就凝结了。

"总统是担心国会不批准战时新闻管理？"

"是的。"总统毫不隐讳他的担心，"亲爱的马，你知道，在我国实行新闻自由，这是写进宪法的，涉及到人权，是一个最为敏感的话题。美国是一个自由民主的国家，而那些议员们，个个标榜为捍卫民主自由的斗士。因而，要实行战时新闻管理法，哪怕是暂时的也难，难的甚至比我决定参加一次世界大战还甚。我想象得出，国会山上那些疯子对我拍桌子摔板凳的样子！"

马歇尔低头不语，他似乎为自己为难了总统而满怀歉意。

"亲爱的马！"总统的态度很坚定，"为了美国的利益，我会摇着我的轮椅上国会山去说服议员们。我相信我的人民，我也相信议员们，我相信国会山会批准我的动议。"说着按了一下转椅上的暗铃。铃声刚落，秘书哈西特及时出现。

"总统先生，您有什么吩咐？"秘书哈西特问。

"我们立刻回华盛顿！"

"好的。"哈西特应声而去。

下午二时。华盛顿国会里座无虚席。西装革履的议员们都抬起头来，注视着呈扇形展开的会议厅里的“顶”。红色的地毯水波纹似铺向那里。就在红地毯上，矗立着一个金碧辉煌的讲坛。国会议员们得知，正在佐治亚州温泉镇休假的总统，赶回了华盛顿，就要登坛发表重要演说。

一阵清脆的铃声骤然响起。头上，乳白色天花板上，盏盏造形精美的橄榄枝形灯忽然灿灿地亮了。罗斯福总统端坐在皮扶手轮椅上，由他的黑人女仆麦克达菲推着出来，来到了庄严的讲坛上。面对西装革履的国会议员们，总统开始了演讲。他风度优雅、仪态端庄，语言生动、声音清晰。他的声音在圆形的国会大厅内的每一个角落响起。他严密的逻辑像一把张开的铁钳，让哪怕是最为难缠的政敌也在他有力的夹击下，不得不俯首称臣。

首先，总统分析了国内国际形势。他说，同盟国无论在欧洲战场还是在亚洲战场都取得了决定性的胜利，整个第二次世界大战胜利的曙光在即……这是全世界爱好和平的人民的努力。美国因其盖世无双的物力、财力、军力，在这场世界大战中作出的特殊贡献，为世界所公认。作为总统，他向美国人民，向在座的参、众两院的议员们表示感谢……情绪昂然的总统讲到这里，豪情满怀地高高地举起手来，伸出两指，做了个表示胜利的V形手势。他神往地说，语气中充满了诗意，“已经来到的1945年，即将以金色的大字镌刻在人类的历史上。因为，我们已经听到了以美、英、苏、中四大国为首的同盟国对德、日、意法西斯轴心国敲响的丧钟！”场上响起了经久不息的掌声。

讲坛上，坐在轮椅上的总统微笑着，向场上的国会议员们点了点头，话题一转。他说，但是，在胜利的前夕，我们决不能掉以轻心。他很技巧地讲到了在美国西部地区频频出现的日本人的“白色魔鬼”。在列举了这些日本人在太平洋彼岸施放的“白色魔鬼”的由来、危害以后，通报了日前取得的一场伟大胜利：由第七舰队航空母舰起飞的强大的美国空军，一举摧毁了日本人设在四国海滨瓜儿岛上集中制作“白色魔鬼”的秘密基地。这时，场上掌声又起。

“但是！”总统的神情又转为严峻，他说，“日本人并没有住手，他们将‘白色魔鬼’制作地从沿海改在了隐蔽的山区，继续对我施放威胁很大的‘白色魔鬼’。现在又到了春天，我国西部森林区到了火灾危险期，如果让日暮途穷的日本人再对我继续施放‘白色魔鬼’，而且日本人完全可以在这些‘白色魔鬼’上再安上细菌弹、化学弹，在我国西部地区继续飘炸，情况将变得更为严重。其实日本人的'白色魔鬼'并不可怕，可怕的是我们自己。现在是我们的报纸为日本人充当了间谍！"全场大惊。只听总统言词激动地继续说，"因为日本人再也无法使用密码，他们正是通过我们的报纸搜集到了'白色魔鬼'对我西部地区实施飘炸的效果而受到鼓励。一旦我们断绝了日本人的这个惟一的信息来源，他们必然会停止制作'白色魔鬼'，必然会停止使用这个可怕的武器对我继续攻击。在此，我慎重请求，国会批准我破天荒地在美国历史上第一次实行战时新闻管制法！我以总统的名义保证，一旦战争终止，新闻管制法同时终止！"

总统亮明了主题。国会圆形大厅里的每一个角落，都震响着他洪亮的声音。罗斯福总统的声音里，表现出了一种胜利在握的自信和钢铁般坚强的决心。

沉默。国会大厅里短暂的沉默之后，响起了掌声。先是稀落的、微小的掌声，似乎有些犹豫。随即，议员们似乎都从沉思中清醒过来，认定了这是伟大的总统在特定时刻的一个伟大的决定，掌声轰响，海潮般地从国会大厅里的每个角落刮起。一致通过了。哪怕就是最爱挑剌的议员也没有对总统的这个动议提出反对或置疑。

"感谢你们！"意志坚强的罗斯福总统完全没有想到事情竟会如此顺利。他仅说了这么一句，声音就哽咽了。在热烈的掌声中，年老忠实的黑人女仆麦克达菲走了上来，将坐在皮扶手轮椅里的总统推着缓缓而去。

纪元进入了1945年春天。第二次世界大战的庞大齿轮还咬噬着、快速地向前转动。欧亚两大洲仍然漫卷着战争齿缝间挤轧出来的烽火硝烟，腥风血雨。不过，战争的刀柄已捏在人民手中，刀锋已指向了残酷的德、日法西斯。

在欧洲战场，苏联红军已开始战略大反攻。百万苏军在名将朱可夫指挥下，像一道铁流，以摧枯拉朽之势，将不可一世、号称天下无敌的德军逐出了整个欧洲，并与跨过易北河、挥师东进的美英盟军在柏林胜利会师。"战争狂人"希特勒及他的那帮纳粹党羽已成瓮中之鳖。

狂肆亚洲和太平洋的日本帝国，在以中美为首的反法西斯力量的沉重打击下，节节败退。占整个日本陆军总数四分之三的师团深陷中国大陆，犹如恶狼掉进了猎人的陷阱。特别是2月19日，强大的美军在距日本本土七百公里的硫磺岛成功登陆，从海、陆、空三面对守岛的数万日军进行无异于屠杀的立体战争……不可一世的日本帝国彻底崩溃的日子在即。

然而，2月20日这天，在东京郊外新任首相铃木的官邸里，似乎丝毫没有感觉出战争的气息。这是一个春光灿烂的日子。

铃木首相是个很爱好自然的人。一年四季，哪怕是雪花飘飘的冬季，只要首相在家，二楼上，他那间书房兼办公室的窗户总是开着——首相工作累了，喜欢站起身来，推窗观赏院中风景。然而，在今天这样一个春光撩人的美好日子里，首相却一早就将自己关在书房里，门窗紧闭，这可是从未有过的事！

此时此刻，身穿和服的铃木首相两手交叉在胸前，面对着正面墙壁上那幅硕大的《太平洋及支那战争态势图》愁肠百转。《态势图》上，标志着美国和中国的一只只进攻箭头，可谓咄咄逼人。日本列岛已被美军团团包围。在中国战场，侵华日军八年来死伤200万人。现在，兵源枯竭，物资匮乏，军心萎顿，四面楚歌中的350万日军已成颓废之师。特别是，中国的蒋委员长因为得到大批美援，拟定了“白培计划”决定集中精锐师团，对日作战略大反攻。年初，为应付美军在太平洋上日渐凌厉的进攻，大本营决定在中国大陆实施“湘桂撤退作战”。计谋多端的侵华日军总司令冈村宁次大将，为掩饰日军全面退缩，抽调兵力回国坚守本土的战略企图，集中兵力，在中国湘桂线进行了最后最猛烈的一扑。然而蒋介石也不示弱，集中了从缅甸境内抽回的数十万精锐部队，在美国空军配合下，无论在兵力、火力上都占了绝对优势，给参战日军以重大杀伤，不仅收复了独山，取得了湘桂线反攻战的胜利，并一路穷追猛打，一鼓作气收复了南宁、柳州、桂林等重要南方军事重镇。在共产党活跃的广袤的日军占领区，八路军、新四军、游击队更是活跃得如野火燎原，无论白天夜晚，主动出击……

铃木一时感到神情有些恍惚。这位参加过日俄战争，德高望重的老英雄，是在小矶国昭引咎辞职之后，被陆军大臣河南等要员举荐，经裕仁天皇批准新上任的。他们希望他能力挽狂澜。铃木这时苦思冥想。他在他饱经沧桑的生命历程上反复过滤，看能否找到一条挽救日本帝国灭亡命运的锦囊妙计。

铃木现在的心理是阴暗的。他把门窗关紧，是想清静，是为了沉思，更是一种下意识的防范动作，暴露出了他内心的紧张、恐惧。作为首相，他多么希望，此时此刻也能像关紧窗子一样，把整个日本的大门关紧。

然而，一缕春天明丽的阳光还是透过落地长窗上的浅网窗帘，钻了进来，在首相书房内一尘不染的榻榻米上跳荡游移，编织出一个个奇怪的图案。

铃木首相确实相当老了，满头白发，脸上的皱纹像核桃壳似的。惟有他那双鱼钩似的寿眉显示出些不凡。他身材瘦小，不过站得端端正正的，很有些武士道精神。宽袍大袖的和服穿在他身上并不显出儒雅，反而显得有些滑稽。不知是他因为站得太久了，还是思想上的压力过于沉重，年高的铃木首相身躯有些向前佝偻，很可怜。他伸出了手，摸着自己横过唇上的一把银白胡子，摸过来，拂过去。整个看去，铃木首相很像是中国古代一个穷困潦倒、湖畔苦吟的诗人。

铃木首相终于摇了摇头，发出一声喟然长叹：啊，在我所经历过的炮火连天、惊心动魄，事关日本帝国生死的日俄战争中，以及在有籍可查的日本战争史中，从来没有出现过像今天这样危急，这样糟糕的局面啊！

这时，门外走廊上响起了木屐声。铃木首相应声抬起头来。

"首相！"门外响起侍女轻柔的声音。首相轻轻咳了一声，推拉门轻轻开了，侍女站在门外，立刻深深地弯下腰去，给首相鞠了一个九十度大躬："首相，草场将军奉你的命令来了。"

"那就带他来吧！"首相说时，厌烦地皱了皱眉。

"是。"侍女又向首相鞠了一个大躬，轻步而退。

铃木步出书房，站在楼檐下，极目注视着楼下花园边上的第五棵塔松处——侍女将在那里出现，去塔松掩映着的接待室里带草场将军。侍女出现在花园中的曲径上，她踏着木屐，上身朝前倾，迈着快捷的碎步向前走去……很快，草场少将从接待室里出来了，跟着侍女向这边走来。阳光下，只见草场身穿笔挺的黄呢将军服，脚蹬黑皮靴，手戴白手套，腰挎战刀，迈着军人的步伐，走得雄纠纠的，好象陶醉在他的飘炸美国的梦中。想象着立刻就要由自己一句话击碎草场将军的梦，想象着这个前首相小矶国昭的亲信，自以为是的帝国最高科技长官等一会就要表现出的惊愕、气愤和无奈，首相心中不禁涌起一种不屑的近乎恶毒的快意。

年岁已高的铃木首相，一旦有什么事，不管是大事还是小事，只要进入了他的视野，他认为需要解决而又未解决，他就会对此事对此人耿耿于怀。

他同前任首相小矶国昭在历史上并没有什么成见。但铃木对小矶国昭还是一肚子气。首先是因为他一上任就捡到这个烂摊子，虽然平心而论，这不能怪前首相，但这烂摊子毕竟是从小矶手中接过来的，他觉得自己沾了霉气。其次，他认为小矶国昭做事很不谨慎，这对一个日本首相来讲，是极不应该的。最明显的例子就是，小矶国昭竟然接受一个近乎"疯子"气象学家荒川的异想天开，去制造什么"气球炸弹"飘炸太平洋彼岸的美国！而且，竟在帝国物资极端匮乏的情况下去实施，且坚持了一年有余。

铃木首相是个守旧的人。年前一听说此事，便差点气炸了肺。作为皇亲的他，在陆相河南惟几和陆军参谋长梅津等人支持下，本来想去天皇面前告御状，制止这种荒唐的行为，但当时报纸上正连篇累牍报道气球炸弹飘炸美国成功！大肆宣扬草场和气象学家荒川的"赫赫战功"。知道前去告御状会自讨没趣，便暂时打消了这个念头，把一腔不满咽进了肚里。

年前，他上任伊始就想立即制止草场他们干的这桩无异于儿戏的"气球战"，可是在他征求军方意见时，竟受到海军大臣米内和海军军令部参谋长丰田反对。昨天，他在首相府再次主持召开了最高战争指导会议。参加会议的是"核心内阁六人团"。除他以外，有外交大臣东乡、陆军大臣阿南、海军大臣米内、陆军参谋长梅津和海军军令部参谋长丰田。

"在目前形势下，"铃木端坐主持席上，环视了一下众人，说，"在座诸位负有上对天皇，下对帝国全面负责的重任。今天我们首先要研究的一个问题是，在帝国目前物资极度匮乏的情况下，大本营科技课课长草场将军负责的对美国施放气球炸弹一事是否应当立即停止？这是多次议而未决之事。不能再拖了，我想再听听诸位意见，将此事确定下来。"

在一种肃穆的气氛中，首相喑哑、苍老、低沉的声音刚刚消失，陆军大臣河南惟几霍地站了起来，很冲动地说："早该停止啦！草场那家伙每月向太平洋那边放一千多个气球究竟是干了些什么？这是多大的浪费？"为了表示对此事的藐视，陆军大臣在气球后面没有加"炸弹"二字。他说，"草场那家伙原来还可以拿美国报纸上的报道来证明他们是有功的，而近几个月来连一点反响都没有。我以为,这些气球是不是放到美国去了都是个谜!这不是拿帝国极端匮乏的财力物力人力作无谓的试探吗,这不是形同儿戏吗?”

向来附和陆军大臣的梅津立即表示同意阿南的看法,连向来遇事持重的外交大臣东乡也略为沉吟后点了点头。米内和丰田沉默了很久,没有表示反对意见。他们的观点虽然向来与陆军对立,但在这个问题上,他们确实再也找不到反对的理由。战争局势是如此险恶,国内财力是如此衰竭。钢铁、造船业等战争的支柱工业生产和制造业急剧下降。国内,百业凋蔽。与前一年相比,飞机制造仅及其一半,钢铁生产仅及其四分之一,成年公民每天只能配给大米六两,市场上物资奇缺,物价飞涨,有些地方的工人起义罢工反战,怨骂天皇。日本政府年初提出的《国力之现状》承认:民心对指导阶层之信任,渐有动摇之倾向。就是现在,他们这个“大六人团”喝的也是粗茶。铃木看海军大臣米内阴沉着脸不吭声,便有意问了一句:“海相对此有什么不同看法吗?”

米内,“我以首相之意为是。”丰田立刻说,“我也是。”

回忆到这里,草场将军已上楼来了,在铃木面前“啪”地一个敬礼。

“请吧!”铃木首相挥手示意。他们相跟着进了书房,在榻榻米上对面盘坐。侍女送上清茶后轻步而退。

“真是对不起,只能用粗茶招待你。”首相很客气,端起茶杯,做出一个请茶的姿式。铃木在待人接物上,表面上总是客气的。

“作为下属,看到首相喝这样的茶,心里很难过。”草场遵命似地喝下一杯茶,在首相面前低下头,一副谢罪的姿式。

“草场将军!”首相立即转入正题,他挺直身姿,看着大本营科技课课长,脸上的神情凛然了,“我要你来,就是正式通知你,从即日起,你负责的对美飘飞气球炸弹一事停止!”

“啊?”草场将军果然是闻言很吃惊,抬起头看着首相,眼镜片后透出的神情与其说是惊异,不如说是痛苦。草场当然不敢明确地表示反对,他只能含蓄地申辩:“那么帝国还拿什么武器去回击对我日夜狂轰的美国人?”

“有!”铃木首相回答得很大声。他虽年高,但思维还不乏敏捷,他显然对草场将军这句诘问很不高兴。首相气愤地从和服的宽袍大袖里伸出一只瘦骨嶙峋的手挥舞着,加重语气,近乎咆哮道:“帝国仍然强大。我们还有350万军队，有一万架飞机，有3300艘特攻船舰……我们有一亿国民。为了天皇，我们可以'一亿玉碎'！我们有武士道精神，我们可以杀身成仁！"

"对不起首相。"草场没有想到自己一席话竟惹得首相大动肝火。他向首相深深鞠躬致歉后，便急切地、尽其可能详尽地报告了气球炸弹在对美国，特别是对西部地区进行轰炸的成果和对美国造成的威胁。他希望首相收回成命。然而，首相表现得相当冷漠、固执。在草场将军声泪俱下地报告、请求时，首相是耐着性子听完的，却又双目微闭，如老僧入定。

"我不需要估计，我需要的是事实！我需要你拿出这段时间你们的气球炸弹给美国造成毁损的事实根据。"草场将军的话完了，铃木首相一副长长的寿眉抖抖，睁开眼睛，看着草场，目光很冷。

"对不起，首相！"草场又赶紧解释，"因为中国军统局破译了我们的密码，我们现在对气球炸弹驭炸美国的效果只能从美国人的报纸上去搜集。"

"而现在美国人的报纸上对你说的气球炸弹情况没有只字反映。"

"可能是美国人对我们进行了消息保密，报纸上封锁了这方面的报道。"

"情报需要事实，排斥可能！"首相的声音又严厉了，带有教训意味，"美国是一个崇尚民主的国家，他们不可能搞新闻封锁，你不要给自己凭空找根据。"

"但是，战争期间他们可能例外。"草场急了，硬顶一句。

"我比你了解美国！"首相厉声喝止了大本营科技长官的絮叨，霍地站起身来，手一挥，"执行吧，草场将军，这是核心内阁的决定！"这一声断喝，使草场如被雷击。啊，看来，连向来支持自己的米内和丰田也改变了主意，倒向了陆相他们。而这时首相背对着他，站得笔挺，面对窗子，草场将军知道，这会儿首相绝无容他再说半句话的余地。草场将军给首相深鞠一躬，缓缓直起身来，向外走去，陡然间像生了大病、抽了筋。

## 首先为天皇玉碎的草场将军

1945年8月9日夜。

东京郊外夜幕笼罩的首相府寂如坟场。

“啪!”铃木首相开了灯,门窗紧闭的书房里顿时像洒上了一层寒霜。他独自端坐在榻榻米上,偷偷拧开了放在面前的收音机。

“美国之音、美国之音!”收音机里传出一个女人娇滴滴的声音,说一口标准的日语。在一阵日本民谣过后,她开始播送美英中苏刚刚达成的对日宣言《波茨坦公告》:“美利坚合众国、不列颠王国和中国强大的地面、海上和空中力量已准备好给日本以彻底打击……充分使用我们充满决心的军事力量,意味着日本武装力量不可避免地彻底失败,同时也意味着日本帝国不可避免地彻底崩塌……”

《波茨坦公告》最后勒令日本立即宣布所有武装部队无条件投降,并对此行动诚意实行予以适当及充分之保证。除此一途,日本即将迅速完全毁灭!

“啪!”铃木首相听到这里,关了收音机,也关了灯。他静静地坐在黑夜里。门窗紧闭的书房里,他什么也看不见。然而,他的心穷极千里。他痛苦地看到,帝国正在呻吟、流血,正在可怕地深陷于万劫不复之地……

从2月算起,在硫磺岛登陆的美军,一周后将日本守军全歼,2月25日,东京始遭从太平洋美军第七舰队航空母舰上起飞和从中国四川省新津机场起飞的强大机群轰炸。宫内省和皇太后的住所被夷为平地。3月5日,马尼拉的日军全军覆灭。3月9日午夜刚过,上千架美军“空中堡垒”重型轰炸机掠过东京上空,像是滚过阵阵可怕的闷雷。美机在重工业区下町狂轰滥炸。一时,黑烟腾空、火焰滔滔。温度高达约两千度的气浪似刮过的疾风骤雨,轻而易举地吞噬了十三万人,并从地图上刮去了整个下町。接着,东京、名古屋、横滨、大阪、神户等日本重工业城市和政治经济中心都遭到大面积的毁灭性轰炸……

接着,美军强攻冲绳。在损失了战斗机2230架、11万守军全军覆没后,日本失去了本土以外的最后一块军事基地。但是,日军仍然顽强抵抗,拒不投降。8月5日清晨,一架美军轰炸机在广岛上空盘旋一阵后,随着一只巨大的降落伞从天而降,触地后天崩地裂轰然一声,一朵巨大的黑色蘑菇云从天而起,瞬间昏天黑地,万千柱火焰左冲右突……顷刻间,日本重镇广岛在威力无比的蘑菇云冲击下,人见即死,物化为灰。所有的物质在这些奇异火柱中完全毁灭——这是美国人在日本扔下的第一颗,也是人类战争史上使用的第一颗原子弹，炸死20万人，伤4万。炸过之后现场惨不忍睹。

三天后，莫斯科。苏联外长莫洛托夫召见日本驻苏大使佐藤，正式通知他苏联对日宣战。9日零时一过，强大的苏军突然对黑龙江对岸的关东军发起猛烈打击。在飞机大炮的掩护下，百万苏军分四路突入中国边境。在量和质都占尽优势的苏军猛烈打击下，关东军溃不成军。

看来，只有投降一条路了。否则，整个日本民族都会毁灭。可是，今天下午在皇宫地下室里举行的一次御前会议上，自己提出这个看法后，只有外交大臣东乡和海相米内支持，陆军大臣阿商、梅津参谋总长和海军军令总长丰田表示反对。没有办法，作为首相，他只好最后请圣明的裕仁天皇来裁定了。

门外走廊上，又响起侍女脚踏木屐走过的碎步声。

"首相！"门外传来侍女的低柔而清晰的声音，"时间到了，车已经备好了。"

首相开了灯，随即响起苍老暗哑的声音："什么时候了？"

"夜里十点正。"

"好吧！"首相走出书房，随着侍女往楼下走去。天皇定在今夜十点半钟在皇宫召见他们"大六人团"，对和与战作最后裁定。

提前五分钟，以铃木首相为首的"大六人团"已经在皇宫的地下室等候。有枢密院议长平沼骐一郎等四人列席。尽管地下室有通风设备，空气还是很闷。头上一盏日光灯在丝丝的响声中发出白惨惨的光。桌上没有花、没有茶水，大员们都正襟危坐，想着心思，一个个脸色惨白，闷不吭声，屋里静得一根针掉在地上都听得清。

一阵急促的皮鞋声由远而近，天皇来了，他们都抬起头来，聚精会神地看着地下室入口处。天皇在侍卫官的陪同下，一阵风似地进来了，站在桌子的上首御坐前。铃木等人赶紧起立，双手贴着裤缝，向天皇鞠躬。将军们身上的佩刀发出轻轻的叩碰声。天皇挥挥手，示意核心阁员们落座，天皇坐下来，目光望着正前方，好像望着虚空，也不说话。当铃木首相向天皇详细汇报了下午的讨论情况时，内阁大员们都情不自禁地望着近在咫尺的，他们心中的神。

日本历史上第124代天皇，44岁的裕仁，身姿单薄，坐姿笔挺，唇上留着一抹漆黑的仁丹胡。衣冠楚楚，竭力显出往常的傲气，但他那清癯、愁苦、疲惫的面容，很长时间没有修剪的头发，都掩盖不了他内心极度的紧张和恐惧。这不能不让在座的内阁核心大员们从心里感到冷。只有陆军大臣阿南那一双犀利的眼睛里闪过一丝不满,甚至藐视。

“是这样的吗?”当首相把上午会议上的两种不同意见说了后,天皇扫视了一下全场,说话了,声音很慢很轻,像是空谷来音,“在座诸位都是对帝国负有责任的人。请各位再讲讲自己的意见。”

外相东乡应声站起,他向天皇鞠了一躬后,矮矮胖胖,近乎秃顶了的他托了托眼镜,陈述了他赞成接受《波茨坦公告》的理由。“毫无疑问,”他最后说,“非如此,日本民族必遭毁灭。我们惟一坚持的一条仅是我国皇朝制不能改变。”

东乡刚刚坐下,海相米内立即站起,向天皇鞠躬后说,“《波茨坦公告》里没有提到这条。因此,天皇地位的确定不成问题。我支持东乡外长的意见。”

“我反对他们的意见!”米内的话还未落音,陆相阿南霍地站起。他脸也红了,筋也涨了,气急败坏地说,“帝国还有充足的国力、军力、战力、勇气。应趁敌犯我本土之机,一亿国民同仇敌忾,痛歼来敌。即使战至最后,一亿国民全部玉碎,然正气和大和民族之勇力必将响彻环宇!”说着,那张寡骨脸上热泪盈盈。

梅津参谋总长和海军军令部参谋长丰田应声站起,齐声响应:“我们支持陆相的意见。”

“首相的意见呢?”天皇挥挥手,示意几个主战派坐下。裕仁看着了铃木,一双忧虑深重的眼睛里闪过一丝希冀。因为不明白天皇的意图,老成持重而又善于逢迎的首相这才慢腾腾站起,对天皇深鞠一躬,说:“会议已经进行一个多小时了,遗憾的是达不成共识。但时局不允许我们有一丝一刻的拖延、犹豫。只好拜请天皇陛下作出圣断!”核心内阁大员们听首相如此模棱两可的话,无不感到吃惊。米内海相情不自禁地叫了一声,“首相,你——?”然而铃木却听而不闻,坐了下来。

全场的目光迅速在裕仁天皇脸上聚焦。

天皇的目光平视,也不看任何人,好像他这时候希望冥冥中的神能为其指点迷津。他好半天不吭声,只有一双平摊在桌上的手抖得不行。终于,天皇的喉结动了两下,茫然地站了起来。决定日本命运的时刻到来了。桌子两边的内阁大员们赶紧站起肃立。

“朕决定接受《波茨坦公告》!”说完这句,天皇摘下眼镜,用戴着白手套的手摩挲着镜片，语气沉痛地接着说下去，显然，天皇说这番话是经过深思熟虑的，“试顾吾国现状与列国形势，继续战争意味着民族的毁灭，延长人类的流血和残酷行为。我不忍目睹无辜国民再受苦受难，故此际惟有忍受一切，结束战争。”

“我想，让忠勇的军队投降，解除他们的武装，是难以忍受的事情。处罚战争责任者，因为他们也是尽忠之人，所以也是难忍之事。但是，要拯救全体人民，维护国家大政，对此必须忍受。当我回忆起甲午战争后明治天皇在三国干涉时的心情，我只能咽下眼泪，批准接受《波茨坦公告》。”事关重大的圣断下达了，此时此刻，已是十日零时。阿南等主战派将领趴在桌上，流下了伤心至极的泪。

翌日。在草场将军的官邸里，满面激愤委屈的的气象学家荒川博士和大本营科技课课长盘腿对坐在榻榻米上，隔几对饮。

“来，荒川君！”神情郁闷的草场将军，给满腹怨气的气象学家敬酒：“一年来气球炸弹飘炸美国卓有成效。荒川君对帝国是有功的。本来，首相否定了用气球炸弹继续飘炸美国之后，我想再次在大本营提出，现在看来，用不着了。”说着“咣”地一声同荒川碰了杯，不管不顾地一饮而尽。荒川放下酒杯时，看定顶头上司，希望他说完下文，可草场没有把话说完，只是不无痛苦地看了看腕上戴的表，“啪”地扭开搁在身边的收音机。

“滴滴！”收音机里，传出几声报时声后，传出了播音员和田信贤富有磁性的男中音：“现在是东京时间十二点正。这次播送节目极为重要。天皇要向全体国民宣读诏书，请全体起立。我们现在以尊敬的心情播送玉音。”草场和荒川赶紧起立，面向皇宫方向站得端端正正。聆听天皇玉音，这可是日本历史上第一次啊，荒川惊讶不已，看看草场，素来镇静的将军脸色惨白。

广播前，先播送了日本国歌《君之代》，国歌一完，广播里传出了天皇缓慢、沉痛的声音：“朕深鉴于世界大势及帝国之现状，欲采取非常之措施，以收拾时局，兹告尔等臣民，朕已饬令帝国政府通告美英中苏四国，愿接受联合公告。

“如仍继续交战，则不仅导致我民族之灭亡，并将破坏人类之文明。如此，则朕将何以保全亿兆之赤子，陈谢于皇祖皇宗之神灵……”

“作为军人，是我该为天皇玉碎的时刻了。”天皇的声音消失了，腰佩战刀，手戴白手套的草场将军脸上早已是泪水长淌。不用说，此时此刻，整个日本列岛以及还在中国大陆、在太平洋作战的日本军人全部震眩了、颤抖了。大本营最高科技长官抬起头来，看了看呆若木鸡的气象学家，深鞠一躬：“荒川君，别了！”说完，在一种极为悲凉的气氛中转过身去，迈着军人的步伐出门，面向皇宫方向深鞠一躬，将挂满了勋章的将军服挂在旁边的一棵樱花树上，在茵茵草地上缓缓坐下，解开皮带，撩开雪白的衬衣，“刷”地拔出战刀，按照武士道殉身方式，口中“嗨”地一声喊，双手执着刀把，只见寒光一闪，草场将长长的战刀深深地扎进了自己的肚子里。他忍着剧烈的疼痛，歪着脸，再顺势将刀锋向右用力一搅一带，“哗”沁着鲜血的肠子流了出来，淌了一地。在痛苦的痉挛中，日本大本营最高科技长官死了——他为天皇杀身成仁了。

这一切，气象学家全看在眼里。虽然这一切都是在意料之中，但发生在眼前，还是让他感到震惊。他就那样站在草场将军的榻榻米上，看着草场将军完成自杀的全过程，一时间，思维几乎完全停止。这一切来得太快太突然太刺激！是的，在这样的时刻，作为一个日本男人应该像草场将军那样壮怀激烈地去死，他魂不守舍，梦游似地踉踉跄跄来在将军殉身的地方，捡起地上那把血淋淋的战刀。战刀在阳光下闪光，还滴着血，很可怕。战刀“铛”地一声掉下地。荒川博士下不了手，他毕竟是个书生。他清醒了过来，把挂满了勋章的将军服从樱花树上摘下来，再弯下腰去盖在可怕的将军尸体上。

丧魂落魄的气象学家刚刚站起身来，只见将军夫人——面如死灰的典子来了。他对将军夫人鞠躬：“将军为天皇玉碎了。”

“让你费心了！”将军夫人向他深鞠一躬，“荒川君，请多多保重。”气象学家在一种极为悲戚的气氛中向将军夫人道了别，刚刚出门，听到背后传来一声沉闷的枪声。他像猛挨了一棒，没命地向前跑去。他知道，典子也自杀了。

# 第九章
# 远东国际军事法庭

## 东京大逮捕和自杀风

荒川头脑有些不够清醒。一早他便离开了暂居的海军省,像有鬼魂附体一般,在弹坑遍地,一片废墟的东京大街上游来荡去。他搞不清楚自己现在要到哪里去?其实,夜里他是决定了的,到下目町去,去同枝子告别。他知道,那里侥幸没有被美国飞机夷为平地。想来艺妓馆还在,枝子姑娘还在。

东京已被盟军占领。他已经接到通知,明天,他就要作为战犯上东京鸭巢监狱报道了。他又气又怕又恨。他不明白,自己这样一个小小的气象学家竟会被远东军事法庭列为战犯?虽然他这个战犯属于三等。

十天!以美中英苏等国法官组成的远东国际军事法庭的规定很特别,犯人在接到入狱令以后,十天之内自己去鸭巢监狱报道,而就在这十天内,全日本刮起了一个自杀风暴。在听到天皇宣读投降诏书当天,自己敬重的草场将军和他的夫人双双自杀。在中枢要员和颇有名望的将领们中,陆军大臣阿南惟几自杀。前首相兼陆相东条英机自杀未遂,被捕入狱。三任首相的近卫亲王服毒身亡。前帝国参谋总长杉山元帅、东部军区司令官田中静一大将、前关东军司令宫本庄繁大将等数十名高级将领在本土相继自杀身亡。在中国战区的安藤利吉大将、中村次喜藏中将、城仓义卫中将等也纷纷自杀……

抬起头来,怔了一下,自己竟不知不觉走到远东国际军事法庭来了,这是原日本陆军省的旧址。大门前,一溜排着两行美国宪兵,个个人高马大,头戴白色钢盔,身穿黄哗叽卡克军服,腰别手枪,气氛肃穆,显然在等候着什么。他们身后,散站着一些头缠白布的日本人,一个个神色忧戚,悄悄地议论着什么。这时,一长溜美式敞篷吉普车在阳光照耀下,顺着一片樱花林,很威风地开过来了。

开到门前,前面那辆车尚未停稳,车门一掀,盟军司令麦克阿瑟将军长腿一踮下了车。在他的后面,海军元帅尼米兹、中缅印战区前任司令官史迪威、继任司令魏德迈等一大批美国高级将领也下了车。接着下来的是中国代表徐永昌上将和英国、苏联、澳洲、法国、加拿大等同盟国的代表,大都是将军。

两边夹道的宪兵立正,向这些步入国际军事法庭的声名赫赫的将军们敬礼。走在最前面的盟军司令、美国五星上将麦克阿瑟边走边举起手来,向两边的宪兵挥手致意。在各国高级将领们簇拥中正向国际军事法庭走去的麦克阿瑟打扮得很随意、很特别,甚至带有几分玩世不恭的美国西部牛仔味。尽管天上有太阳,但毕竟是春寒料峭的二月,五星上将麦克阿瑟却只穿了一件黄色的衬衣,而且还敞开着领子,腰上斜挎着子弹带,弹带上斜插一把左轮手枪;嘴里叼根玉米芯烟斗。他的两只手高高举起向两边的宪兵们回礼时,一只手里握着一只黄澄澄油汪汪的曲柄手杖。而这会儿,荒川觉得,麦克阿瑟回顾时,那顶大盖帽下的一双锐利的眼睛正盯着自己,一闪,犀利如锥!这让气象博士心乱如麻,如芒刺在背。

麦克阿瑟等一大批高级将领们走进了远东国际法庭的大门。而这时,在前后美式吉普车的押送下,装载战犯的一辆美国大型军用客车接踵而至。从两辆吉普车上下来的美国宪兵,手执卡宾枪或手提式轻机枪,将观看的人群赶开一定距离,做好戒备。

这时,“哐啷”一声,一个美国宪兵上前,开了这辆军用大客车的铁门。先是从车上跳下几名头戴白色钢盔,手持卡宾枪的美国宪兵,接着一群甲级战犯走下车来——他们是首批被通缉的一百名甲级战犯中的十来名,都是元凶。

“东条英机!”荒川发觉背后有人喊出了声,声音里充满了切齿的怨恨。荒川知道,尽管周围大都是日本人,其中不少人至今对天皇忠心耿耿,血液中浸满了大和魂，但对于东条英机这个将日本民族推进了战争深渊的“铁血首相”，日本民众心里没有一点同情，而是充满了愤怒和仇恨。

在人们的切齿咒骂声中，东条在车门前出现了，表现得畏畏怯怯。他先在车踏板上站了一下，似乎在对下不下车有些犹豫，有些担心。他身着一套没有领章徽章的黄呢将军服，脚蹬一双黑皮靴，头上没有戴帽子，脸色苍白。阳光照射在他的脸上，他微微眯起眼睛，似乎自杀未遂枪伤未愈，他很疼。他这副样子似乎想博得人们的同情，他用右胳膊按着枪伤未愈的肚子，最终跳下车来，向前走了两步，似乎不肯甘心，停步四看，看着人们对他愤怒的表情。他脸上肌肉绷得很紧，唇上一撇黑黑的仁丹胡微微颤动。似乎想解释什么，摇摇头，谁也不再看，像一只受了伤的狼，大步蹿进门去。

与此同时从车上下来的战犯们，神态各异。陆军大将南次郎，身穿和服，满头白发，白胡须也没有剃。他两眼望天，迈着鸭步，缓缓进了大门。摘下军刀显得无精打采、干巴瘦削老头一个的陆军元帅畑俊六。大特务、陆军大将土肥原贤二这天穿一身整洁的西装，强作镇静。前首相小矶国昭和十天前还在相位上的铃木——这两个政坛上的冤家，尽管都这个时候了，还是不愿走在一起……

站在人群中的气象学家荒川对前首相小矶国昭有感情，对前首相招了招手。小矶国昭眼尖，居然也看见了人群中的气象学家，也向他挥挥手，惨笑一下，然后疾步往里走了进去。尽管荒川明天也要进监狱了，但此时此刻，看着自己尊敬的首相身陷囹圄，他还是心疼。十天前还身在相位的铃木出现在了眼前。身穿和服的他，一下变得苍老不堪，佝偻着身子，步履蹒跚……荒川看到铃木这副样子，心里不仅没有一丝同情，反而觉得有一种报复的快意。

接着从他面前走过的还有，在中国制造了“九一八事变”、杀张作霖、立溥仪、建伪“满洲国”，为帝国立下“赫赫战功”而获得飞速晋升的前陆相坂垣征四郎大将。有指挥日本大军杀进南京，置国际法于不顾，用30万南京人的1200吨鲜血洗去了六朝故都锦绣的陆军大将松井石根。坂垣是一副虎死不倒威的样子，走得横撇撇的，而松井手里竟捏着一串佛珠，一边走着，一边数着佛珠，口中念念有词，俨然一副放下屠刀、立地成佛的样子。紧跟在他们后面的是衣服故意穿得皱巴巴的梅津总参谋长和病病歪歪的海军元帅永野修身。

首批甲级战犯已经全部走进了远东国际法庭的大门。周围围观的人也已走尽了。荒川却忘了挪步。一种大厦轰然倒塌的悲凉感在他心中升起。他想象得出,这批帝国栋梁在远东国际法庭上被审判时的狼狈。他更知道,他们大都逃脱不了被判绞刑的命运。

“我也该走了!”荒川想,“我要到下目町去看枝子。”一段时间以来,为了帝国的命运,他很久没有去她那里了,虽然他对她昼思夜想的。也许,这是自己最后一次见枝子了,作为亡国的帝国国民,命运犹如草上的露水。

气象学家神情恍惚,他心里想的是赶快去下目町见枝子。可是,他却走到了皇宫外面。抬起头来,檐角飞翘,风铃鸣响,皇宫就在眼前。可今天,有不少美国宪兵守在门外。荒川不由得睁大了眼睛。这时,只有这时,他才发现,原来自己最担心的还是天皇的命运。气象学家是一个有学问的人,他当然明白,只要天皇的地位不动摇,天皇制不废止,日本帝国就可以死而复生。也就在这时,9月2日清晨,麦克阿瑟在密苏里号战舰上的声明,雷声一般在他心里震响起来。那是东京各报都作了详细报道的。那天早晨,在日本重镇横滨。在那艘以刚刚继任的总统杜鲁门的故乡命名的重达4.5万吨,长达800尺,装置有16寸大炮9门,各类小型炮几十门,火力范围达20里,足可象征强大的美国海军力量的、世界上最大的四艘战列舰之一的密苏里号,泊锚海港,虎视着过去帝国海军的主要军港——横滨。盟军在这艘军舰上接受日本的投降。当新任外长重光葵总参谋长梅津登上密苏里战舰,在麦克阿瑟等各国高级将领面前,双手递上投降书,受过“羞辱的五分钟”后,盟军司令麦克阿瑟发表的讲话,对日本人来说,上自天皇,下至平民,可谓字字句句在心:“我们各交战国的代表聚集在这里,签署一个庄严的协定,从而使和平得以恢复。涉及截然相反的理想和意识形态的争端,正在战场上见分晓,因此我们无需在这里讨论或争论。作为地球上大多数人民的代表,我们也不是怀着不信任、恶意或仇根的精神相聚的。

“……我本人真诚地希望,其实也是全人类的希望:从这个庄严的时刻起,将从过去的流血和屠杀中产生一个更美好的世界,产生一个建立在信仰和谅解基础上的世界,一个奉献于人类尊严能实现人类最迫切希望的自由、容忍和正义的世界。”

麦克阿瑟以庄严的语气读完他的演说词后,即命日本代表在投降书上签字。

重光葵代表日本政府签了字。

梅津以日本大本营名义签了字。

然后盟国代表签字。第一个签字的是五星上将麦克阿瑟,第二个签字是海军元帅尼米兹,他们代表美国。接着签字的是中国的徐永昌将军、英国的布鲁斯·弗雷泽将军、苏联的杰列维扬科将军、澳大利亚的托马斯·布莱梅将军、加拿大的穆尔·戈斯洛罗夫上校、法国的雅加·勒克莱尔将军、荷兰的赫尔弗里希将军、新西兰的艾西特将军。他们分别代表本国政府在日本的投降书上签了字。

"荒川君幸会!"一个熟悉的声音将气象学家从潜思中唤醒,下目町艺妓院的鸨母正在向他行九十度的鞠躬礼。

"啊,是妈妈呀!"荒川对在这个地方看到她很是惊异。他对她还礼时问,"枝子好吗?"

"枝子一直在等着你,荒川君多多保重!"下目町艺妓院的鸨母又深鞠一躬后,迈着碎步向皇宫前走去。看她穿一身崭新的和服和脸上的决绝神情,荒川一下明白了,这个下目町艺妓馆的鸨母是来为天皇尽忠、杀身成仁的。

"妈妈,你别这样!"气象学家高呼一声,却并没有挪动身子。然而,鸨母却头都不回,义无反顾地向前蹿去。他知道,决心为天皇杀身成仁的人是无论如何不会听劝的。荒川往前看时,不由得惊讶睁大了眼睛。只见鸨母和一个年轻的陆军少佐互相点点头,说了些什么,然后,双双匍匐在皇宫前的茵茵草坪上,向幽禁在宫中的天皇顶礼膜拜一阵。那些美国宪兵还未回过神来时,只见寒光一闪,那个陆军少佐已将一把锋利的匕首扎进了自己的心脏,与此同时,下目町鸨母将一把毒药塞进了嘴里。两个人很快地在茵茵草地上痛苦地扭动起来……

荒川见到这种惨状,不由得长长地叹了一口气,暗暗说,这是何必呢?天皇还在。麦克阿瑟的讲话不是已经表明,天皇不会被送上军事法庭!天皇制只要不被废止,这就够了,一切都是有希望的呀!然而,他知道,即使他这会儿在这里搭上一个讲坛,口吐莲花,宣扬不必自杀的道理,也不会有谁听他的。武士道精神浸透了日本人血液，刮起的自杀风看来还会漫延下去，连皇宫前也成了国民表演自杀的场地。

“呜——！”守卫在皇宫门前的美国宪兵报了警，一辆白色救护车拉着长长笛声风驰电掣而来。车门开处，几个身穿白衣的医生、护士从车上抢步而下。可是迟了，他们从草地上抬起两具正在慢慢冷却的尸体。

到处都在逮捕，到处都在自杀，到处都在枪毙战犯……想着自己不可知的命运，气象博士荒川不寒而栗，头脑已是一盆浆糊。只有一个念头在下意识地闪烁：到下目町去，快投到枝子温柔的怀抱中去。于是，他又转过身去，向着下目町方向走，走得踉踉跄跄，梦游似的。

## 此恨绵绵无尽期

神志有些恍惚的气象学家荒川，一踏进下目町艺妓馆，人就清醒了，直觉得心怦怦跳。马上就要见到心爱的枝子姑娘了！久违了，他不禁在心中暗暗喟叹一声。像有尖刀从心上划过，他的心在流血。仗打成这个样子，日本就要亡国了！他觉得有些羞愧，感到没有尽到责任。因而，在门前他有些徘徊——由他发明的、赖以骄傲的、对美国人发动的气球大战无疾而终，这对作为气象学家的他，是个莫大的打击。接下来的日子更是恐怖的、血淋淋的、无望的，一颗心犹如在阴暗的牢狱里潜行：他的顶头上司草场将军，在天皇用那暗哑、苦涩、无奈的声音宣布日本战败、向盟军投降之时便杀身成仁……刚才，在皇宫门前，又亲眼目睹这个艺妓馆的妈妈为天皇尽忠……然而自己在国难之时不仅不去死，反而来找自己心爱的女人！荒川是个有才华的气象学家，性格上两重性，虽然他现在从内心里在谴责自己，但真要他去为天皇而死，绝不可能。

不到四十岁的气象学家，在下目町艺妓馆门前春天明媚的阳光下抬起头来，惬意地眯起眼睛。多么好呵，春天！多么好呵，生命！他站在门槛前，久久地打量着这里。好像是一个贪馋孩子，将一块又香又甜、垂涎已久的蛋糕拿在手里，却又舍不得立即吃下，要先看先闻先把玩一番似的。

战前,下目町艺妓馆就有些名气。不仅是因为这里的环境,不仅因为这里的五名艺妓,个个色艺俱全。更让人不可小视的是,这里的姑娘卖艺不卖身。当然,姑娘们对她中意的男子例外。她们完全有处理自己身体各个器官的权利。而且,男人们来这里仅仅是欣赏姑娘一个晚上的歌舞,所花的费用,就比在一个中等的妓院搂着一个姑娘睡一夜还要贵。尽管如此,对这里趋之若鹜的还是大有人在。当然,来这里的男人都是很有些层次的。

枝子是这个馆里身价最高的艺妓。荒川很幸运,得到了枝子的青睐。得到了她灵和肉的全部奉献。他整个地占有了她,她也是心甘情愿地被他整个地占有。在荒川的眼中,这里就是他的家。

然而,今天,对这里异常熟悉的气象学家站在门口,还是立刻看出了异样。春天的阳光下,下目町艺妓馆甚至更美了一些,完全没有遭到这场战争的破坏,这不能不说是一个奇迹。但这会儿,极度的死寂却尽情地传达出了一种苦涩、凄清、荒凉的意味。一眼望去,深深的庭院还是那般整洁。一条碎石小径,从门槛下始,曲曲弯弯地伸向院中的假山下。玲珑有致的假山上,虬枝盘杂的青藤构成了一只飞翔的仙鹤——这无异是院中一座"屏风"。转过"屏风",就可以看见檐廊下,枝子姑娘那间动人的堂舍了。

曲径沟通到"屏风"后,在那儿打个顿,变成一左一右两条小道,向两边辐射而去。小路两边,排列着整整齐齐的油绿冬青。冬青两边,是两块格子式小花园。花园里,各种花朵开得很是可人。小路尽头、檐廊下,那四间相对独立、白壁粉窗的堂舍这会儿全都关闭着。与枝子朝夕相处的四位姐妹哪里去了?往常,人尚未进门,那美妙的琴声、歌声就会像欢腾的小溪奔涌而来,现在这些没有了,都没有了。连那群素常在庭院上空绕来绕去飞翔、响着动听的鸽哨、翅膀上闪着金色阳光,像一群金翅鸟的鸽群也不见了。风吹过,惟有檐廊上那欲冲天而去的牛角似的檐柱上挂着的风铃,在清风中发出熟悉的、清脆的叮当声好像只有由它们出来迎接故人……

荒川情不自禁地叹了一口气,跨过门槛,低着头,沿着小径往前走去。走到假山前时,突然与假山后匆匆而出的龙本太郎撞了个满怀——他是这个艺妓馆的男主人。

"对不起!"荒川连连向太郎鞠躬致歉。

“荒川先生,你终于回来了!”身穿和服精精瘦瘦的龙本太郎对他的到来,似乎早在意料之中,又在盼望之中。太郎是鸨母的丈夫,参加过日俄战争,年届花甲,是个狂热的军国主义份子。满头白发,身体矮小瘦弱,但精神矍铄。

咀嚼着太郎“你回来了”这句话,气象博士直感到一道热流从心上汩汩流过。越是这样,想到刚才皇宫门前鸨母的殉生,心里越发难过。

“对不起。”气象博士又弯下腰去,难过地说:“刚才妈妈在皇宫前为天皇殉忠了。”

“我已经知道啦。”太郎说这话时,神情向往,语气平静,还带有几分骄傲、自豪的成份:“妈妈她不愧是大和民族的女人。不愧是堂堂下目町艺妓馆的妈妈。她同我艺妓馆里的姑娘们到天国去会聚啦!我已经接到美军管理所通知,这就去收殓她的遗体。”

荒川讶然,“那么说,馆里现在还剩下几个姑娘呢,枝子呢?”气象博士急切地问。

“是的,除了枝子,姑娘都走了,都为天皇杀身成仁了。枝子就是因为等着你,才没有去呀。”精瘦的太郎说这话时,那神情,好像对与她相濡以沫了几十年的老妻和几个如花似玉的年轻姑娘的自杀毫不足惜。好像她们并不是将生命作了无谓的虚掷,而是理所应当去死。就好像是她们踏青去了、郊游去了。语气中似乎对枝子姑娘没有为天皇杀身成仁,颇有些不以为然。生命的了结,在这个狂热的军国主义分子口中,比樱花树上掉下几瓣如血的樱花还不足惜。倒是对枝子没有去为天皇效忠而深感遗憾似的。

“这个艺馆就靠我撑持着啦。”太郎似乎从气象博士一丝不满的眼神中看出了“那你为什么不去死?”的含意,便如此解释。

“枝子在等着你啦。”说完这句,太郎对荒川鞠了一躬,然后,旋风似地刮走了。

目视着太郎精瘦的背影,置身于朗朗春阳中的气象学家突然感到一阵寒冷。不!不能死!要告诉枝子,不要再自杀,自杀的人够多的了。要枝子等着自己。虽然自己明天就要入狱,但仅是三级战犯,很快会出狱的,出狱他就娶了枝子……抱着这样的想法,他低着头,缓步绕过假山,上了走廊,看见了那熟悉的白壁粉窗。

“你回来了！”做梦似的，他刚刚走到枝子的堂舍前，那扇推拉门轻轻拉动间，一声熟悉的好听的问好声传进耳鼓。荒川不由一怔，只觉眼前一亮，门开处，身穿整洁和服的枝子姑娘跪在屋内榻榻米上，双手伏地，向他行九十度的鞠躬礼。

“我回来了。”荒川很高兴，一种终于回家的感觉，让他幸福得头昏脑涨的。他进了屋，枝子赶紧给他宽衣解带。

“对不起。”荒川在榻榻米上盘腿坐下，枝子跪在他面前，双手将一个凝脂似的瓷杯缓缓举至眉际，轻语道，“这个时候，只有用这种粗茶招待你。”荒川从枝子手上接过茶杯，一仰脖子，将一杯茶水灌下肚去，好似还魂了的他，这时感到又渴又饿。

跪在他面前的枝子仰起头来看着他，一双手下意识地举起，护着。好像预备着他将杯子掉下地来时，好伸手接着。她那双好看的星眸和光滑的额头上都闪着圣洁的光辉——日本女人在男人面前的那种温驯、体贴是世所公认的特征，在她身上表现得淋漓尽致。

枝子从他手上接过杯子时，柔声问，“你饿了吧？”

“这个时候还能有什么吃的？我这里带有几块压缩饼干。”荒川笑着，从身上搜出两块压缩饼干，拍在身边的矮几上，示意忙个不停的枝子坐到自己身边一起吃。

“请等一下。”枝子又曲了曲身，“我马上回来。”说着，动作麻利地穿上木屐，出去了。很快，当她进屋来，双手捧着一小碗雪白的热气腾腾的米饭，在荒川的面前敬了敬，“请用吧！”她将那碗米饭曲身放在他面前的茶几上，声音里有一种毫不掩饰的欣喜。说时，她变戏法似地，又递上一个碟子。碟子两格，里面盛一块咸萝卜干和一块咸鱼。在这种兵荒马乱、物质极为匮乏的时候，能吃上这种饭食，殊为不易，简直就是神仙过的日子。荒川并不问她是怎样搞到这些东西的，不过他体会她对自己的一片深情。看到枝子摆到自己面前的美味，他不由得想到了一个传诸久远的、中国二十四孝中一个《卧冰求鱼》的故事，不能不想到中国“以身饲虎”这个悲壮的成语……对中国文化有些研究的他相信，枝子不仅是把这些难得的美味奉献给了自己，枝子是把她的全部奉献给了自己。为了这一天，枝子一定准备了好久好久，而且，很可能她现在什么也没有吃。一股热浪不禁涌上荒川的心间。不过,气象学家作为一个日本男人，他并没有表现出怜香惜玉的表情。他只是定定地看着眼前心爱的女人,说,“那么,我们一起分着吃?”对于一个日本男人,能这样,也就算是表现了出了相当大的柔情。

“听话,快吃下去。”不料将近比荒川年纪小了一半的枝子,却用那双俊眼斜倪着在榻榻米上盘腿而坐的荒川，一副妈妈似的神情，装出生气的样子,“要不,等会我不理你。”说着,拿起他刚才放在茶几上的一块压缩饼干吃了起来,“好吃！”她哄骇子似地,“我最爱吃压缩饼干了,你快把饭吃了吧。”

“枝子,你瘦了。”为了不拂枝子的情意,也是为了掩饰自己难过的表情,荒川就像回了家,坐在妻子面前似的,不再客气,端起碗来,举起筷子,埋下头去,呼呼大吃起来,边吃边看枝子。

她定定地看着自己一副贪馋的样子,很满足。俊俏的脸上渐渐挂起了两个笑涡,犹如挂起了两朵好看的梨花。绒绒的睫毛下,一双又大又黑的眼睛,渐渐噙满了泪水。枝子明显比以往瘦损了些,然而越发显得清丽可人。二十岁刚出头的她,犹如一根带露的春笋。她很文静地盘腿坐在他面前,微微含笑看着他,一头丰茂的黑发往后梳过去,挽成左右两个对称的髻。她的颈子长长的,皮肤又白又嫩又细,凝脂似的。鹅蛋形的脸上,有棱棱的鼻、小小的嘴。她浅浅的笑,很动人很真诚。那笑,是从心里涌出来的,带有某种献身意味。绝非做作的,更绝非是职业性的,她是那般温婉！可是,她那副浸到鬓角的黑黑的秀眉,在微微颤动,这就泄露了她内心渴求的秘密。

中国有句俗话叫小别胜新婚。现在，他觉得他和枝子都有一种急切的渴望!这时,他已经将枝子献给他的美味吃完了。他将碗放在茶几上,作了一个示意。枝子赶紧站起身来,前去关上了推拉门。然后,睡在榻榻米上,将自己打开。

荒川一下扑了上去,压在她身上。枝子幸福地眯起眼睛,用一双修长的双臂,紧紧地搂着了他的脖子。

他们的嘴唇立即胶着在了一起。

当他的双手急不可耐地顺着她一双丰腴的大腿往她的腰际间摸索上去,就要解开她的腰带时,她一下紧紧按着他的双手,并低声抽泣起来。

“枝子,你怎么了?”荒川惊讶了,停止了动作,注视着身下的枝子。

“馆里就只剩下我了,妈妈姐姐们都去了。我觉得我不该……”荒川一听,一下性味索然,心情沉重起来,从她绵软的身上翻起来,坐在一边,喃喃地说,“刚才进门遇见太郎……”接着他把今天早上在皇宫门前见到“妈妈”为天皇殉身的经过讲了一遍。

“对不起!”看气象博士一下变得性味索然,心情沉重,枝子跪在他面前抽抽泣泣地说:“我不该在你面前说起这些,请你理解我的心情。”说着,跪着过来,一下伏到他的怀里,仰起头看着荒川,像一只依人的小鸟,“荒川君,你生我的气了吧?”

“没有。”

“请你不要生我的气。”她说,“我完全是为你活着的。”

“真的吗?”

“真的。”

“那你可要等着我!”

“你还要走吗?”

“我是要被同盟国逮捕、审讯的三等战犯……”

“我一定等着你。”枝子的声音虽然幽幽的,温婉多情,但内中很是坚定。

“我现在就要你。”荒川顺势将她紧紧搂在怀里。

“好,我立刻就给你,都给你!”

“你要干什么?”荒川情不自禁地松了手。

不知不觉间,已经是暮云低垂时分。枝子拉上了窗帘,屋子里光线骤然暗淡下来。早已欲火烧身的荒川喘喘的,向枝子扑了上去。

“你以往在我这里睡,睡得很粗。”枝子笑道,“今天我们细一些好吗?”

“好的。”说着,荒川大动起来。

到了后半夜,虽然几经折腾的他们都很疲倦,可是毫无睡意。很是满足的荒川博士睁着双眼,望着黑绒似的幕布。

用手抚摸着猫似倚在他身边全裸的她, 想了想说,“明天我就要入狱了。你一个人在目前状况下,可怎么生活下去啊?”

“我的生活能力是很强的, 荒川君, 你不用为我担心。你一定要多多保重!”枝子轻轻抚摸着他,好像是一个年轻的妈妈在抚慰骇子,再三嘱咐,“你可要多多保重啊！我会到鸭巢监狱看你的。”想了想，她又对他耳语般地说，“放心，无论如何，为了你，我不会卖身的。”听到这一句，荒川私心窃喜，身心又如大潮猛涨，他情不自禁地又伏上了她的身子。

他们就这样相偎相依，天亮以前才睡着了一会。八点钟，他们起来了。枝子服侍他穿好衣服，洗了脸，去厨下弄来了两个饭团。他们就着粗茶吃了饭团后，太阳升起来了，照得院子里明晃晃的。

“太郎没有回来么？”他有些不放心地问

“太郎猫一样，常常是一夜不归的。”

“那么，我就告辞了。”

“你多保重。我等你回来。我会到鸭巢监狱看你。”身穿和服踏着木屐的枝子姑娘将他送至门外作别时，深鞠一躬这样说。

“没人的时候，你可得把太郎的狼狗放出来啊！”荒川走了两步，不放心，又返过身来嘱咐自己心爱的女人。

枝子连连鞠躬。于是，气象学家转过身去，顺着弹坑满地、人迹寥寥的的大街向着鸭巢方向走去。“吱呀”一声，他听见，身后的门关上了。

上午十时。

太阳已经升起很高了。下目町艺妓馆一带还在沉睡。大街上也没有车过，好像这一带没有了人似的，静极了，静得怕人。只有街两边蓬蓬的绿油油的塔松，绵延而去的林带，茵茵草地和花丛中带着倦意的采蜜的蜜蜂，还有忽然蹿上天去的黄莺透露出一些生机，传达出这个住宅区曾经有过的温柔幽静富贵的气息。

这时，踉跄跄走过来一个身穿和服，身板精瘦老人，不用说，他吃醉酒了。他就是位于街尾那间下目町艺妓馆的男主人龙本太郎。昨天，他奉命去美军的下目町管理区，在老妻自杀书上签了字后，因心中苦闷，去附近一家全天服务的酒馆饮酒，饮得烂醉如泥。糊里糊涂伏在桌上睡了一夜。天亮了这才往家赶。

“枝子、枝子！”门关得紧紧，太郎用手捶门，捶得山响。可是，枝子没有应，按说，如果往日这时，枝子早就开了门。隐隐听出他临出门时拴在后院的那只德国大狼狗比特低沉凶狠的咆哮声。一丝不祥的预感涌上了心头。比特是只性情凶猛的雌性大狼狗,他是买来看院的,原来很乖。最近下了一窝崽,因为人都缺吃的,他便将比特的崽处理了——悄悄吃了。比特似乎知道似的,由此开始,时时兽性大发,不时想对自己下嘴。昨天他临走时,好不容易将它锁在了后院的一根铁柱上,可是没有给它留食物。它肯定饿极了。看样子是枝子放了它。放了的比特会不会出什么事?龙本太郎这时的酒完全醒了。

心中忐忑不安的他,从身上掏出钥匙开了门,一脚跨进去,顺手关了门。比特见了他,像做了什么亏心事似的,拼命往假山后跑,那么野性!哪里是只狗,分明是只狼!它跑到假山前,却又掉过头来,睁着一双绿莹莹的眼睛,贼眉贼眼地看着自己,很是不怀好意。龙本太郎只觉得一颗心就要蹦出嗓子眼来。他分明看见它糊了一嘴的血。

"嗨!"龙本太郎大吼一声,双手握着拳头,直向比特冲去。牛犊似的大狼狗毕竟作贼心虚,在发怒的老主人面前,一溜烟跑了开去。龙本太郎冲到了假山后,"啊"惊讶得张大了嘴,再也合不上了。

枝子死了,死得惨极了,她满身是血,枝子被该死的比特吃了——被掏光了肚腹。

"哎呀!"龙本太郎见状放声大哭,蹲下身去,口中喃喃:"枝子,你怎么能这样去死?你应该像妈妈和你的姐姐们一样,到皇宫前去死,去为天皇尽忠,去为天皇死呀!"龙本太郎恨极了凶残的比特,决定要它以命抵命。毕竟是参加过日俄战争的武士,他霍地直起身来,进了房间,出来时左手举着块香香的熏肉,右手握把寒光闪闪的利剑藏在身后。

"比特、比特、来,来!"龙本太郎举着喷香的熏肉走了过来,用亲昵的声音呼唤它。喷香的熏肉块对饿极了的大狼狗,其诱惑力是无可抵御的。它用一双狼一样的眼睛,盯着太郎举在手中的肉,磨磨蹭蹭地、很警惕地挨了过来。

龙本太郎将手中的那块熏肉高高地扔了起来。熏肉在空中划了个优美的弧线、就在"比特"一下高高地跳起来,用尖尖的嘴刚刚叼着空中那块熏肉时,只见龙本大郎握在右手,藏在身后的那把雪亮战刀一闪,脚步轻轻往外一纵间,当年日俄战争的老英雄来了个漂亮的大劈——雪亮的刀锋化作一道寒光,从比特右胯斜斜地射了进去。该死的恶狗猛地一抖,就从右胯到左胯被劈着了两截。一股臭哄哄的狗血喷身如雨……

## 国际军事法庭上的懊悔

囚室里,盘腿坐在榻榻塌米上看报纸的荒川感到有些累了,便从报纸上抬起头来,从铁栅栏里望出去。狭窄的走廊里不断游动着美国宪兵的身影。他们手握警棒,在牢房间来回睃巡,神情警惕。

正对面是堵高墙。高墙那面与这边一样——东京鸭巢监狱里关着大量的战犯。美国人凡事讲规范化。囚室大体一致:长八英尺,宽五英尺,高十英尺。高高的天花板上,一盏100瓦的大灯昼夜不熄。内有厕所,配有桌凳。靠壁,两张被褥叠得整整齐齐。这里,每室关二至四人,甲级战犯每室一人。

从入狱到现在,快四个月了。可是,自己却像被军事法庭忘记了似的,狱中,人越走越少,与自己同居一室的那个戴副哈蟆镜的家伙,是关东军731部队的少佐军医,因为在伪满洲国用中国人做残酷的细菌实验,上了一回军事法庭后,因中国大法官梅汝璈的强烈要求,被引渡回中国接受审判去了,室里就只有自己,没有人说话,整天除了看报就是寻思。这样的日子真不好过!他将几乎所有的时间都用来想枝子。

与枝子临别,在下目町艺妓馆的情景,恍然又在眼前。枝子她眉目传情,眼角堆恨。虽然她信誓旦旦向自己保证忠贞不二,苦熬度日,等他出狱。但她能等吗?他犯的是战争罪。自己何时能出狱呢?最终结果如何呢?他心中完全没底。不过,年轻,漂亮的枝子能对他这样,他已经心满意足了。枝子不是说过她要来鸭巢监狱看我吗?怎么都四个多月了,她却没有来,出了什么事情吗?他自认为了解枝子,如果正常,她会来的,然而她却没有来!心中正狐疑不定,猜测不已时,一道白光在眼前一闪,是美国宪兵送来了一份《基督教箴言报》。他鞠躬道谢后,将报纸拿在手中读。这份报纸上的内容都是从美国电传过来的,全英文,内容还算及时、客观、公正。

他先开始浏览大标题。头版头条一条通栏大标题一下引起他注意:《头号战犯东条英机自杀未遂》。这份沉甸甸的报纸,十二个版面,几乎全部刊登的是有关日本甲级战犯们的情况。

他又翻回头版，对报道东条英机自杀未遂那条通讯细细看下去。这篇通讯写得很生动。东条的成长过程、个性特征，历史上的罪迹，虽然都着墨不多，但都有点睛之笔。看后不仅印象深刻，而且不无启迪。

东条英机可谓日本的希特勒，不过模样不像，他是典型的大和民族武士道形象：长得矮小精悍，嘴上蓄一撮仁丹胡，目光灼灼，野心勃勃，还有一手凶狠凌厉的好剑法，行动如风，决策霸道果断。当然，不乏战略家的目光。他好像是连铁钉子都咬得断，是日本鹰派代表人物，鼓吹要用一把无坚不摧的武士道利剑砍出一个东方日不落帝国。他不惜将整个日本民族绑在战车上，沿着血与火的危险道路，不顾一切地轰隆隆地向前碾过去。东条的每一个细胞都浸透了法西斯毒菌，他是东条家经几代人努力，终于在日本历史那片封建主义、皇权主义、武士道精神和明治维新以后，日本急剧膨胀的经济、军事实力等等浇灌培植出来的一棵大毒菌。是东条英机最终把日本民族推进了第二次世界大战万劫不覆的深渊——当日本面临整个民族毁灭之时，他竟高叫“一亿玉碎”，为了实现他的理想、精神，一亿日本人在地球上毁灭，他甚至连眼都不眨一下。

东条英机是那段时期日本历史的必然产物。

东条英教是东条英机的父亲。清朝末年，新兴的日本帝国在打清廷、掠朝鲜、溃沙俄的战争中，东条英教南征北讨，成了日本的“英雄”，受到过天皇的嘉奖。“光荣退休”后，他把全部心思用在栽培儿子上。按中国哲语“天将降大任于斯人，必先苦其心志，劳其筋骨……”之精义，严格要求儿子。请著名武士日比野雷风教授儿子“卷天挟地”剑法。东条英机15岁开始，依次进入了陆军士官学校、陆军大学学习。1935年，如日东升的东条英机到了中国，任关东军华宪兵司令官兼警务部部长。在他父亲蹂躏过的东北，他像一把浸透了毒汁的利剑，闪着寒霜，终于脱颖而出。不到一年，死在他手下的爱国志士、抗日英雄就达5999人，逮捕、伤残的难计其数。1936年，关东军参谋长坂垣征四郎大佐调回东京大本营，其职由他接任。由此，他成了日本陆军少壮派不争的头。1937年，近卫组阁，入阁的东条英机竭力主张大举侵略中国，并在最短的时间内吞并中国。

御会上，有不同意见，甚至号称日本军界骄傲的海军大将山本五十六也认为大举进攻中国时机不成熟。身穿陆军大元帅服的天皇裕仁端坐御椅上，清癯的脸上闪过一丝犹豫。专程赶回去参加御会的东条英机霍地站起，竭力驳斥主和派、缓战派。为了显示主战的正确，他对日中两国的军事力量如数家珍，作了一个详尽的对比。

中国陆军180个师、46个独立旅、9个骑兵师、6个骑兵旅、4个炮兵旅、20个独立团、总兵力不过200万。

日本陆军常备21个师团，40多万人。战争爆发后，初期即可在常备兵的基础上，组织起35个师团，大约可达90万人兵力。作战第一年，即可以武装250万人，把其中的100万人拉到前线作战，不成问题……在军队素质上，尤其是在火力上，中国和日本相比，更是天壤之别。

中国军队装备很差，一般部队只有步枪、轻重机枪，炮很少，坦克更是微乎其微——这还是中国的中央军。地方杂牌部队装备更差，连步枪的型号都不统一，国内汉阳造步枪就算是好的。以装备比较好的新编步兵师来看，每师官兵10923人，步枪、骑枪3800余支，轻重机枪328挺，备式火炮、迫击炮43门，掷弹筒243具。缺乏重武器，炮弹子弹都不足，后勤支援能力极为薄弱。

日本陆军平时一个师团的配备是四个步兵联队，一个骑兵联队，一个山炮联队，一个工程兵联队，一个辎重联队。一个师团的兵力一般是22000人，战马5800匹，步骑枪9500余支。轻重机枪600余挺，各式大炮108门，战车24辆。战时，每个师团可补充战车、高射炮、探照灯，电讯设施等。还可以得到空军的有力支持，伤员可得到及时护理、战斗人员可增至30000人。

从海空军来比较，日本更显出优势。中国的海军，总排水量只有59340吨。大多是些小型兵舰。吨位最大的只有3000吨，最小的300吨，鱼雷快艇12艘。而且，这些极为有限的兵舰大都不适应作战要求。

日本海军总排水量190多万吨，仅次于美英，居世界第三位，且舰种齐全。空军，无论战机、飞行员的量和质都名列世界前茅，中国空军则几乎等于零……东条英机将日本与中国的军力对比完毕，坂垣和陆相杉山元、参谋总长闲宫院等主战派将领情不自禁为他鼓起掌来，表示支持。

天皇仍不放心，问参谋总长："若苏联大规模援华怎么办？"

闲宫院请天皇放心，说是："据可靠情报，苏联要对付德国可能发动的战争，不会大规模援华。"

陆相杉山元立即应声："我一旦派出大量军队进攻中国，一个月内可将中国击败，结束战争。"

近卫首相也表示支持进攻中国的意见。于是，天皇批准了参谋总部向华北派遣大军、进攻并首先领北平、天津的作战计划。同年8月13日，日本海军不愿陆军在中国独出风头后来居上，在上海寻衅挑起战争。15日，海军航空部队从九洲基地出发轰炸了南京，日本全面侵华战争爆发。

在影响深远的"卢沟桥事变"之日，东条英机大出风头，他亲自指挥关东军最精锐的"察哈尔兵团"，闪电般攻占了承德、张家口、大同等地。8月，他指挥部队，在重炮、坦克和飞机的协同下，向南口镇发起凶猛异常的攻击。一天之内发射炮弹近万发。一个团的中国守军连同全城百姓无人幸免。中国人的鲜血染红了东条英机的"顶子"。1940年，近卫第二次组阁时，东条英机升任为陆军大臣，成了朝中炙手可热的实权派人物。1941年10月18日，东条逼退近卫，兼任了首相，同时兼任了外务、军需、商工、文部大臣及总参谋长。真是应了一句中国话：韩相点兵，多多益善。东条英机实行法西斯专政，其势咄咄逼人，甚至连至高无上的"神"——天皇都感到了他的威力和压力，说："权力太大了好吗？"

东条英机却不管不顾，在他当上首相时的施政演说中说："以日本为工业国，以其他各国为资源国，则举东亚共存共荣之实矣。

"完成中国事变，确立大东亚共荣圈，以贡献于世界和平，为帝国既定的国策……"为了将日本三军变为杀人的机器，东条亲自拟定了《战阵训》规定："皇军军纪精髓，存于诚惶诚恐大元帅陛下之绝对精神……处于生死困苦之间，命令一下，欣然投身于死地……生当不受囚虏之辱！"东条英机就是这样，从思想上、组织上将日本全面绑上了战车。

同盟国逮捕日本头号战犯东条英机，是在密苏里号战舰上举行日本投降式后第九天，南京受降式后的第二天，即1945年9月11日。在各国人民和政府的强烈要求下，盟军驻日最高统帅、美国五星上将麦克阿瑟签署了逮捕东条英机的命令。

那是中午时分。一溜军车驶到东条的私宅前,嘎地停下后,从车上跳下约四十名荷枪实弹的美国宪兵,还有大批记者。在盟军总司令部美军少校克劳斯指挥下,宪兵们包围了东条的宅邸——这是东京近郊的濑四区,风景旖旎,环境幽静,幢幢高级住宅掩映在浓荫丛中。

东条的私宅门窗紧闭。这是幢一楼一底木质结构的别墅式建筑,具有浓郁的日本民族风格。

宪兵们把门敲得山响,然而,东条英机明明在家,就是不开门。其时,唇上留着一撮小胡子的东条英机身穿黄军裤、白衬衣,脚蹬一双黑统靴,故作镇静地临窗坐在他书桌前的那把皮转椅上,一根接一根地抽烟,额上却已流汗,神色紧张。

楼下,门越敲越响,越敲越急。东条不得不推开长窗,故作傲慢地探出头去,拿出昔日首相的派头,大声喝道:“你们闯私宅,这是犯法的。”

克劳斯将手中的逮捕令晃了晃:“开门,我们奉命来逮捕你。”

“没有日本政府的命令,我不与你们接触。”

“这个刁顽的家伙!”克劳斯忍无可忍了,将握在手中的左轮手枪一挥,示意部下砸门,上楼捕人。宪兵们一拥而上,砸开了门,推开前来阻挡的两个东条的卫兵。就在这时,楼上响起一声沉闷的枪声。东条英机开枪自杀,不过他

并没有死,子弹离他的心脏差那么一分。当满身是血的东条英机被送上汽车,去医院抢救时,面对一群记者,他竟硬撑着说:“我之所以没有对着头开枪,就是希望死后不至于血肉模糊,要你们认不出我来。我是行不改名,坐不改姓!”东条英机就是死到临头也嘴硬。

门“哐啷”一声,将荒川惊醒。抬起头来,只见一个熟悉的美国宪兵开了门,“你是荒川俊彦吗?”宪兵站在他面前,明知故问,手中捏着一张传票。

“是的。”荒川明白了,这个美国宾兵要带他去上军事法庭。他放下手中的报纸,木然地跟着宪兵往外走去……

上午十时。气象学家荒川站在了东京国际军事法庭的被审判席上。

国际军事法庭类似一个硕大、高级的会议厅。当荒川被美国宪兵押上有一道橡木栏杆的审判席站下时,他的对面,一排排座位里,已坐满了人。来自

各国的记者,约有上百名,都坐前几排。看他进来,记者们窃窃私语。

台阶下,靠右摆有一张桌子,桌后坐着一男一女两个美国海军军官,看来是担任纪录的。女的很年轻漂亮,佩上校军衔。男的军阶很高,是个少将,约四十多岁。他们都手抚着面前一个厚厚的本子,目不转睛地看着他。这让荒川暗自吃惊,我这样一个小小的气象学家,三等战犯,值得由他们这样级别的美国军官担任纪录吗?这时,法庭开庭铃声长长地响起。随着铃声,十一名头戴方帽,身穿黑色法官服的各国大法官依次而入落座,面向自己。荒川不禁又吃了一惊。东京国际军事法庭由十一名大法官组成。他们是:美国前陆军军事检查长、少将克莱墨尔,苏联最高法院军事委员、少将法官柴扬诺夫,中华民国立法院外交委员会主席梅汝璈,英国最高法院法官帕特里克,法国一级检查官亨利·柏奈尔,澳大利亚昆士兰州最高法院院长韦伯,荷兰乌德勒支市法院法官、乌德勒支大学教授罗林,印度大学法学教授巴尔,加拿大最高法院法官麦克杜格尔,新西兰最高法院法官诺斯克罗夫特,菲律宾最高法院法官哈那尼拉。

韦伯为首席法官。一般来讲,除非审判东条英机、土肥原贤二这样的甲级大战犯,十一名大法官是不会到齐的。审判我这样一个普通战犯,大法官们怎么会一齐上阵呀!那位端坐审判席中间,面对自己的西洋老者就是首席大法官韦伯了。

“你是荒川俊彦吗?”果然是他,首席大法官韦伯发问了。

“是。”一问一答的程序性过程完结之后,审判开始进入实质性阶段。

“你知道你所犯罪的严重性质吗?”大法官用他那双锥子似的眼睛着着荒川问。

“我犯了破坏和平罪。”荒川在这期间,经过学习,已熟知《远东国际军事法庭宪章》中规定的审判三种战争犯及量罪尺度等等:

甲:破坏和平罪;乙、违反战争法规及惯例罪;丙:违反人道罪。国际军事法庭以审理甲级罪为主,另两种罪可由受害国主庭审理。这倒是荒川私心期望的,因为在国际法庭受审反而会判得轻一些,如果弄到中国、美国这样的直接受害国去审,反而麻烦。要知道,法律也是人掌握的,在一种情绪掺杂下,法律的尺度相差很大。

“你服役的单位?”

“我没有应征入伍,我不是军人。”气象学家的这一句辩解引起了在场记者们的兴趣。记者们的议论声,声声传入耳鼓:“这是怎么回事?这不是国际军事审判法庭吗,怎么把一个普通气象学家也押到这里审判来了?”

“我说是嘛,看这人文质彬彬的样子……”法官摇了摇铃,法庭上安静下来。

“不错,你是一个气象学家,但你不是一般的气象学家。”大法官一针见血的认定,让荒川认识到了问题的严重性,“你是个军事气象学家。你被日本海军雇用,以一种特殊的方式参加了战争。而且,你在战争中的破坏作用,远胜于一个凶悍的师团。”然后,检查官们站起来,由大法官宣读对荒川的起诉书。起诉书中说,荒川在近八个月的时间里,对美国西海岸施放了9001个气球炸弹,对美国造成了重大的损失。

接着,大法官又传证人。坐在荒川对面的那个美国海军少将缓缓站了起来。啊,原来他就是自己的对手——美国西部防卫总司令乔治。荒川当然不知道,乔治今天坐在这里,不仅是来作证,而且有更深的意义。乔治已经调任美海军情报署署长。坐在情报署长身边的是他的助手玛丽。对荒川的审判结束以后,他们就要动身去中国,与中国军统局局长戴笠,谋求进一步的合作。

当辩护律师例行公事,滔滔不绝为荒川辩护后,大法官让庭警将荒川若干的罪证摆在了他面前。这些罪证大都是美国多种报纸上关于气球炸弹破坏性的报道……这些,在他一开始实施气球炸弹飘炸美国后就看到过的,并不感到稀奇,反而在内心涌起一丝骄傲。可是,当他知道,后期他的气球炸弹飘炸美国之所以没有反应,以致让内阁停止了他们的飘炸,是因为美国海军情报署从“支那”军统局那里拿到了破译有关气球炸弹的密电码后,有针对性地采取了相应措施。最要命的是美国暂时实行了战时新闻管制法,谜底揭开,让荒川心中暗暗惊讶不已,懊悔不已。

“该死的铃木混账老东西!”这时,他不仅没有一点对他罪行的懊悔,而是在心中切齿痛恨昏庸的铃木首相帮了美国人的大忙,如果让将美国炸得头痛的气球炸弹继续飘放下去,该有多好!

“荒川,你还有什么要说的吗?”大法官韦伯问他。他这才发现,就在刚刚面对那一大摊美国报纸沉思默想时,法庭上有关对他的的辩论已经结束。

"没有,我认罪服罪。"荒川狡猾,他态度很好,对以上犯罪事实供认不讳,但又辩解说,他只是一个气象学家,他只是受雇于日本海军搞科研,并不知道其中这么多细节及造成的罪行。气球炸弹之由来的根根底底,法官们并不清楚。他竭力做出一副楚楚可怜的样子。

果然,在坐的法官们并没有谁对他的辩解提出任何反驳及置疑。法官们要对荒川的量刑作一番商议。韦伯大法官的铃声又响,这中间有个短暂的休息。心跳如鼓的荒川紧张地注视着十一个身穿大黑法袍的大法官们站起身来,鱼贯而出,他也被宪兵带了出去。

当他被重新带回法庭后,大法官宣布全体起立。

"现在,宣布对荒川俊彦的判决结果!",全场鸦雀无声。

"鉴于罪犯犯罪事出有因,且认罪态度好。经本庭合议,现宣布:判处荒川俊彦有期徒刑一年,缓刑一年。退庭!"韦伯宏亮的声音在法庭内消逝了。法官们依次而去了。这一切,让荒川起初不敢相信是真的,直到人都走光了,他还一直木楞楞地站在被告席上,一动不动。原先他认为自己不判个无期徒刑就是万幸,却万万没有想到竟判得这样轻?实际上等于是宣布当庭释放。但当他清醒过来,确信自己已获自由时,他认为,之所以如此,一是因为自己善于掩饰;二是鸭巢监狱里关的战犯实在大多了吧,罪行比他大得多的人,多的是。

"你快走吧,法庭要关门了。"直到一个年轻的狱卒拍了拍他的背,这是个日本人,还对他笑了一下。他这才看清,偌大的法庭里只剩下了他和狱卒两个人。

"多谢关照。"荒川向狱卒鞠了一躬,开始慢慢往外挪去。他像一只被关久了的鸡,一旦放出笼子,不敢放开步子。他怯怯地踱出堂皇庄严的东京国际军事法庭,沿着三十级白玉石台阶缓步而下,陡然置身于灿灿的阳光下,不禁眯起了眼睛。

生活又回到眼前,尽管是战后的东京。当一辆没有载客的破旧的三轮车,从他眼前闪过时,他招手要这辆机动三轮车去下目町。他急着去找枝子。机动三轮车虽然破旧,但开得飞快,像一条春天发了情、勇敢往前冲的黑乌棒鱼——战前,东京已少见的这种落后的载人工具,现在却满眼都是。大街两边,不少的房舍楼堂,或弹痕斑驳或残垣断壁……街上,行人比前段时间多了些,但和战前不能同日而语。街上寥寥无几的行人,也无不步履匆匆……

“枝子,我回来了,我自由了!”荒川在心中呼喊道,“你不是想同我结婚吗,现在战争结束了,我们结婚,立刻结婚。”他的思想上出现了幻觉,似乎枝子正向他走来。在这春天的阳光下,枝子身穿和服,体貌姣好,白嫩的脸颊上堆着两个酒窝,一双大眼睛里汪着露水,眉似远山含情……

在破旧三轮车震耳欲聋的马达声中,下目町已遥遥在望,艺妓馆也看见了,荒川的心不禁狂跳起来。到了,三轮车在艺妓馆还未停稳,荒川就跳下了车,将一张大钞拍在车夫手里,也不要车夫找钱,就急忙跨进了艺妓馆的门。才多少日子,上次他来时那种冷清已不复存在。走在廊檐下,急骤的弦乐声、浪笑声像开埠的洪水,从一间间堂舍里冲出来,涌进荒川的耳鼓。荒川急步来在他熟悉的那间枝子的堂舍前时不由得睁大了眼睛,枝子不在了,他从这间堂舍并开的粉窗里望进去,看见了一幕熟悉而又陌生的风景:一个身穿和服,极为粗糙而粗暴的男人,正将一个艺妓——打扮得像个绢人似的陌生女人推倒在榻榻米上,随着那艺妓的嘴一努,那脸上长满疱丁的男人回过头来,看着窗外目瞪口呆的他,气冲冲地从女人身上爬起,走上前来,“砰”地一声关上了窗子,里面随即爆发出一阵淫笑声!

“枝子,枝子,你在哪里?”荒川着急万分,呼喊着枝子,在地上跺起脚来。

“啊,是荒川君呀!”艺妓馆的男主人龙本太郎听见喊声,从假山后急匆匆跑了出来。看见气象博士,艺妓馆男主人深弯下腰去,头久久没有抬起,一副谢罪的姿势。

“枝子呢?”一丝不祥的阴影在荒川心中一闪:“她不是说过要等的吗,她在哪里?”

“对不起,荒川君,艺妓馆已经全部换了人,没法子呀!”艺妓馆的男主人的话说得吞吞吐吐的,说出来的话,也完全是言不尽意,显然在回避什么!

“我在问你,枝子呢?”荒川直截了当地问,语气很冲,声音大得惊人。

“真是不幸得很。”太郎似乎中了枪弹似地一愣,这才慢慢地说起事情发生的详细过程,声音里充满了悲凉凄切。

当荒川得知枝子惨死的全过程后,两眼一翻,口吐鲜血,站立不稳,昏倒在地。

# 第十章
# 阴云笼罩着山城

## 在秘密夜航班机上

夜半时分,偌大的东京机场虽然还是灯火辉煌,但已寂然无声。白天的繁忙这会是看不到了,天很冷,寒风阵阵,渗入肌骨,恍眼看去,机场上几乎不见一个人。夜空中飘起密密的雨雪。除了机场中央那一团光亮外,一切都似乎沉入了寒夜。

然而,就在这个时候,黯淡的灯光中,只见一架美国海军的"海鹰"号四引擎飞机悄悄地从停机坪上滑出来,慢慢滑上了那条幽暗、闪着光亮的跑道。稍作停顿,便在长长的跑道上起跑。几分钟后,这架飞机突然加速、腾空而起,犹如一只巨大的鲲鹏,展开双翅扶摇直上。飞机飞上一万米高空后,机头开始对准中国的方向飞去。

这架巨大的、行动有些诡秘的飞机上只乘坐了六七个人。舱内是隔开的。现在,坐在前舱的只有两人,他们是美国海军情报署署长乔治少将和他的助手玛丽上校。坐在后舱的是乔治将军的副官、秘书、译员和卫官等。

机内灯光明亮,温暖如春,很舒适。飞机飞得很平稳,只有阵阵隐隐的飞机马达声。

"我们现在从东京起飞,到重庆,约三个多小时吧?"乔治将军问时,并不看坐在对面沙发上的玛丽,只是看了看腕上手表。

"是的,将军。"玛丽说,"可能要四个小时。到重庆已是天明,将军你将看到一个有趣的现象,日光同我们的飞机一起,向着夜幕笼罩的重庆齐飞。"

"但愿我们此行能像我们乘坐的飞机一样。"将军睿智地一笑,"让我们层层拨开黑夜的笼罩,迎来光明。"说时,脱去了雪白括挺的将军服,顿时显得洒脱了许多。玛丽以她女性的眼光看上司,时年不到五十岁的将军身材结实匀称,他随手紧了紧颈上系着的那条洒金玫瑰色领带,摆出一副开始新事业的架势。乔治将军此次是以美国海军情报署署长身份去中国,行动也是秘密的。其实,他身负重任。

行前,尼米兹元帅召见他交待任务时,语重心长地说,按规定,中美合作所在日本投降以后解散。这是全世界都关注的,不解散不行。首先,这次让他代表美国海军部去重庆,除解散中美合作所外,他得同梅乐斯一起,将所有剩余物资全部留给戴笠。

尼米兹特别强调,中美合作所解散只是一个形式,并不意味着美国海军就此同中国方面,尤其是军统方面的合作疏远了,而是恰恰相反——美国海军希望在更广泛更深的层次上加强同中国军统、中国方面的密切联系合作,以对付中国可能的赤化和苏俄赤祸的蔓延。为此,美国海军保证,将一如继往地向戴笠的军统局提供电讯、刑具、武器弹药等方面的系统供应,为军统培训间谍……

同时,美国海军准其中国军事方面所请,鉴于苏联红军占领了中国的工业基地东北,并用精锐武器装备中共军队的严峻现实,为了能让国民党军队抢占具有战略地位的中心城市和从日本人手上接过大量的武器装备,确保大规模内战爆发时,国民党军队在各方面都处于有利地位,决定立即动用在中国海面上游弋的美第七舰队部分军舰,替蒋介石将他远在西南腹地和刚从印支前线撤回国内的精锐部队火速由上海海运去东北。

为了感谢戴笠多年来与美国海军之间卓有成效地合作和对以后进一步合作的良好希冀,尼米兹元帅和海军部长福莱斯特让他带给戴笠一个口信,他们保证支持戴笠荣任中国的海军部长。这对中国军统局长,无疑是份指日可待的厚礼。美国海军部需要戴笠回报的条件只有一个:双方紧密携手的同时,不能让对中国军统情报能力深感兴趣,并期望从中插手的美国陆军和美国中央情报局染指！

“你抽烟吗？”玛丽笑着问了问将军。

“你先请！”将军做了一个随意的手势。玛丽从身旁的一个坤包里掏出了一包女性抽的可尔香烟。那指甲上涂着蔻丹的手，娴熟地剥开锡箔纸，从烟盒中抽出一根又长又细的可尔香烟，刚刚叼在嘴上，将军用打火机打燃火，递了过来，替她点了烟。

“谢谢！”

“不用客气。能为漂亮的女士服务，是我的荣幸，能让你作为我的助手去中国也是我的荣幸。你年前去中国是立了功的。”将军说时，也为自己点上了一支三五牌香烟。

玛丽上校一双天蓝色的美目透过从眼前袅袅升腾的烟雾，好像在注意打量坐在对面沙发上的上司，好像在这寂寞的长途飞行中，该找点什么话说。其实，她是在心中将将军和中国军统局局长戴笠做着对比。乔治少将长得不算漂亮，但身姿颀长而结实。一张长条脸上，五官过于分明，刀削似地，显得冷峻。眉棱下，有双见微知著的灰褐色眼睛。盯着人看时，有种穿透力，可以说入木三分。这会儿，单独与将军相处，玛丽才发现，严厉的上司在女人面前也会温柔，也会洒脱，也会诙谐。

乔治将军是天才的尼米兹元帅发现并提升的。前年，当日本海军放出气球炸弹飘炸旧金山，千钧一发之际，作为美国西部防卫总司令的乔治沉着冷静，挽救了旧金山，这便引起尼米兹元帅的注意，经过考察，发觉乔治做事肯负责任，忠于职守，行动精细秘密，是一个很合适的特工人才。因而，年前一手将他推举到了很重要的海军情报署署长职位上。而想到戴笠，玛丽上校的心中更有一种别样的滋味，就体力而言，别看戴笠长得没有乔治将军这般高大结实，其实是相当神勇的。中国人，往往是难以想象的，有些神秘……而明天一早，就可以看到戴笠了！

玛丽上校正处于遐想中时，一阵轻微的脚步声由远而近，让玛丽的思绪由悠远的想象走回了现实。她听出来，这脚步声是女性的软底皮靴在地毯上摩擦出的声响。很快，舱门外响起一声铃声，是送夜宵来的。将军说：请进！随即舱门开了，一位穿白色海军卡克军服的专机小姐来在舱中，笑容可掬地为他们送上了热气腾腾的咖啡和点心。

将军和玛丽上校很礼貌地说了声谢谢。

“晚安,将军、上校!”微笑的空中小姐向他们点了点头,轻步而去,顺手掩上舱门。将军一边饮咖啡一边抽烟。

“玛丽上校!”将军笑了笑说,“这是我第一次到中国去。第一次去同‘中国的希姆莱’打交道。在我心中,这个遥远的历史悠久的国度和戴笠这个人都很神秘。你能告诉我更多的有关这个国度和有关戴这个人的情况吗?”

“你怎么会感到中国和戴将军这个人神秘呢?”玛丽似乎对将军的感觉很有兴趣,关注着将军的神情。乔治将军沉浸在一种潜思中,不住地转动着手中的高脚咖啡杯。杯中浓黑的咖啡,在舱灯下泛着流动的光点。

“还是在我小时候,我就对古老的中国有兴趣。”将军说,“我看了很多有关这个国家的书,这个国家是了不起的。虽然近代落伍了,但是它悠久的历史和文明必然会孕育出不少非同凡响的人物。”

“你说是中国军统局局长戴笠将军吗?”玛丽上校打断了将军的话和思绪。

“中国军统局局长戴,也算是一个人物吧?”将军说,“他领导的军统,当初在落后得不可想象的条件下,仅靠几部破收发报机,居然就破译了日本军队企图袭击我珍珠港、日本海军飘炸我国西部的密电码!这样的手段确实是令人佩服,不可思议。为什么他具有那种超人的感悟力?我想,只有上帝才能知道。同样,我不解的是,为什么戴笠的官阶总是得不到提升?”

“啊,据我所知!”玛丽说,“戴笠在蒋委员长眼中的地位是很特殊的。就是在戴笠在南京鸡鹅巷刚刚搭建他的班子时,官职仅仅是蒋委员长手下的一个科长,但如同将军刚才所说,戴凭着几台破收发报机竟破译了日本人企图偷袭我珍珠港的秘密。中国方面及时将这个秘密告诉了我们,可惜,我们不信。直到戴笠组建起了他庞大的军统局,戴笠已经升任少将时,蒋委员长仍不时忘了戴笠的军阶,叫他戴科长。蒋委员长不是不重视戴笠,而是蒋委员长忘记了戴笠的军阶,这用一句话中国说叫灯下黑!”

“灯下黑?”乔治将军咀嚼着这句具有哲学意味的中国话,看着玛丽,不能不承认助手对中国情况的熟悉。

乔治将军看来是同意助手对戴笠这个人的分析，不禁点点头，“你说得对，‘中国希姆莱’在蒋委员长心中的地位，决不是他的军阶可以等同的。中国大规模的第三次内战在即，在对付共产党上，戴的作用是无人可以取代得了的，蒋委员长必将越发重用他。他的前程是很远大的。我们要紧紧地抓着他——这是一柄利剑。而这柄利剑是我们美国海军将它磨得越发寒光闪闪的。”情报署长这样说时，不禁握了握拳头，目光变得锐利了，他问玛丽：“你知道这话是谁说的吗？”不待玛丽回答，他加重了语气说，“是我们极富远见的尼米兹元帅预言的。”

“将军，也许有一句话我不该问。”玛丽上校用涂着红蔻丹指甲的手，抖了抖烟灰，细长的可尔烟上，一截烟灰抖落在了面前茶几上的烟缸里。乔治将军说，“没关系的。你随便问，我乐意回答你的问题。”

“中美两国是完全不同的国度。在中国，一个人是否得到升迁，往往在于蒋委员长要的印象。比如，戴笠将军目前才是一个中将，但他的功绩要比好些上将都要大。但在我们美国，却是完全不一样的。”看乔治将军赞同她的观点，连连点头，她问，“我们的尼米兹元帅明明是个天才，为什么新任总统杜鲁门却将海军部长的职位给了平庸的福莱斯特不给尼米兹元帅呢？”

“玛，你确实是个见解不凡的女性。”乔治将军笑了一下，也往烟缸中抖了抖烟灰，在这孤寂的长途飞行中，看来将军乐于同聪明的助手讨论这样有深度的问题，“玛丽小姐，不知你研究过美国的历史没有？美国历史上，任何一个民选总统都远远比副总统高明。因为总统是美国人民选出来的，集中了美国人民的智慧，而副总统是总统任命的，才智上都远远低于总统。按照美国的法律，总统一旦在任期内去逝或去职，遗职由副总统继任。这对副总统来说，实在是件喜出望外的事，而对美国人民来说，却往往是场灾难。罗斯福总统是四届民选总统，这在美国历史上是破天荒的。罗斯福总统去年四月在任上因脑溢血去世。这不仅是美国的损失，也是自由世界的巨大损失。

“杜鲁门总统，守成有余，缺乏想像力和判断力。平庸的总统只能选择平庸的部长，这是必然的。好在深受罗斯福总统赏识的、天才的尼米兹元帅并没有降职，还在海军里发挥重要作用。”将军如此坦率地表明了他的看法，让玛丽上校心中释疑，并受到一种鼓舞。将军边说边迅速地转动着手中的杯子，似乎要看出那杯浓黑的饮料里藏有什么秘密。

“中国,是罗斯福总统手中最看重的一着棋。”将军说到这里,语气变得沉重了,“罗斯福总统认为美国一旦从第二次世界大战中抽出身来,就应该一分钟也不能犹豫迟疑地、全力以赴地支持蒋介石政权同共产党斗争。中国,是共产党极权主义和自由世界的必争之地。然而,罗斯福总统不幸在这个时候病逝,就在苏俄大举向东北渗透,暗中援助中共之时,目光短浅的杜鲁门却在中国采取了退缩政策……天才的尼米兹元帅指出,若这样下去,占全世界四分之一人口的中国必将成为赤色中国。而由此,赤祸将会在东南亚,甚至整个亚洲蔓延开来!天才的尼米兹元帅指出,若是这样,赤祸将威胁到整个自由世界。在这种情况下,我们美国海军只能用有限的方式援助蒋介石,包括我们今天采取的这种秘密方式。”将军说着,不堪重压似地叹了口气,“令人忧虑的还在于,罗斯福总统去世以后,继任的杜鲁门总统既没有威信,又没有统揽全局的能力,军队内部纷争四起。现在,陆军和中央情报局竟都垂涎中国军统,拼命地同我们争夺戴笠,他们在杜鲁门总统面前不断告我们海军的状。”

这样的事,玛丽知道一些,她不禁问上司:“那么,空军支持谁?”

“支持陆军。”

“那么马歇尔特使呢,他支持谁?”

“马歇尔特使是陆军出身,你想他会支持谁?”将军接着告诉助手一个惊人的内幕,“你可能还不知道,目前我们海军在中国的情况很不利。魏德迈将军继史迪威任中印缅战区司令以后, 对中美合作所与中国军统局不但有成见,而且歧见很深。他先是主张在中美所中居主要地位的中国退居支配地位,进而要求中美所受他指挥。戴笠、梅乐斯分别在蒋介石和尼米兹元帅支持下,拒不从命。魏德迈先是利用职权,对中美所进行打击。如中美合作所每月所需各类物资150吨,可是他让空军连一半都不运够。尼米兹元帅只得动用我们自己的军舰来运,魏德迈不依不饶,现在他已把官司打到白宫,向参谋长联席会议要挟,不接受他的要求,他就辞去中印缅战区司令职。”

“魏德迈会达到目的吗?”

“会的。”说到这里,乔治将军的心情明显沉重起来,“你可能不知道,就在我们起飞来中国之前,我已得到明确消息,中美合作所已经解散了。当然,这个解散不是以尼米兹元帅的意思解散的。”

“那么,下一步怎么办呢?我们这次去重庆还有什么实际意义?”

“实际意义当然是有的。关键是戴笠将军不服从美国国防部管,他有他相当的独立性。年前,我们的陆军企图在西北另建据点,并准备派出一批教官去与军统合作,因戴笠拒绝,而只得半途而废。现在,陆军和中情局都在竭力拉拢戴笠,不过,我们海军相信他不会背叛我们。”

“啊,是这样。”听了上司透露的这一番秘密,玛丽上校不由得又问,“将军说我们海军?那么,现在忠实执行杜鲁门总统对华政策的福莱斯特部长会不会干预我们的行动?”

“那倒还不会。福莱斯特现在毕竟是海军部长,他要维护海军的利益。在有关海军利益方面的问题上,福莱斯特部长对尼米兹元帅还是言听计从的。”

见将军说到这里没有继续说下去,玛丽小姐的思绪转到马上就要到来的现实上,他问将军:“不知戴笠最近在忙些什么?他会到机场迎接我们吗?”她很想谈到中国的军统局长戴笠,谈到戴笠,她总是很有兴趣。

“戴奉蒋委员长的命令,刚去上海处理了汪精卫伪中央政府的汉奸们。为了迎接我们,同我们谈判,他昨日才赶回重庆。为了不引人注目,他不会到机场接我们。明天一早,我们下了飞机,由毛人凤接我们直接去梅乐斯的住处梅园谈判。如果顺利,后天我们就可以离开中国了。”

“那么快吗?”玛丽小姐问,这会儿,她同她的上司,心情是完全不一样的。她的上司是一分钟也不愿多呆在中国,而她,却想同戴笠尽可能多呆一会儿。

情报署长似乎看出了玛丽的心,突然转变了话题,他用一双锐利的蓝眼睛看着助手,不无调侃地说,“听说你同中国这个戴将军非常熟悉,合作得很好。你能告诉我,这个‘中国的希姆莱’长得什么样子?你对他有什么非同一般的感觉吗?”

“从长相来看,我看不出他同一般东方人有什么区别。”玛丽上校完全沉醉在她的思绪里,不管不顾地说,“在我看来,东方人简直就是一个样子。不过,他的一些能力是东方人望尘莫及的。”说到这里,她的神态有些神往而痴迷。

“他的一些能力是东方人望尘莫及的?”乔治将军笑了,“你指的是他哪方面的能力？”

“我当然是指他的谍报能力。”玛丽自知说漏了嘴，掩饰地打了个哈欠。不知这是真骗过了上司，还是乔治将军有意不让她难堪，乔治看了看腕上夜光表，说，“离重庆还有两个多小时，抓紧时间休息一会吧。”

“好的。”玛丽应声站了起来与将军道了晚安回到了她的舱里。夜谈结束了，将军和玛丽都休息了，舱里一片安静，惟有一阵阵轻微的马达声在舱内响起。

## 梅园内的秘密签字

晨曦初露。

中美合作所副主任、美国海军少将梅乐斯已经起床，踱到阳台上，极目瞭望钟家山的黎明。

是一个好天气。难得的冬阳从前面青翠的山岚上冉冉升起。一轮冬阳圆圆的，彤红明亮。虽无热力，但让人看着心里踏实。如丝如缕的晨雾渐渐消散开来，纵横起伏的山岚在远方划出一道道优美的曲线。碧草如茵的一面面山坡上，晨风中摇曳着野花。山下坝子里，那些掩映在绿荫丛中的是一幢幢中美特务宿舍，大多是中西合璧式……

这就是他住了八年的钟家山中美合作所，这就是有名的雾都重庆。恍然一看钟家山，真是安静极了，风景秀丽极了，透露出春天即将来临的山城特有的动人气息，简直就是一个高明的画家笔下的一幅巴蜀山水画。

他当然知道，其实，这是一种假象。在整个范围达三十多里的中美合作所里，藏着上万名美蒋特务，还有若干的刑讯室、监狱、特种技术训练室。在他和戴笠控制的这个圈子内，布置得铁桶般严密，连一只鸟都别想乱飞进来。任何人，若没有特别的通行证，休想进来，倘若进来了，那也出不去。那年，有四个中学生放了假，从市内出发，想走一条捷径去磁器口。这四个学生，不知原先熟悉的这条路新近已被中美所纳了进去，误入禁地。合作所把四个青年学生抓了起来囚禁，仅仅怕他们泄露了秘密，竟将他们囚禁了十多天，最后被杀害在了白公馆。

他的宅邸——梅园渐渐罩在了晨光中。这是戴笠送给梅乐斯的，表面上看不到一个人，幽静得很，其实暗中警卫严密，到处都安装有最先进的窥视设备。

这时，一缕晕红的阳光泻在梅乐斯脸上。他高鼻梁上架一副金丝眼镜。整个看去，他不像一个军人，很像一个学者。但如果仔细看那副镜片后他那双蓝眼睛，就会吓一大跳，神情枪弹似地犀利凶狠！有句哲语说得好：眼睛，是灵魂的窗子。梅乐斯隐藏在眼镜后的眼睛，暴露出了这个大特务的阴险凶狠。

一面精巧的七星旗在眼前飘动，在簇簇金黄、绯红梅花的背景上，顺着楼前草坪上高高的旗杆正在升起。梅乐斯不禁低头看了看腕上金表，刚刚七点正。七星旗升起得很准时。虽然他现在不像当年率领舰队行进在波涛滚滚的大海上时，每天这个时候站在甲板上，迎着初升的太阳举行升旗式，虽然耳中也没有再响起雄壮的《美丽的阿美利亚》乐曲，但此时无声胜有声。他看着面前升起的这面七星小旗，心中不禁涌起一种豪情。

这面小七星旗，纪录了他一段不凡的经历，是他的骄傲。因而，自他五年前来到这里，同戴笠一起成立中美合作所那天起，除了回国述职或外出视察，他都要求勤务兵每天准时这个时候为他升旗，傍晚降旗。

他转身凝神屏息地看着这面冉冉上升的旗，也就是凝视着他骄傲的历史。这是一面他自己设计的白底镶红边，一顺排着七颗红星的小旗。不像美国的国旗，也没有任何旗帜同它类似。

那是菲律宾人不堪美国的压榨而举行的一次暴动，在美国军队的的残酷打击下，暴动失败了。一群群菲律宾人挤在一条条小舢板上想从海上逃命。他命令他所率舰队开炮，将这些小舢板挨个击沉。就在他率舰队凯旋而归时，发现苍茫大海上，还有一只载满了人的小舢板在惊慌失措地挣扎逃命。他要部下不要开炮，而是紧紧尾追。

小舢板越来越近了，可以看到舢板上妇女儿童惊慌失措的举止和眼神。到了机关枪可以射击的距离。他亲自抱上一挺机关枪，站到前舷甲板上，对着那条在波涛中沉浮波动的小舢板上那些近在咫尺，手无寸铁，满脸惊慌的菲律宾人扣动了扳机。“哒哒哒！”一串机枪子弹带着可怕的啸声扫了过去，舢板鲜血横飞，惨叫声声。梅乐斯毫无恻隐之心，他站在高处，不断扣动板机，一直到将小舢板上的人全部打死还不放心，又上了一梭子子弹，对准舢板底部再来一番补射。又有一股股殷红的鲜血，在雪白的小舢板的吃水底线上，从七个弹孔里涌了出来，小舢板最终沉没大海。对于这桩血腥的暴行，梅乐斯不以为耻，反以为荣。为了纪念这一天，梅乐斯特意做了这面具有纪念意味的七星小旗。

“将军，请用餐去吧！”勤务兵来请，将他从往事的回顾中唤醒。

“好的。”他在往餐室走去时，又看了看表。七点一刻，按照约定的时间，昨夜住在杨家山的戴笠快过来了。今天，他要作为证人，陪同戴笠与即将从东京飞来的英国海军署代表乔治将军，签署一个重要的协定。

军人的时间像是经过秒表计算似的。七点半钟，当梅乐斯刚刚用完餐出来，门外汽车响了。

“哈罗，古德莫林！”从美式敞篷吉普车上跨下来的戴笠，动作麻利地从先他一步下车的副官手上接过牛皮公文包，快步向庭院深处走来，向迎上的梅乐斯先伸出手来。握手时，戴笠用他费了好大劲才学会的几句半生不热的英语向自己的老搭档问安。

“戴将军今天很精神。”梅乐斯却说一口流利的北平官话。他知道戴笠的性格，喜欢戴高帽子，投其所好，他只要一有机会便抬举戴笠。他们相处了几年，关系融洽，这不能不说同梅乐斯善于掌握戴笠心理、脾性有关系。梅乐斯说时，眯起眼睛将戴笠从上看到下，一副很欣赏的样子。戴笠今天虽是惯常的穿着，但看得出来，是着意收拾过的。头发往后梳得溜光，身穿一套藏青色中山服，脚上一双黑皮鞋擦得锃亮。

“今天是一个令人高兴的日子！”戴笠同梅乐斯握手时说，“我能同梅将军一起接待美国海军部代表，并签署协定，深感荣幸。”

“哈哈哈！”梅乐斯故作爽朗地大笑起来，“戴将军怎么同我讲起外交辞令来了？”说着，又看了看腕上金表，问戴笠，“乔治将军的飞机到没有？”

“要迟到一会，由于天气的原因，乔治将军他们的飞机才过贵阳上空。估计，他们的飞机到重庆至少还要半个小时。他们一来，毛人凤立刻将他们接来这里。”

“今天天气很好。”梅乐斯征求戴笠的意见,“不知戴将军有没有兴趣同我一起在附近散散步?”

“好的,好的。”戴笠连连点头。于是,他们肩并肩出了庭院,沿着一条镶嵌有致的碎石小路,穿过门外那片梅林,往钟家山反方向而去。他们边走边谈。这两位共事了五年的中美特务头子,要谈的公事大都谈过了,此时此刻,他们心中都蕴含着一种即将散伙的离情别绪。

“救命!救命!”突然,前面,一个小山坡后传来一阵女人惊慌的呼救声。他们不由得一怔止下步来,循声望去。随之,一阵追逐、急促的脚步声由远而近。

发生了什么事情,已经看清了,戴笠不禁气青了脸,骂一声“这还了得!”“唰”地一下从身上拔出左轮手枪,将子弹刚顶上膛时,一个姑娘没命地向这边跑来。她身上一件阴丹蓝短褂被撕得稀烂,跑得一飞一飞的。她的后面,两个身穿黄卡克军便服,人高马大的美国特务在追。

“长官快救我。”飞跑而来的年轻姑娘,当然不认识面前这两个人就是中美所的最高“阎王”!说时,累得气喘吁吁的她藏到了他们后面,一边喘着气,一只手梳理着她被扯散的头发,另一只手掩着前襟被撕裂的部分。

两个目空一切拼命追赶而来、又高又大的美国特务,先是看到了一支黑洞洞的手枪对着他们。停下一步来,这才发现,用枪对着他们的竟中美合作所主任戴笠将军。

“真是不像话!”梅乐斯首先对两个美国特务发作,“光天化日之下竟敢强奸妇女,立刻到宪兵部去关禁闭,就说我说的。”

“我们没有强奸妇女,我们是在同她玩。”一个特务解释。

“那你们这是怎么一回事?”梅乐斯喝问。

很快明白了。原来这个姑娘是特务警卫连月前从磁器口找来帮厨的女佣,年轻丰满。刚才,她去溪边淘米,被早就暗中盯上了她的这两个美国特务从背后摸上来,想强奸她。不想姑娘力大,情急之中,挣脱跑开……

弄清情况后,不料梅乐斯竟是仰天一阵大笑。“你们调戏这样的女人?”梅乐斯用很亲切的语调问两个美国特务“难道你们不嫌脏吗?”两个美国特务在上司面前刚才的一丝惧怕感顿时消失,他们用英语对上司解说着什么,辩解着什么,打着手势。戴笠凭很有限的英语水平,隐隐约约听出来,这两个特务说他们是性饥渴……而梅乐斯表示出一副充分理解的样子,对他们劝慰了一番,让他们走时,还在两个美国特务背上亲热地拍打了一下。

“贾金南!”戴笠大声呼喊自己副官的名字。

“有!”贾金南从一丛竹林后跑步而出,虎视耽耽地盯着两个美国特务的背影,并用手拍了拍背在身上的手枪,那样子只要戴老板一声吩咐,他就可以一枪崩了那两个东西。

“你把这个姑娘给我送回警卫连去!”不料刚才大发雷霆的戴笠在这样吩咐了副官后,又调过头对哭哭啼啼的姑娘,说:“以后你也不要乱跑,自己行动可检点些!”戴笠说完同梅乐斯一起往回走了。

倒是贾金南还有些仗义。他对姑娘说,其实是当着梅乐斯面在含沙射影骂美国特务:“姑娘你以后确实要小心些,因为这些混蛋简直就不是人教父母养的东西,而是畜生!”梅乐斯明明听到了,却也毫不介意。

“戴将军!”跟上走得气冲冲的戴笠,梅乐斯说:“我知道你对我今天这样的态度不满意,认为我是在偏袒下级,我要对你解释。”

“嗬,有什么好解释的?”戴笠不禁调过头注视着梅乐斯,“难道美国军人在光天化日之下强奸妇女还不算犯罪,不该治罪,就这么轻描淡写地让他们一走了之?”

“戴将军,大概刚才你也听清楚了。”梅乐斯强词夺理,“这两个美国军人说,他们并不是有意要强奸那姑娘,他们确实是对那个姑娘有性要求,那是因为他们性饥渴。你们中国的圣人不是有一句至理名言,叫‘食色,性也’吗?性饥渴是很厉害的。这些美国的小伙子不远万里来中国帮助你们打日本,可是,他们性的问题得不到解决。”说着叹了一口气,“而在我们西方,性是自由的。哪怕是中学生,只要男女双方愿意,都是可以进行性行为的。这是一种人性解放的标志。在中国,性是压抑的。有权有势有钱的人可以在性上肆意妄为,当然,据我所知,这大都仅仅局限于男性。女性的性行为如果超出了配偶的范畴,就会被视为大逆不道。

刚才一见到两个美国军人追中国姑娘时气鼓气胀,竟一下从身上拔出枪来的戴笠竟然被梅乐斯说服了。当然,也不知他是真服还是假服,抑或刚才掏枪只是一时义愤还是在走过场。他点了点头,说:“这就是东西方文化的不同,对性的理解有别。你们西方注重的是人性的张扬,我们中国注重的是礼。换句话说,这叫公说公有理,婆说婆有理。这些事情只是最好不要给我看到!”

梅乐斯咀嚼着戴笠的话,不禁点了点头,遥望西方,神情凝思地说:“戴将军,我早就说过,你是一个天才的谍报人员。我希望你忙过这一段时间以后,到我们美国去看看,不妨学习一些美国的民主。假如你以后遇事不感情冲动,对部下不动辄打骂,不是去压服,而是让他们心服。这样,你的威信还要高些。”

“美国是我心仪已久的向往之地。”梅乐斯这番话虽然也是发自真心,但不乏有揶揄的成分,戴笠听后不仅不生气,反而露出向往的神情,“我是一定要去的。看就在今年能不能争取到机会。”说时,他们已走回了梅林,抬起头来,望着面前这幢西洋味很浓的梅宅,戴笠又说,“我想今年可能去不了,仗,马上就要打起来了,我怎么能走得开?看来,只有消灭了共产党我才能去美国了。”说时,侧着头,笑着对梅乐斯说,“届时,我一定到长岛贵宅来拜访你。”

梅乐斯听戴笠这样说,故意拖了一句中国戏腔凑趣:“到时,我一定打开中门迎接将军。”话音刚落,戴笠的副官王汉光急急跑来,报告说:“毛人凤刚从白市驿机场打电话来报告,他已经陪乔治将军、玛丽上校驱车来梅园了。”

“好!”戴笠精神大振,对梅乐斯手一比,笑言一句,“梅将军,现在就请你打开中门,让我们共同迎接尊贵的乔治将军吧!”说着,他们进了梅园。

上午九时,中国军统局局长戴笠同美国海军部代表乔治将军、玛丽上校在梅乐斯的小客厅里正式开始会谈。

阳光从落地长窗上透进来,在猩红色的地毯上游曳。梅乐斯的小客厅完全是西式的,很雅致。正面壁上挂有一张罗斯福总统的大幅照片。金色的相框里,睿智的总统用手撑着下巴,好像在沉思什么,又好像正亲切地看着他们会谈。

一张橡木做就的硕大的圆桌摆在屋子中央,桌上铺着雪白的桌布。出席会议的四人各据一席。负责作陪的梅乐斯少将面对着乔治将军,戴笠面对着老相识玛丽。由戴笠和乔治分别代表中国军统局和美国海军部走了过场——作了简短的欢迎词和答谢词后,会场上出现了短暂的沉默。四人都在看手中一份打印件。

其实,这也不过是一个形式。因为所有的内容、过程早就协商定了。内容主要是:抗日战争已经胜利结束,中美合作所中止工作。所有结束工作,均由中国军统局负责。美方在所工作人员,即返回美国。美方人员所保存之武器弹药和所有物资,全部交给军统。所内各项资料文件,美方可各带走一份复印件。所有美方修建之房屋及各项装备、陈设物品,均不计价赠与军统……

桌子中间,墩着一个古色古香的白底蓝花金边细颈大肚花瓶。一看就知是清宫中的宝物,价值连城。瓶中插着一束金色的腊梅,空气中散发着淡淡的幽香。

花瓶周围摆有多种点心、调好了的热咖啡和装方糖的罐子,四川盖碗茶,美国水果等应有尽有,各取所需。点心是著名的重庆冠生园点心铺刚出炉的。此外还有最初是清宫御点的沙琪玛,还有龙眼酥、怪味胡豆等川味点心。水果有红红的美国蛇果,保鲜很好的吐鲁番葡萄、哈密甜瓜、内江蜜桔……全都被装在一个个玲珑剔透的意大利水晶盘里,摆成花瓣形。气氛相当随意、融洽,乔治和玛丽因在专机上用过了早餐。这会儿,他们一边看文件,一边喝着热咖啡。

戴笠吃了两颗怪味胡豆,最先放下了手中的打印件。接着,玛丽、乔治、梅乐斯也都放下了手中的打印件。不用说,接下来的程序就是签字。

看来双方都对这份协定满意,没有提出什么意见。性感的玛丽一手端着咖啡杯,一手握着银勺在杯中轻轻搅动,假意哈着杯中的热气啜饮咖啡时,目光透过飘散在空中的雾气,注意观察着半年前她随马歇尔特使来中国时,曾同她有过一次销魂之欢的戴笠。

尽管美国女人不同于中国女人,直爽、热情,但玛丽毕竟是军人。在这个时刻,与其说她控制着自己的感情,在观察对面的戴笠,不如说她在回想,这个“中国的希姆莱”是用了什么魔法,在短得不可想象的时间内,和她发生了肉体关系的?那么,现在她和他坐在这里,他的神情是那么冷峻,等一会儿,他又会用什么魔法同她完成肉体的结合呢?魔法?她想,是该用魔法这个词,戴笠这个人真是难以想象的!

由梅乐斯作翻译,戴笠正襟危坐,对不远万里而来的美国海军代表——

乔治将军作了以下几点口头申表:“在中美合作所即将中止之际,我奉委员长命令,再次向五年来与我风雨同舟,精诚合作,在抗战中建立了殊勋的以梅乐斯将军为首的全体美方同仁表示谢意和敬意!向远道而来的美国海军部代表乔治将军、玛丽上校,并通过你们向福莱斯特部长、尼米兹元帅表示敬意!”在座的三个美国人对中国军统局局长这番表白报以掌声。

戴笠也还以鼓掌。掌声止息后,戴笠接着说:“过去的已经过去,要紧的是把握未来。在此,我要特意向美国海军朋友郑重表示:军统今后期望能与你们更好的合作。中国军统局能有今天,离不开你们的支持。今后期望与你们有更好更深入更广泛的合作。而且,在此我郑重向你们保证,无论外界的诱惑有多大,中国军统局决不会背叛你们!”他的话可谓言简意骇、颇有含意,这是乔治将军最想听到的。也可以说,乔治作为美国海军部代表正是为此而来的。

又是一阵掌声,掌声比刚才热烈。

乔治将军接着也开始表达纸上没有写的东西,内容非常扎实。

“首先!我要代表福莱斯特部长和尼米兹元帅向戴笠将军并通过戴将军向蒋委员长保证,虽然中美合作所马上要中止、解散,但是我们将对中国军统从各方面给予一如继往的支持。在当前,为你们培训急需的美式特工人员,无偿提供美国最先进的刑具、免费在美国用一年的时间为你们培养高级特工40名。就在这个协定之后,我将去上海,以海军部的名义督促我第七舰队的军舰在最短的时间内,将你们五十万美式装备的精锐部队运至东北三首和山东的青岛。”就在戴笠频频点头,感激涕零之时,乔治将军说,“另外,我还有一个好消息要带给戴将军私人,算是我们美国海军部送给戴将军的礼物。”乔治说到此,却又没有说下去,微笑看着戴笠,神态高深莫测。

梅乐斯显然不知乔治说的美国海军部送戴笠的礼物是什么,好奇地注视着海军部代表,眼镜片后的目光有一分探询。戴笠也毫不掩饰他急切得知的心情,望了望乔治将军,又望了望玛丽。玛丽仍在喝咖啡。

等场上的气氛吊足了,乔治将军这才正式宣布:“福莱斯特部长和尼米兹元帅要我正式告诉戴将军。鉴于戴将军和美国海军卓有成效的合作及抗战中表现的能力,美国海军将全力支持戴将军担任中国海军部部长,并已通过有关方面向蒋委员长转达了这个意思。我们相信,有美国海军部的支持,蒋委员长会认真考虑的，中国海军部部长这个要职，对戴将军来说，也是指日可待的。我们希望在不久的将来，美国海军将和戴将军领导的中国海军在更广泛的范围内合作！"乔治将军亮了这个底，这个礼物对戴笠而言，之大，之喜，可谓在意料之外！他是一个爱冲动的人，霍地站了起来。因为激动，一张马脸上充了血。在座的三个美国人也同时站起来，向他鼓掌表示祝贺。戴笠一边说着谢谢，一边伸出去，同他们一一握手。他在同玛丽握手时，表面上没有什么引人注目处，小指拇却巧妙地弯过去，在她的手背上搔了一下。玛丽用她那双蓝玻璃似的眼睛凝睇着他，并在别人不注意时，用眉目给他抛了情。

"那么，我们可以在这份秘密协定上签字了吧？"复坐下后，心情极为畅快的戴笠故作谦恭地问乔治将军。

"好的。"乔治笑着点了点头。

"请！"戴笠从玛丽手上接过派克金笔，递给乔治将军请客人先签名。

"你是主人，你先请。"

"那我就却之不恭了。"戴笠提起笔来，心中有种掩饰不住的得意。当戴笠和乔治分别代表中国军统局和美国海军部在协定上签了字后，气氛变得十分轻松随意。戴笠热情地挽留乔治将军、玛丽上校，希望他们在中国的陪都住些时日，他将尽地主之谊。

乔治将军说与戴将军接触时间不长，印象颇深。戴将军性格爽快，办事很有魄力，很愿意与戴将军交个朋友。但目前重任在身，重庆事既已办完，没有逗留的必要，他要带着助手玛丽等，午后乘专机去上海。谈话中乔治将军流露出他对中国文化的向往。他说，待国共战事甫定以后，他要携妻儿放放心心来中国，从南京逆长江而上，过三峡，上重庆，去成都，看乐山大佛，登峨眉山观玉垒秀色，饱览巴蜀风情，体会天府神韵……

乔治将军的话说得漂亮，但戴笠心中暗暗着急，他本想挽留玛丽在重庆至少住个三五日的。作为一个好色的军统局局长，虽然他身边美女如云，然而，他却不时思念与玛丽的一番异国情。年前，自她走后，多少回梦中云雨，彻骨荡心的销魂。然而，醒来哪里有异国俏丽的影子。在这方面，作为神通广大的军统局长第一次感到了自己的无能。现在，昼思夜想的她就在眼前，怎能让她从身边飞去？眉头一皱，计上心来。他打出了蒋委员长这张牌。他说，委员长知道乔治将军代表团一行人来了,本想亲自接见,但委员长考虑到了将军此行的秘密,故放弃了接见将军一行的打算。但委员长员准备采取变通的办法——明天中午,委员长要来中美所,检阅、视察美国海军为我们训练出来的特警班第一期八百名学员。请将军一行参加。一来可以看看成果,二来委员长也可以得便同将军一行见见面!

戴笠这样一说,合情合理,乔治将军当然没有理由拒绝,只得同意在重庆待一夜,明天下午飞上海。

戴笠不愧为戴笠,如同玛丽想的那样,他接着施展的“魔法”是,晚上在中美合作所举行了一个大型的联欢晚会,欢迎乔治将军一行。乔治将军也是一个爱热闹的人,欣然接受了邀请。

晚会在罗家山中美所那间足可容纳四千人的大礼堂举行。

下午,戴笠接到乔治将军的的电话,说是他有些事,晚会他就不参加了,由玛丽代表他参加。至于乔治将军有什么事,他没有说,戴笠当然也没有问。只是在心中暗喜:真是天助我也!

## 中美合作所闹剧

暮霭四合,周围浅浅的山岚只剩下一个模糊的剪影。

位于杨家山、钟家山交界的平坝上,占地数百余亩的中美合作所大礼堂外的串串的灯彩唰地亮了起来。在夜晚看来,格外富丽堂皇,蔚为壮观。门前,九层汉白玉石台阶上红柱大门前垂着四个飘着金黄流苏的大红宫灯,与顶上的闪烁流动的红绿电灯交相映衬,显示出少有的喜气和隆重。

不到六点钟,停车坪上,已停了不少长官的小车。这个时候,还有不少车,正从四面八方,沿着暮色渐浓的盘山公路,向这里汇聚。远看,这些源源车灯像是夜空的星星,在闪烁游移。

这无疑是个盛会,中美合作所里那些平时根本见不着面的长官——无论中国的还是美国的大都来了。从小车里走出来的他们今晚大都西装革履，手中挽着他们盛装的夫人。

骑楼前、宫灯下有人收票，四周还有武装警卫。这个晚会并不是一般的小特务想来参加就能来的。出席这个晚会的都是有级别的干部，是中美合作所副组长以上，军统局副处长、副主任以上。其他的即使是级别不够的，也大都是选出来的会跳的年轻女性。出席晚会的干部们，行前都得到通知，带上自己的太太、十八岁以上的女儿或媳妇。参加这个晚会的男女嘉宾共计八百余人。

中美合作所内，这个华丽的大礼堂可容纳四千人，比市中心中央政府修的那座专门用来迎接美国人，逢年过节举行宴会、舞会，状似故宫的大厅堂还大，内部装修还要阔气。陪都重庆用电紧张，而中美合作所用的电是他们自己发的。中美合作所的这座大礼堂是戴笠的骄傲，这座大礼堂可以充分显示他的军统局的实力和魄力。

礼堂靠壁一围四转都摆有桌子，桌上铺着雪白的桌布，桌上摆鲜花、糖果、点心、香烟……军官们携夫人、女儿一进来，自然有人接待，随意选一处坐了。女服务员倒上茶水，糖果、点心、香烟。以为早到的军官们，一进去才发现还有比自己早的。认识的坐到一起，随意聊天、喝茶、嗑瓜子。他们注意到，只有舞台下正中那排位子是特意留的，这几排位子前有一张桌子，桌子上摆有两个麦克风。

他们注意到，舞台上插着的几十面万国旗——这些都是同盟国的国旗。这些旗帜都是丝绸做的，周围镶有金色的绦子，华丽、漂亮、厚重。这些国旗从一根根高高的旗杆上垂下来达地，一丈多长。但是，在这些万国旗中，独独没有苏联的国旗。这可以看出官方对苏联的态度，虽然苏联也是对日作战的同盟国之一，而且是对日作战的主力，有功之臣。

六点半钟。当中美合作所中方参谋长李崇诗陪着美方参谋长贝乐利进场时，乐池中的乐队指挥突然来了劲，将手中的红色小棍高高一举，再猛地往下一压。顷刻间，婉漫流泻的《美丽的阿美利加》如大瀑布飞泻而下，将礼堂的每一个角落都填满了。

李崇诗、贝乐利走到舞台下的那排坐位前一站，面向场上黑压压的人群。这时，音乐骤然止息。

不用说，这是要做例行的俗套了。李崇诗身材高大，身穿一套笔挺的黄呢将军服，佩少将军衔。而同他并肩而立的贝乐利上校、身高体胖，穿了一件黄哔叽军便装，很随意，头发稀疏。两人站在一起，中美双方的文化差异立刻就显现了出来。哪怕这样一个舞会，在中国方面，也是相当正规的。

“各位朋友，各位同志！”李崇诗声音宏亮而激昂，“今天晚上，是抗战胜利以后，戴笠、梅乐斯将军分别以中美合作所双方，以中美合作所的名义邀请大家出席的一个意义非同寻常的晚会，庆祝我们的共同胜利！”场上掌声雷动。

“我代表戴笠将军欢迎到场的各位同志，各位嘉宾！希望诸位中美同仁能在这里度过一个美好的夜晚！”说完，轻轻鼓掌，表示他的话到此为止。

贝乐利说：“梅乐斯将军要我代表他说，感谢这么多年来，中国同仁的合作！在这难忘的时刻，我再说一句，希望你们今晚就像回到家一样。”接下来就是嘭嚓嚓、嘭嚓嚓的舞步声，音乐声。头上的灯光渐次暗了下去。成双成对的舞伴相挽着下了舞池。这个晚会上，不见两个主角——戴笠和梅乐斯。对美国海军代表团来中美合作所也只字未提。因此，在场的军官们只对戴笠、梅乐斯没有在场，感到些遗憾，因为毕竟这是庆祝抗战胜利的晚会。当然，由中美双方的参谋长代表他们也是可以的，只是出席这个晚会的军官们，对美国海军代表团来了一事，大都不知。

而就在舞池里已经嘭嚓嚓、嘭嚓嚓地跳起舞时，李崇诗又快步走到台前，鸭子似地挥了挥手：“请雅静，请雅静。”音乐声骤然而止，头上的灯光大亮，舞伴们扫兴地退了回去。

李崇诗激动地宣布：“为了与同志们见面，共庆这一个难忘的时刻，我们中美合作所的正副主任——戴笠先生、梅乐斯先生于百忙中特别赶来了，欢迎！”说着，率先鼓起掌来。

在掌声中，戴笠和梅乐斯这两个主角出场了。他们并肩走了进来。戴笠还是那身素常的打扮，身着一套笔挺的藏色中山装，脚上一双黑皮鞋擦得锃亮，一头溜光的头发往后梳。他像一个大人物入场一样，一进来就举起手，朝四面挥挥，那张素常揪得出水来的马脸上，今晚平添了少许笑意，而浓眉下，一双眼睛亮得鹞鹰似的。梅乐斯则西装革履，戴一副眼镜，胖胖的。他生性的残忍完全看不出来，恍然一看，以为是来了个西方的大学教授。

戴笠和梅乐斯这两个主角都讲了话。

“各位同志！”戴笠显得很动感情，他说：“今天我们中美合作所举办的这个晚会，意义重大。有这么几个意思。”他举起手来，竖起一根手指：“一是庆祝我们中美双方精诚合作，经过八年艰难的抗战，终于迎来了胜利。二是在中美合作所完成历史任务之际，”他竖起了第二根指头，“也就是我们的美国朋友即将回国、胜利凯旋之际，我们借此机会向五年来与我们同舟共济，给了我们巨大支援的以梅乐斯将军为首的美国朋友表示谢意和留念。三！”他竖起了第三根指头，“在即将来到的更为艰巨的反共斗争中，我们军统同仁要牢记我们肩负的重任！”说到这里，戴笠的马脸拉长了，他说，“为了不忘记我们的责任，我提议，大家起立，唱一首我们的军统局的局歌！”

这真是出人意料。场上的军统特务们站起来了，足足四五百人，全神贯注地目视着他们的老板戴笠。他们带来的女眷都懒得动，坐着不动。

戴笠亲自打拍子，在乐队伴奏下，场上的军统特务们齐声唱起了军统局局歌：“我们是革命青年，快准备，智、仁、勇都健全……富贵不能淫，贫贱不能移，威武不能屈……我们是领袖的耳目，我们是革命的灵魂……革命的青年，快准备，救国的责任落在我们两肩……”

也真是有趣。上百个美国特务趁女眷们无人看管，便浑水摸鱼，先是用眼色，无耻地在这些女人化过妆的脸和富有曲线的身上钉子似地看，就像要钉进去似的。

该梅乐斯表演了。这个美国老特务很懂心理学，他知道，此时此刻说这些政治话毫无意思，不如来点实惠的收买人心。他对着麦克风说了两句面子上的话：“我要向在座中国同志表达的，就是戴主任刚才已经表达过的。”话到这里戛然而止，恰到好处地转移了话题，笑呵呵的，“小伙子们，你们大概脚痒了吧？”说到这里，场上响起了热烈的掌声和美国特务们的口哨声，表达了他们急不可待的心情。

“好，舞会开始，你们就尽兴吧。不过都别急着走。晚会后还有丰盛的夜餐，参加晚会的每个女士，晚会后，都可以从我这里领到一份精美的礼品——这些精美的礼品，可是用专机从美国专程运来的！”

在一片欢呼声中，灯光转暗，舞会开始。早就盯好了舞伴的百来个美国特务，一个个像打冲锋似地钻出来，争先恐后上前去请那些太太、小姐或是年轻少妇下场跳舞。一时，在一些偏僻角落，场面有些混乱。

这时，戴笠向梅乐斯低声说了几句什么，这就快步出了礼堂，上了一辆早在那里等他的克拉克轿车，风驰电掣往杨家山方向而去。他早就安排好了，玛丽在那里等着他。这个夜是他和玛丽的单独销魂夜。

夜深了，当乐池里的乐声止息，头上那些星群似的葵花灯全部打开时，舞会结束了。梅乐斯竟然还没有走，他响亮地拍着手站了起来。"尊敬的女士们！"梅乐斯文质彬彬，他要兑现他刚才许下的诺言了，"为了感谢女士们们刚才给我们中美两国军人带来的欢乐，现在，请你们依次到我这里来领一份礼品。"

乐队又开始奏乐，奏的是《桃花窝美人多》。

可是，在场的女士们似乎都有顾虑，都不肯上去前去领礼品。

李崇诗又站出来鼓励大家上前去。说时他点了一个名"牛丽娜，你去带个头吧，我们有些女同志就是不开化得很。"也不知牛丽娜是他家什么人，她闻言站了起来，穿着件黑色旗袍，颈上一条金项链，很摩登的年轻妇人，他去梅乐斯手中接过了礼品——那是一个小小巧巧的竹筐，筐里有一盒美国糖果，一只憨态可掬的唐老鸭。牛丽娜说了声谢谢。又大大方方地同梅乐斯握了个手。李崇诗带头鼓掌。场上响起稀稀落落的掌声。

"你们应该表现出对梅主任的热情。"李崇诗对牛丽娜的表现还不满意，他说："你们应该像你们在西方电影中看到的那样，表现得更热情大方一些。"至于如何大方热情，李崇诗没有明说，只是一个暗示。

"看我的。"真是应了一句重赏之下必有勇夫。虽然摆在梅乐斯面前的礼品大都是些衣料、台布、或化妆品……但都是正宗的美国货，李崇诗话音刚落，女特务金梅梅自告奋勇。金梅梅可谓中美合作所中的风流人物，她曾在香港的歌舞厅里混过一段时间，头发烫得跟狮子狗身上的毛似的，一圈一圈的。她穿一身美式军服，肥大的臂部绷得紧紧的。上装故意敞开没有扣，一条咖啡色的领带下，白衬衣里凸起的一对乳峰一抖一抖的。大概她最符合美国特务们的口味，她一出现，就赢得了在旁边观看的美国特务们的喝彩，有的还向她抛飞吻。她跑到梅乐斯面前,大大方方地同梅乐斯握了握手,然后上前当众抱着梅乐斯,"啪"地一下在梅乐斯那张老脸上吻了吻。

"OK!"年轻的美国特务们乐得心花怒放,又是跺脚又是狂吹口哨。梅乐斯也非常高兴,破例特意给了金梅梅两个筐子。她一只手一个举起来炫耀。

"你们都应该学金梅梅小姐。"李崇诗又适时站出来,适时调动气氛。可是,接下来,所有在场的女士,要不就干坐在那里,拒不上前领礼品,只等大厅开门。有的虽然上去领了,可最多同梅乐斯握握手,场面显得很冷。梅乐斯显得有点尴尬。表面上很有涵养的梅乐斯有些失望,也有些生气,他说:"你们也不用再上来同我握手了,更不要同我亲吻。这些礼品就摆在这里,谁要这些礼品,就自己来拿吧!"说完头也不回地拂袖而去。

女眷们见状,先是一怔,很快清醒过来。不拿白不拿!场上的女眷们,也不管是特务们带来的,还是找来陪舞的舞女,一拥而上争夺礼品。那些装满了美国货的精致的竹筐,抢得七零八落,场上一片狼藉……抗战胜利后,中美合作所大礼堂内举行的最盛大的一次晚会,就在这样乱糟糟的场面中结束了。

# 第十一章 好风凭借力

## 歌乐山下，美蒋特务大演武

"轰隆隆！"——歌乐山下，两架大功率的压路机整整响了一夜。

黎明前，这两架响了一夜的庞然大物像怕见光似的，趁着夜幕悄悄开走了，一切复归平静。

天亮了。

陪都初春的阳光如同一只彩笔，先是轻轻抹亮歌乐山麓。倏然间，金色的光芒增强了亮度，顺着青翠的山岚渐次下滑、重抹。于是，缕缕牛乳色的晨雾渐渐隐退。夜来凝结在花草树枝上的滋润生命的晶莹露珠，在阳光下挥发了。雀鸟开始在林间婉转地啁啾，到处透露出1946年春天的气息。

苍青色的苍穹下，连绵起伏的歌乐山，像一位发育健康、面庞清丽的村姑，刚刚醒来尚未起床，浑身散发着清新、温润的气息。而这时，与此形成鲜明对照的是，山下那片占地百亩的中美合作所演武场传出一种紧张的战时气息。昨日的泥泞地今天已被压路机碾压得平平坦坦的，似乎绷紧了神经，在等待着什么。

场地正中一座检阅台，也已赶建完成。由青砖红石砌成，离地足有五尺高。飞翠流丹的重棺大屋顶。台子的木屏风上，交叉着一面国民党国旗和党旗。屏风的左边和右边分别用魏碑大字镌刻着戴笠亲拟的一段话，那是军统局的训诫,类似座右铭:秉承领袖意旨,体念领袖苦心。台前摆一张铺着雪白桌布的长条桌。桌后一字摆开几把镀铬折叠椅。桌子正中摆一个麦克风。而在检阅台的台沿上,一字摆开多盆鲜花。台沿上的一左一右立有木杆,分别挂着一幅大字标语,也都是四个字。左边是:军事第一,右边是:胜利第一。这两幅标语也是戴笠拟就的。

这天不同寻常,在还都南京之前,蒋介石要抽空来观看由美国教官帮助国民党训练出来的第一批特警班学员。

八时整,演武场开始戒严。周围三步一岗、五步一哨,担任戒备的都是中央警卫团的宪兵,一律美式装备,目光警惕。在担任警戒的宪兵之外,还有游动哨。上午九时,受检阅的美蒋特务,分别由双方的参谋长李崇诗和贝乐利率领,进入了场地。看得出来,中美特务训练有素,令行禁止,动作整齐划一,一切都是井井有条的。

军乐队也同时进入了台前两边的乐池。

台前左边,是中美合作所列成的一个方队。接受检阅的特务都是排长以上的中级军官,三百余人,一个个站得端端正正,左看右看,像是木匠用墨线弹过似的,他们眼观鼻、鼻观心,一副泰山崩于前而色不变的架势。

台前右边方队由三百名美国特务组成。他们的穿着与中方类似,但体形高大、健壮得多,这是中美合作所成立五年来,美国人第一次接受检阅,而且是接受蒋委员长的检阅。三百名身强力壮的美国特务,一律身着白上装、蓝下装,显示他们是海军。脚蹬黑皮鞋,手指紧贴裤缝。他们挺胸昂首,一副标准的西点军校列队方式。

两个方队的领队分别是戎装笔挺、长得又高又大的李崇诗和贝乐利。

在这两个无异于示范的方队之后,由美国训练出来的特警班第一期毕业生八百多名学员,分别由四十多名美国教官带领,分成四个方队站立。突出站在他们前面的是美国总教官怀特上校。他们知道,蒋委员长在戴笠、梅乐斯,还有临时得到晤见的美国海军部代表乔治将军陪同下,已经巡视了中美所里的几个重要部门,马上就要来了。

九点一刻,一长溜小轿车首尾衔接,风驰电掣而来,一溜小车驶到演武场前戛然而停,在委员长侍卫的严密侍卫下,中美所主任、副主任戴笠、梅乐斯,还有美国海军部代表乔治将军、助手玛丽上校簇拥着长身玉立,面容消瘦,身穿军装,披一件防弹黑斗篷的蒋介石而来,缓缓登上检阅台。

“立正!”李崇诗亮开洪亮的嗓门,喊了一声口令。“啪”地一声,列队场上的中美特务们赶紧挺胸收腹,向步上台子的委员长一行行注目礼。

台下的乐队奏起了军乐。

当蒋介石登上检阅台时,面向准备接受领袖检阅的中美特务时,走在蒋介石身边的戴笠抢前一步,双肢一并,向着场上大喊一声:“敬礼!”并率先“啪”地碰响脚上穿的一双锃亮的黑皮鞋,向委员长举起手来,行了一个标准的军礼。

只听场上“啪”地一声巨响,上千名美蒋特务都向站在检阅台上的蒋介石致礼。

蒋介石举起戴着白手套的手,向台下的千余名美蒋特务还礼。在这一个长长的立格中,全场就只有一个站在台上委员长身边的军统局局长戴笠没有穿军服,还是那身素常的藏青色中山服,这身服装与蒋介石的侍卫队是一样的。戴笠之所以如此,是他心中的隐痛。他是个极端极争强好胜的人。如果穿军服,就要佩戴军衔,甚至要佩戴上勋标才威武。可他觉得中将的军衔太小了,特别是勋标少得可怜。国民政府对党政军大员授勋,要由主管长官代为请勋才行。有些无耻的官员为了得到心中垂涎的勋标,常常通过向主官送礼走后门达到目的。而戴笠的直属长官不是别人,就是蒋介石,而蒋介石似乎向来不太注意这些事,甚至有时将戴笠的称谓都要搞错,总是叫他“戴科长”——那是军统刚开办时他的官职,天呀,那军职小得可怜!所以,尽管他为蒋介石,为“党国”立下了不少大功,至今得到的勋标却很少,级别也不高。检点一下,只有一枚二等宝鼎、一枚二等云麾、一枚为纪念抗战胜利发的忠勤勋章、一枚甲种光华奖章。还有一枚是他最引以为自豪的西安事变纪念章。但此章已禁止佩戴,总共不过五枚勋章,连一枚青天白日勋章都没有。从所得到勋章的量和质来看,还不如一般野战军中的一个师、军长的多。况且在今天有玛丽在场的场合,怎么拿得出手?为此,他曾多次在亲信面前发牢骚,说:“如果真正论功行赏,军统局的同志,不知有多少人应得到青天白日勋章才合理……”今天,作为军演主角的军统局局长兼中美合作所主任的他,虽然穿了身中山服,却又背了根希特勒式刀带,刀带上佩一中正剑。

蒋介石没有在他固定的位置上落座,所以所有簇拥在他身后的人也都保持着肃立的姿势,包括乔治将军等。面向检阅台肃立的蒋介石举起他戴着白手套的手,向台下频频点头,不断挥手致意。

委员长今天兴致很好。刚才,他巡视了中美所里几个重要部门,感到满意。他巡视的是军事作战组,心理作战组,行动组……中美合作所发展到今天,真是家大业大。光是一个交通运输组就有美制十轮大卡车三千余辆、中小吉普车三千余辆,还有可供三年用的车用备料。医务组掌管的、以军统成立日命名的"四一"医院就有床位一千张,医用设备全从美国进口,很是先进……他发现,中美所的各部门,名称虽小但都很有实力,肥得流油。

一路巡视而来,美国提供的先进特工设备让他啧啧赞叹,极感兴趣、大开眼界。例如,各种各样先进的窃听器,简直就让人匪夷所思。那些美制脚镣手铐,那些供特务搞秘密谋杀害时用的钢笔枪、拐棍刀,刑讯室里摆放的测谎器,简直让人目不暇接。特别是一个强光审讯器让他记忆深刻,当死不供认秘密的犯人被捆绑在一张椅上时,几盏光度极强极亮的特殊电灯骤亮,刺向犯人。无论意志多么坚强的犯人,在这样的灯光强刺激下,神经很快就会紊乱,变得自言自语起来。而就在这自言自语中,不知不觉就透露出了心中隐藏着的全部秘密……

军统局长戴笠果然手段了得,确实是自己手中一把寒光闪闪的利刃。无论是在即将开始的剿共战中,还是在对付异己方面,这个戴笠都将发挥更重要作用——这就是他今天巡视中美合作所最大的收获,是他心中暗自得出的结论。

蒋介石口才不好,说的又是一些江浙味很浓的北平官话。他在"嗯、唔"类一连串的助词中,说了一番中美合作所成绩很大,中美合作所训练出来的学员在未来的剿共战中将大有可为一番话后,结束了训话。他同乔治、玛丽,梅乐斯等在桌后坐下后,戴笠请示委员长后,宣布第一期特警班结业的学员们和美国同仁的联合演练现在开始。

台下所有中美特务先表演美国操法。看委员长兴趣不大,善于察言观色的戴笠让这种只着形式的操法停止,让八百名结业的特警班学员表演刑警特技。果然,委员长立刻来了兴趣。

场上花儿朵朵开——有身穿伪装服的学员们,手中握着红砖往自己头上碰,或是将砖放在一张长凳边上,举起手来,以手当刀,口中“嗨”地一声喊,挥手砍下去,砖头顿成两截。或是砖碰到头上,砖头被头撞碎,而那些铁头却丝毫无损。

有的学员像个僵尸,往后一倒,硬挺挺的倒在地上,肚子上放一块砖。上来一人,手中高高举起二火锤,再“嗨”地一声猛砸下去,砖被砸得粉碎,“僵尸”却安然无事。

还有绝的。有个学员仰躺在地上,肚子上安块木板。一辆美式吉普车徐徐开了过来了,顺着那块木板从那人肚子上碾了过去。那人毫发无损……

最让蒋介石感兴趣的是近身擒拿格斗。

一个手执利刃的人犯在前面走。忽地旁边蹿出个特警,猛扑上去,犹如泰山压顶。人犯闪过之时,倏忽间手中利刃一闪,转过身来,手持利刃向特警逼来。要命的是,手持利刃的人犯身高力大,而特警瘦小。而说时迟,那时快,瘦小的特警身手异常矫捷,他猛地伸手抓着人犯手肘,大概是点着了人犯穴道。人犯痛苦不堪,就在手随着特警的手腕往下弯时,“当”一声,握在手中利刃掉到地上。特警趁势一个扫膛腿扫去,人犯被扫倒之地,一手将人犯的一只手先挽过来,背上踏上一只脚,腾出的一只手从腰中掏出一副美式手铐“咔”地一声将人犯铐牢了。整个动作干脆利落,凌厉凶狠,如风卷残云。

委员长喊了一声好,带头鼓掌。顿时,场上场下掌声回应,很是热烈。接下来的节目一个更比一个精彩:表演擒拿与反擒拿,一个特警对三人,甚至同时对付四人,妙招迭出,总是特警胜,看得委员长喜逐颜开,不断鼓掌。

特警表演用高压水龙头冲散游行示威人群。游行队伍过来了,呼啸的警车也过来了。这些特警不仅表演了如何用高压水枪冲散人群,而且表演了如何用橡皮棍将人打成内伤,而外面不露痕迹的特技……

有游行者显然训练有素,他们能打能闹,在前来镇压的特警面前死缠活磨,坚不后退。这时,只听一阵急促的蹄声响起,一群高头大洋马泼剌剌冲了进来。骑在高头大马上的特警们头戴钢盔,手执警棍,驱大洋马扑向人群。就在那些如狼似虎、碗大的马蹄上都钉有铁钉的大马扑向人群之时,骑在大马上的特警扬起手中的警棍向终于抵挡不住马队冲击,四散溃退而去的人头上猛击。将这些游行示威者打得头破血流。

还有展示警犬厉害的场面。一群敌对方面的谍报者窃取了情报,漫山遍野四散逃去。一群美国特务带着警犬的追了出来。那些警犬,一只只牛犊般大小,吐着红舌头,嘴巴呼呼喷着热气,狰狞可怖,狂啸不止,身子竭力往前挣,让身后那些用皮带牵着它们的人高马大的美国特务也拉扯不住。

美国特务们将手中的皮带一松,凶恶的警犬脱弦箭一般向前追去,顷刻间追上逃犯,大声吼叫着,狼一般直起身子,前爪伸出猛地抓着人的肩！毛耸耸的大嘴再闪电般伸过去,狠命地咬牢那人颈下的衣领,离颈项就那么一寸,嘴里呜呜噜噜的——那意思是,再不投降,就向你喉咙上咬下去！在这样的威慑面前,往往是,这些逃犯,不及等到后面跟上的特警追来,就吓成了一摊泥,被这些比狼还大,比狼还凶狠的警犬制服了……

场上的表演持续了一个多小时后,戴笠走上前去,请示了委员长什么,然后宣布表演完毕,请委员长训话。蒋介石站起来,对着麦克风说话。场上立刻响起蒋介石那口浙江官话。也许是得到过蒋介石同意,中美合作所中方参谋皮宗阙对着另一个麦克风作同声翻译。

“唔！”委员长很激动,将手捏成拳头,一下一下地从空中往下砸去,“我刚才看了你们精彩的表演,很满意。我要感谢美国政府,特别要感谢美国海军朋友！”说着调过头来,向坐在身边的乔治、梅乐斯点头示意。

“美国海军朋友为了打败日本法西斯, 为了让中国在远东发挥稳定的力量,维护远东持久的和平,不远万里,从美国来到中国,与我们开办了中美合作所。”——这里,他强调是“我们”,而不单指军统局。

“五年来,同我们同舟共济,美国朋友作出了重大的贡献,付出了不少的牺牲,为我们培养出了大批用世界最先进设备武装起来的特工人员,极大地改善了我们特工的素质。在这全世界反法西斯大战胜利结束之时,我代表国民政府,并以我个人的名义向乔治将军、梅乐斯将军,并通过你们向美国海军部,向在场的所有美国同仁,表示衷心的谢意！并希望这种合作继续进行下去！”

“哗！”全场掌声爆响。

蒋介石举起双手,向下一压,掌声骤然止息。

“特警班第一期毕业的八百名同学,”蒋介石言犹未尽,“我刚才看了你们的表演,你们个个都是好样的。你们是戴局长的好学生,是梅乐斯先生的好学生,也是我委员长的好学生。你们马上就要走上战场,希望你们学以致用,好好努力,报效党国,以求有成。以后,这种特警班还要一期接一期、一批接一批地办下去!”

“现在,抗战虽然胜利了。”说到这里,蒋介石的语气变得凝重起来,“但是,天下并不安定。在八年抗战中坐大的共产党一心颠覆政府,赤化中国……”他在举了一些例子后,挥着手,近乎歇斯底里地吼道,“在当前,你们的责任非常重大。我对你们寄予了很大的希望。希望哪里出现共产党的叛乱、骚动,出现危及党国的行为,你们就能迅速出现在哪里。用铁的手段将共产党煽动起来的敌对势力、敌对行为,迅速、彻底、干净地镇压下去。你们!”他扬起手来握成拳,在空中挥了挥,再迅速地往下砸去,“是实行一个国家、一个主义、一个领袖,维持党国安定和稳定的坚强砥柱!”

蒋介石的话讲完了。在美蒋特务们的掌声和欢呼声中,他在蒋纬国、曹圣芬、皮宗阙等随员簇拥下,同戴笠、梅乐斯、乔治、玛丽等下了检阅台,先后上了轿车。车队首尾衔接,一溜向重庆市内方向驶去——蒋介百要在上清寺委员长官邸,为午后即将离开陪都,去上海的美国海军部代表乔治将军一行饯行。

## 迎春试笔,委员长一诺千金

1945年的春节到了。

委员长在他窗明几净的书房里写字。耳中可以隐隐听见大街上传来的鞭炮声。鞭炮声“噼噼啪啪”响个不断,打机关枪似的,很是喜庆。这是经过八年抗战,胜利后陪都重庆的第一个春节,到处都是喜气洋洋的。

现在是上午十时。

委员长今天起得很早，心情也很好，刚去国府出席团拜会回来。抗战胜利了，气氛大不相同，到处都感觉得出这点。以往，像冯玉祥这样的人，看到自己时，常常假装没有看到。今天，自己在国府刚一露面，冯玉祥就迎上来，紧紧地握手，说个没完，亲热得不得了……在去国府的来回途中，陪都的老百姓成群结队排在长街两边，万人空巷，争相瞻仰委员长风采。有好些百姓，心情激动地喊起了口号：

“拥护蒋委员长！”

“蒋委员长万岁！”……他站在缓缓行进的敞篷轿车上，微笑着，手中举起博士呢帽，向两边欢迎的百姓连连点头，频频说好。

委员长今天穿的是民国大礼服——蓝袍黑马褂，长身玉立，神采奕奕。一缕金色的阳光透过窗来，书房里显得很明亮。窗前古色古香的博古花架上，置放着一个淡绿色的花钵，钵里养的水仙花开了，白的花、黄的花星星点点，散发着幽香，沁人心扉。

屋中靠窗那张硕大锃亮的中式书桌上，副官早就研好了墨，铺上了裁好的红纸条，等委员长写字。蒋介石走上前去，从笔架上提起一只中楷狼毫毛笔，在端砚中饱蘸墨汁，肘悬空中，凝了凝神，下笔嗖嗖，在一张裁好的红纸上写了八个大字：元旦开笔，国事迪吉。

写完，他放下毛笔，退后一步，背着手，端详良久。蒋介石的字写得还是很有功夫的。他小时读私塾时练的是楷体，之后练过柳体，魏碑也练过一段时间。之所以练魏碑是因为“圣人”康有为说过：练字务必要练练魏碑，魏碑沉雄有力。但是，或许是因为性格使然，或许是因为爱好，他最爱写的还是柳体，写得最好的也是柳体。现在，落在红纸上的八个大字就是柳体，真是字如其人，一笔一划都是硬梆梆的。

他眯起眼睛看了许久，大概意犹未尽，又在一张红纸条上写了八个大字：元旦书红，世界大同。

掩饰不住心中的欣喜，他放下笔时，朝里间喊了一声，他希望夫人出来分享他心中的欣喜。夫人宋美龄应声从里间走了出来。她一出来就光彩照人，她今天穿一件黑天鹅绒旗袍，油亮浓黑的头发在脑后挽成一个髻，皮肤光滑红润，一双眼睛又黑又亮，很精神。个子不高不矮，丰满合度，看起来又年轻又雅致,流溢出一种很自然的大家之气和雍容华贵的气息。

“你看我今天的字写得怎么样?”蒋介石指着书桌上的两副字,笑吟吟地问。

“写得好极了。”夫人看了一下就连声称赞,“这几个字都写得又漂亮又有功力。一样大小,间架均匀,墨汁也好,又黑又浓,就像你今天的人,精神饱满。”宋美龄虽然从小在美国长大,应该说对中国书法没有多少研究,但她毕竟出身大家,很有中国文化根基和底蕴,一番对字的评论就很有水平。

“看来,字写得好不好,不仅看重功力,还得看精神!”蒋介石被夫人说高兴了,眉开眼活地说,“足见我的精神不错吧?”

“那是。”夫人说,“我感觉你最近各方面都表现得很有精神。”

“我感觉也是。”

“那你得谢谢我。”

“我为什么要谢你?”

“因为是我从美国给你带回来了盖世维雄补针和维——他——命!”

就在委员长夫妇刚刚开始的,只有两人世界中才有的只能意会不可言传的调侃中,书房外响起了一声轻轻的咳嗽声,是夫人的贴身女佣王妈的咳嗽声。在这种场合,只有王妈才敢来“打扰”的。

“王妈,有事吗?”夫人情知有事,在书房里问。

“是。”王妈在书房外答,她是夫人从老家带来的,外出多年,说一口带有海南音的北平官话,“戴笠来了,他说是奉先生命令来的。”

“唔!那就叫他进来吧。”略为沉吟,书房里传出蒋介石的声音。

当戴笠进来时,夫人进里屋去了。委员长坐在靠窗的一张沙发上,面前茶几上摆了一杯清花亮色的白开水。委员长今天心情很好,不像往常见到时摆出一副主人对家奴似恨声莽气的样子。委员长指了指对面的一张小沙发,要戴笠坐下来说话,不过,还是没有叫下人来给他上茶。不过,这已经让戴笠受宠若惊了。尽管如此,戴笠在委员长面前仍然不敢有丝毫懈怠,他正襟危坐,做出一副敬听训示的样子。

“你这次的南京、上海之行,任务完成得不错。”委员长以这样的肯定的话开了头,“不仅很妥善地处理了汪精卫伪中央政府的要员们,而且将冈村宁次大将保护了起来，唔！这个日本人在军事上对付共产党还是很有一套的，我们用得着，特别是你从他手上，将日军历次同共军作战的资料接了过来，这比什么都重要。”

“全靠校长的栽培！”戴笠压抑着心中的欣喜，目视领袖，胸口一挺。

蒋介石接着说：“在南京接受了日本人投降的何应钦总司令，今天在载波电话中向我报告，沿海城市他已派兵全部占领。这下我就放心了，共产党的军队进不去了。”说时如释重负地舒了一口气，随手端起杯子抿了一口白开水，瞟了一眼在面前正襟危坐的戴笠，对他一副诚惶诚恐的样子很满意。

“听说，这次何总司令去南京受降，有关日军所有受降部队的种种资料，还有何总司令所需电台都是你向他提供的？”蒋介石看着戴笠问，笑吟吟地，神情颇多赞赏。

“报告校长，是！”戴笠的语气中涌出诸多不平，随即攻击陈诚，“陈辞修当了军政部长便意气用事，不以大局为重，百般刁难何总司令，实在有负校长对他的栽培。”

“我就不懂了。”蒋介石没容戴笠将告状的话说完，便叹了口气，仰起头，做出一副苦思苦想的样子，“你、胡宗南，还有陈诚，都是我的好学生，都是黄埔军校毕业的佼佼者，都是党国的栋梁。为什么你同宗南弄得关系好，却同陈辞修水火不容？背后你不戳我的鼻子，我就戳你的眼睛？”

“报告校长！”戴笠很有火气地说，“陈辞修这个人总是自以为是，私心重、有野心。”

“好了，不说陈辞修了。”蒋介石笑笑，挥挥手，抬起头，看着自己这个深为器重的特务头子，“美国人对你很器重，唔，大概你也听说了。这次乔治将军代表美国海军部来重庆，就郑重向我提出，希望你出任中国海军部长！”

听到这里，戴笠的心都要跳出来了，也不说话，只是一动不动打量着委员长的表情。

“我答应美国人了。”蒋介石说时，又端起杯子抿了一口白开水。委员长声音不大，但对戴笠来说，却如耳边响起一阵阵动人的春雷，一颗刚刚提起的心“咚”地一声落进了胸腔里。

看委员长端起水杯喝水，对权力极为贪婪的戴笠大起胆子问：“校长对我说过，抗战胜利后，要我组建全国警察总监部！校长让我作海军部长后，还有这个意图吗？"戴笠并不满足，他还想把全国的警察力量抓到手。如果那样，他的势力就会再看涨，在特工交通警务方面，他就完全可以一手遮天了。见委员长没有回答，他小心翼翼，然而很坚决地试探道，"我已经按照校长的意思，将未来的警察总监部的蓝图都拟好了。"戴笠伸手要官的意思是再清楚不过了。

"你是有这个才干的。"蒋介石牙疼似地说，"不过，考试院长戴季陶向我推举李士珍担任此职。戴院长你是知道我同他的关系的。我们早在日本，在上海滩上时，就是非同一般的好朋友。我不能不给戴院长面子吧？"看戴笠一副想力争又不敢明说，很难过很委屈的样子，便把话说得活了些，"此职，究竟由谁人担任合适还未定。以后再议吧。"委员长注意到戴笠听了他这句话后，脸色又好了。

"雨农！"委员长的语气一下变得很亲切，"你看出来了吗？现在国内形势是外松内紧，共产党表面上高喊和平谈判，其实正在作全面叛乱的准备。他们已是今非昔比，力量不可小觑。马歇尔特使提出了和平解决的方案。现在，毛泽东就要来重庆谈判。马歇尔特使回国述职去了。等特使一回来，等毛泽东来重庆谈判……这些都是形式，形式一走完，我们就向共军全面进攻，这可是未来中国命运之决战！因此，我们的步伐要加快。对于在这场你死我活的大决战中，军统的工作，你有何考虑？"

"擒贼先擒王！"戴笠咬牙切齿，"毛泽东不是答应要来重庆谈判吗？美国驻华大使赫尔利先生，不是答应去延安接毛泽东来重庆吗？我看趁毛泽东来重庆时，找个机会将他除了！"

"你准备怎么除？"

"报告校长！"戴笠陡然来了精神，"只要毛泽东一进入重庆，我就保证让他来了出不去，插翅也难飞出去。在曾家岩周恩来的公馆，在毛泽东将要下榻的红岩村……我早作好布置。届时只要校长允许，校长寅时要毛泽东，甚至周恩来的命，我保证不会拖到卯时！"

"不行！断断不行！"不料委员长坚决地摇了摇头，很不以为然地看着戴笠道，"如果这样办，我当委员长的还有面子吗？戴雨农你要知道，我国是世界上四大国之一，我是四大国的领袖之一。我是向美国总统特使马歇尔和美国驻华大使赫尔利保证过的，保证毛泽东来重庆谈判的安全！唔，不要乱来！你要向我保证，决不能发生这样的事！”蒋介石看着戴笠，目光灼灼，声色俱厉了起来。

“是！”戴笠在蒋介石面前大声答应，胸部一挺。

“你若有那样的手段。”蒋介石叹口气，“让毛泽东、周恩来这些共产党头目不要身亡重庆，而是身亡他们的解放区，那就好了，那就与我们无关了，那你就为党国立下大功了。”他看着戴笠，把话说得更明白了些，“如果那样，就再也没有任何人可以怪责我。包括所谓‘国母’那样有影响的人。”戴笠明白，委员长所指的“国母”是指倾向于共产党的前总理夫人宋庆龄。

接着，蒋介石抛出了这次找他来的主题。“雨农！”蒋介石说，“春节后，你有必要去一趟北平，唔，处理一下王克敏汉奸政府！”

“是，请校长训示！”戴笠接受任务毫不犹豫。正襟危坐，目不转睛看着委员长。

“王克敏临时政府在北平时间久，树大根深，盘根错节。你去，最好是不动声色地将他们妥善处理，这方面你是有办法的，嗯？”看戴笠明白了他的意思，委员长接着交待，“北平的事处理完后，你径直飞去上海，督促检查美国海军替我们向东北运兵情况。这，也是最最要紧！”

“是。”戴笠大声答应，霍地站起身来，“时间紧急，事不宜迟。我把军统的事向毛人凤交待一下，两三天后就动身。”戴笠是知道蒋介石性格的，他准备适时告辞了。

蒋介石却又略为沉吟，又问：“你这次去，带不带专机？”

“不带。”戴笠心中闪过一丝阴影：委员长怎么问得这样细，莫非有人在背后说了坏话？

“我与各地航空委员会都联系好了，由各地临时派专机。去一站，临时派一架。这样可以节约好大一笔经费。”戴笠振振有词地说，“抗战刚刚胜利，国家百废待兴，雨农牢记校长教诲，一切从简，为重建家国，尽量节约经费。”戴笠这是投其所好。委员长提倡新生活运动，向来崇俭戒奢。虽然自己不带专机，辗转去北平、上海一带很不方便，但海军部长和警察总监这两顶桂冠委实太诱人了，他可不愿意此时此刻在一些小问题上在委员长心中留下一点阴影，从而捡了芝麻，丢了西瓜。军统局长做事向来小心谨慎的。小心无大错！要知道，委员长可是一个性格多疑的人，说话做事说变就变的。他有时觉得，自己就像一条雪地里捕获猎物的狼，伪装得那么好，脚步放得那么轻，往往猎物已经稳拿了，但自己还是生怕猎物跑掉，伪装了再伪装，脚步轻了再轻……

“很好、很好，雨农你这样，很好。”果然，委员长听了他的话，由衷地赞叹道，“党国的高级干部如果都像你这样，该有多好。当然，组织上该用的经费，也不必吝啬。比如，你在南京洪公祠修建的军统大楼就很有气魄，钱花得也值。”委员长说的军统大楼，是军统在南京在建的一项宏大工程。是戴笠一手搞起来的。预计修六层，很雄伟，可同时充裕容纳三千人在里面办公、住宿。戴笠把自己的办公室定在二楼中间最保险的地方，墙壁、顶板、地板等要害处都装置五公分厚度的、从美国进口特殊防弹钢板。窗户嵌两层的流线型防弹玻璃，从里面可以看到外面的人，外面看不到里面……所需经费相当惊人。

“报告校长！”听委员长提到在建中的军统大楼，戴笠马上辩解，“我这可是倾尽家底了，”看委员长没有别的意思，戴笠说，“现在军统大楼已经修到了二楼，竣工之时，一定请校长去剪彩。”

“唔，那我是一定要去的。”蒋介石点点头，“军统大楼修漂亮点是应该的。不要说你戴雨农有钱，就是钱不够，由财政部拨款修也是应该的。”略为沉吟，委员长看着戴笠，说了如此一番可谓语重心长的话，“以后，你的责任更大了。我还要对你的军统压担子的！”

“校长放心！”戴笠压着心中的狂喜，站在蒋介石面前宣誓般保证，“为了党国，戴笠愿接受校长交办的任何任务，为了党国，我戴雨农万死不辞。”

“好的，好的。”蒋介石笑着站了起来。

戴笠给委员长敬了礼，告辞时，蒋介石竟同他握了握手，亲切地说，“雨农，一帆风顺，静候佳音。等你返回重庆时，我们就该迁都回南京了。”

“保证完成任务，校长放心！”戴笠说时，向委员长行了个标准的军礼，这才转过身，大步往外走去——这是有史以来，蒋介石对军统局长戴笠态度最好的一次，接见时间最久的一次，也是最后一次。

## 戴笠微服摸骨算命，瞎子“神仙”露哀音

戴笠从委员长的书房里出来，已是上午十一时。他顺着阶梯缓缓而下，再沿着曲径，过花园，绕假山，穿回廊，急急朝大门方向而去。

委员长今天对他的态度、许诺、信任，让他深感责任重大，私心窃喜。喜悦在心中澎湃，简直像一泓山间压抑不住奔腾的春水。此时此刻，他恨不得一步就赶去北平、赶去上海……圆满完成委员长交办的任务，创盖世伟业，不枉委员长栽培。

带着一丝寒意的春阳暖暖地照在身上，照在深深的庭院里。耳边是欢快的雀鸟啁啾声，眼前移步换景，在一片片可人的翠绿中，点缀着星星点点的花朵，很是照人。委员长刚才那番语重心长的教诲又在耳边响起。他一边走一边心中咀嚼。他觉得，他对委员长的感情从来没有这么深。他对委员长感激涕零。

走到花径尽头的塔松前了。过了这株翡绿、油嫩的塔松，转个弯，就要出大门了，就看不见庭院深处的委员长宅邸了。他情不自禁地留恋地回过头来，注目看去，绿树簇拥中的委员长宅邸，一楼一底、中西合璧。

“局长、局长！”他的思绪在一种美妙的潜思中被唤醒。抬起头来，见副官贾金南候在旁边，毕恭毕敬。贾金南是个少校，跟他多年，忠心耿耿。也不知是因为贾金南外表长得笨头笨脑，还是他承袭了委员长的方式，对思想单纯的下属军人，动辄采用棍棒式。委员长以往对他戴笠就总是没有好脸色看，而见到政客，包括他不喜欢的政客，委员长都表现得笑呵呵的。其实，这是一种假象，所以，他也从不介意。每次去委员长那里，他甚至希望委员长给他一巴掌更好些，因为打是心疼，骂是爱。越打越骂表示委员长越喜欢、器重自己。同自己没有一点距离、嫌隙。同样，贾金南也摸透了军统局长的脾气，对局长时常出手打他，手又重，有时打得鼻子流血，也从不介意，副官贾金南对戴笠多年来忠心耿耿，就像一条忠实的狗。

今天，不知是因为戴笠心情很好，还是他要仿效委员长对他的态度，他对贾金南也开了笑脸。

“金南！”他笑嘻嘻地问副官，“老华将车发动着？”

“华永时一直在车上，将车发动着等局长您。”戴笠平时乘车外出很机警，不管去哪里，也不管他下车后要在什么地方呆多长时间，他都要吩咐他的司机华永时一步不离地呆在车上，而且将车发动。只要他一上车，车马上就得箭一般驶去。

贾副官说时，用一双蛤蟆眼怯怯地看着局长。他很奇怪，今天太阳是从西边出来了？素常见到自己不打即骂的戴笠今天怎么换了个人似的，对自己笑呵呵的。

贾金南说的“华永时”，是专门给戴笠开车，车技极好的一位司机。戴笠平生爱车却开不来车。或许是爱屋及乌的关系，或许是想着自己的命常常掌握在“老华”手中，他对华永时倒是很不错的。这样一来，华永时对他也确实是尽心尽力。

“好的，好的。”戴笠高兴地说，“我今天请你们去打牙祭。”说时，同副官一起步出了委员长官邸大门。见到停在门外的车了。受宠若惊的贾副官一手捏着腰皮带上的手枪，一溜小跑着，到了车前，哈着腰，替局长轻轻拉开了奥斯汀轿车车门。戴笠进车时，贾金南伸出一只手成掌，举至车门顶上护着，怕车门撞着局长的头。

“去邹容路周夕峰开的四川餐馆。”戴笠上车坐好吩咐司机。

华永时点点头，并不吭声，手中方向盘转动间，黑色的奥斯汀轿车在春阳下倏忽一闪，风驰电掣地向前而去，轿车很快上了上清寺大街。

奥斯汀轿车档次比较低，戴笠今乘这辆比较低档的轿车是有意的：一来是给委员长看的；二来这种车在重庆的小街小巷钻时方便，不引人注目。况且，这辆不起眼的车，里面也是经过改造的。窗上装的是进口的流线型玻璃。车壁四周嵌有特殊钢板，连步枪子弹都打不穿的。

山城的风景在车窗外疾速地上下回旋地往后流去。

“老华！”戴笠看了看腕上手表，口气很亲切，“时间还早，先朝沧白路开。”

“是。”老华的语气很恭敬，“局长，去沧白路哪里？”

"去沧白路找仇神仙算个命。"戴笠笑道,"我听说,有个从湖南来的仇庆荣仇瞎子摸骨算命很准,人称仇神仙。"

"是准、是准。"华永时边开车边说,"我也听说过。我们军统局很多人都去找他算过命。听说,连孔祥熙、宋子文这样的人都去找他算过命。他们说,仇瞎子算命之准,要超过当年成都那个有'卜卦之神'的严君平。"

"啊哟!"副官贾金南也来凑趣,他故作惊讶道,"西汉时期的严君平那么有名。他去后,成都人以他的名字为一条街命名,叫君平街。如果说连严君平都不如仇瞎子,那么,局长是要去找他算算才对。局长这个骨相,保险仇瞎子一摸要吓一大跳。我听人家懂行的人说,局长的骨相好极了,是天庭饱满地阁方圆。"

"但是局长这样去恐怕不行!"司机老华心细,提出了一个问题,"局长这样去,会不会被人认出来?不如把仇瞎子请到局长家里去,或请到一个什么专门的地方去!"

"那就假了。"戴笠头仰在沙发靠背上,不以为然地说,"若他知道是我找他,还不尽拿好听的话哄我?那我还听得到他的真话?还能知道他算不得准,是不是仇神仙?"

"对、对、局长高见,我没有想到这一层。"老华用一只手拍了拍头。

"那怎么办呢?"贾金南从保卫局长这个角度想问题,"局长这样去,同那些摸骨算命的人混在一起,出了问题咋办?这怎么行?"

"有什么不行的?"戴笠的语气很轻松,也表现很自信,"平时根本不出来,在人前照面。八年了,陪都重庆,没有几个人认识我的。再说,连宋子文、孔祥熙这样的头面人物都敢去,我还有什么不敢去的?等一会,老华把汽车停远点。我下车时带一副墨镜,你!"他指着贾金南,"把军衣换成便服,跟着我去,不会有问题的。"因为搞特务活动的需要,外出时,戴笠的车子上备有一些供换装的衣服和小零小碎的特工用品。

"嗨!局长硬是把我这个木鱼脑壳点醒了!"贾金南说时放心了,他说着一口"捡来的"四川话,转过身去,打开放在他身边的一口衣箱,捡出一件又长又大的灰布长衫,罩在军衣上,头上的军帽换成了一顶毡窝帽,他把自己打扮成了一个跟班。而戴笠本来就穿的是一身藏青呢中山服,只将一副黑眼镜带在眼睛上,形象立刻大变。他脚蹬一双擦的铿亮的黑皮鞋,头发梳得溜光,说一口怎么都改不了的江浙味很浓的话。人前一站,一张嘴说话,很像一个从下江来川搞投机倒把,狠赚了一笔钱的西药店老板或是银行高级职员。

这时,汽车一拐弯,离开大街,驶进了沧白路。

沧白路靠嘉陵江,是条小街,像重庆所有的小街小巷一样,鸭肠子般弯弯曲曲蜿蜒纵深,忽上忽下。回旋起伏铺着石板,窄得只能容两辆吉普车错过的街道两边,大都是一楼一底的木板房。恍然间,真以为走进了明清时代。春节刚过,鳞次栉比的店铺门楣上张贴着春联,这里那里不时响起"砰砰"的鞭炮声。小巷中,杂声盈耳。空气中弥漫着煤球燃烧后散发出的那种呛人气味和鞭炮的硝烟味。

华永时按照戴笠的嘱咐, 把车停在街口一个空坝上, 没有下车守在车上。简单化了装的贾金南跟着戴笠下得车来,前后相跟着向"仇神仙"的算命铺走去。

长街两边的店铺真不少,茶楼酒肆饭馆一个挨一个。那些各式各样的店招很有趣,带着浓郁的地方特色。饭馆名大都叫"味腴"、"聚丰园"、"对又来"……旅店则大都叫"静安"、"临江楼"……茶馆最多,大都叫"茗园"、"饮涛"……那些店招的制作从形式上看,有纱灯、牌匾、挂牌、幌子。

街上旅店大都档次不高,门楣两边一边挂一个大红灯笼。贴的对联无非是:未晚先投宿,鸡鸣早看天。馆子分为两类,卖饭的称为红锅馆子。红锅馆子门前写的是:酒饭便宜,炒炖俱全……这个时候也许是还没有到吃午饭的时间吧,各个店铺里都很清冷,但川人爱喝茶,有不少人一天天地都在茶馆里,一家还算阔敞的二泉茶社中,人就坐得满满的。

也许是出于职业的习惯,戴笠走到这里,不禁止步往里观察了一下。人群簇拥中,有一个人在讲评书。高坐堂上的讲书人是个相貌清癯的老者,身上穿件灰布长衫,手中拿块惊堂木,讲到高兴处或关键处,往往将惊堂木在桌上一拍。讲的是《薛仁贵征东》。说书人讲到了唐太宗李世民征高丽时遇险那一回。说的是李世民外出不巧遇上了敌方高丽大将盖苏文,惊慌失措中,驱座下御马单身落荒而逃,而盖苏文驱马紧追不舍。荒不择路间,唐太宗陷入了绝路。前面是浩翰的大海,后面是逼他投降、张牙舞爪的盖苏文……向来唯我独尊、锦衣玉带的唐太宗骑在御马上,而马陷沙滩,进退维谷,好不可怜。

骑在追风马上的盖苏文举起了手中的青龙刀,唐太宗不降即死,形势万分危急。唐太宗泪如泉涌,绝望地呢喃道:哪个救我唐天子,我们的江山平半分;哪个救我李世民,他做君来我做臣!

“说时迟,那时快!”说书人将手中惊堂木连连拍得山响,长声吆喝一声,“此时,只听一声:我来也!就在唐太宗身后的一面悬崖上,半空中降下一匹白马,端坐白马上的是个白衣小将。这小将面如满月,手执银枪,威风凛凛,直奔盖苏文。盖苏文惊得大叫:哎呀呀,好个冤家薛仁贵……”看听书人听得如醉如痴,说书人这就恰到好处地将手中惊堂木一阵猛拍,“欲知后事如何,且听下回分解。”说书人这就闸了板,将听书人的胃口吊得足足的。

看到这里,戴笠笑笑,心想,用四川人的话来说,这个说书人真是“油”到家了。离开二泉茶社他们又径直往前走。耳中传来打锅盔的梆梆声,他们发现,重庆人爱吃火锅真是名不虚传。这条街上,火锅店真不少。店小二站在店前亲热地招揽顾客。他们腰上拴根油腻腻的围裙,肩上搭张白不白,灰不灰的抹桌布,一口重庆话说得溜溜脆响:“哎、客官请进来吃火锅!吃真资格的重庆火锅!涮羊肉火锅、酸菜鱼火锅、蘸水鱼火锅……保险你吃得巴巴式式。保险好你得来连自己的舌头都要吞进肚子里去。吃完不舔嘴巴不要钱!”

一笑间,转过个弯,“仇神仙”的招牌便抢进眼帘。那是一个光鲜鲜的铺面。楼上,垂下一个红字白布幌子,约有丈长。上面绣有“湘人仇庆荣”五个大字,幌子镶黑色月牙边,显得神秘而气派。许是到了午饭时间,平时顾客满门、应接不暇的仇神仙门前,只有两个顾客。

仇神仙正在为人摸骨算命。只见屋子正中摆一张签牙桌,地上满方砖。那个稳坐桌后,正为人摸骨算命的老者必是仇庆荣无疑了。戴笠在铺子不远处停下步来,不远不近地细看。

仇神仙体形清瘦,着一领道袍,打扮得像个道士。花白头发在脑后绾成一个结,一张寡骨脸,眼睛上罩一副墨镜,颔下飘着一部花白胡子。判不准他的确切年龄。从精神、动作来看,不过半百。但既称之为神仙,那就决不能用凡人的眼光来看待, 说不定已经过几个轮回了。仇神仙脸上的褶像是核桃壳,然而,脸色很好,标准的鹤发童颜,确有些仙风道骨的味道,想必是有些真本事的。

戴笠这就不声不响地带着贾金南上前去,坐在两个人后面细看。

只见仇神仙左手轻轻抚着他额下那络疏疏朗朗的花白胡子,右手摸着那人的手,东捏捏、西摸摸……头仰起来,那副凝神屏息的样子,好像在谛听天语。好半天,头才平视,用那副遮在眼睛上的墨镜一动不动地盯着逮在他手中的那个中年人,小声说了几句什么——逮在仇神仙手中的是一个穿长衫,戴青缎瓜皮帽的中年胖子,看样子,像一个小商人或是地主。大概仇神仙的话句句应验,说到胖子的心里去了,心服口服,连连点头,一副佩服得五体投地的样子。戴笠心中暗喜,自己今天算是找对了人——遇上活神仙了。

戴笠有一个习惯,随时随地观察人,听人谈话,自己从不轻易显山露水。

坐在自己面前的两个人,从他们谈话中,戴笠判断出这是两甥舅。舅舅是个中年人,好像是在市政府任什么科员,长得白白净净的,穿件崭新的蓝直贡呢长袍,一根"强盗"牌香烟的玉石烟嘴叼在嘴上。这人一边听着坐在身边的侄子说话,一边不时将玉石烟嘴从口中拔出,很有派头地在手中抖抖,让烟灰胡乱地洒在地上。

侄子是个尖嘴猴腮的年轻人,为了漂亮,在这春寒料峭的日子穿套薄菲菲的咖啡色西装,脚蹬一双乳黄色皮鞋,头发梳得溜光,身子骨又单薄,即使坐在那里冷得打颤,但仍强打精神。这年轻人说一口难听的乐山话。听得出来,这小子家里很有钱。

"舅舅",虽然戴笠、贾金南坐在他们身边,那小子视若无人,他压低声音,用手指点着正在替人摸骨算命的仇瞎子,"你看那暗瞎子东摸西摸、东说西说,没个完。我看,我们还是去吃了饭再来。"说时,一双东瞅西望的豆豆眼一亮。戴笠顺着这小子的的目光看去,有一个年轻打扮时髦,估计是卖春的女子正在街上溜达。这样春寒料峭的天,身上穿的竟是一件豆绿色直贡呢旗袍,外套一件黑绒开衫,下半截鼓鼓的雪白的大腿若隐若现。敞着衣扣,高高的胸脯很明显。这女子中等偏上个子,很是丰满,五官也还周整。头上梳的是从上海方面流行过来的最新式的发式,烫成卷卷。她手弯上一个精巧的小红皮包,左顾右看。

"王生!"那抽烟的中年人注意到了侄子的心猿意马,不屑地看了侄子一眼,声音高了些,带有些训诫意味,也不点醒,只是说,“你爸来信再三要我在重庆给你找份前途。读书你不想去,说苦。做生意呢,现在的生意也不好做。这么多天了,你爸来信问我你究竟该做啥子,我都没法回答。我想人该做啥子,都是前世有缘。听说这仇神仙算命极准。我今天好不容易请了假,带你来的,嗯,你在看啥子?”

这时,那打扮时髦的女子在豆豆眼中消失了,进了一家旅馆,豆豆眼才恋恋不舍地将目光收回来。

“舅舅!”豆豆眼所答非所问地说,“看样子,这个瞎子还够得整。”说着指着前面不远处一家酒楼说,“我晓得这家‘狮子楼’火锅相当不错!这么冷的天,我们何必在这里受冻,不如去吃了火锅,吃得热热哄哄地再回来?”

舅舅心动了,却这样说,“这家‘狮子楼’是不错,就是价钱烫人。”

“我来我来!”豆豆眼立即说,“天气这么冷,舅舅你又抽时间带我来摸骨算命,给我找个前程。走都走到这里了,当侄儿的,咋都得孝敬孝敬舅舅。”

“那就走吧!”两甥舅这就站起来,一起走了。

那两人走了不久,仇神仙结束了手中的作业,那个中年胖子站起身来,谢了神仙,点头哈腰,连说,“记着了、记着了。”付了钱,这就走了。

“堂下客官,该哪位了,请过来。”仇庆荣挺起腰来,抚着颔下那把花白胡子。戴笠给贾金南示了个意,让他先去。

贾金南坐了过去,伸出手去。戴笠在一边注意看、注意听。

只见眼睛上戴一副黑膏药眼镜似的仇瞎子用两只手在贾金南的脸上、手上摸来捏去。那神态,有些像名老中医给人诊脉看病。

“神仙!”贾金南忍不住了说,“你看看我要不要给你老报个生辰八字?

“不要、不要。”仇庆荣将头大势摇,“已经清楚了。”

“啊!什么清楚了?”贾金南瞪大了眼睛。

“你的命出来了。”

戴笠一惊,不由得将身子往前凑了凑,洗耳静听,生怕漏掉一句。

“那,就请先生说说。”

“我就直说了。”

“就是要直说。”

仇庆荣又用手摸起颔下那把花白胡子,朗声道:“说得你先生高兴,你不要谢我。说得你先生不高兴,你也不要怪我,因为你的命就是这个样子。”

“那是,那是。”贾金南连连点头。

“你这个人,是一个跟班的命。”仇瞎子此话一出,戴笠不由更吃一惊,将身子又凑近前去一些。

“你这个人为人忠诚。”仇瞎子的话如水往外涌,一波一波的,“一生不富不贫,妻贤子孝,寿限七十。”说到这里,不知为什么,叹了一口气,欲言又止。

“没有了?”贾金南张着大嘴傻问。

“没有了。”仇庆荣说,神情很坚定。

戴笠示了一个意,贾金南站起时,从衣兜里掏出一块大洋,递到仇庆荣手里,这个价钱大大超出了应给的算命费。仇庆荣也不说谢,只是坐得端端正正地说了一句,“先生慢走。”

戴笠默默无声地坐在了仇神仙面前,伸过手去。仇庆荣伸出一双鹰瓜似的瘦手,照例先从戴笠的两只手上摸起。不是摸,而是捏。捏指拇、捏关节,捏得很细。然后两手上移,开始摸,摸他的脸,摸他的颧……戴笠有张四方脸,脸上有副浓眉和厉眼。摸着、摸着,仇庆荣调过头去,大声吆喝他的长工王二给这位先生上一碗好沱茶——都知道重庆人爱喝沱茶。

“来了!”里屋一声回应,王二手中提着一沉甸甸负铜茶壶抢步出来。这是一个乡下小伙子,二十来岁,很精干,可能进城不久,还是一副四川乡下农村人打扮,身上穿件长衫子,长衫的一角挽起扎在腰带上,头上包张白帕子,皮肤黝黑,手脚麻利。他走上前来,将执于左手中泡四川盖碗茶的三件头往桌上一扔。叮叮当当间,一只铜茶墩在桌上,一个白底蓝花瓷茶碗骑在铜茶墩上。随着他右手执起的铜壶从下至上渐渐提起间,一道鲜开水从细细长长的壶嘴里喷出,端端注入茶碗。“叭嗒”一声,王二用左手小指拇轻轻一勾,茶盖这就盖上了茶碗。一碗正宗的四川盖碗茶这就泡好了。整个动作,一气呵成,可作单独的四川民间艺术欣赏。

“先生请茶!”仇庆荣以手示意。

“多谢!”

“听口音,先生是下江人氏吧?”抗战中,重庆本地人爱将从长江下游江浙一带来的人统称为下江人。

“嗯。”戴笠只哼了一声，并不多说一句，他要试试面前这个仇神仙究竟有没有真本事，不肯流露出半点可以给算命的人可乘之机。

“先生骨格峭拔神奇。”仇庆荣略为沉吟后，说了起来。说时，偏着头，好像沉浸在一种有了巨大发现后的情绪里。这个情绪是惊喜？惊奇？恐惧？担心？似都是，似都不是。戴笠听这一说，凝神屏息，生怕听漏一句。

“先生的骨相是人间少有的。”仇庆荣极富专业化的语汇，滔滔而来，犹如是喷珠吐玉，“先生的骨格似文非文，似武非武。而是文中带武，武中兼文……先生是国家的栋梁之才。”说到这里，突然重重地叹了口气，那光景就像是童话世界中的一个故事，一个贪心的人骑着一只金光闪闪的大鸟飞到了一座宝山上，一心要将宝山上的宝都装了带回去。什么地方都装满了，然而梦醒了，才发现一切都是空的。又像是从冥冥中看到了什么凶险。看仇庆荣这副情状，戴笠的心不由得猛跳起来。

仇神仙面向着戴笠，戴一副黑膏药似的眼镜盯着他，神情很幽深。他问戴笠，“先生今年是交天命的岁数吧？”

“是。”戴笠老老实实地回答，“我今年刚好五十岁。”

“先生的骨相样样都好，就是鼻头有些毛病……”坐在旁边凝神倾听的贾金南听到这里，眼都大了。心想，这瞎子算得真是个准。戴笠的鼻子有严重的鼻炎，整天哼呀哼地，饭菜吃不出香味，也闻不出气味。不管走到哪里，都让副官贾金南给他带着一副从美国买回来的洗鼻器，每天洗三次。

“先生今年命交华盖，走得过去，以后前程似锦！”仇庆荣的话说到这里戛然而止。至于这华盖运走不过去，又怎么样？瞎子没有说下去。

“望先生今年务必多多注意，万事谨慎！”等了一会，只听仇神仙用这样并不轻松的话语，一句煞尾。

“谢谢‘神仙’指教，我们后会有期！”戴笠表面上并没有什么表情，只是站起来时，对贾金南手一比。副官会意，赶紧上前，掏钱时，戴笠吩咐一句，“重金相谢，银洋10块。”贾金南一怔，如数付钱，将10块光光的大洋，在桌上丢得当当脆响，心想，真是了不得！这仇瞎子给局长算一次命，竟得大洋10块，这可比一个上等车夫一月的包月工钱还多。一个上等车夫，带上自己的车，在一个上等人家拉一个包月，才八块钱。而这八块钱可以供一大家人。戴笠生性吝啬，何曾看到过他出手如此大方？可见局长这次对仇庆荣给他算的命相当重视、相当满意。

贾金南将手中的银洋叮当作响地码在桌上后，说："仇神仙，我们这就告辞了。"银洋响了十下，仇庆荣虽然是一个瞎子，但不会没有听见的。按常理，这瞎子该受宠若惊，对他们千恩万谢。谁知仇瞎子端坐椅上，受之当然的样子，对他们的离去，哼都不哼一声，似乎缺少至低限度的礼节。贾金南注意到，戴着那副黑膏药似的眼镜的仇神仙，一直不声不吭声地注视着他们离去，似乎还沉思在一种发现里，其神情高深莫测。

一直等在前面一块空坝子里，将汽车发动着的司机华永时，看到局长走近，赶紧轻轻推开了车门。戴笠、贾金南刚上汽车坐定，奥斯汀轿车立即轻捷地向前窜去，很快上了大街，往邹容路方向而去。

"金南。"军统局长今天的脾气好，语气也亲切。他问副官，对今天仇神仙给他算的命服不服气，满不满意？

"服气。"贾金南想了想说，"他说我是一个跟班的命，可不是吗？我一直跟着局长。这仇瞎子还真是有点道行，局长，你说呢？"

"我大概信，但也不全信。"戴笠沉思着说，"摸骨算命是有道理的，这方面的道理，《周易》中就有，道理深沉。但他说我今年命交华盖运，要倒霉，这，我就不信。这么多年，我入伍从军，枪林弹雨中出生入死，大江大河都过来了，抗战胜利了。在这个时候，谁还能把我咋的？"

"局长！"忠实的副官委婉地对他提醒一句，"既然那瞎子算命准，局长小心无大错。"

"那也是。"戴笠点了点头，"今年我凡事小心些，出门多带几个人就是了。"

"金南，你记一下！"戴笠这时转移了思绪，吩咐副官道，"等一会我们吃了饭，回局本部后，你负责通知这几个人。要他们准备一下，两天后，随我一起去北平办些事情。"

"是。"贾金南赶紧从衣兜里摸出一本记事簿，又从上衣口袋里拔出一只从美国进口的圆珠笔，做好了记录的姿势。

“人事处长龚仙舫。”戴笠开始一个个点名,“人民动员委员会金玉波。英文秘书马佩街。副官徐炎。再找一个给我管衣物的。这个人,你定。”

“局长,就这些吗?”记录完了,贾金南这样问,显然,局长这份名单中没有他,他感到奇怪。这么多年来,他从来没有离开过局长。

“就这些。”戴笠知道副官的意思,解释说,“这次你不去,你负责将我老母亲先送回南京去。她一直讨厌重庆的天气。最近她老人家的老毛病又犯了,老喊腿疼。”戴笠人虽狠毒,对母亲却很孝顺,说着眼都红了。

“现在,南京正是莺飞草长的季节,老人家天天做梦都梦到回到了南京,念她在鸡鹅巷里的旧居,我只想遂老人家的愿,只有你送她回去,我才放心。”

“好的。”原来是这样,贾金南弄明白了原因,接受了局长的重托。不知为什么,往日在局长面前说一不二的副官,今天接受任务时,态度似乎有些犹豫,有什么话要嘱咐局长似的。不过,红得发紫的军统局局长戴笠没有注意到这些,而此时,车已上邹容路。军统特务周夕峰开的那家很有名气的四川餐馆“新味腴”已遥遥在望了。

# 第十二章 东边日出西边雨

## 闹内讧,梅乐斯在美驻华使馆被软禁

中美合作所副主任、美国海军少将梅乐斯带着他的副官比乐尔特,乘坐一辆漆黑锃亮的克拉克轿车,离开了他很少离开的钟家山梅园,去坐落在市内的上清寺的美国驻华大使馆。

随手撩开挑花窗帘往外看去, 一条平坦如砥的水泥公路在灿烂的春阳下,如同一条银色飘带,沿着蜿蜒的山势向前延伸。车窗外往后急速流动的美丽景色,如同他的心情一样美好。

雾都重庆终于放晴了,天空,那样高远,蓝天上有一朵棉花似的白云。四周的山岚遍披青葱,缓坡上,有吃草的羊群,野花……这就是熟悉的川东景致。他已经爱上了重庆,而作为一个将军,他更知道,作为长江上游最重要的城市,在军事上的战略意义。就在月前乔治将军代表美国海军部来梅园,同戴笠签订了有关战后中美合作所解散等协定。当然,这个协定决非仅仅是解散二字可以概括得了的。秘密决定就在中美合作所,让美方官员回国之时,留下一批精锐,继续在重庆为军统培训特务;同时,在北平、上海两地也开设了特别训练班。毫无疑问,美国海军在战后表面上看来,是解散了同中国军统合作的中美合作所,其实,在内容上更加强了联系,而且工作更加扎实细致。就以办在上海虹口的特别训练班来看,进展得就不错。在那里负责的怀特总教官对学员们因材施教,颇有收获。有一个个例是,成都有个很贪玩的十五六岁的中学生,家里面也挺有钱。就在这个寒假,偷了家里一些钱,一个人偷偷跑到大上海玩,钱用完了,回不去,在街上干些诈骗勾当,很是得手,表现出了特工的某些潜质。而且这小子,在学校就是个假姑娘,爱模仿姑娘的一些动作,相貌也长得清俊,其实内心很硬。怀特他们趁机将他绑架了,弄到虹口单独接受训练。怀特向他和戴笠提出,用美国最先进的药物和设备,在最短的时间内将这小子训练成一个类似泰国人妖似的特务,派往解放区从事特务活动。之所以如此,是人妖似的特务比起真正的女特务来更为心狠手毒……他们同意了怀特的方案,并决定给这个人妖似的特务改个很女性化的名字:王群。经过艰苦训练,最近怀特向他报告,王群训练得很成功——已经由一个清俊的小伙子变成了相貌人见人爱,手段了得的"女"特务。个子高高,丰满合度,两只眼睛水汪汪,一条大辫子很长!戴笠将此事报告了蒋介石,蒋介石听后大为赞赏,准备最近接见王群,然后将她派往解放区。

自认为了解中国,了解国民党,也了解共产党的梅乐斯认为,就是这个王群,在派往解放区后,将起到一种特殊作用。共产党今非昔比,已经解放了大半个中国,力量占了上风。好色,这是任何一个正常的男人都免不了的!而很有色相的王群,对那些好色的共产党干部,特别是老干部最有诱惑力,当然也就是最有打击力的!而且,据说,王群现在已经打进了共产党内部,去了解放区,混进了共产党军队一个文工团当上了演员。王群最终的表现,会让全世界大吃一惊。在王群让全世界大吃一惊的同时,美国海军谍报人员的能力,他梅乐斯的能力,也同时必然会让全世界同行刮目相看。

就在刚刚结束的以美国为首的同盟国战胜德、日、意法西斯的第二次世界大战中,有"远东之花"之称的日本女特务川岛芳子,还有一些德国女谍,在战争中,她们利用色相建立的"殊勋"惊人,手段百出:诱惑、献身、杀人、窃取……种种手段,无所不用其极。她们面如桃花,心如蛇蝎。所发明的特工器材也达到一个相当的高度,钢笔枪、点尸水、还魂丹……这些只有在神话世界中才有的东西都有了,都用上了。现在,来看看我们训练出来的"人妖"王群吧,来试试我们美国的特工装备吧!他总有一天要让全世界大跌眼镜,让全世界的同仁承认,还是美国高明!

在国共第三次内战,也就是决定中国命运的大决战打响前夕,他梅乐斯和戴笠这一对老搭档,已经全速起动,如同锋利的两把利剑,已经暗暗向共产党刺了出去。

日前,戴笠去了北平、上海一带,从事一系列活动。而他梅乐斯这边,竭手中所有力量,出动近千辆十轮大卡车,装载经过特种训练,配备美式装备的特务五千余人,星夜兼程,前往上海和沿海一带大城市,抢占抗战胜利果实,替国民党布下了谍报网、扩充军统实力。与此同时,他通过海军元帅尼米兹同意,从美国海军部调来了四架四引擎的巨型运输机,将日前蒋介石检阅过、深为赏识的特警班第一期毕业的八百名学员,火速空运去了天津、北平、青岛等具有重要战略地位的沿海城市。

重庆中美特警班第二期已经开学,学员一千二百人,比第一期规模还大,采用美国最新特工教材、刑事实验室和武器装备。尼米兹元帅还准其所请,命令驻日本冲绳的美国海军,秘密运送各式武器弹药至秦皇岛,共计三千吨。

在上海杜美路70号,那间名为中美所联合善后办事处,实则是为戴笠当中国海军总司令而秘密搭建的筹备班子,利用军统的力量,基本接收了日本海军在沪全部房屋和财产。中国海军部的有关计划和人事安排也在悄悄进行中……

这一切都已经做好了,而他梅乐斯也准备走了,回国了。不过,出川后,他还不会立即回国,还要辗转西南、东南、沿海一带,对由他们训练出来的特训班作最后一番巡视,然后从上海离开中国启程回国。时间大概在几个月后。他辗转西南、东南、沿海一带,要检查的特训班和巡行路线是:贵州的息烽、江西的修水、福建的漳州、浙江的瑞安等十几处。这些训练班的种类有:行动队、爆破队、破坏队……共计约十万人。这支交由军统的庞大的武装特务组织,配备弹药充足,武器种类先进齐全,从常见的美国卡宾枪、汤姆生机枪、火箭炮、电讯收发报机到各式各样的手抢、爆破器材、窃听器……一旦需要,这支庞大的特务队伍,可以像滚雪球一样,迅速发展壮大。

梅乐斯信心十足,戴笠手中了有这支威力强大的特务武装组织作后盾,又同国民党军队中一些最有实力的将军关系密切,如陆军总司令何应钦、空军总司令周至柔等。特别是同握有国民党军队中一支人数最多,装备最好的集团军总司令胡宗南上将是莫逆之交。这就形成了足以影响中国政局的力量,同时,也铸成了支撑蒋委员长统治中国的一块基石。虽然为委员长手下大将、新任军政部长陈诚,以及同陈立夫、陈果夫兄弟等不睦、不容,但这些都不足以对戴笠构成威胁。总之,在美国海军全力支持下、同他梅乐斯友善的中国军统局局长戴笠,现在只要跺跺脚,中国的半边土地都是要抖一抖的。而中国有句古语叫“投桃报李”,他相信戴笠在不久的将来,会给美国海军部,更会给他梅乐斯本人以加倍偿还的。

月前,乔治代表海军部秘密来重庆时,就带来了海军部两巨头——海军部部长福莱斯特和天才的尼米兹元帅口信,对他在中国开展的卓有成效、创造性的工作表示满意……他相信,回国后,自己肩章上又会增添一颗将星——这也是海军部两巨头暗示过的。

然而,就在这中美合作所即将解散前夕,代表美国陆国利益的现美国驻华大使赫尔利仍对自己耿耿于怀。今天,他之所以去重庆,是因为早晨,赫尔利大使给他来了一个电话,请他务必去一趟大使馆,说是有要事相商。这可是赫尔利出任驻华大使以来的第一次。出生于美国俄克拉荷马州的赫尔利,时年63岁,可算是一个风云人物。他是共和党人,曾担任过美陆军部长、驻新西兰公使等职。

中国有句哲语,叫“是福不是祸,是祸躲不过。”他决定去会会赫尔利。行前,他将此事告诉了自己的参谋长贝乐利时,贝乐利劝他不要去,说是多一事不如少一事。我们与他这个驻华大使在业务上也不发生任何关系。

难道这位来自俄克拉荷马州的赫尔利还能把我当成他家的爆玉米花,一口吞了不成?梅乐斯笑了。他拒绝了贝乐利的劝阻,决定去会一会这位代表美国陆军利益的赫大使,看他有些什么花样?他想,玩花样,他可能玩不过我,赫大使,你也不看看我是谁?我可是大名鼎鼎的梅乐斯!

梅乐斯一路上就是带着这样的念头和愉快的心情去重庆的。重庆城已经遥遥在望了。回旋起伏,山山水水的重庆城,是一个由破破烂烂的瓦板房、吊脚楼鳞次栉比构筑起来的城市。然而,就是这样一个抗战中作为中国陪都的城市,却像是一个穿得破破烂烂的勇士,在八年抗战中,带领全中国人民走过了艰难的岁月，一直走向胜利！春水还没有发，显得比较瘦的嘉陵江上，一只只大船正在吃力地逆水而上。江边，在陡峭的山道上拉船的纤夫，这么冷的天气，一个个脱光衣服，肩上套着纤绳，因为用力，头和腰都深深地弯下去，身子竭力前倾。似乎嫌身上的力气还不够，他们一双手贴在地上再拼命用力。他们根本就不是在拖船，简直就是在地上爬。他们一行，有的四五个人，有的七八个人，口中喊着整齐有力的号子，皮肤黝黑，浑身精瘦。

轿车跃上了市区大街，坐落在上清寺的美国驻华大使馆出现了。这是一幢临江而立，外观上很像美国白宫的西式建筑物，规模不大，却很雅致。四周围着铁栅栏。使馆门外，一左一右两个岗棚里，站了一个美国宪兵和一个中国兵持枪守卫。大门右边，立有一个橱窗，展览的图片都是美国风光。

梅乐斯在使馆那幢别墅式的主楼前下车后，上了二楼。

“哈罗，欢迎你！”见到梅乐斯，长得又瘦又高，西装革履的赫尔利迎出屋来，伸出手。

“见到你，真是荣幸。”梅乐斯同赫尔利握手，不是外交官的他，却满口外交辞令。

赫尔利将梅乐斯请进他的办公室，说：“我要和你单独谈谈。”有人给送进来咖啡、点心。

“谢谢。”两人隔几坐在沙发上。

“抽烟吗？”赫尔利问。

梅尔斯摇了摇头。

“我抽支烟你不介意吧？”主人问。

“请！”

赫尔利变戏法似地掏出了一支粗大的玉米芯似的烟斗叼在嘴上，同时，给梅乐斯比了个请喝咖啡的手势，顺势将一只粗大的哈瓦那雪茄栽进烟斗里，用打火机点燃，然后将身子很舒服地往沙发上一靠，叭嗒着粗大的哈瓦那雪茄，在袅袅升起的烟雾中，眯缝起眼睛，目光敏锐地观察着梅乐斯。

“最近有种说法。”赫尔利说得富有哲理而幽默，“有人说，随着交通工具的发达，现在地球变得越来越小，国与国之间也并不遥远。然而，你和我都住在重庆，这么长时间了，我们却还是第一次见面。”

“大使说得真是幽默呀。”梅乐斯谨慎地应付道,“我本来是想来拜望大使的,但大使重任在身,最近一段时间穿梭于延安、重庆之间,调停国共矛盾。最近听说毛泽东要来重庆谈判,他真的能来吗?”

“要来。”赫尔利学着毛泽东幽默的腔调说,“俗话说,山高路不平,好耍不过重庆城。既然蒋委员长请我去重庆,我还能有不去的?”

“啊哈!”梅乐斯假笑了一声,“不知大使对毛泽东印象如何?”

“毛泽东气势恢宏。”赫尔利把着烟斗,沉思着说,“还有他身边有周恩来、朱德这样一些去国外留过学,对国际形势洞若观火,第一流的外交家、军事家的辅助,力量不可小视。”

“我就不明白了,当年被蒋先生团团围困在穷山僻壤陕北延安的共产党,怎么会走到今天,力量越来越大,看来大有取代国民党的趋势?”

“蒋委员长这边一盘散沙,人家共产党那边团结。我在延安听共产党人唱‘团结是铁,团结是钢,比铁还硬比钢还强’……”在梅乐斯眼中长得龙虾似的赫尔利说着说着,竟学着用中文唱了起来。忽然又停了下来,目不转睛地盯着梅乐斯说,“各自为阵,这怎么行呢?这能取得最后胜利吗?”梅乐斯听出赫尔利话中有话,挑明说道,“大使请我来,不是有要事相商吗?”说着,颇有讽刺意味地一笑,“大使不会在这个时候请我来喝咖啡聊天吧?”

“当然不是。听说将军在解散你们那个中美合作所回国之前,还要去中国东南沿海一带视察你们和军统办的特训班?”

梅乐斯心中一惊,既不否认,也不承认,只是讽刺道,“大使不愧是军人出身,消息真是灵通呀!”

“所以,我今天特地请你来。”

“来干什么?”

“请你把你手中掌握的、有关中美合作所五年以来所有的情报、收发电文、库存文件、资料都给我一份复印件。”

这真是太可笑了,万万没有想到代表美国陆军利益的赫尔利大使这样幼稚。梅乐斯不禁哈哈大笑起来,那种毫不掩饰的愤怒、藐视、不屑,都从他这哈哈大笑中流泻出来。

“怎么样,梅将军不愿意?”赫尔利有些生气。

“尊敬的大使先生不会是当陆军部长时间长了，养成了对军事情报收集的嗜好吧？”梅乐斯也来了火气，说话毫不客气，完全没有了外交辞令，“看来，我有必要提醒大使先生注意你的身份，你现在不是美国三军参谋长，也不是国防部长，我不会听你的。”

“感谢你的忠告。”赫尔利看定桀骜不驯的梅乐斯，那张瘦削的脸上肌肉有些抽动，他说，“我没有弄错自己的身份，我现在是在传达总统特使——马歇尔的命令，他让你将所掌握的有关中美合作所的情报转交我。”

“再由大使先生你转交陆军？”

“是。”赫尔利没有否认。

“请原谅！”梅乐斯断然抗命，“我是海军，我只服从海军元帅尼米兹和海军部长福莱斯特的命令。”

“现在你在中国，马歇尔特使的话就是命令。”赫尔利声色俱厉了，“看来，你需要我提醒你注意这样一个事实：特使在中国代表总统。你不服从特使的命令，是要被逮捕，上军事法庭的！”

“请出示特使的命令。”

赫尔利用手打了一下铃，门开了，走进来一个身穿银灰色西服，金发碧眼的小姐。她手中拿了一个夹子，快步来在大使身边，按照大使要求，从夹子里抽出一份文件，递给大使。大使看了再递给梅乐斯。梅乐斯看了，心中暗暗吃惊。这是一份马歇尔从华盛顿发给赫尔利的电传，要求梅乐斯行前，将中美合作所有关机密文件复印一份给赫尔利大使。

“那么，等特使回到重庆时，我亲自向特使作出解释。”梅乐斯还是不想给，他站起身来想溜。

“对不起，梅！”赫尔利也站了起来，“你不服从命令，那就得关禁闭。”赫尔利挥了一下手，早就候在外面的两个美国军人走了进来，拘留了梅乐斯。

## 马歇尔再次同蒋介石幕后默契

九点差五分。

蒋介石、宋美龄夫妇手挽着手缓步下楼，双双站在了门前的红地毯上——这是他们在恭候刚刚从美国述职回来的美国总统特使马歇尔先生。

委员长挽着夫人的手，左手腕上挂了根油光锃亮的拐杖，笑容可掬，身姿笔挺，同宋美龄说着什么。宋美龄穿一件银灰色薄呢大衣，脚上是一双半跟黄色鹿皮皮鞋，丰茂的黑发在脑后绾成一个髻，耳垂上垂着翡翠耳环。这时，一缕金色的朝阳从右面一株肥大的芭蕉上拽过来，灿灿地泻在他们身上。也许光线过于强烈，让委员长微微眯起了眼睛。

以蒋介石的性格，能早几分钟携夫人下楼来迎接一个人，这种情况绝无仅有。可见，他们夫妇对刚从美国返回来的总统特使的重视。

侍卫们都站得远远的——在假山后，水池旁，保持着固有的警惕。

"人逢事精神爽，大令，你今天气色真好。"宋美龄看了看身边的丈夫笑道，"特使这次从美国回来，会给你带来你所期望的。"

"是的，是的。"蒋介石点头回应，"特使回国之前是对我作过保证的。"说着看了看夫人，"你今天气色也特别好。"

"你知道是什么原因吗？"

"不知道。"

"昨天，戴笠从北平给我来了一个电话，他说他为我觅到了一把宝剑。"

"宝剑？什么宝剑？"

"戴笠说，据专家们考证，是岳飞的宝剑，剑鞘很长，镶金嵌玉，削铁如泥，寒光闪闪……"

"啊，这个戴雨农啊！"蒋介石没有把话说下去，只是脸上带着吟吟喜色。蒋介石知道，夫人虽然不会剑法，但对收藏宝剑有一种特殊的兴趣。戴雨农乖巧，他这是在投夫人所好。

夫人喜欢宝剑是有缘由的，还是在宋美龄少女时代，在美国的佐治亚州的麦肯城攻读时，她脸色苍白，身体比较瘦弱。她父亲特别送了她一把中国古剑，嘱咐女儿练剑健身。她是一个有恒心的人，从此谨遵父嘱，每天早起练剑。在麦肯城攻读六年间，天天如此。1913年，当她以优异成绩考进波士顿大学时，变得脸色红润，身材矫健婀娜。她在大学里继续深造，不久获得了学校里设置的最高学术荣誉奖——杜兰特等奖学金。当她早晨练剑时，许多同学围在她的周围，表现得好奇，送来赞美之词。有些女同学走进她的宿舍，发现墙上挂着把东方宝剑，吓得不知所以。从此，夫人对中国古代的宝剑有了一种特殊的感情，并养成了收藏宝剑的嗜好。

蒋介石看夫人说到戴笠要送她岳飞用过的剑，流露出向往之情，他自己也想快些看到这把宝剑，就笑道，“既然你对戴雨农送给你的这把宝剑如此喜欢，何不叫他派人快些将这把剑送回来，先睹为快呢？”

宋美龄却不以为然地摇了摇头：“太珍贵了。我要戴局长回来时亲自给我，他做事我放心些。”

就在蒋介石一笑间，举起手来指着远方说：“你看，是不是特使的车来了！”宋美龄应声抬头看去，那辆他们熟悉的马歇尔特使的银灰色林肯轿车，沿着两边栽满了油绿冬青树，在阳光照耀下，从光滑如镜的花径公路上飘了过来。

当林肯牌轿车停下时，身着藏青色中山服的侍卫长陈希曾不知从哪里走了上来，躬下身去，轻轻拉开车门。马歇尔走下车来。委员长夫妇迎上前去，同他握手，相互问好。然后，委员长夫妇同特使谦让着，寒暄着上了楼，进了一间精致的小客厅。一色的西方橡木家俱，华贵的沙发……室内暗香浮动，金碧辉煌，气派豪华。墙壁正中挂有一幅张大千的长轴《巴山烟云图》，气势很是宏大，诗意地展示出了蜀中风采神韵。

他们在落地长窗前的沙发上隔几而坐。

“我给你们带回了杜鲁门总统的问候。”略为寒暄，特使主动将话题转上了正题，他说，“总统向委员长保证，美国一定帮助中国克服困难。因为一个民主自由的中国屹立在远东是符合美国的利益的。”

蒋介石当然知道，特使这次来是礼节性的，不可能谈到一些具体问题。不过，作为一个总统特使，能一到中国就能代表美国总统对他蒋介石表示支持，这就已经够了。但他想同特使谈一个具体问题，这就是在中国的土地上，美国的驻华大使赫尔利，竟敢将梅乐斯软禁起来。这还成何体统，这还了得吗！

“不知特使是否知悉这样一桩事情？”略为沉吟，委员长直言道，“就在特使回国述职之际，发生了一桩很不应该发生的事情。也是有伤你们美国国体的事情——赫尔利大使竟在贵大使馆，拘留了中美合作所副主任梅乐斯将军。事后，我让侍从室向赫尔利大使问及此事，希望他对此事作出解释。赫尔利大使的回答是奉特使的命令。我想，在中国的土地上拘留中美合作所副主任，事先又不向我打个招呼。这事无论如何也说不过去吧？有违于国际间正常关系！”

“就此事，我要向委员长作出解释。”马歇尔在蒋介石凌厉的攻势面前，掩饰性地端起杯子喝了一口咖啡。看得出来，他理亏。

“梅乐斯长期以来搞独立王国，将中美所的情报据为己有。”马歇尔开始解释，“他多次拒绝陆军与其分享情报的要求。而这些情报一旦为美国陆军掌握、享用，这就不仅对美国陆军有用，对于中国，对于远东局势，对于整个自由世界都有重要作用。我想，随着中国大陆形势的发展，在必要时，动用美国陆军帮助你们，也不是没有可能的……”马歇尔这番话说得很好听，虽然一句“动用美国陆军帮助你们，不是没有可能的”这话让委员长很受听，但是，在中国的土地上，大使馆竟敢不顾一个主权国家的颜面，竟敢随便将一个与中国友好，堂堂的中美所副主任梅乐斯将军软禁起来，这点，马歇尔是无论如何绕不过去的。

看委员长对他的解释很不满意，知道蒋介石性格的马歇尔这样说：“这个问题，我们等一会再讨论好吗？我们先谈一下如何应对目前的紧张的国共关系，以及美国在中间要做些什么，好吗？”

这正是蒋介石求之不得的。他赶快点了点头。

“那就请委员长先谈谈吧！”

“承蒙贵国海军竭力帮助。”蒋介石振振有词，“目前在东北，我精锐的廖耀湘等兵团已从营口登陆，占领了长春、沈阳等大城市。胡宗南部已将延安共产党中央机关包围得如铁桶般……总之，我们已作好了打仗的准备。只要特使一宣布国共调解失败。我就开始戡乱！”

“军事上有把握吗？请问委员长准备用多长时间结束戡乱？具体有哪些步骤？”马歇尔也用了“戡乱”这个词。他毕竟当过美国三军参谋长，对蒋介石即将开始打响的战争，在军事上过问得很细。

“两个要点。”蒋介石也不掩瞒，他跷起两根瘦指，一一道来，“一、最迟在两个月内打下延安，摧毁共产党的神经中枢。二、尽快打通津浦路、平汉路。以期让我在尚在西南之国军精锐向北齐头输送……”蒋介石话说时，随手按了一下几上暗铃，随即走进来侍从室副主任，委员长的文胆陈布雷。

“布雷！”委员长说，“把我刚对前线将领们下发的手令给我。”

身穿藏色中山服，瘦脸上病恹恹的陈布雷将挟在腋下的一只三道拐黑色公文皮包拿出来，“唰”地一声拉开，拿出一张印有“中央军事委员会”信函，信函上的密令是委员长示意他拟就的。陈布雷用双手恭恭敬敬呈给蒋介石。蒋介石接过，递给马歇尔。特使接在手中煞有介事地看。宋美龄知道特使看这样的中文文件，以他的中文水平还不过关。就凑过去，用流利的英文念：“侍天字第七十号密令：(衔略)民国三十五年度下半年，各部队之作战目标应是打通陇海津浦、同浦、平汉与中东铁路诸线，肃清冀、鲁、晋、陕等地境内共匪。在今后一年内，彻底消灭万恶之奸匪。则国家幸甚，民族幸甚。右仰各级将领，一律凛遵勿违。”宋美龄用流利的英语念着时，马歇尔伸出长着毛的粗指头，顺着字迹一行行地推下去，生怕漏掉一字一词。宋美龄念完后，看了看丈夫，将“密令”退还给陈布雷。陈布雷接过，放进皮包里，就要走时，委员长唤着他说：“布雷，你将我刚出的那本书《中国之命运》拿一本来送给特使。”其实这本书，虽是以蒋介石名义出的、实际是陈布雷写的。

待陈布雷给特使送了书，蒋介石怕马歇尔滑了过去，这就干脆挑明，“在我们即将开始的这场以扫除赤祸为目的的战争中，作为美国有什么具体支持？”

“有的。”美国特使说，“我这次回中国来，送给委员长的礼物是一笔二千八百万元的军援，此外，还有一亿五千万发子弹。”

“好，就这些？”蒋介石用手摸了摸光光的脑袋，看了看夫人，脸上的神情有些失望。

“这初步表明了美国朝野对我国形势的关注。”宋美龄怕丈夫的表现让美国特使难堪、甚至不满,赶紧插话缓和气氛。在她看来,有了这些美援总比没有好。积少成多,慢慢来。

“特使回国之前!”宋美龄笑吟吟地看着马歇尔提醒,“美国国会不是已经通过了四亿元的援华法案吗?”宋美龄真是厉害又聪明,话也说得好听,点到为止。

“是的,夫人记忆力真好。”特使笑了,却不肯将话说下去。

宋美龄趁势追击:“那么,刚才特使说的军援,就不包括在国会已通过的四亿元里面了吧?”

“当然不包括。刚才我说的这笔军援,是我作为你们的老朋友,送给你们的礼物。”

听到这番话,委员长的脸色又好了起来。可是,特使紧接着又说出一番让委员长听来很不是滋味,像是中国家庭中的家长训诫败家子的话来:“就在我再次来你们中国之前,杜鲁门总统让我带一句你们的话给蒋先生——天助自助者。在我们看来,最能帮助你们中国的,还是你们自己。”

哎呀!宋美龄心中吃了一惊,以为脾气火爆,一言九鼎的丈夫受不了特使这话,要当场发作,不料委员长却冷淡一笑说:“那是当然的。不过,国际上凡是学过中国历史的人都知道,中国,从清末以来就是一个烂摊子,一盘散沙、积弱积贫。1926年,我们国民党人秉承国父遗志,为改变中国现状,自立于世界民族之林,重新振作我华夏威风,不惜南征北伐,好不容易统一了中国。然而,当时中央政府的政令军令也只能在沿海五个省区通行,其他地区,各自为政,军阀割据。之所以如此,是中正一时不能也!

“尽管如此,当年中国的经济还是出现了飞跃,尤其是沿海地区经济的发展令世界瞩目,这是一个不争的事实。之所以到今天,共产党能发展壮大,是日本人帮了大忙。就在抗战前,共军已被我赶到陕北铁桶般包围。这是我十年剿共灭共之最好时机,他们人数不过三万,缺吃少穿。军队人均不过五颗子弹……而就在这时,日本打进来了,第二次世界大战开始了。为了同盟国的胜利,我们中国承受了多大的民族牺牲?共产党就在这时发展壮大起来。这一点,毛泽东,在他的著作《星星之火为什么燎原》一文中,也说得明明白白……”蒋介石这一席话,可以说将马歇尔刚才那句具有训诫意味的“天助自助者”批驳得体无完肤,虽然蒋介石没有正面批驳。

宋美龄不由得看了看丈夫,她万万没有想到,平素寡语的丈夫这么能说。

“请问委员长。”看来,马歇尔不愿同蒋介石再绕下去,事情既然摊开了,他干脆挑明,“你们打这场国共战争,究竟需要美国多大的援助?”

“我想。”委员长说,“十五六亿美元够了。”

“这个数字对美国来说,是一个不大的数。”特使说,“关键还看你们自己所做的工作。我作为你们的老朋友,尽量努力吧。”说着看了看腕上手表。

同马歇尔特使的第一次晤谈,就在这种表面轻松的气氛中结束了。刚才委员长很严肃提出来的,中国人民的老朋友梅乐斯少将,竟在美国驻华使馆,被赫尔利大使软禁一事却丝毫没有再提,直到他们夫妇将特使送上汽车。不是委员长忘记了这事,而是他同美国特使事实上达成了默契。这是一个幕后交易——我马歇尔给你钱,给你军援,你蒋介石也别管我美国人内部的事情。捏在大人物们手中的事端,往往都是这样,可大可小,可深可浅,好似手中的砝码,全看如何妙用心。

## 梅乐斯悲悲切切被押解回国

怒气冲冲的梅乐斯一把推开窗户,满带暖意的春风立即涨满了屋子。他这是站在重庆励志社的三楼房间内。励志社是国民党政府在各大城市,为接待美国人专门修建的。励志社都是中国宫观式建筑,占地广宏,环境清幽,内部按西式高标准房间修建,住在里面,非常舒适。

春光明媚的重庆就在楼下,然而,梅乐斯却视而不见。他的心里只有屈辱、愤怒。他今天要在这里举行记者招待会、发布重要新闻。向在渝新闻界公布他被赫尔利无理软禁一日,逼他交出不该交出的机密的丑闻!

所有请柬昨天都发下去了,在渝主要新闻单位,国外的、本地的、国民党中央的,足有上百家,都请了。中美合作所建所五年来,虽然梅乐斯因为职业的要求,从不在公开场合露面,但中美合作所名气那么大,不要说在重庆,在中国,即使在世界上,他梅乐斯都有相当的名气。由他出面发布新闻,这本身就是一桩新闻。

他怒不可遏,他要在中国的陪都放一颗精神原子弹,暴露美国军界政界的黑暗,以泄心中之气。他知道,赫尔利之所以有那样大的胆子,是赫尔利后面有人,有马歇尔特使,甚至还有总统杜鲁门撑腰。在赫尔利将他软禁在驻华使馆期间,他们以马歇尔特使的名义,硬是逼着那个软骨头贝乐利交出了好些有关中美合作所好不容易得来的机密。

他是一早从歌乐山赶来的,所有的准备,请人,都由中美合作所老搭档李崇诗负责。就在昨天回到梅园之时,他给远在北平的戴笠打了电话。听说他被赫尔利等陆军将领欺负,远在北平的戴笠拍案而起,在安慰他的同时,立即指示李崇诗负责给梅乐斯召开这个新闻发布会……当然,他也给远在太平洋彼岸的美国海军司令部也汇报了这事。在电话中,他得到了美国海军部的支持!

时间快到了,梅乐斯不由抬腕看了看表。他在等着他的副手、原中美合作所美方参谋长,将功赎罪的贝乐利上楼来请他下去。门外脚步声响,贝乐利来了,表现得畏畏缩缩的。

“怎么,记者们都到齐了吧?”梅乐斯问。

“记者们倒是到了, 只是特使刚才打来电话, 请将军取消这个记者发布会。”

“不行!”梅乐斯大手一挥,“你告诉马歇尔,我不怕他的威胁!”

“特使刚才威胁,如果将军不听他的命令,他将以总统特使的名义,将将军押解回国!”

“特使方面的电话还在下面等着。”贝乐利神情嗫嚅地。

“你就这样去回答马歇尔!”梅乐斯将大手一挥,吆鸭子似地将贝乐利吆了下去。

梅乐斯正要下楼去对记者们发布新闻时, 楼梯上响起了急促的脚步声。接着拥上来七八个美国宪兵,其中一个少校向梅乐斯宣布,我们总统特使马歇尔将军命令,请你立即去白市驿机场,用专机送回国!

这无异于是一种劫持!梅乐斯心中暗惊,却没有办法,他沉着应对道:“据我所知，我在中国余下的工作及回国日期，特使都同蒋委员长有协定，我得同委员长侍从室通个气！”

梅乐斯以为会遭到拒绝，少校却说“可以”。

宪兵少校陪梅乐斯来到隔壁，电话要通了委员长侍从室。是委员长侍卫长陈希曾同他通的电话，梅乐斯像遇到了救星一样，告诉陈希曾，他立刻就要被押回美国去……

话完了，电话里立即传来侍卫长的回答：“委员长知道这事了。委员长要我向梅将军五年多来在中美合作所作出的突出贡献深表谢意。祝将军一路顺风，再见！”说完立即搁了电话。梅乐斯手中捏着话筒，一时怔怔的。旋即明白了其中的机关，一种被出卖了的感觉在心中油然而生。他知道，他成了蒋委员长和马歇尔特使利益交换的牺牲品。悲凉、无助、伤感……在心中升起，像是打翻了五味瓶。

“请吧，梅乐斯将军！”少校手一比，脸上浮起一丝嘲笑，“看来，你给谁打电话也救不了你。”

没有办法，神情沮丧的梅乐斯，就这样被押下了励志社，出了后门，被押上马歇尔派来的车，风驰电掣来到白市驿机场，押上专机，径直飞回国内。

与此同时，被邀请出席的中外记者一百多人，坐在励志社小礼堂内，饶有兴致地等着梅乐斯来发布新闻。因为美国海陆两军由来已久的矛盾，以及梅乐斯同赫尔利、美国特使马歇尔近来闹得不可开交，记者们早有见闻。记者们在相互打听，低声议论。

九点整，一阵铃声响起。

中美合作所美方参谋长贝乐利带着一位随员兼翻译大步走到场中，在主席台上一张摆着麦克风的桌前坐了下来。

“尊敬的各位记者先生。”贝乐利说一口结结巴巴的北平官话，宣布道，“很抱歉，梅乐斯将军因为特殊的原因，不能前来参加今天这个新闻发布会，今天这个新闻发布会取消。”

“怎么回事！”堂上顿时像马蜂炸了窝。记者们纷纷起立，向贝乐利提出质疑，“梅乐斯先生因为什么原因，不能来参加这个新闻发布会，为什么这个新闻发布会突然取消？”

“梅乐斯先生和你贝乐利先生都是美国军人,军人以时间为生命,你们为什么突然取消这个新闻发布会,中间是否有隐情,请告知!”

场上的记者们很是生气。

就在贝乐利狼狈招架时,“我是中央新闻社记者。”场上站起一位年轻漂亮的女记者,她向贝乐利发出连珠炮的诘问,很是引人注目,“请问贝乐利先生,梅乐斯先生是有身份的美国将军,你们邀请我们来的这个新闻发布会是以中美合作所的名义,而突然中止这个新闻发布会,作为梅乐斯将军的助手,中美合作所的美方参谋长贝乐利先生,需向在座的记者们作出合理的解释。须知,这是陪都有史以来绝无先例的……”贝乐利刚才的一口一个无可奉告,这会儿,在女记者的诘问下,显得苍白无力。他侧着头,一边小声地同身边那个作为随员兼翻译的人说着什么,一边用拇指指点着放在面前的一张名单。在弄清发言人的姓名后,他抬起头注意着问话的女记者,色迷迷的。

向贝乐利发难的是中央社女记者薛明丽,她思维敏捷,人长得漂亮,打扮时髦。贝乐利是一个好色的美国军官,这样饶有西式美的女人他没有不爱的。特别吸引贝乐利的是,年轻女记者罩在身上的白色凡尔登呢短大衣纽扣没有扣,里面丰满的身上着一件鹅黄色毛衣。因为激动,她问话时,高耸的胸部在鹅毛衣下起伏。

对于女记者连珠炮般的诘问,贝乐利根本没听进去,只是一门心思在想如何将这个绝代佳人弄上床。对于年前因为在重庆城里寻花问柳,遇到一个女骗子的教训,他完全忘到爪哇国去了。贝乐利本来是想草草收场的,但是,这会儿因为有了这个想法,他改变了主意。

“这位记者小姐的提问提得很好。”参谋长问女记者的名字,是哪家报社的。

“我是中央新闻社的。”女记者说,“名字嘛,并不重要,现在重要的是请你回答我的问题。”

“这个问题不好在这里公开回答。如果愿意,等一会,这位小姐可以跟我一起乘车回中美所去,我详细告诉你。”愚蠢的贝尔利的企图昭然若揭了。

国民党中央新闻社记者看来不是那种为了事业,为了采访到所需要的新闻可以献身的女性。“NO!”记者小姐说了句英语,断然拒绝贝乐利的邀请。坐下时还学着美国人的样子,故意夸张地摆摆手,耸耸肩。

这一幕真是太有趣,场上立即响起一片哗笑声。在场的记者们也就此找到了发泄口,纷纷用地方味浓郁的川话,加上极具讽刺的俚语、歇后语对好色而又愚蠢的美军参谋长进行挖苦、打击。

文一点的说:这可真是司马昭之心——路人皆知。

直接一点的说:啊哈,这个美国胖子是腰杆上别左轮手枪——起了打猫之心。

面带猪相,心中了亮——这个美国胖子想打人家的主意。

贝乐利虽然听不懂场上这些记者们口中雅的、俗的四川民间歇后语中的含意,但他看得出来记者们对他的不满,特别是,他看到让他心动的,一心想弄上床的女记者已经拂袖而去,他再在这里坐下去已经没有了任何意义。于是,他赶紧站起来大声宣布:"今天这个新闻发布会暂时就这样结束。为了感谢各位光临,也为了表示我们临时取消这个新闻发布会的歉意,我们特意准备了一点小礼物。请各位记者持请柬去旁边屋子里领取。"他特别强调,"这些礼物都是我们从美国运来的。"在记者们的哄笑声中,贝乐利匆匆狼狈而去。

# 第十三章
# 负特殊使命，戴笠穿梭于天津与北平

## 摆现代鸿门宴，请君入瓮

尽管是在北国天津，三月的天气还是有了初春的气息。不过，仍然是昼短夜长，下午六点钟过后，天津机场便已是暮霭垂垂。

探照灯的灯光，白晃晃的，像是一把把利剑，在黑绒似的夜幕上划来划去，为夜航的飞机指航。机场跑道上，随着一阵阵打雷似的飞机马达声滚过来滚过去，一架架大肚子的美国大型运输机，在机场上起飞——繁忙的夜航开始了。抗战虽然胜利了，但第三次国共战争在即。作为战略地位极为重要的华北重镇天津卫，大批美式装备的国民党精锐部队和大量的辎重，都需要从这里加紧向关外空运。

夜晚八时正。一架四引擎的银白色专机从停机坪里滑了出来，停在第十七跑道上。飞机加好油，并经过了细心的检查，一切准备就绪，机组人员上机作好了出发准备。然而，足足过了半个钟头，一溜轿车四五辆首尾衔接，披着夜幕，风驰电掣地驶进机场，驶近专机戛然停下。

虽然没有人知道，也没有人敢打听，乘坐这架专机的主子是谁，但舷梯早就搭好了，两名身穿航空制服，面容姣好、长身玉立的小姐站在舷梯两旁恭候迎接。

一切都是影影绰绰的,上机的人也都行动诡祟。

朦胧的灯光中,这一溜小轿车的门都打开了。其中一位身材中等偏高,身穿藏青色中山服,身上披件黑呢大衣的中年汉子挨次向来送行的人几个人握了握手,就匆匆忙上了飞机。五六个随员跟在他身后,也匆匆上了飞机。在很短的时间内,舷梯撤去,专机起飞,一切都显得有些神秘。

"没有什么特别重要的事,你们不要来打扰我!"那位身上披件黑呢大衣的中年人,就是这群人中的主角——奉命北上的国民党军统局局长戴笠,他进了他专门的机舱后,对跟在身边的副官徐炎吩咐,"我要一个人呆一会儿。"意思是明显的,要副官同其他随员都坐在后舱中去。

"是。"副官正在将他从身上脱下来的那件呢大衣挂在衣架上去,"局长你这些天也真累,该好好休息一会。专机到北平,我会来叫局长的。"副官说时,已挂好大衣,再将对面一张可以当床的大沙发展开,将一床薄薄的美国毛毯铺在上面,让局长可以睡一会。坐在旁边一张三人沙发上的戴笠挥了挥手,示意副官可以了。

"局长有事请按铃。"副官出去时,顺手拉上了舱门。

这几天连轴转,真是太累了。戴笠这会儿很疲倦,他走过去,脱了皮鞋,睡在沙发上,闭上眼睛想抓紧睡一会儿,到了北平,又有事。可是他脑海里走马灯似的,不容他安静。想到等一会在北平就要见到东北保安总司令杜聿明上将,他在考虑见到杜将军要抓紧时间谈的要事,思想上怎么也安静不下来。特别是,几天来紧张的运作,海潮般在脑海中涌来涌去。

两天前的午后。红墙黄瓦、金碧辉煌、檐角飞翘的天安门上空湛蓝湛蓝,一朵浮云在缓缓游动。流水汤汤的金水河边,庄严的华表前,偌大的广场上,不时驶过一辆北平并不多见的汽车后,扬起一阵漫漫的黄尘。人力车穿梭往来。那些装饰华丽的人力车上,坐着不是头戴瓜皮帽、身穿长衫的遗老遗少,就是头戴博士帽、西装革履的先生,还有一身着旗袍的太太,衣着时髦的小姐……北平的车夫,拉车的姿势几乎是一个样子,敞着衣服,脚上蹬一双布做的气死牛圆口布鞋,两手抄着车把,不时跑起来。一双蒲扇似的大脚在地上急速翻动,衣袂飘飘飞起来。塞外来的商人牵着骆驼经过天安门。"叮当、叮当"的骆驼身上驮着货,长脖子上响着驼铃,走起来,两扇厚厚的驼峰走得一摇一摇的。故宫，紫禁城前还是那个样子，新旧并存，于庄严肃穆中充溢着一种从悠远的历史中飘来的特有风情。

与天安门近在咫尺的北京饭店又是一景。

这是一排毗邻天安门的西洋式建筑群。洋气，精致，高不过五六层，纯白色，像是一组精美绝伦的象牙雕刻。约摸在这天上午九时，一辆辆小轿车相继而来，停在北京饭店门前，首尾衔接，足有四五十辆。这景况可是故都少见的。虽然著名的北京饭店常有贵人出没，常举办大的宴会，但像这天这样阔气的少有，一看门前停这么多部轿车，就可见出席这天宴会的客人可都不是一般的。

军统局局长戴笠，假北平行辕主任李宗仁将军之名，这天在北京饭店宴请客人，并在军统局北平站站长马汉三等人陪同下，亲自在宴会厅门外接待客人，像点数一样，不厌其烦地同来宾挨个握手。

这是戴笠奉命北上后，精心设计的一场现代鸿门宴。抗战胜利，蒋介石的一双眼睛就紧紧盯着上海、南京这些沿海大城市而着急。原因是，这些沿海大城市，不仅具有重要的战略地位，更重要的，它们是中国的经济命脉所在。国、共两党都急欲抢占这些地区。然而，当时的形势是，这些地区和沿海城市，尚在汪精卫伪中央政权掌握中。准确地说，是掌握在汪伪大汉奸、实权派人物周佛海等人手里。但是，这时蒋介石的大部队尚在西南，而共产党的新四军，离这些大城市近在咫尺，也可说是新四军的势力范围就包围着这些城市和地区。情势如周佛海所说：“东南半壁，究竟是姓蒋，还是姓共，全在我一念之中。”

周佛海与汪伪南京政权中的另一个“阎王”——汪精卫最信任的，在汪精卫死在日本后曾作过“代主席”的陈公博，都曾经加入过共产党，曾经作过共产党一大的代表，可是后来都双双反共，成了国民党阵营中的重要人物。抗战初期，这两个人物更是跟着汪精卫走“曲线救国”的道路，先后叛离重庆，跟着汪精卫彻底地作了汉奸，在日本人的刺刀下，在南京另组“国民党中央政府”。

不用说，极为反共的周佛海、丁默村这些掌握着汪伪实权的人物，不可能同共产党领导的新四军坐到同一条板凳上去。而且，早在抗战中，戴笠就秉承委员长意图，利用与周佛海、丁默村这些早先就是国民党特务头子的感情关系,对他们私下封官许愿,竭尽拉拢之能事。双方既斗争又联合,在汪伪政权垮台之前,周佛海之流就一头扎进戴笠怀抱,答应戴笠要求,寻求戴笠战后的保护。因而,沦陷了八年的上海、南京等沿海城市,一个早晨就改换了旗帜,被蒋介石占领,是理所当然的。

但是,抗战后,全国人民要求惩处汉奸的呼声日高,犹如滚滚洪流而来。任何人对这些罪大恶极的汉奸——在南京,是汪伪政权中的周佛海等;在北平,是王克敏临时政府中的王克敏、任援道等,不作处理,一味庇护是绝不行的。但是,南京的周佛海等人暂时不能动。权衡利弊,反复考虑,委员长决定先拿在北平的大汉奸王克敏这些人开刀。因为这些汉奸不再具有利用价值。处理了这些大汉奸,或许可以缓解人民的呼声。这个任务交给了北上的戴笠,但是,要处理王克敏这些大汉奸,也不容易,也是一步险棋。弄不好,还会弄出些事来。

王克敏、齐燮元这些人在北平树大根深,而且手中还有实力。纵然是抗战中,汪精卫在南京成立伪国民党中央政府之时,王克敏、齐燮元的临时政府也只是名义上隶属南京而已。照样挂他们自己的五色旗,手中握着一支力量不可小视的军队。抗战胜利后,他们的势力在北平仍然盘根错节。弄不好,什么事情都可能发生。

北上的戴笠请求李宗仁将军同意,以李宗仁将军的名义,向一干人发出了“敬备菲酌,敬请光临”的请柬。

宴会厅里流光溢彩。作为宴会主人的军统局长,保持着固有的姿势,同来宾一一握手。这些人中,有故都要人,更多的是要在今天借机逮捕的汉奸。可是,时间到了,最重要的两个人物王克敏、齐燮元却还未到场。军统局局长只好耐着性子等,心中却忐忑不安。暗想,若是王、齐这两个至关要紧的家伙闻到了风声溜了,那事情就坏了!

就在这时,戴笠眼中一亮,王克敏出现了,走在他旁边的是他的岳丈王揖唐。鱼终于进网了!军统局长提起的一颗心,终于“咚”地一声落进了胸腔里。

“哎呀!”戴笠迎了上去,伸出双手,“欢迎、欢迎!”与此同时,布置在周围的身着便衣的精干军统特务们,立即将进“网”了的这两条大鱼悄悄围住。

“不敢当呀,不敢当……”体形消瘦,西装革履,戴副金丝眼镜,头发溜光,打扮得像个留学回来的大学教授的王克敏咬文嚼字，说着伸出一只瘦手同军统局长握手。握过手后，介绍了他身边的岳父大人王揖唐。王揖唐的打扮是一身国粹，长衫一袭，脚蹬黑直贡呢的朝元白布鞋，右手腕上挂了根象征身份的藤条手杖。

“久仰，久仰！”王揖唐同军统局长握手时，故作高深的眯起眼睛，一只手梳起下巴上的一绺山羊胡子。

王克敏、王揖唐翁婿是华北政坛上的一对活宝。

“齐将军没有一同来？”戴笠这会儿没有心思看这对“活宝”臭假寒酸的表演，他现在关心的是另一条大鱼——手握军权的齐燮元怎么还没有来。

“到！”戴笠的问话刚落音，身穿一套没有了军衔的军服，身材高大、脸色黑红的齐燮元亮开大嗓门，从人群中挤了过来。

“请、请、请！”军统局长喜不自禁，一迭连声请。

他们进了宴会厅，一一入座。不用说，戴笠同王克敏、王揖唐、齐燮元这些大汉奸坐在首席。灯红酒绿。花厅里，笺花宴摆了六十桌。客人们坐定，随即开席。青年男女白衣侍者们鱼贯而来，上菜上酒。待每个来宾的酒杯里都斟满了酒，坐在首席首座的戴笠站起来给来宾们敬酒。

他笑吟吟地举杯在手，环视左右，开始致词：

“诸位来宾！”戴笠举杯在手，马脸上一双机警的眼睛频频四顾。这时，每张饭桌后都站了一些身材高大，身穿北京饭店白色衣服，扮作饭店侍者的特务，见手下已全数作好了擒拿准备，他放心了。

戴笠说一口鼻音很重的浙江江山话：“此次雨农奉委员长命北上故都公干。雨农在故都的公干，离不了在座诸君支持。雨农特经北平行辕主任李宗仁将军同意，并假李主任名义，请诸君来北京饭店一会。在座诸君都是故都名流，承蒙诸君看得起，尽都出席。雨农深表荣幸。”以为接下去的话是“干杯！”可是戴笠说着脸色变得严厉起来，“雨农到北平公干有一大难事，望能得诸君帮助！”场上鸦雀无声。

王克敏和王揖唐翁婿不由面面相觑。他们接到的是李宗仁将军的请柬，不料来了才知道是军统局“阎王爷”戴笠假李宗仁将军的名，心中不由得有些打鼓，但仍然心存侥幸。他们在抗战胜利之际，也就是通过这个军统局“阎王爷”戴笠在蒋委员长那里得到了保证的，说是不会动他们。而这时，戴笠语气越加凌厉，目光闪烁：“今全国惩处汉奸呼声日高。国民政府不顺从民意断断不行。对此，军统当然义不容辞执行。”说到这里，他敏锐的目光顺次从王克敏、齐燮元身上扫过，“没有办法，雨农只得请王克敏、齐燮元兄等帮个忙——去监狱委屈一段时间！”

“啪”地一声，外表斯文，其实一生过着狂嫖、滥赌、吸毒糜烂生活，早被掏空了身子的王克敏听到这里，手打抖，酒杯落地打了个粉碎。

“戴雨农！”军人出身的齐燮元圆睁怒目，气得在地上跺脚，“你原来是怎么对我们许的愿？你言而无信，你要当着大家的面说清楚！”

戴笠却一声狞笑，“啪”地一声，将手中杯子在地上摔得粉碎。随着这个暗号，早就候在身边的，几个身高力大，扮作饭店“仆役”的全能特务扑了上去——他们都是从中美合作所特警班第一期的毕业生中选出的高材生。他们三下五去二地将王克敏、王揖唐、齐燮元戴上了手铐。与此同时，埋伏在周围的军统特务和荷枪实弹的宪兵、警察一拥而进。北京饭店宴会厅内，上演了一场热闹至极的秘密大逮捕。按照国民政府制定的《惩治汉奸条例》，凡是在王克敏的华北临时政府中当过特任职、简任职等伪职的汉奸都在检举之列规定，戴笠领着一班军警宪特，当场逮捕了原伪华北临时政府汉奸首要王克敏、齐燮元、王揖唐、王荫泰、王时景、殷汝耕等大小汉奸共六十余人。应捕之列汉奸无一漏网……

戴笠个人也收获颇丰。在北平仅几天的时间里，他就将几座装满重要物资的仓库、一家无线电器材制造厂，一家很上档次的宾馆和许多金银财宝、古物据为己有。其中，包括他讨好宋美龄，要送给夫人的那把据说是岳飞的宝剑。

似睡非睡中，戴笠感觉夜航的专机飞得很平稳。他的思维若断若续。他在北平处理了原伪华北临时政府汉奸首要王克敏等人后，3月13日飞抵天津。此行目的两个：一是视察军统在那里的布置情况和整治军统个别人员利用肃奸之机贪污；二是处理94军副军长杨文泉纳妾。副军长纳妾，这本是一桩小事，但国民党中央军事委员会有明文规定，军官不准纳妾。当然这个规定，对地方部队并没有什么约束力。94军是中央军。本来，杨文泉的妻子不告，也不会有人过问。问题是，杨文泉在这个事情上处理得糟透了，小事情搞成了大事情。杨文泉的老婆不依不饶，告到了军委会。京津几家有影响的报纸再将这事添油加醋，捅到了社会上去。有篇文章竟用了这样耸人听闻的标题《明知故犯，杨副军长纳妾》，文章更是写得花儿朵朵开，引得舆论大哗，多方关注。作为对高级军官负有惩诫责任的军统局长，就不能无动于衷了。怪谁呢？只能怪杨文泉笨。他是带着这样一种无可奈何的心情来处理这桩杨副军长纳妾案的。尽管在找杨文泉私下谈话时，话都几乎给他说明了，无非是让他处理好老婆的关系，女人总是好哄的，把老婆哄好了，事情也就不了了之。然而杨文泉却是个一根筋！

问杨副军长，如其这样，你是要自己的前程、军职，还是要卖小曲儿的？鱼和熊掌不可兼得，要同时得到，也得想点办法。杨文泉硬起颈项说他两样都要。也难怪，那卖小曲儿的女子长得真是逗人爱，脸儿白白，头发黑黑，高挑身材，曲线丰满，二十多岁，亮丽可人，与杨文泉在老家乡下时娶的黄脸婆比，当然不可同日而语。

"老兄呀，你怎么这样不开窍呢？"看着头发花白，脸上一道伤疤拉得很长的副军长，他动了恻隐之心，劝道，"你若这样让我下不了台，岂不是自找苦吃，这是何苦呢？你这个副军长来得不容易，打了几十年仗，是钻枪眼钻出来的。俗话说得好，留得青山在，何愁没柴烧。你如果自己都不保了，还谈得到其它的吗？"在他的再三启发下，行伍出身，榆木疙瘩脑袋的杨文泉才转过弯来，当着妻子的面，给黄脸婆赔了不是，将那个小妾退了，给了两万块钱打发走了。事情看起来也就了了。但他心中明白，杨文泉事后肯定还会去找那个可爱的小妞。管他的，只要杨文泉把他那个黄脸婆安顿好，舆论不再兴风作浪，他戴笠才不会去管这些破事。国民党中央军里这种事情多得很，会不会惹是非？全看当事人自己！

机身轻轻一抖。他知道，专机已经触地，已经到了北平。

"局长。"专机开始在地上滑行时，副官徐炎来到了舱外轻声唤他。

戴笠轻轻咳嗽一声。

副官进来了，向他报告，军统北平站已派车来接，马汉三站长已在下面等候多时。

戴笠点了点头,他此行很有些秘密。

3月13日,他率领一班人马到天津。两天后即3月15日,处理完了天津的事情,他本来是决定要直飞上海的。他要去上海和美国第七舰队司令柯克上将商讨如何替国军加紧向东北运兵运军事补给,可是中午,他却接到军统东北站站长文强从沈阳打来的一个加急秘密电话,说是东北保安总司令杜聿明将军在北平白塔寺中和医院住院——杜聿明动了个手术,割去了一个左肾。文强建议局长前去探望一下杜聿明将军联络联络感情。他明白文强的意思:杜大将军在东北拥有美式装备的雄兵十万,而军统要在东北开展工作,就要得到杜聿明将军的支持。

他当即接受了文强的建议,并同杜聿明通了电话,表示要从天津赶去看他。杜聿明表示欢迎。

此行,戴笠不想让李宗仁知道,他之所以选择专机夜航,也是这个原因。虽然李宗仁知道他去,也没有什么。但作为干特务工作的行家里手,他所做的一切,都尽量不让局外人知悉。他记得在一本有关德国特务头子希姆莱的书上,别的什么都没有记住,却牢牢记住了希姆莱的一句名言:左手做后不要让右手知道。并在以后的岁月中,作为座右铭去身体力行。还有一个原因是,他认为他和杜聿明将军都是黄埔军校毕业生,而且都是委员长的心腹,而李宗仁从始至终同委员长都心存介蒂。因此行前,他要副官通知马汉三带人带车届时来北平机场接他们一行时,尽量不要声张,要保密。

专机轻轻一抖,着了地,待专机停稳,舷梯搭好,戴笠披上大衣,带上副官一行,迅速下了飞机。军统局北平站长马汉三是个大个子。见到局长,马汉三赶紧上前,替戴笠拉开车门,轻声道:“局长,请!”戴笠上的是北平站惟一一辆经过改装的可以防弹的克拉克轿车,他的随员们也都上了一前一后两辆车。

三辆小车,立刻起动,首尾衔接,前后保护,披着浓黑的夜幕,向着白塔寺方向风驰电掣而去。

夜晚十一时。当戴笠带着副官徐炎,得到医院特别允许,由杜聿明将军的副官引进病房时,杜聿明已经睡着了。这是一间特等病房,地上铺着红地毯,宽敞、幽静而舒适。通向阳台的门关闭着,一面落地大玻璃窗上窗帘低垂。杜聿明躺在病床上,在幽微的灯光下,白色的病床,白色的四壁。将军刚刚做过手术，脸色也显得有些白，处处都传达出医院特有的气息。杜聿明的床前有张茶几，茶几上那盏造型考究的自由女神台灯还亮着，柔和的灯光从绿色灯罩中洒下来。在灯光下，还有一本翻开的书。显然，杜聿明是看书时睡着的。

“嘘！”戴笠做了个手势，要身后的两个副官放轻手脚，不要惊醒将军，他蹑手蹑脚坐在将军面前，随手翻开那书。那是一本纸张有些发黄的线装书——《孙子兵法》。书里面，有些重要的地方，比如“知己知彼百战不殆”等处，杜聿明或是用红笔勾了出来，或是加上了一句两句颇有心得的点评。显然，对于孙子——这个中国自遥远的战国以来，无有过之的“兵圣”的大作，杜聿明不知看过多少遍，如中国的文圣人孔夫子所说，是学而时习之，不亦乐乎！

戴笠知道，作为学长，毕业于黄埔军校第一期的杜聿明，是个手不释卷，好学上进的将军。就着灯光看去，41岁的杜聿明有张有棱有角的长条脸，五官端正，红红的脸膛，黑黑的剑眉，典型的陕北汉子。杜聿明是个名将。他是陕西米脂人，又名光亭。黄埔军校毕业后即参加北伐战争，功勋卓著，提升很快，先后任国民政府军装甲兵团团长、第五军军长。1942年，在抗日战争最艰苦的年代，任中国远征军第一路副司令长官，率部赴缅甸与日军作战，打了一些漂亮仗。年前被委员长委以重任，火速派往国共相争的东北带兵驻镇……

也许是军人的天性，一旦有人在旁，很快就会醒。

“啊，雨农兄来了？”杜聿明醒了，一醒将盖在身上的一床美国毛毯一掀，就要坐起来，并看着在暗处的自己的副官责备，“你怎么不叫醒我，我是嘱咐过你的。”

“是我不让叫的。”戴笠说时，赶紧挥手制止，不要杜聿明起来，“光亭兄，你睡下，我们不是外人……”杜聿明的副官赶紧上前，将长官的病床摇起些，再在长官头下垫上一个枕头，让长官同军统局局长谈话方便些。

戴笠先是关切地问杜长官现在情况怎么样，伤口还疼不疼。

“这一点伤口算什么？”杜聿明笑笑，“无异于被蚂蚁咬了一口。这家医院条件很好，本来我动手术时是不要麻醉的，可是他们医生坚持给我作了半麻，不然，我是不会睡着的。”杜聿明含蓄地表明了歉意。戴笠说：“光亭兄好好休养一段时间。”说时手一挥，副官徐炎走上前来，他手中捧上一束马蹄莲花，一白一黄，散发着淡淡的馨香。戴笠知道，这花是杜聿明喜欢的，临来时，他让副官想方设法买来的。

杜聿明的副官上前接过，插到临窗一张桌上的一只鼓肚花瓶里后，给戴笠上了一杯茶。杜聿明在床上斜躺着，戴笠坐在他的面前，略为寒暄，很快切入了正题。

戴笠将他此行的情况，简略地向杜将军作了通报，然后向杜聿明提出，希望光亭兄以后多多支持军统在东北的工作。他们都是委员长亲信大将，都是黄埔军校毕业生，两人原本关系也不错。对军统局长的请求，东北保安总司令杜聿明拍了胸口，要戴笠放心。本来电话中两句就可以说清的，而戴笠却为什么非要从天津专门飞来一趟，当着杜聿明说不行？这就叫人际关系，戴笠专门从天津赶去北平探望动了手术的杜聿明，这是为了表达一种感情，换句话说就是感情投资，这是一门特殊的学问。

杜长官当着面表了态，戴笠这就放了心，说自己来得匆忙，临时给光亭兄买了点营养品，意思意思，实在不成敬意。手一挥，徐炎进来了，手上捧着大盒小盒的东西，都是些人参、鹿耸类补品。

"你我弟兄，何必客气！"杜聿明是个生性豪爽的军人，让自己的副官收了礼。

于是，戴笠这就向病床上的杜长官告辞了，乘着夜幕匆匆而来，匆匆而去。他并没有急着赶去上海，而是临时留在北平，他有了一个新的想法，准备会会在押的著名的日本女间谍川岛芳子，看能不能将思想上的想法付诸现实。

## 欲起用日本女谍川岛芳子

上午十时。

古色古香的北京烤鸭店沐浴在金辉里。门楣上垂着的两盏大红宫灯，在微风抚拂下，飘冉的金黄色丝穗，以及门楣上那副北京烤鸭店的黑底金字招牌……都在春阳里流光溢彩，显示着这间名誉中外、百年老字号特别的韵味。

食客开始盈门。

门前两根大红的盘龙柱前，两个身着旗袍，面容皎好，身材高挑的姑娘笑脸喜迎络绎而至的客人。

“先生请！太太请！……”夹杂着地方音的北平话，一串串地从她们嘴里迸出来，像是含在嘴里的玻璃珠子，又滑又快，嘎巴脆，很好听。她们一边弯身迎送客人时，一边不断替进出的客人掀开垂在门上的珠帘。

进出这家名店的大都是有钱有势的阔绰人。

一辆披着阳光漆黑锃亮的轿车驶来，嘎地停在门前。后面两边车门开处，一边下来一位身着长衫的大汉，头上戴顶博士帽，眼睛上戴墨镜。这时，车前面的一道门打开，先伸出来一只脚，在地上一踮，这是一只女人的脚，脚上穿双高跟皮鞋。接着只见鹅黄色的旗袍一闪，旗袍开叉处，丰腴雪白的腿隐约一闪，女人下车来了，戴副墨镜，看不见她的脸，但看得出，这女人身材好，丰满合度。朴素的白底蓝花的旗袍外罩一件黑呢中长大衣。短发。两个大汉走上前去，一左一右护在她身边，他们都没有说话，三人左右相随，进了烤鸭店。

迎客的两个礼仪小姐对这戴着墨镜的一女两男三人，一边替他们掀开珠帘，一边鞠躬如仪。

进去的女人，就是在刚刚结束的二战中大名鼎鼎的日本女间谍川岛芳子，汉名金璧辉，是一个极富传奇色彩的人物。她是爱新觉罗氏，清末肃清王善耆的十四女。三岁时，深爱着她的父亲因为面对着清王朝必然没落的命运，自叹没有回天之力，害怕爱女同自己一起成为王朝崩溃时的殉葬品，便将她寄养于时任清室顾问、自己的友人日本浪人川岛浪速家，认川岛为义父，改日本名子川岛芳子。

之后，她跟着义父回了日本。当清王朝在历史的惊涛骇浪冲击中载沉载浮之时，川岛芳子在日本信州松本高等女子学校即将毕业。她已经长大了，明眸皓齿，丰乳圆臀，性格飒爽。但是，畸形的家庭环境、急速变化的中日关系和她身体中澎湃着的清王朝的血液，注定了她非比一般的命运。

十七岁那年，59岁的养父面对着如花似玉的她起了歹意。那是一个人约黄昏后的美妙时刻。可惜，约她的是身穿和服，鸡皮鹤发的养父。父命不敢违。她进了养父的房间。老怪物反身锁上门，便猛地向她扑来。她竭力挣扎。她会骑马，还练过功，可是没有用。老怪物三两下便将她放倒在地上，剥得精光，痛快淋漓地强奸了她。

老怪物强奸了养女，却还有一套理论，说是：你父亲是个仁者，我是个勇者。我想，如将仁者和勇者的血结合在一起所生的孩子，必然是智勇仁兼备者。老怪物的强词夺理，如同以后日本军队侵略中国时所唱的调子一样——“皇军”在中国的土地上大肆杀人、放火、强奸，嘴里却在高唱：日中同文同宗、日中亲善……

也就从那一天起，金璧辉——川岛芳子就产生了质变。她在自己的日记中写道：大正十三年十月六日，我永远清算了女性。为此，她拍了一张少女诀别照：樱花树前，她头上梳着日式发髻，身穿白底樱花和服。乍一看，是那么亮丽动人。但细看，在她那弯弯漆眉下的一双点漆式的大眼睛里，神情冷得像冰，目光利剑似的。

后来，她成了一个日本特务。为了日本的利益，她不遗余力，特别是在伪满洲国成立前后，她跳前跳后，能量大得惊人。她有惊人的美丽，有过人的特务技艺……因此，她可以说是百战百胜。她任过伪满洲国政府里权力不小的女官长、留日学生总裁、安国军总司令，肩上扛过大将的金牌……一时，她声名大噪。报纸上频频登出她的新闻，刊出她的玉照，人们惊呼“川岛芳子是个天才”、“活跃在战火中的魔女”……甚至将她与第一次世界大战中，著名的欧洲女谍玛塔·哈丽相提并举，她被称为“东方的玛塔·哈丽”。

抗战结束后，声称一直挚爱着中国的金璧辉没有回日本，而是蛰居在她落生之地中国北平。1945年10月10日，一群中国宪兵冲入北平东四九条金璧辉的家中，将她逮捕。之后，她一直被关在北平监狱里。

这天，戴笠在北京烤鸭店秘密接见川岛芳子。

两个身穿长衫、戴着墨镜的军统特务一左一右押着川岛芳子上了二楼，在一个包间门前停下步来。

一个特务在虚掩着的门上轻轻敲了三声。

“进来！”门内传出军统局长的声音，很威严。

“进去吧。”特务低声命令。

川岛芳子轻轻推开了门，进去复又掩上门。两个穿长衫的军统特务在门外把守。为了以防万一，整个二层楼都被军统北平站包了。隔壁包间里的客人，楼上走来走去的仆役，都是军统的人。他们对川岛芳子有可能逃跑等意外因素防范得异常严密。

川岛芳子陡然进了包间，只见端坐在窗边沙发上的主人没有吭声，在看报。

这是川岛芳子第一次见戴笠，最初映入眼帘的是军统局长的侧影——靠窗而坐的他，身着笔挺的藏青色中山装，脚上一双黑皮鞋锃亮，头发往后梳，溜光。明明知道有人进来了，却并不掉过头来，照样看他的报。侧面看去，军统局长那张马脸、棱棱的鼻子，抿得紧紧的嘴唇。都给了她深刻的印象，一下就感觉出素有"中国特工王"、"中国的希姆莱"之称的军统局长戴笠的冷峻和威势。

"坐吧！"戴笠随手放下了报纸，抬起头来，看着她。

"谢谢。"川岛芳子隔几坐在他对面的一张沙发上。玻晶茶几上，摆有烟、茶、水果、点心。

"戴局长，我可以抽支烟吗？"她说一口很地道的北平话。

"请便。"戴笠用一双犀利的眼睛打量了一下坐在自己对面的日本女谍，不无讽刺地说，"想来，你的日本话说得可能比中国话还好吧？"

"不、我的日本话怎么也没有我的中国话说得好。"川岛芳子一边回答军统局长富有攻击性的问话时，一边从烟缸里抽出一支女式可尔香烟、点燃。军统局长平时是不抽烟的，这时也抽上了一支进口"三五牌"香烟，目光透过袅袅升腾的烟雾注意打量着坐在对面的女谍，似乎在注意观察她，又似乎在考虑怎样开始这场谈话。

时年四十岁的川岛芳子看来很年轻，至多不过三十岁。恍然一看，很像电影皇后胡蝶。戴笠头脑中立刻叠印出一系列画面：臃肿不堪的老太婆、英俊的男人……这众多的人物都是面前这个女谍化装过的，而且都取得了成功。一时，他简直无法将面前这个美丽的女人同她一手导演的血淋淋的画面联系在一起。

"戴局长！"她缓缓吐出一口烟，看着戴笠问，问得很直接，"你会判我死刑吗？"

"先停一下。"军统局长望顾左右而言他，"你很难称谓。现在，我首先需要搞清称谓,你,究竟是该喊川岛芳子,还是金璧辉?”

“当然是金璧辉。”她似乎急于想表白什么,语气急促起来,“我其实讨厌日本话,讨厌日本名字,讨厌日本的一切。”

“哈哈哈、”戴笠忽然扬声大笑起来,他说,“金璧辉小姐,你也太矫情了一些吧?历史上,你背叛祖国的事做得还少吗?怎么这会儿一下就变成了一个坚定的反日分子了呢?”

“是的,我是做了许多对不起祖国的事。但是,那不是我的本意。”她严词抗辩,随即把烟头狠狠地摁熄在烟缸里,“我真心热爱中国,热爱我的民族。我的血管里鼓荡着的是清王族的血液。我所做的一切本意都是:真心希望清王朝死而复生。”

“事实自有公论!”军统局长打断了越说越激动的她,一双眼睛钉子似地看着她,“不管你怎么狡辩,你的罪都是相当大的,你可以说是死有余辜!”

她像被枪弹打中了似的,低下头:“是的,我知道,是这样的。“她的声音像蚊子哼哼。

“你愿不愿意将功赎罪?”军统局长猛然厉声喝问,“这也是我今天叫你来的目的。”

“愿意。”金璧辉抬起头,看着脸色严峻的军统局局长,脸上充满希冀。

“你愿意用你的特工技能,从事反对共产党的工作吗?”

“我很愿意!”

“你对我们国民党特工的力量作何估计?我很想听听你的看法。”军统局长话题一转,将自己的身子靠在了沙发上,做出一副愿意洗耳恭听的样子。

“军统和中统相比。”金璧辉如数家珍:“力量大小姑且不论。中统实际上是陈立夫、陈果夫两兄弟在中央争权夺利的工具。戴局长你领导的军统才是蒋委员长手中的一把反共利剑,捍卫党国的利器。

“戴局长在国际上名闻遐迩。八年抗战中,军统是立下了丰功伟绩的,而且队伍飞速成长。据我所知,现军统在册者有十万之众。现在是军统最好的时期,也是大显身手之机。有戴局长领导,军统定会再创伟绩,再上台阶。反之,军统就会在一天早晨塌下来。因为,想对军统下手的人,大有人在,即便在国民党高层!”

听了面前这位日本女谍这番恭维话，戴笠心中比吃了蜜糖还甜，但头脑还是很清醒。他觉得，虽然金璧辉话中不无阿谀奉承的成份，但确实有见地。为了探探她的“水”究竟有多深，军统局长饶有兴致地问到历史上，她哪次哪次作案的具体特工技术细节。

“军统里能人很多。”她一一回答了后，对国民党军统局先扬后抑，“可惜，偌大的军统局里没有一个特别出色的特工，特别是在女谍方面是一个薄弱环节。”接着，她着重谈女谍。从历史上国民党女谍的不成功，谈到了女谍的化装术，女间谍从事特工的优势和劣势，谈得很在行，谈得很细。看军统局长毫不隐讳地连连点头，她这就大言不惭地以自己为例，举了历史上她经过巧妙化装后，取得的几桩特务活动的惊人的成功范例。绕过来绕过去，最后一句话归总：“如果戴局长给我一个戴罪立功的机会，我一定会在最短的时间内，为戴局长培养一至两个相当出色的女间谍。”

“我可以给你这个立功赎罪的机会！”戴笠的语气相当肯定，“不过，此事，你万万不要对人提及。因为现在还不到时机。我还得让你在北平监狱中委屈一段时间，你也作些准备吧。”

“是！”金璧辉站了起来，对高看她的军统局长鞠躬如仪。此时，她的一举一动简直就是个日本人。

“啪啪！”要摸的情况摸清了，军统局长立即按铃。

门开了，副官徐炎恭恭敬敬地在门外候命。

戴笠吩咐上北京烤鸭。当然，不止北京烤鸭，还点了好些菜。饭后，戴笠让那两个身穿长衫的便衣特务，用车将川岛芳子送回了北平监狱。

## 秘书“造反”，忤意改化名

“他妈的，你五行缺水，可是这么多年来你取的化名中尽是水。你妈的占尽便宜，吃香喝辣，青云直上！老子今天就给你取个尽是山的化名，一头撞死你个龟儿子东西！”

在重庆军统局，局秘书室助理秘书先奇，从笔架上恶狠狠地提起一支中楷狼毫毛笔，饱蘸墨汁，在一张有军统局字样的红头公函的十行纸上龙飞凤舞地写了三个大字：高崇狱——这是他为身在北平的军统局长戴笠拟取的1946年用化名。

因为职业的关系，戴笠每年都要为自己取个化名，在外面拍电报、下命令都用化名。戴笠很迷信风水那一套，军统办的很多特训班内，他都规定要加进一些命相之类的课程。曾国藩当年也迷信这些东西，并且很有体会，亲自编了一本书叫《冰鉴》，记录了他如何如何根据相法作为取舍部下的标准云云。戴笠拿了过来，再加上麻衣、柳庄相法等等，编成了一本教材，作为相人的参考资料。因为戴笠的影响，军统内从上到下，都很迷信这套东西。

戴笠命中五行缺水，为了弥补这个缺陷，他每年用的化名都是水汪汪的。如，江汉清、汪涛、涂清波、沈沛霖、洪淼等等。其中，他用的最久的是沈沛霖这个化名。说起来也真怪，自从戴笠用了这个化名后，他要风得风，要雨得雨，事业上一帆风顺。他认为沈沛霖这个化名，吉利，给他带来了好运。

新的一年到了。秘书室有人向主任秘书毛人凤提出，1946年是抗战胜利后的第一年，局长该换换名字了。戴笠不在期间，主持军统工作的是毛人凤。毛人凤答应："行。"于是，替局长拟名的事落到了助理秘书先奇身上。

这才叫不是冤家不对头。

先秘书年轻，长得一表人才，生性风流，又有文采，字写得漂亮，是局内女特务们心中的白马王子。他与电讯室的刘明明在偷偷热恋。

那是半年前的一天下午。刚上班，戴笠亲自来到秘书室，交待了一个紧急任务给助理秘书："这是我明天要送呈委员长的报告。"说时，将一份报告摊在先奇的办公桌上，"你今天晚上就要抄完。写核桃字，正楷。"

助理秘书在局长面前站得端端正正、毕恭毕敬的，接受任务也坚决。眼睛一扫，局长亲自交办的报告有一万来字，标题是：关于加强军统工作的举措。他认出，那是局长的手迹。

"好，年轻人就要像年轻人的样子。"局长说，"我明天一早来取。"

"局长放心。"助理秘书又将胸口一挺。戴笠走了，先奇暗自思忖，这报告有一万余字，要写正楷，还要核桃字，看来，今晚上得开通宵的夜车了。任务虽然艰巨，但助理秘书心里暗暗高兴，不受苦中苦，难为人上人——这可是一个受到局长赏识，从而向上爬的好机会。

事不宜迟。助理秘书立即争分夺秒，伏案展笔铺纸。晚饭也吃得很仓促，不像往日细嚼慢咽。

白天过了是黑夜，先奇伏在他的办公桌上，全神贯注地抄写着报告。

"奇、奇！"恋人之间深情的呼唤是没有什么力量能够抵御的，助理秘书循声抬头，只见门前台阶上的阴影里有一个倩影。

"啊，是明明？"先奇高兴得一下掷笔，跑了出去，一把握着刘明明圆润细嫩的手，问，"这么晚了，你怎么会在这里？"

"你昏了头吗？我不是告诉过你，今晚我值深夜班，而且电讯值班室只有我一个人。"

"啊，我的确是昏了头。现在是什么时间了？"助理秘书问过女友时间，不知不觉已是深夜了，他向刘明明一迭连声道歉，并将今夜局长交办的任务如何紧急，一五一十向热恋中的情人作了解释。

"好不容易才有今晚我单独值夜班的机会。那你就去同你的公文打一晚上的交道吧！"刘明明是个任性的女子，她不听先奇的解释，很为失望，也很生气，将他捏着自己的手一甩，扭着丰臀向天井对面那间灯光幽微的电讯值班室走去，身后留下了那种年轻女人洗浴过后特有的体香。

助理秘书顿时如被电流猛击。望着朦胧中走去的明明美好的身姿和暗示，他的身体和意识都立刻醒悟来，随即像就要喷薄而出的火热岩浆，心猿意马起来，什么局长亲自交待、什么明天一早务必交委员长审查等等，全都滚他妈的蛋。

色胆包天——这话很对。此刻，助理秘书脑海中一片空白，周身着了火似的，冲动得难以自抑，惟一的念头就是如何赶快过去，拥着明明的玉体睡到那张值班室床上去疯狂冲击。

隔一座假山，小院天井对面电讯值班室内，一星幽微的灯光像是明明抛来的媚眼。机不可失，失不再来！不过，先奇并没有立刻不管不顾地冲过去同等在那里的明明颠鸾倒凤，温香软玉，而是做贼似地小心翼翼地打量、巡视了一下周围环境。

这是一间古色古香的小院。电讯值班室和他所在的这间秘书室都在一个院内。一般而言,秘书室晚上是没有人的。电讯室天天晚上有人值班,虽然没有多少事。电讯室晚上值班大都是两人。今天晚上,轮到明明值深夜班,同她一起值班的戈容临时生了病,只能明明一个值班,而这正是求之不得的。今夜是多么好的机会!四处瞅瞅,院里寂然无人,但先奇不敢大意。要知道,做这些事,一旦被发现,会受到严厉处分,局长一旦雷霆震怒,被枪毙都有可能。他蹑脚蹑手地走到左边角落上那间木质房子的窗下听——这是他的顶头上司、戴笠的亲信、军统局内正走红的局本部主任秘书兼甲室主任毛人凤的办公室兼寝室——他是这个小院里唯一的住户。这也是助理秘书此刻唯一担心的。

毛人凤这个正在走红的矮胖子是个很奇怪的人。他是戴笠的同乡,浙江水山人,字齐五。早年毕业于上海沪江大学,后来从军,在黄埔军校潮洲分校肄业后跨进了军统门槛。因其人办事兢兢业业,特别能忍耐,对戴笠毕恭毕敬,得到戴笠赏识,因而在军统内直线上升。他是一个大特务了,可是妻室还在老家。八年抗战,直至现在,他一直住在这间小院里的那间一丈五尺见方左右、条件极其简陋的办公室兼卧室里。他整天守在那里,从早到晚批阅堆得小山般高的公文,一直到很晚才休息。身居少将高位的他,生活很朴素,为人也和气可亲,总是笑眯眯的,任何人都可以去找他谈七谈八,解决问题。虽然在军统内,名义上地位仅次于戴笠的两个"阎王"——郑介民和唐纵,背后攻击毛人凤是个"笑面虎",处处同他作梗,但因为戴笠的关系,并不影响他在军统内地位的飞升。

八年抗战中,戴笠在军统中开了一个不成文的规定,这就是,只要他在重庆时,每个星期一中午都有个午餐会。局本部的处长以上的干部都去出席,以便让他边吃饭边听下属的汇报,收集情况反映顺便下达指示。但军统局中层以上的干部都不愿去吃那顿饭。因为戴笠为人严厉,对部下要求苛刻,脾气又坏,几句话弄不好就要暴跳如雷。如果戴笠不在时,饭局就由毛人凤主持,情况就大不一样了。在饭局上,毛人凤总能把气氛搞得很活跃。

遇到"老板"有事不能去,毛人凤一进门便说:"告诉大家一个好消息,戴先生今天有事不能来,大家痛快吃一顿,放开吧!"于是,气氛立刻活跃起来,全场皆大欢喜,而且,每逢由毛人凤主持饭局时,总是把这顿午餐办得特别丰盛。大家坐下来，除了简单地谈谈工作而外，绝大部分时间里，大家天南地北乱扯一通。于是，戴笠定下的这个工作汇报会就变成了毛人凤联络感情的午餐会。久而久之，毛人凤在军统内因为人缘变得很好，这也是他地位不断飞升的原因之一。

先奇仔细听，小屋内有轻微的鼾声，看来顶头上司睡得很熟，助理秘书放心了。他轻手轻脚溜回办公室，收拾好卷宗什么的，熄了灯，两步蹿过天井，推开了电讯室的门。

两个小时后，两个偷情的年轻军统特务才云雨散去。先奇到底没有敢在明明那张行军床上睡，回到了自己的办公室，继续挑灯握笔。但因为刚才过于孟浪，不一会身体感到极度的疲乏，头一沉，身子不由伏在桌上睡了过去。

天刚亮，还不到上班时间。静悄悄的小院里响起了一阵急促的脚步声——心急火燎的戴笠来了。

"先秘书！"戴笠一进小院就亮开嗓门问，"怎么样了，抄好了吧？"只见虚掩着门的助理秘书室内还亮着灯。

可是没有人应。

"咦！"戴笠一把推开助理秘书室的门，一看先奇伏在办公桌上睡得呼呼的，而报告根本就没有抄完，他差点没有气晕过去。

"他妈的，你这是干吗去了？"戴笠的皮鞋在地板上猛地一跺，发作了，吼声如雷。

先奇被惊醒了。看着盛怒的局长，似乎才从美梦中走到现实，还未回过神来，一时怔怔的。

天井对面，电讯室的门开了。刘明明探出头来，看清了暴跳不已的是局长，一下明白了发生的事情。她那张本来就因为睡眠不好、有些苍白的脸"唰"地一下变得像张白纸。一双毛绒绒的大眼睛，因为惊骇，瞪大得像对灯笼，像是耗子见了猫，赶紧将头又缩了回去，轻轻关上门。

"你这个混账东西！你这是失职！我枪毙了你！"戴笠骂还不解恨，抡起一只大巴掌就打在傻乎乎的助理秘书脸上。

"啪！"先奇那张俊俏的小白脸上，顿时留下了五个血红的巴掌印。接着，小屋内一阵桌子板凳乱响。

当毛人凤闻讯赶来时，只见助理秘书已被局长打破了头，用双手抱着头，缩在屋角边，鼻子往下滴血。

当毛人凤问起原因时，盛怒的戴笠指着被打得头破血流的先奇说："你问他！"说着，又扑上去，脚头、拳头打在先奇身上，擂鼓似的。

"局长息怒、局长息怒！"毛人凤连忙劝着，说是事出有因。

戴笠调过头来，用那双因盛怒冲血，要吃人似的的眼睛盯着毛人凤，意思要他说清这个"事出有因"。他那患有严重鼻炎的鼻子，气出得呼呼的。

"先秘书昨天下午突然患了重感冒。我当即要他休息，说是局长那边我去说。可是先秘书很敬业，说这是局长交办的紧要任务，就是豁了命，今晚也要完成。可能是他后半夜实在挺不住了，身不由己……"毛人凤这个谎编得实在无可挑剔，让先奇实在从心眼里感激，因为根本没有这桩事情。

"还是不对！"戴笠听了毛人凤这番编得天衣无缝的谎言，气消了。不过，还是气哼哼的训道，"作为军人，一旦接受任务就应该完成，万死不辞……"

"局长息怒！"毛人凤在戴笠面前站得端端正正，显得恭恭敬敬，主动将责任往自己身上揽，"是职幕没有教育好下属……" 听戴笠又是鼻子里哼了一声，毛人凤机灵，赶紧看了看腕上戴的表说，"局长放心，时间还来得及，职幕保证在中午以前，将局长要的公文保质保量抄好送呈。"

"那好吧。"戴笠余怒未息地教训毛人凤，"不过，你这个主任秘书也不能姑息养奸。对先奇这种玩忽职守的人要处分，嗯？至于何种处分，你先拟一个方案出来，等我从北平回来处理。"

"是！"毛人凤喊操似地将胸一挺，大声答应。

这桩事情看来就这样完结了。

事后，毛人凤对先奇不仅没有一点处分，反而倍加信任、重视，这就让先奇对毛人凤感激涕零，就像那天在戴笠走后，他对顶头上司说的那样，"毛主任，难怪你在局内这么得人心。你处处庇护我们，简直就是我的再生父母。以后，毛主任你有什么事要我效劳的，打一声招呼，我先奇保证一定完成，就是为毛主任去死都可以。"而同时，对戴笠心中恨得牙痒痒。

先奇拟定了戴笠在1946年用这个的化名，估计毛人凤不会批准。因为在军统局内，从上到下都知道，局长喜欢带水的化名。毛人凤是戴笠的亲信，红人，能通过这个尽是山的化名吗？他先奇不过出口恶气而已。

助理秘书拟好了戴笠在1946年要用的化名，看了看腕上手表，十一点半，顶头上司毛人凤到总务处检查工作去了。马上就要回来了。他准备待毛人凤来，就把拟好的这个局长化名送呈上去，批不准不要紧，重新拟一个就是，他心中已有一个尽是水的名字。

这会儿，视线中出现了一只嗡嗡叫的蜜蜂。这只绒绒的小蜜蜂，也不知是怎样飞进屋来的，这会儿振着双翅想冲到外面去。隔着一扇明亮的玻璃窗，外面是春的世界，很美好。小天井里，一株桃树、一株李树都开花了。桃花粉红，李花雪白。假山上郁郁青青。可是小蜜蜂很傻，一个劲地往玻璃上撞去，撞得砰砰响。不知为什么，先奇这时心中涌起一阵恶毒的快意。

“好！”先奇幸灾乐祸地拍着手，“去撞，去撞死你个东西！”

“啪”地一声，那只小蜜蜂不知是撞昏了，还是撞死了，从玻璃窗上一头滑到了地板上。

“好，撞死你这狗东西！”先奇的恶毒心理得到了满足，不禁鼓起掌来。

“什么个好？”地板“咚”地一声，毛人凤走了进来。

“撞死了个蜂子。”助理秘书指着地板上的蜜蜂，笑着说了原委。

“一头硬碰，还有个不碰死的！”毛人凤笑得弥勒佛似的，说时问，“局长的新化名你拟好了没有？”

助理秘书硬着头皮将自己替局长拟的，尽是山的化名交给了毛人凤。以为马上就要被驳回，甚至可能要挨训。可是助理秘书万万没有想到，毛人凤看了化名后，慢慢从口袋里拔出了一只美国派克金笔，那是梅乐斯送给他的，还刻有字。毛人凤将拟着“高崇狱”这个化名的十行纸铺在桌上，手中慢慢将笔帽旋开，将笔帽套在笔筒上，在这意义非同一般的标有军统局大字的公函上，批下了“照准”二字，而且，毛人凤一反以往他写字潦草的习惯，这两个字他写得一笔一画，毫不含糊，极为工整，让先奇都不知这是咋回事了。

# 第十四章 神差鬼使，戴笠机撞戴山陨命

## 送军统局长，王牌飞行员受命

1946年3月15日。

北平东城灯市口大街同福夹道内，有一幢很气魄的花园洋房，静静地沐浴在春阳里。这幢中西合璧的花园洋房，占地广宏，庭院幽雅。喧嚣的闹市声被远远地隔在了胡同外面。蹲着两尊玉石狮子的黑漆大门前，挂着一个很醒目的白底黑字的招牌，上写：北平空军空运大队。北平人都知道，这幢花园洋房，过去是军阀曹锟的公馆。日本人占领期间，这里改为“日本航空株式会社”。现在，成了国民党航空委员会的一个下属机构，其飞行基地是北平的西郊机场。

下午二时，一个身材高高，结实匀称，身穿黑皮卡克，漆眉亮目，神情精明的飞行员大步走进了空运大队。

“曹先生，要飞？”刚进门，左边收发室里就探出一顶毡帽，这是一个看门的老头。这老头戴一副鸽蛋般的铜边眼镜，眼镜滑到了鼻尖上，样子很滑稽。

空运大队的所有飞行员看门老头都认识，也许是没有人说话，老头逮着一个飞行员都要随便聊上几句。没有任务，飞行员们一般是不上这里来的。

“是，回上海。”飞行员一边说一边走，神情很高兴。听得出来，他虽然说一

口北平官话,但听得出来有上海音。他叫曹青,三十来岁,人很精干,抗战胜利后,他是从国民党空军作战部队抽调到空运第一大队的王牌飞行员。他这是接到通知,来看派遣牌的。

曹青向对面的那幢四层楼房走去。上了二楼,进了飞行员任务挂牌室。迎面那块铺着红绒的壁上挂着一块写有自己名字的牌子,飞行任务简单具体。

姓名:曹青、马中

飞机:222号专机

起飞时间:3月16日上午8时

航线:北平——天津——上海——南京

"上海、上海!"曹青心中默默念着故乡,一颗心猛烈地跳动起来。八年前的"八·一三"空战中,他所在的航空部队奉命参战。空战中,他勇敢无比,驾着战机在黄埔江上空击落了一架日机。当他又击伤一架日机时,狡猾的敌机尾巴后拖着一根长长的黑烟,忽上忽下地同他绕开了圈子。他紧追不舍。"咚"地一声,敌机被打中爆炸,一团浓烟裹着烈火滚到了江里。但与此同时,他受到了早就跟在后面的敌机偷袭,一串子弹从他脸颊上斜着穿了过去。他受了伤,从此脸颊上留下了一条疤痕。然而,这非但没有影响他的形象,反而显得更为英武。

好不容易熬到了抗战胜利,万幸父母还健在。最近父母在老家给他找了一个姑娘,并在信中给他寄来了姑娘的玉照。姑娘叫明娣,小时的邻居,父母对姑娘很满意,催他尽快回去相亲。

明娣当然是记得的,小时候他们在胡同里玩过老鹰捉小鸡的游戏。可是他怎么也无法把照片上那个光彩照人的大姑娘,同记忆中那个总是拖着鼻涕的黄毛丫头联系在一起。

时间过得真快,他已经28岁了,比明娣要大5岁。这个年纪确实耽误不得了。他拿着家中寄来的明娣玉照看得很仔细,想象着。那是明娣在冬天照的半身像。穿一件白底黑花的棉衣,露出穿在里面的红毛线衣的衣领。一张鹅蛋形的脸正对着自己,头微微有些偏,微笑着,脑后拖着两根又黑又粗的辫子。照片上的明娣很俊很温顺,一副微微挑起的细细的漆眉下,一双大大的眼睛亮晶晶的,脸颊上一双深深的酒窝……

此时曹青心中有份得意、骄傲。每次飞专机的正驾驶都是他，至于专机上坐的是些什么人，他根本不想过问。当然，能乘专机的不是达官就是贵人。他这会儿最关心的是自己的事，恨不得现在就飞回上海，去看望父母亲，去见明娣。他抬起腕看表，是下午三时。他算了一下，明天早晨六点起床，六点半上飞机作好准备。现在，他得赶快去街上买点东西，明天带回上海去。

他迈开军人的步伐下了楼，出门时，高兴地对看门老头扬了扬手，说："大爷，等我从上海回来时，给你老带点城隍庙的胡豆——那可是下酒的好东西。"

"哦，谢谢……"收发室里，老头边说边站起了身佝偻着背，目光透过滑到鼻尖上的那副鸽蛋般的铜边眼镜，看着喜气洋洋的王牌飞行员曹青。

就在北平空军大队王牌飞行员曹青喜滋滋作着明天一早飞回上海的准备时，铁定的事情却正在暗暗发生变化。这时，一个因为长得黑，绰号"小黑子"的飞行员，四川人张仁找到了队长胡因，要求将第二天一早飞上海的222专机改由他来飞。

"那怎么行？那怎么行？"胡队长接过"小黑子"递上的三五牌香烟，点上，一屁股坐在沙发上，摇着头坚决不答应。虽然这个"小黑子"不时给他送东西，讨好他，但"小黑子"的飞行技术委实太差了些。不要说开专机，就是平时开一般的飞机也不容易轮到他。

"队长，你不要一句话封门，听我慢慢说。"张仁很会缠，他知道胡队长是个见钱眼开、见利忘义的人，也就不弯弯绕，干脆打明叫响。

"队长！"小黑子说，"真人面前不说假话，上海最近黄金和美钞的生意火爆得很，钱好赚。我有赚钱的门路。若队长答应我飞这架去上海的专机，回来我给你孝敬这个数！"说着在队长面前举起手，摊开五根手指晃了晃。

"美金？"

"是美金。"

"五十？"

"哪才五十，最少五百。"

胡队长没有开腔，闷着头抽烟，半晌问："你打算让谁作你的助手？"

"冯玉成。"看看队长脸色，知道有门，小黑子趁热打铁，"队长你是知道的，冯玉成开飞机可是老手了，难道还会出啥子问题？这几天天气又好，决不会出什么问题的。队长，你就放心……"

胡因看了看"小黑子"，想说什么，又没有说，他显得有点犹豫。五百美金，这不是一个小数，诱惑力确实大。但是，他对这二人的飞行技术再清楚不过了。他们毕业于老式的航校，对明天要飞的配备着先进的仪器设备的专机，不要说操纵仪器设备，连那些标着英文的仪器设备认都不认识。在天气好的情况下，他们凭着经验飞，不会有什么问题，但如果天气一变，就是问题。曹青就不同了，人年轻，是从有实战经验的空军下来的，又去"美国空中训练中心"经过了严格的训练，对专机上种种最新电子设备的掌握、运用驾轻就熟。因此，以往遇到飞专机，都是曹青飞。

然而，曹青飞行技术再好，也不关自己的事，这个人傲慢，与自己只有工作关系，没有私交。他对王牌飞行员曹青没有好印象。好像一架天平摆在队长胡因面前——一端是飞专机绝对安全的曹青，一端是对他许了五百金美的"小黑子"，让谁去飞呢？

这几天，南京、上海一带天气晴好。难道将专机交给"小黑子"他们去飞，他们就会遭遇恶劣天气？有那么巧的事？如果不遭遇恶劣天气，"小黑子"和冯玉成驾着专机飞上海，不会有任何问题。队长胡因在这晚睡觉前，还专门打电话去问过气象站，这些天，飞上海南京方面会不会遇到雷雨？气象台告知不会。因此，直到天亮前，胡队长才下定决心，改为让"小黑子"他们去飞。

## 私心作祟，专机驾驶员临时换人

1946年3月16日。

晨六时。随着夜幕的消褪，北平西郊机场渐渐展现在了清亮的晨光中。长长的跑道起点上，停着一架巨大的美制四引擎银灰色专机，机型：C—47，编号：222。这是美国生产的一种最新型的运输机，由北平航空委员长临时抽调出来的，作为戴笠飞往南方的专机。

一切都在按部就班进行。

加油车走了,两个检修技师来了。他们对专机又作了一遍详细的检查。昨天,他们就已经对专机作过一遍检查了。确认一切完好无误后,他们走了。六点二十分,三辆小轿车披着鱼肚色的晨光,风驰电掣而来。车门开处,几个西装革履的官员,手提皮箱,簇拥着一个身姿笔挺,着藏青色中山装的中年人,沿着舷梯鱼贯而上。很快,舱门关上了,舷梯撤去了。三辆送他们来的黑色小轿车又像来时一样,风驰电掣而去。这一切过程在几分钟内完结,进行得无声无息。

军统局长戴笠中将按贯例进入了他的专舱。他的随员都坐在后面的舱里,计有:军统局人事处长袭仙舫、人民动员委员会负责人金玉波、英文秘书马佩衡等。

副官徐炎照例将局长脱下来的黑呢大衣挂在旁边衣架钩上,正在给他展开那张长沙发时,坐在对面舷窗前的沙发上,注视着窗外的局长突然将头调了过来。进来的是位空中服务小姐,惊人的美丽。她微微低着头,手中端着一个髹漆托盘,盘里装有美国蛇果、点心、咖啡。这位小姐最多二十来岁,属于典型的北国佳丽,着一身蔚蓝色的航空制服,身姿高挑,曲线丰满,婀娜有致。一见空中小姐进来,戴笠就让副官出去,说有事我按铃叫你,言外之意是我不叫你,你不要进来。

副官答应一声是,出去了,出去时反手关了门。空中小姐将手中的托盘放在茶几上,转过身来,微微一笑,礼貌地鞠了一躬,就要离去。

“你是专机的服务小姐吗?”戴笠用他张马脸上发亮的眼睛看着眼前的北国佳丽,语气亲切地问。

“是。”姑娘说一口好听的北平官话。

“啊,你是专门为我服务的吧?”

姑娘不解地用她那双明澈的俊眼看了看军统局局长,点点头。

“难怪,这么漂亮,你知道我是谁吗?”

姑娘看着他,摇了摇头。

“我是军统局兼全国交通管制委员会主任戴笠!”

姑娘显然是听说过他的名字的,听他这样一说,不由一惊,他要的就是这个效果。

“戴主任有什么吩咐吗？”

“暂时没有。”戴笠看出来姑娘想走，也知道这会儿工作只能做到这里，欲速则不达。

“那我就出去了，有事请按铃。”说着走上来，告诉他哪个铃是呼她的。

“好的，好的。”戴笠点了点头，姑娘出去了，随手给他带上门。

看着这个典型的北国佳丽婀娜多姿地走了出去，军统局长觉得浑身上下涌起一阵不可遏止的冲动。搞女人相当有一套的军统局长，对于在短时间把这个北国佳丽搞到手，信心百倍。他在想，他是在哪本书上看到北国佳丽这个词，并对这个词作了生动描写的，对了，好像是一本在报上连载的张恨水的小说。他对小说不感兴趣，但对凡是对美丽女人有关的描写却很感兴趣，而且一看就记得住。

比如他看过本戏说《西厢记》的书，里面有个描写崔莺莺之美丽的细节，他是经久不忘。说是崔莺莺陪母亲去相国寺烧香。正在做功课，手敲木鱼，心如止水的老和尚看到崔莺莺一出现，顿时不知所措，那敲木鱼的木槌不是敲在了木鱼上，而是一下一下地敲在了坐在前面的小沙弥的光头上。小沙弥因为贪看崔莺莺的美，尽管头上被敲得笃笃响，竟然也忘记了疼……而张恨水小说中对北国佳丽的解释是矫健婀娜。矫健婀娜，这四个字真是传神传情！

他想，连万人瞩目的电影皇后都脱不逃我的手，你一个年轻美丽的北国佳丽，既然撞到我枪口上来了，还能跑得脱吗？一个很生动的画面在心中油然而生。他觉得，刚才出现的那个漂亮小姐，好比是房梁上跑过一只耗子，而他戴笠就好比是盘在房梁下的一条蛇。耗子自然是要被蛇吃的，蛇只要一昂起头，吐出血红的舌，耗子就会自然而然地掉进自己的嘴里。他在心中默算了一下，这架专机要跟着自己好几天，时间有的是。

他躺在了沙发床上，旋转于头脑中的是这样几桩事：到上海，同美国海军第七舰队司令柯克上将商谈如何将国军加速向东北海运；接下来，找律师办理电影皇后胡蝶同她丈夫潘有声的离婚手续，然后同自己结婚。这都是已经说好了的，他许给了潘有声相当可观的赔偿。这期间还得去南京，军统局本部回京在即，要理的事不少。上海、南京的事一完，得赶快飞回重庆，因为据安在委员长身边的侍从室负责人之一的唐纵报告,中央警官学校教育长李士珍在戴季陶的支持下,最近活动得很厉害,全国警察总监这个诱人的红果子,他可不能让李士珍拿去。他得赶回去,在委员长面前力争。他相信,只要自己全力以赴,凭自己的手段,李士珍不是对手……

志得意满的军统局长,这时坐在专舱里想着心思。哪知道外面正在发生的事情！他哪里知道死亡的阴影在这时已经开始向他步步逼近！

这时,这架专机的正副驾驶员曹青、马忠已坐进了驾驶舱,对每个关键的部件仪表,作了细致的检查,确信这些部件安全,在起飞记录薄上签了名字,作好了起飞准备。可就在专机就要起飞时,副驾驶员马忠说:“曹青,你看,一辆车正向我们驶来,上面站了个飞行员,向我们在招手！”曹青循声从驾驶舱内望去。果然,就在机场跑道左侧方向,一辆军用美式敞篷吉普车正飞速驶来。车上站着一个头戴飞行帽的飞行员,向他们大声喊着什么,惟恐听不见,还大幅度挥着手。虽然距离尚远,看不清来人是谁,但从那表情来看,一定是有十二万分要紧的事情要向即将升空的他们传达！

倏忽间,美式吉普车驶到,“嘎”地一个猛刹停下。从车上跳下的是原北平航校十八期毕业生绰号“小黑子”的张仁和冯玉山。

“两位大哥,有什么要紧事吗？”曹青倍感惊异,一把掀开了驾驶舱,探出头去问。

“队长让我们两人临时来换你们飞这架专机！”张仁用双手圈着嘴,站在机翼下,仰起头来对曹青大声说。

“什么,让你们来换我们飞？！”一瞬间,曹青简直惊呆了,以为自己听错了,又问了一遍。

“对头！”小黑子的回答明确无误,而且口气很横。

“这是怎么回事？”北平飞行大队王牌飞行员的额头猛地皱起,心中很不是滋味,像这种飞机马上就要起飞,临时撤换飞行员的事,他还没有听说过,心中闪过狐疑,更多的是气愤。

“不晓得,是队长的临时决定。”也许是为了安慰专机上的两位同仁,“小黑子”加了一句“也许队长对二位别有借重吧。”曹青是个反应很快的人,他马上意识到了原因。昨天,就是昨天,当他被队长告知明天飞上海一事后,队长这样对他暗示："飞上海是趟美差，好些人都想去。最近那边生意好做，不说其他，只要在北平和上海之间倒点物资差价，都大有搞头。但想到你是上海人，离家整整八年了，我成全你！"胡因的话都递到嘴边上了，可是他就是不接，装不懂。他从心里讨厌胡因这个人，这个人仗着自己是飞行大队队长，有派工的权力，经常胡来！我靠本事吃饭，我才不拍谁的马屁！"小黑子"自然是知道的，平时对胡因鞍前马后跟得很紧，但这个时候胡因让"小黑子"来开这架专机，还是让曹青感到震惊。

"妈的，有什么了不起？上海不去，要饿死人！"坐在旁边副驾驶座上的马忠已经怒不可遏，发作了。绰号"马儿"的他，解开飞行腰带，从驾驶座位上站起，顺着搭在机头上的舷梯下去了。曹青情绪受到"马儿"影响，也解开系在腰上的飞行带，拿起飞行记录本，下了飞机。

就在曹青同"小黑子"作交接时，北平飞行大队大队长胡因驾车赶了来，看他们已作好交接，胡因也不下车，坐在那辆美式敞篷吉普车上，抬腕看了看表，说"时间到了。"催促"小黑子"、冯玉成赶快上飞机。

八点过五分，222号专机飞起来了。专机飞上八千米高空，机头对着东方倏忽隐没在了云层里。

这一切，坐在专机里思绪如走马的军统局长戴笠，当然不会知悉。

然而，就是因为这偶然的改变，此次飞行，不可一世的军统局长戴笠必死无疑。也许，人的一生真是用许多不明就里的神秘链条串接起来的。戴笠五行缺水，他改了个尽是水的化名，这就改变了人生链条上的薄弱环节，走得风车斗转的。然而，他万万想不到手下虾米似的小人物助理秘书先奇为报复，给他取了个尽是山的化名，交给他最为赏识、信任的毛人凤审查时，毛人凤竟然同意照准！毛人凤这是为什么？是因为毛人凤是个唯物主义者，不相信命运，认为化名改什么都可以，无所谓，还是他心不在焉地"照准"了，从而引来了戴笠的杀身之祸？这不对。毛人凤是个表面上一副猪相，心中明亮的人。况且他在接到先奇拟就的"戴老板"在新的一年要使用的尽是山的新化名之时，也还是看得很仔细，似乎还略为沉吟。那么，毛人凤这是有意的？因为毛人凤是个阴谋家，心机深沉的人，其实他在心里是希望老板死去，他好取而代之，他是有意而为之?这一切,都只能是猜想,是一个谜。这个谜,或许只能留待专家去研究,去破解了。

但重庆沧白路那个姓仇,名庆荣,因摸骨算命很准,被人们尊称为"神仙"的人,在戴笠出事前,也曾提醒过戴笠,说他在新的一年里流年不利。当时,戴笠表面上不以为意,其实是留意,处处小心,步步设防的,这从他一系列行动诡祟、飘忽不定的行程中看得出来。但是,真应了人算不如天算这句话,就在戴笠志得意满,乘专机离开北平去南京等地前夕,他生命的链条上出现了裂痕。当然,那个利欲熏心,临时换了专机驾驶员的北平飞行大队长胡因,也决不是要加害军统局局长。胡队长不是中共地下党员,也不是一个思想进步的人,他是贪图小利而为之。在胡队长看来,最近一段时间,北平至南京、上海航线,天高云淡气象条件良好。可胡队长万万没有想到,就在他因为贪利将专机交由两个从旧式航校毕业,只能凭目测凭经验飞行,对先进专机上的各种先进设备一窍不通的飞行员飞时,也就那么巧,恰恰遇上了南京、上海一带少有的淫雨霏霏,连日不开的恶劣天气。这中间还要加上一笔。如果当天戴笠就让专机直飞上海或南京,也不会出事,恶劣的天气是改天才突然发作的。之所以赶上了恶劣的天气,是因为戴笠好色,他让专机临时改变航线,飞去风光如画的海滨城市青岛风流了一回。在满足了那个他一眼就看上的空中小姐——心中典型的北国佳丽向往青岛的愿望之时,他利用职权,许北国佳丽种种好处,心满意足地占有了或者可以说是换取了北国佳丽的玉体。《太上感应篇》中有这样一句话:百善孝为先,万恶淫为首!本来生命神秘链条就出现了断裂痕迹的戴笠,再加上他的淫,这就引得天怒人怨,死得奇怪蹊跷!

## 专机飞得云里雾里,叩开了地狱之门

巨大的银灰色四引擎"C-47"号专机,像神话世界中的一只鲲鹏,在八千米高空平稳地飞行。

戴笠端坐在舷窗前,一直凝视着舷窗外跟着飞机走的一朵白云,似在观景，又似在思索什么。一缕明亮的阳光从舷窗外洒进来，金箔一样在他脸上、身上闪烁游移。专机高速飞行。然而，坐在机舱内，却完全没有感觉，好像飞机是完全静止的。舷窗外，天空蔚蓝而高远。此时此刻，目睹如此情景，有种飞升的快意。

是吃了早饭上飞机的，刚才，又喝了一杯咖啡，现在，时年50岁的军统局长周身都很舒服。他在头脑里将马上要办的几桩大事又细细地滤了一遍，一切都成竹在胸。只等这只"鲲鹏"穿越时间的隧道，将自己送到一个一个的目的地：上海、南京、重庆。五十岁的军统局局长正是如日中天。他相信，在即将开始的第三次反共高潮中，自己将大放异彩。届时，他对共产党使出的种种毒招，将令整个自由世界大吃一惊、瞠目结舌，继而对他报以海潮般的掌声。他将会为"校长"、为党国创千秋之伟业！时间和事实将会无言地予以证明。

有人敲门，将戴笠从沉思中惊醒。

"笃、笃、笃！"他听出来，敲门人敲得很轻，心情似乎犹豫。

"进来。"他扬起声。他一下想起了敲门的人是谁，刚才是他按了铃，唤她来的，心情一下高兴起来。

舱门轻轻推开了。北国佳丽出现在面前。她似乎意识到了什么，反身锁上门时，看着他，有些怯怯地，"长官，你找我来有事？"她问，神情很像动物园中被丢进了狼笼里的小羊。

"来来来，坐坐坐。"戴笠也没有回答人家有什么事，只是笑着拍了拍自己坐下的长沙发，示意她过来坐在自己身边，一副很恬淡很温和的样子。

北国佳丽不敢不坐。

"没有什么事，想同你聊聊天。啊，你叫什么名字？"戴笠看着坐在自己身边的姑娘。看她那副怯怯的样子，觉得很乖，很有趣。

"缪仙。"红衣姑娘说了她的名字。

"好名字。真是缪也妙得好，仙也仙得妙。"戴笠故作调侃地用京戏念白的腔调拖着长音说时，竟然把手伸了过去，握着了姑娘的玉手。他发现，姑娘的手在微微颤抖。侧面看，低着头的她千娇百媚，雨打梨花似的。因为坐着，那两条圆鼓鼓的大腿，细腰丰乳肥臀都显得格外突出。可以想见，她那丰满流畅的女性线条，在那身合体漂亮的蔚蓝色航空制服的包裹中，在怎样令人赏心悦目地流动！

这样一想，戴笠更是春心荡漾。不过，他不准备马上作进一步动作。在他看来，利用权势占有一个漂亮姑娘，算不得本事。如果那样，你占有得了她的身，占有不了她的心，毫无意思。他戴笠之所以高明，就高明得要让眼前这个美妙无比，让他动心的北国佳丽变被动为主动，自觉自愿地为他献身。

"小缪！"军统局局长故作平易近人，问姑娘，"怎么样，待遇还好吧？"作为特务头子，他知道遇上这样姑娘，该从何下手。这时，他放了姑娘的手，故意装得大大咧咧，潇潇洒洒的。

姑娘没有吭声，只是摇了摇头。

"你是这机上的领班，还是一般空姐？"

"一般的空姐。"姑娘终于同他说话了。

"我知道，一般的空姐同领班的待遇差别很大，是吧？"他开始循序渐进。

"是呀！"空中小姐说着叹了口气，看着他，忿忿不平地说，"简直是天壤之别。"

"好办。我立刻给你解决，提拔你当领班。我兼任中央水陆统检处处长，我有这个权力。"北国佳丽看他不像是开玩笑，满月似的脸上，绒绒睫毛后一双水汪汪的大眼睛里充满了希冀，也充满了疑问。

"怎么，你不信？"

姑娘不答，只是抿嘴一笑。

"等一会，我让我的副官先对机组宣布我的这个决定，立刻提高你的待遇……"他发现，缪仙的俊脸春花似地粲然开放。

"长官为什么对我这样好？"

"我喜欢同年轻人交朋友。"

"谢谢！长官，我给你削个美国蛇果吧。"

"不用、不用！"戴笠说，"小缪，我们认识了，以后就是朋友了。你不要叫我长官，也不要叫我局长。你可以叫我老戴，亲切些就干脆叫我的名字——戴笠，这样，不见外，亲热些。"

这显然是姑娘完全没有料到的，也是从来没有遇见过的，"这怎么可以？"她"扑哧"一笑，用一双俊眼注视着鼎鼎大名如雷贯耳的军统局局长。

“有什么不可以的？”他说时，身子靠在沙发背上，闭上了眼睛，亲热地轻声道：“小仙！”然后徐徐道来，“在你心中，我这个局长不知该有多么风光吧？其实，家家都有一本难念的经。你不知道，我心中苦得很哩！”说时，抓起姑娘一只手一边摩娑，摇摇头，一副苦不堪言的佯子。

“怎么，你？”姑娘来了好奇心，侧着头问。那一只被他握着的手，也任由他摩娑。

“我是一个孝子。”戴笠说，“我是从浙江农村老家奋斗出来的，我的婚姻很不幸。我的婚姻是母亲包办的。没有一点感情，我到今天很不容易。想同乡下的妻子离婚，母亲又不准！”说时一声长叹，似乎无限的伤心事，尽在这一声长叹里。

看着他这副痛苦不堪的样子，瞬时，一种混和着感激、母性的温情在姑娘心中油然而生。原来，大名鼎鼎、威名赫赫的军统局长对人是这样亲近和蔼，原来他也这么可怜？她不由得将闭着眼睛靠在沙发上、神情痛苦不堪的他看得怔怔的。她没有言语，只是将军统局长捏着的手回握起来。

气氛越来越够。玩了不知多少漂亮女性的军统局长当然知道，这个时候，只要自己再要点手腕，这个可人的温香的玉体就会半推半就地倒进自己怀里。可就在这时，飞机猛地往下一侧，戴笠感到飞机在下降。他放开姑娘的手，站起身来，从舷窗里看去，天津机场已遥遥在望。

按计划，专机只在天津机场稍作停留，作例行检查后直飞上海。但这时，戴笠思想上忽然闪出一个主意。

看身边的北国佳丽想要离去，他留她再呆一会，问她想不想去青岛看看，那可是一个美丽的海滨城市，是一片人间仙境。

“当然想去了。”姑娘一笑，“我倒是想随局长去青岛看看，沾一个光。可我们这趟专机不是要直飞上海吗？”

“没有关系。”戴笠口气很大地说，“只要你想去，我就让这架专机今天先不飞上海。等一会从天津直飞青岛，在青岛风景最美的八大关住一夜，让你尽情领略那座美丽无比的海滨城市的风景，明天一早再直飞上海。怎样，你高兴吗？”

“太美了，太美了！”姑娘高兴地拍起手来。

“好吧。你现在就去叫我的副官来。”

“Yes！”姑娘临去时，抑制不住地兴奋，感激地说了一句英语，并对他嫣然一笑。戴笠知道，“鱼”，开始上钩了！

1946年3月17日上午九时。

戴笠乘坐的专机从青岛沧口机场上飞起来了。天气一下变了，天气很不好。舷窗外，阴霾低垂，一朵朵黑云相互追逐着……要下大雨了，然而，军统局长这时却没有太注意外面的天气。他软软地斜靠在沙发上，目视着窗外疾飞的流云，无尽甜蜜地回忆着这次，不，是昨夜猎艳的过程，他喜欢事后回味。

昨天晚上，他们宿在青岛八大关那幢临海的相当精巧别致的欧式别墅里。那是二楼，随员们都住在底楼。他清楚地记得，当缪仙在他规定的时间如约而来时，是天光未尽之时。尽管一切尽在意料之中，可他还是感到一阵阵惊喜。暮色朦胧地走近，傍海的落地长窗上浅网窗帘低垂。视线可及处，大海在岸边跳着雪白的舞蹈。没有开灯。屋内的气温调得不冷不热，很舒适。室内一色的胡桃木家俱、床柜、席梦思大床等西洋家具，都发出一种厚重、甜蜜诱惑的意味。

她进来时，他正在浴室内洗浴。浴室的门没有关，凭一双职业的耳朵，他听得很清楚。她轻轻地进来了。脚步在地毯上嚓嚓移动。门锁“咔”地一声脆响，门关上了。毫无疑问，北国佳丽对自己唤她来的目的很清楚，心理和生理都有了充分的准备。

他本来想唤她进来同自己一起洗浴的，但之后放弃了这个念头，他要看她独自干什么。一阵窸窸窣窣之后，怎么没有了声音？他从洁白硕大的浴缸里爬了起来，用浴巾擦干了身子，走进卧室。她已经睡下了。借着一星微弱的床头灯光，只见她紧闭着眼睛，身上盖一床薄薄的缎面被子，头枕在一个雪白的花枕头上。紧挨着她的头，是一个一模一样的枕头，显然，那个枕头是他的。她在等着自己。她不好意思睁开眼睛。

心跳如鼓的他猛地伸出手，一下揭开了盖在她身上的薄被。她触电似地“呀”了一声坐了起来，用两只莲藕似的玉臂抱紧了自己高耸结实的双乳……原来，她已经脱得一丝不挂了。

“我的心肝、我的宝贝……”戴笠一下扑了上去,抱紧她,激动得一边呻吟一边大动起来。就在这个时刻,他下了决心,他以后要在北平金屋藏娇——把这个名叫缪仙的北国佳丽藏起来享用不尽。

昨晚,他们两个在床上几乎整整折腾了一夜。现在,连素来感到身体非同一般的他,也感到有了些倦意。他刚想睡下去,机身剧烈地抖动起来。专机就像航行在深海里,而又被一只巨大的八脚乌贼缠着了似地抖动不已,舱内光线骤然暗淡下来……

戴笠不禁皱了皱眉,看了看腕上金表。半个小时前,飞机起飞时,机上无线电报务员同上海龙华机场取得了联系,得知上海上空打大雷下大雨,气象条件相当不好。机组向他请求,暂时停止起飞。他不允许。他乘过不知多少次专机,气象条件比这恶劣的时候有的是,下这点雨算得什么?从青岛飞到上海,不过高山,专机上又装备着先进的电子设备,飞这段路程还不是小菜一碟?在他看来,装备着这样先进电子设备的先进飞机,就是飞过喜玛拉雅山,飞最难飞的驼峰航线,也不应该有什么问题。

昨天,为了温香软玉,占有北国佳丽那令他垂涎不已的玉体,他特别拐去青岛住了一夜,耽误了时间。他要把时间追回来,今天务必赶到上海办事。他要副官徐炎去告诉机组:多多准备一些汽油,届时万一在上海龙华机场降落有困难,可直飞南京。他想好了,到南京,先同何应钦商定一些事情,再飞回上海也可以。他认为自己的思考相当严密,而且作好了各方面,特别是安全方面的应对措施。昨天,一到青岛,为确保专机安全,他就下达命令,机上装载的所有东西均不准下飞机,也不准任何别的人,别的东西上飞机。专机由军统青岛办事处主任亲自带队到现场,作二十四小时严密监护……他什么都考虑到了,唯一没有料到的是,此次飞这架专机的,竟是两个飞行技术相当“糙”,连飞货机都要打问号的“瘟猪子”!

专机一路颠颠簸簸飞了近两个小时,飞得戴笠很是来火!上海应该到了吧?怎么回事?戴笠又看了看手表,按铃叫来了副官徐炎。

“怎么回事?上海还没有到吗?”戴笠皱起眉头,看着副官问。

“机组告知,说是上海机场已经到了,可是机场上雨朦朦一片,飞机降不下去,他们要求改飞南京。

“这还是我第一次遇见的怪事！这样先进的飞机，又是大白天，飞机竟然降不下去？”军统局长说得很是冒火，“好吧！现在由不得我们。我们的命捏在人家手里，那就让他们改飞南京吧。”说着挥了挥手，要徐炎去传达他的命令。

专机飞到了南京。可是六朝故都金陵上空同样大雨滂沱，云层压得很低。经联系，南京机场同意专机降落。

半空中传来一阵沉闷的嗡嗡声。机场上，值勤人员、应急车等都作好了准备，人们抬起了头，极目寻找着专机。这时，已是午后一时。谚语云：雨不过午。然而，今天的天气很怪，虽是午后，大雨虽已停息，但小雨却绵绵密密，将天和地紧紧地缝合在一起。铅灰色的云层不仅没有散去，反而像要压到机场上来似的，天低云暗。机场上因为光线太暗，以至不得不大白天开了所有的灯。这样的天气，在南京是绝无仅有的。

头上云层里一阵闷响之后，飞机的马达声又倏然而逝。专机终于没能在南京机场降落。专机在穿云下降时，因为驾驶员技术问题，没能降下去，让专机越过了机场，飞到了江宁县境内。五分钟后，突然，专机与南京机场失去了联系。无论南京机场上电讯员怎么呼叫，可是，专机再也没有了回应。

# 第十五章
# 魂兮远去，军统局轰然塌圮

## 戴笠“失踪”，蒋委员长慌了神

1946年3月18日上午九时，重庆军统局的小会议室内，毛人凤正在主持召开一个军统局所有在渝高层干部参加的紧急会议。局长的专机失踪了，很可能已经出事！场上气氛压抑，特务们一个个如丧考妣。

毛人凤看着一个个闷声不响的特务们，声泪俱下地说：“这个任务可是委员长亲自再三向我交待的！估计局长乘坐的专机出了事，很可能迫降到共产党新四军占领的地区去了。要我无论如何派一个高级干部，携带一部无线电台、一个报务员、一个外科医生，配备足够的药品，马上乘一架飞机到南京以西的地区去寻找。一旦发现局长乘坐的专机，立刻降落下去。若不能降落，便跳伞下去……委员长再三嘱咐，无论付出多大的努力和牺牲，都要把局长找回来。看哪位同志愿意去？”

没有一个人应承。

场上，人人低着头，一屋子香烟缭绕，烟雾腾腾。毛人凤没有多的办法，他会哭，他从身上掏出一条新手绢揩眼泪。

按照多年来雷打不动的惯例，戴笠不管到哪里，一下飞机就要立刻同在家坐镇的特务头子取得联系，时间从来没有迟过两三个小时。然而，昨天，一直到晚上，在家主持日常工作的毛人凤，却始终没有接到戴笠的消息。他分别急电上海、南京、济南、天津等地查询，却毫无音讯。戴笠一行奇怪地失踪了！

为了寻找戴笠一行，当天晚上，军统局内电讯处灯火通明，各处胡乱忙了一夜。这天早晨一上班，通宵没睡的毛人凤赶紧驱车去上清寺委员长官邸，向蒋介石作了报告。委员长是在他的书房里接见毛人凤的。身着蓝袍黑马褂，精神气色很好的委员长一听，向来沉得住气的委员长，脸唰地一下就白了，神情凝重地亲自打电话到航空委员会查询。得知戴笠乘坐的专机昨天午后到过上海、南京上空。因那两个地方在下雨，飞机没能降落下去，之后便失去了联系……

委员长当即对航空委员会下达了命令，要航空委员会派出几架飞机去分头寻找。接着，对毛人凤又下达了寻找戴笠的命令。然而，这时，军统局内，这么多高级干部，却没一人挺身而出。

“诸位同志！”毛人凤虽然在军统局内目前代理局长的职权，但还仅仅是代理，他不过是个少将。不管是职务还是资格，在场的郑介民等都比他高。他不敢命令谁去，只能采取哀兵之术，再三强调，“如果我们的同志都不去。这样，不仅显得我们军统胆小怕死，而且，叫我怎么去向委员长复命？”

在他的再三启发、鼓励下，终于有人站了起来表示响应。

场上站起来接受任务的是有“特工专家”之称的少将沈醉。这个少壮派身着美式卡克服，腰皮带上别一支左轮手枪，显得很精神。矮矮胖胖的毛人凤像溺水的人抓到了一块救命的板子，一下冲了过来，像是怕沈醉跑了似的，抓着沈醉的手一阵猛摇：“好呀！养兵千日，用兵一时。我原以为好些同志都是争着要去的，想不到只有你一个人肯去……”毛人凤只图自己说得痛快，没有想到下面已有人反击，“毛秘书最是该去的嘛！”毛人凤怔了一下，假装没有听到。

“走！”他对沈醉说，“我们赶紧去委员长那里复命。”说着宣布散会，他陪着沈醉立即驱车去了上清寺委员长官邸。

“找到人了吗？谁去执行我的命令？”蒋介石正在他的办公室里，焦躁地走来走去。一听说毛人凤赶来，立刻就见，见了面就问。

毛人凤赶紧挺胸报告，并介绍了身后的沈醉。

“唔，听戴雨农说过的，是个能干人。”委员长用一双锐利的鹰眼，将沈醉从上打量到下，问沈醉，“你跳过伞没有？”

“报告委座！”沈醉站得笔直，报告，“我没有跳过伞，但我肯定一学就会。”

“唔，你年轻精明，肯定一学就会的。戴局长的飞机肯定是出了什么问题，迫降到共产党占领的地区去了。你这就赶快回去，把人员挑够挑好，赶紧练习跳伞。明天一早动身，乘专机沿南京方向一路寻去。稍等一下！”蒋介石说时，绕到了他那张靠窗的硕大锃亮的办公桌后，提起一只小楷狼毫，蘸饱墨汁，在一份空格公函上一阵笔走龙蛇。

“给你。”蒋介石将他亲笔写好的公函交给沈醉。沈醉接过手来细看，是一份盖了国民政府军事委员会公章的委员长手令，“无论何人，不许伤害军统局长戴笠。各军政机关、地方政府，如发现戴笠，应负责妥为护送出境。”

向来言词简洁的委员长今天反常，没完没了的嘱咐沈醉：“你寻到戴局长的专机后，带着报务员、医生跳伞下去，见到人立刻出示我的手令。情况如何，随时用无线电与重庆电讯总台、与你们军统局密切联系。万万不得迟延！我已指定重庆电讯总台派专人用两部机器昼夜监听你们的电台呼叫。任何时候，任何地方都可以联系上的……”看得出来，委员长忧心如焚。

从委员长官邸出来后，时间已是黄昏。沈醉赶紧去军统行动大队，挑选了一个医生，一个报务员，去跳伞塔练习跳伞。

毛人凤一回到他的办公室，副主任秘书张严佛、医务室主任戴夏民、机要组长姜毅英等十几个少将级特务都等在那里。纷纷问询委座有什么训示？毛人凤传达了委员长的训示后，忧心忡忡地说：“总之，委员长很不安！”大特务东方白很荒唐地说：“没有事，肯定没有事。我才扶乩问卜，占了吉凶，吉人自有天相，局长没有事……”听东方白一阵乱吹，在座的特务们又安了一些心。因为东方白自称是“星相家”，占卜问卦的老手，戴笠以往也不时要他扶乩问卜的。

“毛主任、毛主任！”这时，刚回到电讯室的机要组长姜毅英从天井那边探出头来，大声说：“南京李人士处长来了长途电话。有关局长下落情况，他要向你报告！”

“马上、马上！”毛人凤一双短腿跑得飞快。毛人凤在电讯室接电话时，十多个大特务围在他的身边，尖起耳朵听。

很快，毛人凤神情凝重地放下了电话。

“南京方面怎么说？”大家一起问。

“李人士说，昨天中午，有架军用大飞机坠毁在南京附近。他正派人去弄清情况。会不会是局长乘坐的那架飞机？要弄清楚了后才知道……”一屋子的大特务面面相觑时，那边在长途电话室里，大特务罗佩湘又伸出个头来，朝这边叫毛人凤:“毛主任,委员长侍从室打电话来,叫你马上去!”

“好好好!”毛人凤边走边对身边的大特务们打招呼,“肯定有要紧事。大家不要走,就在我办公室里等着我!”说着迈着短腿出了门。

夜已深。

毛人凤那间办公室内,坐了满满一屋人,都在等消息。大家都闷着头抽烟,烟雾沉沉。偏偏电压不足,挂在天花板上的那盏电灯明明灭灭,像是一只哭红了的眼睛。

地板“砰”地一声响,毛人凤回来了。只见他脸色煞白,眼眶通红。一切尽在意料之中,没有一个人出声,满屋人一个个张大着嘴,定定地看着毛人凤发布消息,那场景,很像是一群呼吸困难的,就要憋死的鱼。

“完了,完了!”好半天,毛人凤就吐出这句。他就那么站着,目光怔怔地盯着一个黑暗的角落,好像在看冥冥中发生的一桩吓人的事。

他说:“委员长已从航空委员会方面得到证实,坠落在南京附近江宁县境内的那架飞机就是戴局长乘坐的专机。机上人员全部遇难。”毛人凤说到这里时,坐在屋角的姜毅英已经抽抽泣泣地哭出了声。她也是戴笠的浙江老乡,是军统局内唯一的一个女将军。

“大家今天就先散了吧!”毛人凤声音低沉,“我还要立即叫沈醉来,他是总务处长。要他明天还是赶去南京,主持办理局长的后事。这也是委座的意思。”谁也没有什么说的。有人在劝哭泣不已的姜毅英,更多的人阴沉着脸,闷声不响地直起了身,泥雕木塑似的往外走去时,毛人凤又赶紧对大家补充了一句,“局长遇难事,望大家暂时保密!”话刚落音,高墙外响起了打更声。

三更了。

“梆——梆——梆!小心火烛啊!”更夫苍老、沙哑的声音和着铜锣的颤音,水一般在这春寒料峭的深夜里波散而去,显得格外地阴深而凄清。

## 山不在高,有仙则灵

血色黄昏。

南京附近戴山脚下,军统局总务处长沈醉少将像根苍黑色的钉子,在戴山脚下久久伫立。面前平地矗立的这座戴公山,高不过两百米。然而,三天前中午,戴笠乘坐的专机竟鬼使神差地一头撞在这个山头上,机毁人亡!

他一边听着站在身边的那位头戴一顶瓜皮帽,长得獐头鼠目的宋保长絮絮叨叨的叙说,一边细细打量周围的情景。山顶上有座小庙叫戴公庙,破破烂烂的。从山下看去,像个久经沧桑的老人,奇奇怪怪地蜷缩在那里。庙外有根高高的石杆,令人想起神话中孙悟空同二郎神斗法时,变的猴子尾巴。小山上多石少泥,光秃秃的。有几株虬枝盘杂的松树,在乱云飞渡的背景上显出一种高深莫测的沧桑感。山下有条小沟叫困雨沟。因为接连下了几天雨,小沟里流淌着浑浊的黄汤。苍茫的天底下,很远才有一个村子。整体看,好像这里没有人,一切都在等待着什么事情发生。那些泥巴砌的矮墙里,探出一株株高高的柏树、樟树。一群寒鸦归巢了,从苍灰色的天上掠过,叫声呱呱,让人听来感到不祥。

远处的公路上,停着他的那辆黑色的轿车。他从重庆带来的副官在身后踯躅。没有人会想到,离六朝故都南京很近的江宁县戴山,风景是如此地苍凉、孤寂,诡秘!简直不可思议。

连着下了三天的大雨,在这天上午停了。然而即便现在,戴山脚下仍然飘着雨雾。沈醉身上披着一件军用雨衣,脚上蹬着的一双长统皮靴深陷在泥泞里。他微微仰着头,久久地打量着撞毁专机的戴山。一群群蝙蝠出来了,绕着戴山上下翻飞,发出吱吱不祥的叫声。他觉得整个事件怪怪的。似乎这座高不过两百米的小山,简直就是一座妖山,正在这血色黄昏里,向着不可知处,神秘地潜行。

他是今天上午乘飞机到南京的。下车便直奔中山路的南京办事处。人去屋空,特务们大都到江宁板桥镇给局长戴笠收尸去了。军统南京办事处副主任李德民哭丧着脸,带着他去看正在布置的戴笠灵堂——这原来是军统南京办事处的礼堂,一进去便感到阴深深的。礼堂内光线不好,平时白天都要开灯。这天,没有开电灯,灵堂前的案桌上,点着几只红烛。烛光闪闪忽忽。正面壁上悬挂着戴笠一张放得很大的半身相,四周有黑色的镜框。沈醉站在戴笠的遗像前凝视着。照片上的戴老板——在局内同仁们都可以当着戴笠的面喊他老板的。戴老板身穿美国丝光黄哔叽军便卡，系着一根黑领带，没有戴军帽，微微侧着身子。这就将他的特质淋漓尽致地展现了出来——那张马脸上泛着惯常的那种当今天下舍我其谁的表情。

遗像下，摆着一具硕大的翘头楠木黑漆棺材。几个穿军装的马弁正在棺材边忙碌，准备等一会给戴笠装尸。

刚下飞机的沈醉吩咐李德民几句后，便带着副官赶到了戴山。不巧，他赶到戴山时，收尸的大队刚好回去，两边错过了。

沈醉听完身边宋保长的叙说，三天前那场专机失事的惨况清晰地浮现在眼前——

那天午后，淫雨霏霏中，在沉沉的黑云压迫下，222号专机出现了。它飞得很低，忽然天崩地裂一声。它先撞在戴山上的一棵大树上。就在大树断裂之时，它巨大的头一偏，直直地冲到了戴山上。一阵地动山摇中，紧接着腾起一片大火。因专机上带的汽油很足，腾腾的大火一直燃烧了两个多小时。

现场一片狼藉，惨不忍睹。机上十多人，个个烧成了漆黑的炭团，肢体残缺不全。机身几乎完全烧毁，只剩一截尾巴，上面有专机的编号。

“长官！”宋保长向他讨好表功，“虽然我再三维系，无奈刁民太多。专机上没有被烧毁的宝物都被偷走了。我一再清查，只找回了两件名贵古物。上午，都交长官们带回南京去了。”

“哪两件名贵古物？”沈醉没想到飞机上还有没被烧毁的宝物。

“一个是宋雕羊脂白玉的九龙杯，有一尺多高。上面刻有九条飞龙，只是毁掉了一个龙头。另有一柄古剑。虽说剑柄和剑鞘都烧坏了，但剑光还是闪闪逼人，不敢久看……”显然，这就是宋美龄还等着的、戴笠说是要亲自给夫人送去的岳飞的宝剑。

沈醉唤副官过来，打发了宋保长五百元钱。

轿车顶着渐浓的暮色向南京方向飞驶而去。坐在车上的沈醉在心中连声叹息。搞了大半辈子特务工作的戴笠，他们的局长，号称“中国特工王”，在世界上也有名气的“中国的希姆莱”，正是如日中天的时候。戴笠一手创建起来的军统，在册人数达25万之众。而且，势力还在发展。军统的情报网不仅遍及中国，而且遍及了全世界五大洲。然而，戴笠摔死后，“老板”的尸体却在暴雨中淋了三天三夜，这是何等悲哀的事情啊！

他联想到戴山、戴公庙、困雨沟……桩桩件件与戴笠的死，非常命定而神奇。更为现实的是，肯定"戴老板"一死，军统的好日子就算完结了。想到这些，他心乱如麻。这时，位于中山路的军统南京办事处已经到了。

沈醉一进戴笠的灵堂，只见红烛明灭，冷冷清清，阴气森森。偌大的灵堂内，只有一个人在扶棺痛哭。烛影憧憧中走近一看，是跟戴笠最久的副官贾金南。

沈醉有些生气，问别的人都到哪里去了。

"都到夫子庙旁边那家大餐馆大吃大喝去了。那些狗东西！"贾金南骂道，"局长在时，都是马屁精，局长一去，你看局里面这些人！"贾金南气得说不出话来。

"局长的遗体呢？入棺了吧？"沈醉问，顾不得多说。

"是我将局长的遗体收殓入棺的，别的人都在一边干站着。"贾金南说时，一下跪在楠木棺材前痛哭失声。

"金南、金南，你慢慢说。"沈醉看贾金南一副痛不欲生的样子，有些感动，将他扶到旁边一条凳上坐下。贾金南情绪稳定了些，这就将刚才生生的一幕说给沈醉听。

就在沈醉下了飞机驱车往戴山赶时，他随军统南京办事处的二十来个人已赶到戴山收尸。一地都是烧焦无法辨认的尸体，他好不容易才从中辨认出了戴笠的尸体——搬开烧得只剩下拳头大小的一个焦黑的头颅，只见左边臼齿上镶上的六颗金牙，确信这就是戴笠的，而其它的身肢都已不翼而飞。其余尸体更是处理得草率，胡乱划分，勉强对上名字了事。

找到了"老板"的尸体，去的人便纷纷下山，准备乘各自的轿车回去。贾金南没有车，也没有人管他，他抱着戴笠烧得焦黑的半截尸体，要求搭他们的小车回去，却没有一个人肯。最后他只得抱着戴笠的尸体好不容易去路上拦了辆大卡车搭车回来……

"沈处长，你说，局长在的时候，人人都那么尊敬他，他们跟着局长吃香喝辣，威风要尽。局长出了事，竟让局长的遗体在雨中淋了三天三夜。他们去戴山不过是做个样子，好交差了事。我好不容易寻到了局长的遗体，可是他们连汽车都不让局长搭一下。一回来，更是一个个都不见了，到一边去大吃大喝。

你说,这些人还有良心吗？”说着又放声大哭起来。

“实在是不像话！”沈醉听完,心中窝火。他早晨从重庆赶到南京,直到现在,连南京办事处的人都没有见到,饭也没有吃,“老板”的灵堂也就这样甩在一边冷冷清清,根本没有人理。

军统局南京办事处副主任李德民酒醉饭饱,敞开军装,打着饱嗝,哼着小调进来了。“哎呀呀,是沈处长,什么时候到的,吃饭没有？”见到沈醉在场,假意露出惊讶。

“肚子气都气饱了,还吃什么饭！”沈醉没好气地说。

“人是铁,饭是钢。”李德民假装没有听出沈醉的不满。看了看沈醉愠怒的脸色,急忙解释,“弟兄们忙了一天,都饿坏了。回来后先垫了一下肚子。听说沈处长代表局本部来,大家都在金陵酒家等着大驾！”态度殷勤极了。

看沈醉冷着脸不理,李德民嬉皮笑脸说:“大家都等着您去作指示。我们要向沈处长请示,比如,局长的遗体该怎样整容？讣告怎样写……这些,都要请你去作指示。”

沈醉想想,也是。

“金南呢？”沈醉问李德民,“你们把金南一个人丢在一边,咋就不说金南呢？”

“金南这个人重感情。”李德民是个油子,反应也快,忙给沈醉解释,也在为他们的敷衍辩解,“我们都劝金南节哀,人死不能复生。金南现在想来是缓过气来了,金南当然也得去,无论如何得吃了饭再说,金南,你说是不是！”说着还上来拍了拍贾金南的,做出一副体贴入微的样子。

当天晚上,在金陵大酒家,沈醉同军统南京办事处的李德民等人酒足饭饱后议定:鉴于戴笠遗体全毁,找殡仪馆技师按照他生前照片,制成一副假面具入棺……具体下葬程序等待委员长批示再定。

其余九具遗体,全部上罩一块白布,布上画上眼睛鼻子,一律入棺,立即下葬南京东郊的仙鹤镇军统公墓内……

当天晚上,沈醉在他下榻的励志社,用载波电话分别向毛人凤和委员长侍从室作了报告、请示。

沈醉的处理意见整体上得到批准。委员长侍从室特别传达了委员长指示：选良辰吉日下葬戴笠，墓葬南京灵谷寺志公殿。拟请吴稚晖为戴笠书写墓碑；陈布雷代表委员长前去致祭。

军统局同时决定：全国所有军统站、处、所都要为“局长”举行追悼大会。责成军统南京办事处负责收集、编辑悼念“局长”的《荣哀乐》一书；负责在戴山专机撞毁处建碑，上书“戴雨农将军殉难处”；培修、装饰“戴公庙”，让“局长”的灵魂在那里能得到安息……

## 无可奈何花落去，钟山风雨又黄昏

重庆已经进入了1946年的初夏季节。老天爷好像对这个冬天少了太阳，被称为“雾都”的陪都以加倍补偿，天天都出大太阳。

重庆，这座位于长江上游的山城，这座著名的火城。往年这个时候，火城已经开始发威。长街上那些鳞次栉比店铺上的铜字招牌，在骄阳下金灿灿地刺人眼目。狗躲在树荫下，吐着长长的红舌头，热得喘不过气来……天天都有人中暑、死亡。然而，尽管热成这样，这座回旋起伏的山城的大街小巷里，仍然天天都是车多人多，杂声盈耳，填街塞巷。而今年这个时候，整座山城好像突然瘪下去了不少，清静了不少。原先满街的下江音渐少。这是因为，国民党中央和国府已于月前还都南京。数不清的机关单位和牵群打浪的下江人也都相继离开了这座蛰居了八年的山城重庆。

这天，罗家湾军统局本部大门前突然挂出了一块白底黑字的大木牌。上面赫然写着几个大字：军统局结束办事处。经过那里的人，见到那块牌子无不神情惊讶驻步，不少人在门前相互探询，议论纷纷，川音浓郁：

“哎呀，那么大阵仗的军统局要解散了么？”

“是的嘛，戴笠都死了，这个摊子还能不垮！”

“这叫啥子喃？”

“这就叫树倒猢狲散！”

“算了，管那么多事劳戾，闲事莫管，走路伸展。”

有人打破砂锅问到底："这军统不是老蒋(介石)的打心锤锤嘛，咋说垮就垮了？"

"抗战胜利了，老蒋连军委会都不要了，军统局还拿来劳尿！"

有了解些内情的悄悄透露："老蒋倒是不想撤军统，可是戴笠翘根(死)了后，陈诚、陈果夫、陈立夫这些人就拼命拱！毛人凤这些脚脚爪爪咋个抵得着？虽说胡宗南、宋子文、何应钦、汤恩伯这几个人同戴笠有旧，给军统说好话，但军统名声太臭。军政部长陈诚、财政部长孔祥熙大权在握，他们捏着了军统的喉管，不承认军统局自己超升的特务的军阶，克扣军统的经费、粮饷……戴笠在时，板眼深长，很会搞钱。不要说不稀奇孔、陈这些人那几个钱，连委员长都要用他刮来的钱。军统局毛人凤这些人都是吃自来食的。这样一来，咋个不垮？"好像要对这些人的议论作个注脚。这时，街上跑过一群群报童。

"卖报，卖报！"报童扬起手中的报纸喊，"看成都、上海、武汉、长沙……军统站即将解散！看南京举办戴笠追悼大会！"

"看重庆稽查处追悼戴笠，杨森市长领衔！"

"看胡宗南在南京扶戴笠棺材痛哭，并做千字挽联！"

"看名人章士钊为戴笠做的挽联！"于是，许多人上前，从报童手中争购这些刚出的报纸。

章士钊是名人，他竟为戴笠做有一副对联？章士钊为戴笠做的对联风一般传遍了山城。章士钊的对联亦讽亦侃，联曰："生为国家，死为国家，平生具侠义风，功罪盖棺犹未定。誉满天下，谤满天下，乱世行春秋事，是非留待后人评。"后来得知，章士钊这副对联，是在行政院代院长张群再三执请之下勉为其难撰写的。

重庆青年路青年馆内花圈簇簇、白絮飘飘、哀乐如潮——国民党重庆党、政、军机关为戴笠联合举办追悼会。正面壁上，还是挂着那副戴笠穿军装的硕大的半身像。从进门始，花圈、挽联摆路两边，一直摆进灵堂，追悼仪式已经进行到了由杨森带着众人向戴笠遗像行告别礼。

时年62岁，身材瘦小而精神矍铄的杨森，着青布长袍，胸前佩戴一朵小白花。他是四川著名军阀。曾先后任国民党政府第六军团长、第九战区副司令长官兼重庆市市长，上将军衔。他带领着稽查处处长罗国熙、警察局刑警处处长谈荣章等站在戴笠遗像前致哀后,缓缓而去。就在杨森身后的长龙刚刚开始向前挪动时,门前摆花圈处出现了骚乱。

“咋个回事?”刚出灵堂的杨森听说后,眼露凶光,看着急步走来的那位身穿灰布长袍、脸上戴一副鸽蛋铜边眼镜师爷模样的灵堂执事厉声喝问。

灵堂执事趋前一步,附在市长耳边一阵轻轻嘀咕。

“有这样的事?”杨森抬起头来,脸上神情尴尬。原来重庆市警察局刑警处处长谈荣章希望借重庆市参议会会长胡子昂的名,给戴笠的灵堂送一副挽联。可是,胡子昂就是不理。参议会是民意机构。这样的场合对死去的戴笠独无表示,岂不是大煞风景?于是,谈荣章便要人捉刀代笔,借市参议会的名义送了一个花圈来。不料胡子昂知道了,大发脾气,刚才特意赶来,将那个花圈当场撕得粉碎。

“胡子昂走没有?”杨森有些心虚,他知道胡子昂的声望,更知道胡子昂的脾气。

“还没有走。他知道市长在这里。他专门坐在门外等,说是要请市长评评理。”

“谈荣章,你没事找事,是吃饱了撑的还是咋的!”杨森转过身来,瞪着谈荣章,“你咋个尽找些虱子往脑壳上爬!我咋个给人家胡子昂解释?”看谈云章不敢吭声,市长又如此气急败坏,还是灵堂执事鬼点子多。他附在杨森耳边悄悄说:“市长,胡子昂那头,我去抵着,你们快走后门出去。”

杨森赶紧带着一大帮人走后门溜了。第二天,重庆各报都报了这个丑剧。一时,舆论大哗。

六月,在南京,是美好的季节。

位于郊区的灵谷寺莺飞草长。站在上面往下俯视,万瓦鳞鳞、虎踞龙盘的六朝故都南京城尽收眼底。从整体上,南京背枕紫金山,傍天边长江一线如练。灵谷寺确是一块风水宝地。

这天上午十时。毛人凤率一帮原军统局将字号特务共十来人,在灵谷寺志公殿戴笠灵柩前肃立,个个如丧考妣。他们在静候委员长莅临训示。一个小时前,就在毛人凤即将率军统局将字号特务十来人上山时,接到委员长侍从室打来的电话,说是委员长百忙中抽身,要去灵谷寺志公殿视察戴笠的灵柩,顺便给毛人凤等一干人训示。他们现在与其说是静候在戴笠灵柩前致哀,不如说是等候委员长来宣布他们的命运。毛人凤等原军统一干不可一世的大员,这时都苦着脸,霜打了似的,默默无言,往日的威风荡然无存。

军统局已经明令撤消。足足二十多万人的军统局一个早上就忽啦啦地塌圮。戴笠对军统特务们许诺过的,"进了军统就终身端上了铁饭碗、银饭碗"的诺言打得粉碎,烟消云散。树倒了,猢狲开始散去。只剩下几千人的军统精干,同中统滤出来的精干合编,组成保密局。虽然毛人凤担任局长,但多方掣肘,这并没有给他带来什么安慰。现在,他和率领的这帮大特务,都有种从天堂掉进地狱的悲苦、凄然感。

久等中,一溜运兵十轮卡车,一阵风似地开到了山下停车场停下。车尚未停稳,下饺子般从车上下来了足足有一个连的中央警卫团官兵。他们一式美式装备,很快整好队,持枪列队,从山下一直排到志公殿作好了警戒。不用说,委员长就要来了。

毛人凤率队迎出殿来,刚站好队,在声声"立正"、"敬礼"声中,只见一身长袍马褂的蒋介石挽着夫人宋美龄的手,在一群身穿藏青色中山服的侍卫们簇拥下,拾级缓缓而上。

委员长夫妇上了志公殿。

"敬礼!"毛人凤一声口令,他身后的将字号特务们赶紧挺胸抖擞精神,皮鞋一磕,"啪"地一个立正,动作整齐划一地举起手来,向蒋介石、宋美龄行军礼。

蒋介石一反往常那种频频点头、连声说好的公众形象。他清癯的脸上面容悲戚。他什么也没有说,只是将戴在头上的阔边巴拿马草帽摘了下来,在手上举了举,挽着宋美龄步入了志公殿。

他们在戴笠的灵堂前久久默哀。时年59岁、身姿顾长的委员长手上拄了根象征身份的藤条手杖。宋美龄身着一身水蓝色闪光软缎旗袍,外罩一件黑披风。她平时红润的脸色今日显得苍白,同丈夫一样地悲伤。

"戴局长的灵柩安放点选定没有?"良久,委员长问,并不转过身来。声音幽幽的,如空谷回音。

"报告委座。"毛人凤赶快走上前说,"选了几处……请委员长定。"

“嗯。”蒋介石不置可否地用鼻子哼了一声,“我今天就是特地到这里来选择戴局长的灵柩安放地的。”说着转过身来,挽着宋美龄,拄着手中藤条手杖往外走去。

蒋介石并没有给毛人凤等一干军统大员什么训示。毛人凤等跟着蒋介石夫妇离开了志公殿,沿着向上延伸的用石板铺就的崎岖山道拾级而上,向灵谷寺山后走去。走了一会,宋美龄走不动了,她脚上穿的是高跟鞋。

“大令!”委员长停下步来,关切地说,“这山路实在是不好走,太阳又毒,你还是回到志公殿去等我吧!”

“今天太阳实在太大了。”宋美龄点点头,表示同意,却又说,“你今天就不要上去了,改天再去吧!”她心疼丈夫。

“没关系的,没关系的。”委员长将手中的手杖在石板上拄了一下,要侍卫长陈希曾将夫人送下去。这又回过身来,强打精神,拄着手杖,顶着太阳上到了灵谷寺后山顶。他东看看、西转转,始终不满意。他顺着小道来到半山腰的水塘前,蒋介石停下步来,手搭凉篷四下细看后,对跟在身后的毛人凤说:“我看这地方风水很好……将来安葬时要取子午向……”毛人凤顺着委员长手指的方向看去,看了半天也没有看出名堂。毛人凤不懂风水。只是感到此地视野开阔,风景不错:山坡上绿草如茵,山花烂漫,树木茂盛,雀鸟啁啾,轻风徐来,花香扑鼻看远方,云海茫茫……

委员长正指点着说时,突然间,天上打起一串闷雷。朗朗的天空忽然黑云笼罩。

“不好!”毛人凤神情讶然,脱口而出,“委员长,要下大雨了。这山上连个躲雨的地方都没有,请委员长下山吧!”蒋介石这才转过身来,在毛人凤等一干人簇拥下,急急朝山下走去。

可是,哪里还来得及!天气说变就变,天黑得像是头上扣了一口锅。在金蛇似的闪电和轰轰的雷声中,瓢泼的大雨带着可怕的雷鸣声,从西边天际箭簇般快速铺了过来……当委员长带着一大帮人跑回志公殿时,早已淋成了落汤鸡,水顺着裤管往下流,把殿内的石板地打湿了一大片。

委员长冻得簌簌发抖,脸色橘青。

“这怎么是好?”宋美龄急得团团转。

“委员长,请穿上我的衣服。”侍卫长陈希曾见状,赶紧脱下了自己的军衣递了上去,自己身上只剩下了一件衬衣。

“我不冷,我不冷！”委员长明明冷得上牙碰下牙,瑟瑟发抖,可他却硬要逞强。堂堂的领袖,披上侍卫长的黄军衣,是多么地不伦不类呀,他坚决不披侍卫长送上的军衣。

“大令!这有什么关系呢?”宋美龄知道自己伟人丈夫的心理,说着从侍卫长手里接过军衣,硬给委员长披到了身上。

真是奇怪!这时,忽然雨住日出,阳光朗照,万里无云,刚才吓人的黑天黑雨好像突然间被谁掖了起来。好像刚才发生的一切根本就是一个噩梦!

“好啊,好啊!”委员长无限欣喜,随手将披在身上的黄军衣还给了侍卫长,咧着嘴调侃一句,“这是老天爷看天气太热,来给我们调调温的,走吧!”说着,他着一身湿衣服,领着宋美龄,在卫士们的簇拥下,拄着拐杖下了山,一头钻进了自己的轿车。

一溜轿车向着南京城方向绝尘而去。

这时,在暑热弥漫的上海龙华机场上,停机坪上,一架银白色的四引擎飞机缓缓滑上了飞机跑道。它的机身、机尾上标有“海鹰”两个英文——这是美国海军部代表乔治将军的专机。

“海鹰”号专机在跑道上滑着、滑着,忽然加速,腾空而起。“海鹰”号专机向着西方,开始在八千米的高空平稳地飞行。

“好了,终于离开中国了。这么热的天,真让人受不了!”乔治将军说时,长长地吁了一口气。他没有看坐在对面的玛丽,而是伏在舷窗前往下看去,似乎想把刚离开的中国看得更清楚一些。

玛丽好半天没有应声。乔治将军转过头来时,只见他的助手玛丽头靠在高靠背沙发上,闭着眼睛,好像睡着了。今天,她穿一套短袖美国海军便卡,神情恬淡而舒适。她高高的个子,雪白的皮肤,曲线丰满,西方年轻漂亮女人的动人之处,在她身上展现得淋漓尽致。将军发现,对中国军统局长的摔死、继而中国军统局解散,她表现得特别的伤心。近一段时间,性感的她瘦损了不少,但并不显憔悴,倒是越发清丽、光彩照人。

忽然，她睁开了一双蔚蓝色的眼睛，看着她的上司乔治将军说："将军，你有这个感觉吗，我们的部长福莱斯特害怕马歇尔，像不像中国一句话——老鼠怕猫？"

"啊！"乔治将军蹑蹑地。虽然他同玛丽私下谈话很随意，虽然他也不满意福莱斯特，但作为下级，这样公开批评自己的最高上司，他还是不愿意。他知道，玛丽这样说，是有由头的。因为最近发生的一桩事情，让身为美国海军军官的玛丽耿耿于怀，义愤难平——原中美合作所副主任、美国海军少将梅乐斯被总统特使马歇尔派人押回美国后，竟被五角大楼将其少将军衔降为了上校。海军部虽然无法同五角大楼硬顶，但对梅乐斯还是相当不错的。得到戴笠摔死于南京戴山的消息，鉴于梅乐斯同戴笠的良好关系，海军元帅尼米兹决定派梅乐斯为美国海军部代表去华致哀致祭。可是，消息被回国述职的马歇尔得知后，立刻赶到福莱斯特的办公室表示反对。理由是，如果海军部派人去参加戴笠的葬礼，将严重影响他在华主持调处的国共关系。福莱斯特接受了马歇尔的建议。然而，马歇尔并不就此为止，由于他的反对，福莱斯特将原先拟就的"战后海军援华法案"也中止了。

"这样也好。"乔治将军想了想，这样说。

"将军为什么会这样认为？难道我们美国海军同国民党军统长时间建立起来的友谊，因为马歇尔一句话反对，就中止了？难道在戴笠死后，我们美国海军表示哀悼的权利也被马歇尔剥夺了？这样，我们美国海军还有没有尊严，有没有地位？"

乔治将军笑了笑，摇了摇头："你不要把福莱斯特部长想得那么无能。你不要把我们美国海军想得那样无能。我们海军部当然无法同五角大楼强硬对抗。马歇尔是总统派去中国的特使，全面调处国共关系，他强调我们海军部派梅乐斯作为海军部的代表去中国向戴将军灵柩至祭会严重影响他的工作，部长当然不好派梅乐斯去。但是，你可能不知道，福来斯特部长任命梅乐斯为'哥伦布'号巡洋舰舰长，去中国沿海巡弋一年。这样一来，梅乐斯作为戴将军老朋友去南京致祭，谁还能说什么呢？这就叫——绵羊从左从右都是可以赶上山的。"玛丽想了想，点了点头，她觉得上司最后引用的西方谚语很睿智。

玛丽问乔治将军："你看了今天刚出的《字林西报》了吗？上面可有一条惊

人的消息。”

“啊，是吗？我可不知道，你在哪里得到的？”

“就是刚才在上海龙华机场买到的。”

“能给我看看吗？”

“当然可以。”玛丽说时，反身从一个皮包里拿出报纸，递给乔治。乔治急忙接在手中看了下去。《字林西报》是英国人从1864年开始在上海办的一张英文报纸，向来以消息灵通、内容丰富著称。这天的报纸上报道了几则重要新闻：一是八年抗战中，一直同戴笠暗通款曲的原国民党中统大员、汪伪特务机构头子丁默村等被苏州高等法院判处死刑枪决了。这些人临死前，表示不服，强调他们为国民党做了许多事。特别是在抗战刚刚胜利，抢占沿海一带诸如上海、南京等具有战略经济地位的大城市时，为国民党贡献颇多，并拿出戴笠给他们的有关信件，保证会饶恕他们……但因戴笠死了，这些人因为死无对证，无济于事。消息中说，甚至连原汪伪政权中周佛海、任援道这些被戴笠公开委任了官职的大员，也被追究其汉奸罪，或被下狱，判无期徒刑或被枪毙……

最引人注目的一条消息是转自国民党中央社的一条快讯：“河北省高等法院于九日公审金璧辉(川岛芳子)时，法庭上出现了严重的混乱局面。因为是公审东方的玛塔·哈丽、著名女间谍川岛芳子，三千多看热闹的人一齐涌进小小的法庭。狂热的人群有的把窗玻璃挤碎，有的把椅子踩坏，造成一片混乱……”接下来是条有关侧记，生动地描述了川岛芳子被枪决的情形。

乔治将军看完了这几条消息，将散发着油墨清香的《字林西报》轻轻地放在他身边的沙发上，以叹息的口吻说：“戴笠将军如果不死，这些人也就可以保护下来，这些人都是有用的……”

玛丽趁机进一步问：“将军，你对戴笠将军之死，作何评价？”

“两个字——可惜！”

话到此，玛丽和乔治都没有心思再说什么。他们休息了，将头舒舒服服地靠在沙发上，闭上了眼睛。

这时，“海鹰”号专机飞出了茫茫的中国大陆，彻底地飞离了中国——在浩瀚的太平洋上空八千米高处，“海鹰”专机向着浩瀚的天际飞去。

# 尾　声

1952年暮春时节,古城成都出了一桩特大新闻,人们纷纷奔走相告,说青羊宫内,国家公安部正在举办两个展览。一个是一贯道点传师向人民政府交出的金银,这个反动家伙窖藏的黄金白银多得惊人;另一个是男扮女装的美蒋特务,年轻漂亮,本是一个男儿身,名叫王群。穿一件花夹衣,稍高的个子,身姿很美,薄施脂粉,两只眼睛水汪汪,说一口好听的北平话。在专为(她)他搭的一个高台上,面对黑压压的观众,王群细说原委时,跷起一副兰花指,手上捏一根花手帕,那真叫是千娇百媚……

每天,从青羊宫到老西门一带,人如潮涌,闸断了几条街。全省各地的人,甚至还有不少外省人、外国人,专为看他(她)而来。人们成群结队去青羊宫,不为别的,就是为了看那个男扮女装的美蒋特务王群。

笔者当时还不到念书的年龄。跟着父亲在我的七娘家当乞食者。七娘虽说是父亲的姐姐,但无论从年龄的差距还是对他那份抚育之恩的厚重来看,都足可以作他的母亲。父亲少年时代就离开乡下老家,跟着七娘一家去了南京、上海,上小学、中学,后来又跟着七娘家回到成都,以优异的成绩考上了华西协和大学。

父亲大学毕业时,解放了。

父亲这个人很滑稽。他是学中文的,却最喜欢谈国际时事,这种嗜好伴随一生。喜欢谈国际国内时事的他,却最是纸上谈兵,最是看不清时事。因为我的外公是一个名人,父亲大学毕业,就有了一份体面的工作,每月银元几百,虽然不过是旧社会省政府一个厅里的科员，却实惠得很，每天也不过是去报个到而已。就在这个时候，年轻早婚的父母，已将我们四个孩子生齐。

解放大军已经胜利过了长江，国民党蒋介石的天下马上就要垮塌，马上就要改天换地了。国民党政权中大大小小的官员作鸟兽散，一夕数惊，不知所措。不用说，这个时候这个就要垮塌的政权空出来了不少的官位。我那年轻的父亲就不知到哪里去活动了一个偏远县的税捐处长，兴冲冲地告诉我母亲，他要当官了，他要到川鄂交界处那个出野人的地方，当个税捐处长。

我母亲当然不要他去。说是人家那些官员早就中饱私囊，要跑的跑了，这个没有人要，丢都丢不脱的烂官皮你去捡来作什么？再说，你一走，我们母子五个在成都怎么办，以什么为生？

可父亲却是一根筋，母亲的劝阻根本不听。说是我们乡下一大家人，房子够住，饭是有你们吃的，我走了你们母子就回乡下去，等我去赚点钱回来再说。

我母亲将父亲押去找我的外公评理。我的外公是日本早稻田大学的留学生、著名学者、诗人、书法家，在王瓒绪主政期间曾经应王瓒绪所请，作过一个时期的秘书长，成都至今沿用的春熙路就是外公取的名，后来很快就从官场上激流勇退，过他的文人生活。

外公听说有这样一回事，当即劝我的父亲，语重心长地对他说：我们这些人在旧社会的染缸里染了一身水，是没有办法的事。你清清白白一个年轻人，这个时候了——国民党政权船都下滩了，你何必去染一身水？

父亲当然不会同外公硬顶。但是他依然我行我素，结果硬是将我们送回乡下，他屁股一拍走人，做他的好梦去了。结果不到三个月，解放军解放了那个地方，父亲在任上仅三个月，一分钱没有捞到，却给自己刚好捞到一顶“官僚”的帽子，以致以后他的档案材料比城墙上的砖还厚，在那动辄讲阶级斗争、讲家庭出身的极“左”年代，让他同时连累我们吃尽了苦头。

父亲的老家解放了。母亲参加了革命，被分配到一个土改工作队搞土改工作。回到了老家的父亲，这才发现自己不动脑筋想当然的后果有多么严重。最最现实的是家庭需要维持，嗷嗷待哺的四个孩子要吃饭，而父亲没有了工作，曾经劝过他的在旧社会别染了“水”的外公却有工作，是省文史馆第一批高级馆员。父亲后来还是通过母亲的关系,当地政府才同意放行,让父亲离开乡下老家去找工作。这样,父亲带着我,离开了乡下老家上省——到成都找到他的七姐。而处于历史急剧转折期的七娘家,经济也很不宽裕。她的儿子,我喊大哥哥的,同我父亲年龄一般大小。大哥哥也没有了工作,好在他是个起义军人,当时正在学习,改造思想,却也没有什么钱能拿回来补贴家用。他还有一个正读中学的儿子。唯一能挣钱的只有我的大表嫂,她是一个中学教师。然而,那时候国家干部普遍实行供给制,即使能挣钱的人,工资也是相当低。这样,七娘家三口,加上我们乞食的两口,共五口人,仅靠大表嫂每月那点工资,生活之窘困可想而知。

记得每天只能吃两顿,而且每顿要下锅的米都是掐了又掐的,总是吃不饱。菜更是近乎没有,印象中最美味的菜就是鸡虾互腐——花一分钱,在我们居住的具有民清特色一条街的街口那家豆腐店买回来一块白豆腐, 撒点盐、葱什么的在上面而已。

我当时太小。不知道当乞食者要懂得忍耐,要懂得羞耻,要懂得节省,我整天都感到饥饿。一端上那个小小的金边细瓷碗,就希望在里面的饭能多一点。我一端碗,就快速地往嘴里扒饭,奢望吃完饭再添一点。可惜,我小小的阴谋却往往被比我大得多,已经读中学的侄子发现。他开始"修理"我。他板着脸对我说:"你同你爸爸都是在我家吃白食的……我们都吃不饱……"他规定我每顿最多只能吃一碗饭。

少年的心异常敏锐。那一刻,我泪如泉涌,心如刀割。我一下就懂事了。我没有向七娘、爸爸告发这背后的阴谋迫害。因为我知道,即使他们知道了,也只会难过而已,于事无补。因为钱是人家的母亲挣的。

以后,我经常逃避似地跑到金河边去,一连几个小时地坐在石桥上。独自看流水,看一切可以看的……尽量转移视线、忍着饥饿不回去,常常饿得流清口水。

父亲身材高大,相貌英俊。他穿在身上的那件灰布长衫,就像是一面旗帜,老在我面前飘呀飘的。他在成都有很多大学同学。他去找同学、找工作。这就随时有同学招待他吃一顿饭。发现了这一点,我就经常尾巴似地跟着他。可是,他心情不好,要么不带我,要么走得很快,走很多路,把我甩了……

隔壁有一个大孩子同我熟了。他对我说:“毛毛,我看你整天可怜巴巴的,我带你到青羊宫看好看的!”于是,求之不得的我跟他去了。

过了金河。我们像两条小鱼,在人群的大海中艰难地游动。终于到了人头攒动的青羊宫。随着拥挤的人流,我们钻到了那个高台前。

仰起头来,果然看见了王群——那个男扮女装的美蒋特务。他(她)体态适中,上身穿白底碎黑花夹袄,下着一条淡黑哔叽裤,脚蹬一双半跟皮鞋,脑后拖着两根油亮亮的大黑辫子,兰花指上捏着花手绢,从台后袅袅婷婷而来,整体看去,丰满合度,清丽可人。

“我叫王群……”他(开始)自我介绍。说他原是成都一个小商人家的儿子。读中学时,羡慕上海好玩,偷了家里一个金戒指跑到上海。钱用完了,在街上流浪时,被美特务机关绑架,单独关起来训练。美国特务为了让他改变体形,给他注射特殊针药,再穿那穿上身后气都出不匀的皮背心……慢慢,他变了,刚开始长出来的绒绒的胡子没有了,喉结没有了,胸部开始隆起,皮下脂肪增多了,说话的声音变成女声了。为了让他的心理也变得像个女人,美国教官怀特亲自对他训练。教他学女人走路,教他做女人的一举一动……教他(她)用女人眼光去看一切、去思考一切。训练室内,四面都安上落地式意大利玻璃镜,他的一举一动都映在上面,随时修正自己不规范的动作……

一年后,他被训练成了一个人妖似的“女人”,被派到解放区去……临走,特别被接到重庆,受到蒋介石的接见。蒋介石还让他(她)与自己乘“美龄”号专机,一路上对他勉励有加,将他送到了西安。

他按照军统的布置,去到延安,钻进了解放军的一个文工团。同团的还有一个军统特务,是他的上司,按时供给他药品。他大受欢迎。之后他们去了武汉,阴谋在顺利进行。忽然,局势剧变,国民党马上就要垮了。他的特务上司丢下他溜了。美国药物没有了。光靠身上那件特制皮背心压抑不住身上的男性荷尔蒙分泌物的发育,喉结开始长出来了,嗓音也开始变粗了……女姓的特征在迅速地消失。文工团里的人们开始在谈论他了。纸包不着火,他向组织作了坦白……

一幕完结,他又捏着手绢,袅袅婷婷地走到后台休息。我们顺着人流,又沿着绳道往前走去,看到了展览的特工用物:可致人于死地的钢笔枪,小巧如尖锥、锋利无比的匕首……还有一个晶晶亮亮的小瓶子。解说员解说，那小瓶子里装的是一种特殊的液体，趁人不备，弹一点到谁的身上，谁就立刻化成水……

当天晚上，我大做噩梦。以后，我轻车熟路地又去青羊宫看过多次王群的表演。那时，我记忆力特好。看了几次后，竟将王群的那段自叙背得滚瓜烂熟。

我经常往七娘家的阶沿上一站，权当站上了青羊宫那个专为王群搭的高台。小手捏成拳往嘴上一拄，权当嘴对着麦克风。然后，卷起舌头说北平话："我是王群……"还要比划动作，受到院子里所有住户人家的欢迎。

不久，青羊宫里那两个展览撤了。据说，公安部将王群他们移到首都北京展览去了。然而，我还是乐此不疲地常常在院子里模仿"王群"。院子里的人，还有他们从外地来的亲戚，看了我的表演，都摸着我的头，连夸："这娃儿聪明，记忆好得惊人，以后保险要当个好演员……"

又不久，我的父亲经过考试，被华北招聘团录取，去北方一个老解放区的一个师范类专科学校当了教师，而在老家当土改工作队员的母亲，也在"旧县"——五津镇的一个中心小学当了教师。她到成都来了，从七娘家把我接了去。

我结束了乞食生活，上学了。

那是一个很美丽的地方，川藏公路从那里穿过。镇子的左边，一个偌大的绵延上百里的飞机场，这是二次世界大战期间，中美两国为了打击日本，费时经年修建起来的远东最大的飞机场。最初一批轰炸日本东京的美国空中堡垒飞机，就是从这个机场上起飞的。在这古诗中的"风烟望五津"之地，茫茫的江水从东而来，向西而去，不舍昼夜。

最值得记忆的是，古老的长街中段，有一株亭亭如盖的大榕树。有人说它上百年了，有人说它已上千年。有一户人家竟借着它的半边树洞搭起了一间房子。多少年过去了，这株大榕树至今仍然抽枝吐叶，它是那个古镇的风水，那个古镇的记忆。

我常在梦中回到它的身边。

它的身边有一间极富川西风味的茶铺。每天晚上，茶铺里座无虚席。每天晚上，茶铺里都有一个说评书的艺人，说的无非是《三国演义》、《水浒》、《罗通扫北》、《薛仁贵征东》,《活捉王魁》等等。

场上听众听得欲罢不能,如醉如痴时,说书人就将手中惊堂木拍得山响,一声"要知往后如何,且听下回分解"将听众的口胃吊得足足的。我就是在那里接受了最初的文学启蒙,展开了最初的文学想象。

母亲是教高年级的老师,肖文彬是母亲的学生,在周末,他总是带我和弟弟去听说书的, 那家茶铺就是他家开的。说书人的钱是算在茶钱里了的,因此,说书人不必不时走下来收钱,他常常讲到很晚才收场。好些时候,我们在茶铺里听着听着就睡着了。深夜散场了,肖文彬和母亲的另一个学生李文树,记不清那时他们多少岁,总觉得他们挺大的,他们将我们弟兄一人一个,背在背上送回学校去……

斗转星移,沧海桑田。

说我以后要当演员的算是看错了。我终于没有当演员,而最终成了一个写书的。